愛經典

閱讀經典，成為更好的自己。

湖濱散記

Walden

or Life in the Woods

〔美〕亨利・大衛・梭羅著

王家新、李昕 譯

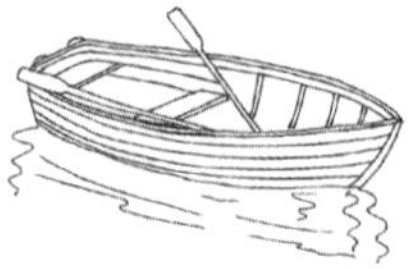

是啊，在這下午過半的光景裡，每一片樹葉、
每一根樹枝、每一塊石頭、每一張蜘蛛網都像
是春晨覆著晨露一般爍爍閃光。
船槳或昆蟲的每一次移動都會激起一道閃光；
而當船槳落下，
那回聲又是多麼甜美！

緣起

卡爾維諾說：「『經典』即是具影響力的作品，在我們的想像中留下痕跡，並藏在潛意識中。正因『經典』有這種影響力，我們更要撥時間閱讀，接受『經典』為我們帶來的改變。」因為經典作品具有這樣無窮的魅力，時報出版公司特別引進大星文化公司的「作家榜經典文庫」，期能為臺灣的經典閱讀提供另一選擇。

作家榜經典文庫從二〇一七年起至今，已出版超過六十本，迅速累積良好口碑，不斷榮登豆瓣讀書暢銷榜。本書系的作者都經過時代淬鍊，其作品雋永，意義深遠；所選擇的譯者，多為優秀的詩人、作家，因此譯文流暢，讀來如同原創作品般通順，沒有隔閡；而且時報在臺推出時，每部作品皆以精裝裝幀，質感更佳，是讀者想要閱讀與收藏經典時的首選。

現在開始讀經典，成為更好的自己。

作者簡介

亨利・大衛・梭羅
Henry David Thoreau, 1817-1862

美國作家，詩人，被譽為「美國自然文學之父」。

一八一七年七月十二日出生於麻薩諸塞州東部康考特鎮，一八三七年從哈佛大學畢業後，返鄉教書，後轉而寫作。

經歷獨特，製造過鉛筆，當過土地勘測員；興趣廣泛，擅長游泳、賽跑、溜冰、划船，一八四八年，梭羅發表了反對奴隸制的著名演講《公民不服從》（*Civil Disobedience*）。

二十八歲時，梭羅借了一柄斧頭，孤身一人，走進華爾騰湖邊山林，搭起小木屋，開荒種地，寫作看書，獨居兩年兩個月又兩天。此後歷時七年七易其稿，將這段獨居生活的所見、所聞、所思，寫成自傳體散文集《湖濱散記》，一八五四年正式出版。

十九世紀九〇年代起，梭羅提倡的「生活簡樸，精神崇高」的自然生活方式，逐漸為世人接受效仿。

梭羅逝世時年僅四十四歲，他一生創作了二十多部散文作品，深刻影響托爾斯泰、甘地、葉慈、海明威與普魯斯特等大師。

作家榜推薦詞

我們應該如何感激梭羅？就像聶魯達要感激的那些短暫易逝的豐碩的雲朵？那些童話般的雲朵？

在我看來，所有的好詩人都是童話的一部分，而所有童話都是這樣開始的——

從前，有一位叫梭羅的詩人，帶著一把斧子，住進了麻薩諸塞州康考特鎮附近的一座叫華爾騰的森林裡，以星空當錦被，與野獸為鄰居，兩年後，他離開了這座森林，帶回了一本筆記本。作為對宇宙萬物好奇與對生命意義探險的證據，這本筆記本讓聖雄甘地歎服，讓托爾斯泰狂喜，讓整個世界震驚。

一百年後，一位叫徐遲的詩人，受費正清先生的邀請，翻譯了這本筆記，大受震撼，他感慨：字字閃光，語語驚人。彷彿見識了鑽石的光輝。但接踵而來的亂世又讓這顆鑽石埋沒在了塵埃裡。

真正讓它重見天日，得到五十年後的一九八九年，一位叫海子的詩人去山海關臥軌，他隨身攜帶的就有梭羅的這本筆記本。

於是，一夜之間，千千萬萬的讀書人被一面湖水驚醒了。

認識一本好書，需要付出這麼慘烈漫長的代價嗎？是的，智慧和美，都需要偉大的好奇心。

一九九九年，一個世紀行將結束，美國大學生投票選舉青年偶像人物。結果，高居榜首的就是這位詩人。

因為，他留給世界的真理和智慧比你想像的要多。

過去的一百年，哈佛學者們探討《湖濱散記》究竟有多少種讀法，基於對愛默生「世界將其自身縮小為一滴露水」的信賴，我推測，只要人類活著，它的讀法就會萬萬千千，就會接近無窮。

我甚至懷疑，即便有一天人類消失了，機器人也會拜讀它。

它是《天方夜譚》中的那塊魔毯，會帶你遠離現實的灰塵，會讓你聯想起辛波絲卡的說法：一切都是非凡的奇蹟，任何一塊石頭及其上方的任何一朵流雲，任何一個白天以及任何一個夜晚，甚至，這世上，任何一個尚在呼吸的人。

「時間是供我垂釣的河。我從中汲水，卻同時發現了河底的淤沙，意識到它是如何清淺。它涓細的脈流漫過，但留下了永恆。我願意啜飲更深的溪水；那就在天空中垂釣吧，天空的河底都是星辰做成的卵石。」——這是梭羅的天梯，帶你升上天空，把塵世的憂傷撫平。

一本安靜的書，它來到世間，一直尋找它安靜的讀者。

而這一次，經由詩人王家新先生富有生命質感的出色譯筆，你會遇見一位「多麼孤絕而又富有歷史洞見的詩人」。

何三坂

二〇一七年六月二十六日於作家榜

目錄 Contents

向梭羅致敬

交完譯稿後查看資料時才發現，到今年七月十二日，我們翻譯的這位奇人已誕生二百週年了。而我彷彿剛剛從他在華爾騰湖畔的小木屋歸來，豈止有一種時空穿越之感！

亨利・大衛・梭羅（Henry David Thoreau），一八一七年七月十二日生於麻薩諸塞州康考特鎮，一八三七年畢業於名校哈佛大學，但按愛默生（Ralph Waldo Emerson, 1803-1882）的說法，他「在文學上是一個打破偶像崇拜的人，他難得感謝大學給他的益處，也很看不起大學」（愛默生《梭羅》[1]）。畢業後梭羅在家鄉一所私立學校教書，並受到同住在康考特的愛默生的激發和影響，幾年後便完全轉向寫作。他為愛默生主編的評論季刊《日晷》撰稿，並協助編輯該刊。寫作之外，也到處演講，主張回歸自我和自然。一八四五年，梭羅為踐行他的生活觀念，在距康考特兩英里的華爾騰湖畔建造了一間小木屋，靠雙手勞動養活自己，體驗獨立、簡樸和接近自然的生活。他的散文集《湖濱散記》（一八五四年出版）詳細記載了他在那裡兩年零兩個月又兩天的生活。一八四七年九月六日，梭羅因愛默生一家需要，離開華爾騰湖，重新回到康考特鎮。一八六二年五月六日，因肺病醫治無效逝世，時年僅四十四歲。

在同時代人眼中，梭羅不過是一個愛默生的追隨者，一個偏執而怪異的人，直到十九世紀末期才被廣泛認識和推崇。梭羅一生創作了二十多種散文作品，尤其是他的《湖濱散記》，不僅被視為自然隨筆的經典，而且「變成了處於迷惘狀態的人們的生活指南」。其他有影響的作品首推政論《公民不服從》，面對政府、法律的強權和不義，為公民拒絕服從提出辯護。梭羅所主張的這種依靠個人力量的「非暴力抵抗」，後來對列夫·托爾斯泰、聖雄甘地、美國黑人領袖馬丁·路德·金和美國民主主義、民權運動都產生了很大影響。在有的《湖濱散記》版本中，最後也收有這篇《公民不服從》，它和《湖濱散記》其實也有直接聯繫：在華爾騰湖生活期間，梭羅因為拒繳「人頭稅」而被捕，雖然他只在獄中蹲了一宿就被友人在未經他本人同意的情況下保釋出獄。為解釋他的抗命行為，後來他做出了這個著名的演講。

同我的許多同代人一樣，我在早年上大學期間讀的也是徐遲的譯本（現在據說已有數十種譯本了）。徐遲先生不僅首次將《湖濱散記》譯介到中國（一九四八年），其譯本在「文革」結束後重版，也吸引了廣大讀者，像葦岸、海子這樣的作家和詩人就深受其影響。徐遲先生舒展自如、優雅而富有韻味的譯文風格在那時也頗為人所稱道。

但是，如同歷史上的一些經典，《湖濱散記》也正是一部需要反覆閱讀，需要不斷重新認識和發現的作品。

而對我來說，最好的閱讀方式就是翻譯。我自己的工作雖然主要在詩歌領域，但是，因為接受了作家榜的邀請，因為有這個機緣「以翻譯的方式」來重讀，我還是深深地激動了：一個眾說紛紜的梭羅更真切地出現在我的面前。我不僅透過翻譯真正抵達他的「在場」，而且對一個繁茂而深奧的文學世界、自然世界和靈魂世界有了更多，也更能給我帶來喜悅的發現。

比如說《湖濱散記》的第一章（Economy），有的中譯本譯為「簡樸生活」，我認為這樣譯就有些問題，問題可能來自人們對梭羅的某種慣有的簡單化讀解，也來自對「詩意地棲居」這類當下願景的迎合。《湖濱散記》記載了梭羅在湖畔林間的獨居生活，梭羅的口頭禪也是「簡單，簡單，簡單」（Simplify, simplify, simplify），但梭羅並不是人們所想像的那種避世隱士。與其說《湖濱散記》是一曲田園牧歌，不如說它是英雄詩篇，是對那個時代和社會的挑戰，而這在愛默生看來也帶有一種「英雄」和「先知」的氣質：「這時候他是一個強壯健康的青年，剛從大學裡出來，他所有的友伴都在選擇他們的職業……惟其他完全正直，他要自己絕對自主，也要每一個人都絕對自主，所以他的處境只有更艱難。但是梭羅從來沒有躊躇。他是一位天生的倡異議者……他的目標是一種更廣博的使命，一種藝術，能使我們好好地生活。」

愛默生的描述，真實地表露了梭羅的精神狀態和前往華爾騰湖畔居住的社會背景和心理動因。這種我行我素、不計代價對生活理想的踐行與通常的那種隱逸是有很大的差異的。實際上，梭羅渴望寧靜獨處，但同時又是一位很有責任感和參與精神的社會批評家，他寫有許多政論，一生支持廢奴運動，反對美國對墨西哥的戰爭，宣導公民權利和「公民的不服從」，必要時甚至甘願為此坐牢。即使在華爾騰湖畔期間，他也常常與人交往，並保持著對社會的關注。他只是不想循規蹈矩成為所謂「文明社會」的寄居客，而寧願「絕對自主」，去過那種更合乎本性的生活罷了。他在華爾騰湖的來去都合乎他性格的邏輯。他並沒有想到華爾騰湖畔日後會成為一個聖地。他也並不希望別人來追隨他，他只是痛感於人們在生活中的迷失，「還包括那些貌似富有卻於所有人中極為貧瘠的人，他們積攢了些無用的財產，卻不知如何使用或擺脫」，他要透過自己的實踐向世人證明何為自由和人生之價值，他寫下這部書，也「並非為自己，而是為人類；我身上的缺點和矛盾，並不影響我的陳述的真理性……我下定決心，決不低聲下氣地做魔鬼的辯護人。我要努力為真理說話。」

觸動我的，就是梭羅的這種坦率和真實。他並不想充當一個聖人。他來到華爾騰湖畔探索生活的意義，但他絕不自欺，也不給他的鄉鄰和讀者提供任何廉價的、靠不住的承諾。他正是我所讚賞的那種「徹底的思想家」（radical thinkers）。如第十一章〈更高的法則〉的這個開頭，就使我深感驚異：

「當我提著一串魚，用魚竿探路穿過樹林回家的時候，天色已經相當昏暗了。那時，我突然瞥見路上有一隻土撥鼠悄然橫穿而過。一種野性的快感使我不自覺地戰慄，並使我強烈地想要捉住他，將他生吞活剝；並不是因為我那時餓了，只是為了他表現出來的那種野性……我曾發現在我內心裡面，和大多數人一樣有一種追求更高的或者稱之為精神生活的本能，至今也還是如此。但同時，我又有另一種本能朝著原始的佇列和野性走去。我對這兩種本能都心存敬畏，對野性的狂熱也並不亞於善良……我有時候喜歡粗劣地對待生活，更願意像動物一樣過日子。」

由此可見，梭羅來到華爾騰湖畔並拿他自己做「實驗品」，如用詩人雷內．夏爾的一個說法，既是「對頂峰的尋找」，也是對「基礎」的重新勘探（夏爾的一部詩集即是《對頂峰和基礎的尋找》）。即使是「詩意地棲居」，首先也要把它建立在一個真實可信的基礎上。

正是基於這種「總體」上的瞭解，我們把第一章「Economy」按其本意譯為「經濟學」。這個看似不那麼「詩意」的開場白，卻更能還原梭羅生活和思想的出發點。當然，隨著閱讀的深入，我們會發現梭羅的「經濟學」，遠遠超出了一般層面，而具有了人生和倫理的意義。

《湖濱散記》一開始就充滿了爭辯之聲，自辯，與鄰人和社會的對話和愛默生所說的「異議」。人首先是一種肉體的物質存在，是社會和經濟生活的一員，而且人人都得獨立謀生。爭辯就是從這種常識開始的。十九世紀中期，隨著工業革命對社會生產力的高速推進，傳統的生活方式受到衝擊，人們對物質文明的追求也相應遞增，人們不是忙於生計，就是在追逐所謂更奢華與舒適的生活方式，但是，對於「別給我金錢，別給我名譽，給我真理吧」的梭羅來說，這一切的意義和價值何在呢？他看到的是，在表面的光鮮和富有下，「芸芸眾生都過著一分平靜而絕望的生活」。他以自己的切身經驗向人們呼籲：

> 「據我自己的經驗，目前在我們國家，只需要一把刀、一柄斧頭、一把鐵鍬和一輛手推車等少數工具就足夠生活了，對於好學之人，還要再加上燈和文具，以及能讀上幾本書。這些東西僅次於必需品，花一點點錢就能得到。」

而為了發現生活的基本必需品都有哪些，又該如何獲得，梭羅甚至在第一章中精細地列了一份份帳單，比如全部造房的材料費，豆地的花費與收入等。「總之，信仰和經驗使我確信，只要生活得簡單而智慧，維持一個人在世間的生命並不是一件苦差，而是一種消遣。」他甚至以他富有個性的方式說：「我寧願坐在一顆南瓜上，將它完全據為己有，也不願和眾人擁擠著坐在天鵝絨軟墊上。」

梭羅的這種生活方式和價值觀，在今天已為更多的人所認同和接受（比如在今天就有「必要的貧窮」、「清潔精神」等說法），但在當時的那種社會習俗下，如按愛默生的評價，卻是「革命性」的。梭羅自己在《湖濱散記》中也講到這樣一個細節：「我要訂做一件款式特別的衣服，女裁縫神情嚴肅地告訴我說：『他們現在可都不是這麼做的』……就好像她引用的是命運女神那樣一位非人間的權威。」「在給我量尺寸的時候，如果她不考量一下我的性格，而只是量我肩膀的寬度，就好像我是那掛衣服的釘子，那這種丈量又有什麼用呢？……我有時感到絕望，在這個世界上，要借助人們的力量完成一件哪怕十分簡單、樸實的事情也是不可能的。他們必須先經過一次強有力壓榨機的擠壓，好把舊觀念擠壓出去，如此一來，他們一時之間也無法站穩腳跟……」

這就是梭羅所生活的那個時代。愛默生就曾這樣充滿欽佩地描述：「有幾個人幾乎崇拜他，向他坦白一切，將他奉為先知，知道他那性靈與偉大的心的深奧的價值……他以這樣一種危險性的坦白態度處世，欽佩他的人稱他為『那可怕的梭羅』，彷彿他靜默的時候也在說話，走開之後也還在場。我想他的理想太嚴格了。」

但還有一點，梭羅對自己當然是嚴格的，在《湖濱散記》中他力求證明自己，說服別人，但他並不希望別人按他的方式生活。他自己的生活，在他看來不過是天賦良知的一種昭示：

「年輕人可以從事建築、種植或航海，只要能做他跟我提過的他喜歡做的事情，不妨礙他就好了。我們的智慧，就體現在透過計算而得到的那個精確的點，就好比水手或者逃跑的奴隸的眼睛總要盯著北極星；這種方法足以指導我們一生。或許我們不能在可預測的時間內到達預定的港口，但仍會保持正確的航向。」

可以說，梭羅的這種對世俗虛榮的拋棄，對物質文明和中產階級生活方式和價值觀的抵制，在後來對重塑「美國精神」都產生了深遠的影響，從美國二十世紀六〇年代的黑人民權運動、反越戰運動、嬉皮運動和「垮掉一代」那裡，我們就可以明顯聽到其迴響（縱然有些人學到的只是皮毛）。且不說「垮掉派詩人」，「新超現實主義」或「深度意象」詩人們也明顯和梭羅有一種血緣關係，如羅伯特·勃萊的「貧窮而聽著風聲也是好的」、詹姆斯·賴特的「我突然感到／如果我能脫出自己的軀體，我就會／怒放如花」等。

在我喜愛和認識的詩人蓋瑞·施耐德身上，也能看到梭羅的影子。二十世紀五〇年代末期，他透過翻譯寒山，創造的正是一個類似於「華爾騰湖」的新神話：「他是一名山中狂人，屬於古代中國衣衫襤褸的隱士中的一類。當他說『寒山』之時，不僅指他自己，也指他的住所和他的精神狀態。」

重要的是，同梭羅一樣，施耐德的人生也正是「知行合一」的一生。一九五五年從柏克萊畢業後，他與森林公園簽約，成了一名山道維修隊的工人，整天在荒郊野嶺戶外工作。與他翻譯的寒山詩同時出版的，是他自己的成名詩集《砌石》（*Riprap*），他聲稱這是「為了紀念雙手的工作、對岩石的置放以及我開始將宇宙視為整體的那一刻……」「我猜這些詩歌之所以被欣賞，不僅僅是因為其中的藝術，還因為其中的汗水。」

的確，我熱愛這位詩人，他那些書寫大自然和戶外勞作、間或向中國古老大師致意、帶著汗水閃光和靴子的吱嘎聲的詩篇，不僅讓我深感親切，在我看來，還是對我們這個時代的某種必要的「糾正」：「作為一個詩人，我依然把握著那最古老的價值觀，它們可以追溯到舊石器時代晚期：土地的肥沃，動物的魅力，與世隔絕的孤寂中的想像力……我力圖將歷史與那大片荒蕪的土地容納到心裡，這樣，我的詩或許更可接近於事物的本色以對抗我們時代的失衡、紊亂及愚昧無知。」

多麼孤絕而又富有歷史洞見的詩人！正因為如此，在當今這個所謂後工業的時代，他卻在完成著一種「大地神話」的重構。在這方面，梭羅就堪稱一位先行者。梭羅在華爾騰湖畔黎明即起，到冰封的湖畔取水，他所迎來的，正是那片新大陸「大地之詩」的「第一道黎明的光線」。他也仍將為未來的人們提供啟示和範例。

以上主要介紹了梭羅回歸自然和本性的生活實驗，他所發現的人生真諦及其對後人的激勵和啟迪。《湖濱散記》引人入勝，也絕不單調，而是如大自然一樣豐饒。如同書中的梭羅是一個生活實踐者、修行者，也是一個詩人、哲人、預言家，是一個有責任感的社會批評家，也是大自然的勘探者、博物學家、魯濱遜式的拓荒者、生態和環境保護主義先驅……在他這部作品中，蘊藏著巨大的複雜性、多樣性和啟示性。

梭羅的洞察力、感悟力和他的實踐能力一樣驚人，愛默生就這樣描述：「有一天，他與一個陌生人一同走著，那人問他在哪裡可以找到印第安箭鏃，他回答，『處處都有』，彎下腰去，就立刻從地下拾起一個……他健旺的常識，再加上壯健的手，銳利的觀察力與堅強的意志，依舊不能解釋他簡單而祕密的生活中照耀著的優越性。我必須加上這重要的事實：他具有一種優秀的智慧，一種極少人數特有的智慧……然而在他，這卻是一種永不休息的洞察力……他永遠服從那神聖的啟示。」

或者說，在他的身體力行中，攜帶著他的生命哲學和光照。按照人們通常的說法，梭羅是一個「超驗主義者」，他相信人能憑直覺和本能認識真理，能憑心靈的力量提升生活，使生活變得崇高。華爾騰湖不僅是他在喧囂的世界中尋得的一個去處，也是他精神的家園，這個地方不僅給他提供了豆地，冬日的篝火，思考的空間，也給他提供了認識自然和自己的各種機遇。「古代詩歌和神話至少表明，農事曾是一項神聖的藝術」，不僅是農事，他在這裡感受到的一切都不能不讓人稱奇。他在這裡觀察、傾聽、思考，並且夢想，如他所稱，他含蘊、養育著他的珍珠，直到它完美之時，就將它奉獻於社會。

在《湖濱散記》中，有大量篇幅是關於動物、植物和自然環境的觀察記錄，這是全書最精彩、最吸引人的內容之一。梭羅在這裡花費了大量精力觀察湖水和樹木的變化，鳥類、動物的習性，有時還深入地質考古學的層面，這使《湖濱散記》的許多篇章初看上去像是有關自然的文獻。但是，梭羅展示自然的財富，是為了讓它成為人性的、精神的資源。他的這種貢獻，讓我不禁想起阿赫瑪托娃對帕斯捷爾納克的讚頌：「整個大地成為他的遺產／他要每個人與他一起分享。」

愛默生也非常看重梭羅對大自然的探索：「他決定研究自然史，純是出於天性……他與動物接近，使人想起湯麥斯．福勒關於養蜂家柏特勒的記錄，『不是他告訴蜜蜂許多話，就是蜜蜂告訴他許多話。』……很少有人像他這樣深知大自然的祕密與天才；這種知識的綜合，沒有一個人比他更廣大更嚴正。因為他毫不尊敬任何人任何團體的意見，而只向真理本身致敬。」的確，梭羅對自然的觀察、體驗和發現每每讓人驚歎。他不是簡單地記錄下事實與感受，他筆下的種種事物也不是靜態的，而是充滿了活力和啟示。他筆下的大自然不僅洋溢著一種原始的生命力，有一種粗獷蒼鬱之美，甚至還深具一種神祕性，有一種神話般的性質：

「啊，華爾騰湖的梭魚啊！當我看到他們躺在冰面上，或在漁夫所鑿的、有一個小孔來引入活水的冰井中時，總是會驚奇於他們那罕見的美，彷彿他們是傳說中的魚類，對我們的街道來說如此陌異……他們擁有一種相當炫目而超驗的美……他們不似松樹的青綠，不似石頭的灰褐，也不似天空的蔚藍；但是，在我眼裡，他們確有罕見的色彩……他們，當然是全然無損的華爾騰；在動物王國中也是小小的華爾騰，華爾騰教派！我驚異於他們在此處被捕獲——這集金黃與祖母綠於一身的偉大魚類……隨著幾下痙攣般的遊轉，很輕易地，他們就掙脫了自己在水中濡濕的幽靈，彷彿一個凡人在升入天堂那稀薄空氣前的時刻裡，掙脫了自己的肉身。」

這種對華爾騰湖梭魚的讚頌和神話般描述，不可能不對人們的感受力和後來的文學、詩歌產生影響。在伊莉莎白·碧許的名詩〈魚〉的最後，我就感到了這位美國著名現代女詩人對梭羅的「致敬」：「……直到那船舷上緣／直到每一種東西／都成了虹彩，虹彩，虹彩！／我把魚放回了大海。」

梭羅是大自然的探索者和讚頌者，也是大自然的翻譯者，在翻譯中他認出宇宙的律動，也認出人與自然的「血親」關係。如第十七章中對冬去春來之時華爾騰湖的描述：「華爾騰湖在迅速融化……一塊巨大如野的冰從其主體中破裂出來。我聽見一隻北美歌雀在河岸的灌木叢中歌唱——謳利，謳利，謳利——叱，叱，叱，掣，吒，——掣，微嘶，微嘶，微嘶。」這是多麼動人啊。而在最後一章的結束語中，也即向他鍾愛的華爾騰湖告別之前，梭羅打通了人與自然的血肉關聯，向生生不息的宇宙生命獻上了這樣的頌歌：「我們體內的生命，就像河流中的水。它今年的水位，可能升高得為前人所無法想像，並漫上焦渴的高地。」然後他的筆觸竟轉向了一隻強壯、美麗的蟲蛾：

「誰聽了這個故事，不會強烈地感受到它對復活與不朽的信仰呢？又有誰會知道，何等美麗的、長著翅膀的生靈，它的卵已經埋葬在木頭的年輪中，進入生如死灰般的人類社會好多年了，先是封存在蒼翠鮮活的樹木中，後來這樹木漸漸變成了它枯塚的外殼——當一家人圍坐在節日的餐桌旁，它持續多年的啃噬聲，碰巧被這家中的人聽見——會出人意料地從這社會中最不起眼、隨手轉賣的家具中飛出來，終於享受到它完美的盛夏！」

最後，我簡單談一下梭羅的藝術風格、藝術成就和我們的翻譯。《湖濱散記》——多半內容草成於梭羅居住於華爾騰湖畔期間，後來經過了補充、修改和重寫。鑑於他的第一部書《康考特和梅里馬克河上的一週》的失敗，在寫作和修改《湖濱散記》時，梭羅格外慎重，他沒有倉促寫就和出版，而是靜下心來對經驗進行過濾和提煉，一次次地對文稿進行修改，使之達到完美。

《湖濱散記》早已是美國現代文學中散文作品的典範。它是生活和精神的傳記，但也是語言的藝術創作。如梭羅在日記中所說，他的寫作以真實經歷為依據，但「事實只是我的畫像的框架」、「是我正在寫作中的神話中的材料」[2]。《湖濱散記》的最後成書，讓我感到的，也正是一種「把大地轉化為神話」的卓越努力。這不僅在於他對《聖經》、古希臘、羅馬神話和典籍（如古羅馬加圖的《農業志》）、印度和中國古老智慧的大量參照和有機引用，更在於他對平凡事物的詩性轉化和神話重構，正如愛默生所指出的：「他性靈的知覺上有詩的泉源……他也善於在散文中找出同樣的詩意的魅力。」這就是為什麼在《湖濱散記》中，會處處閃耀詩性的元素和神話的光輝。

《湖濱散記》的風格獨樹一幟，融自敘、觀察、思考、想像、批評為一體，像一部雄渾的交響樂。梭羅的文筆雄健有力，元氣充沛，富有思想性和鮮明的個性。他把敏銳的感受力、精準的觀察力和「觀古今於須臾，撫四海於一瞬」的想像力與概括力結合為一體。在行文風格上，有人已指出過他的特點：語句直截了當（straight forward）、簡約精煉（concise）、言說切題，往往一語中的（to the point），完全不像維多利亞中期散文那樣散漫、堆砌和矯情，也沒有那種朦朧和抽象的氣息。

在翻譯時，我們也時時感到了梭羅的語言天才，感到了他在語言上非凡的創造力。正如他自己聲稱，他要創造出「一個腐朽的時代所無法理解的語言」，他要拋開一切陳詞濫調，「回到語言最原始的類比和衍生意義上」。正因為如此，給翻譯帶來了極大挑戰。梭羅的語言，往往是敘述、觀察、哲思、雄辯和詩性隱喻的難以拆解的綜合，密度大，難度高。在翻譯時我們縱然耗盡了心力，但不敢說就完全達到了滿意的程度。此外，怎樣在今天重建梭羅的語調和文字風格，這也是我們面對的課題。在已有大量譯文的背景下，我們所做的，是盡量忠實於原文而又能在譯文語言上有所刷新和創造，重要的是，要讓人能聽出那活生生的語調。本書的翻譯除了我和李昕主譯外，李海鵬、唐小祥、方邦宇也參與了部分文字的初譯工作。我們從中學到了很多，感受到很多，它對我們的震動和啟示，也深深抵及到我們生命的深處。這一切，正如愛默生在《梭羅》一文中所引用的梭羅自己的詩句：

我本來只有耳朵，現在卻有了聽覺；
以前只有眼睛，現在卻有了視力；
我只活了若干年，而現在每一剎那都生活，
以前只知道學問，現在卻能辨別真理。

我們衷心希望，這不僅是我們，也是讀到這部偉大作品後更多的讀者所能獲得的珍貴感受。

王家新

二〇一七年六月五日於北京

01

經濟學

Economy

在我寫下以下文字，或其中相當多的一部分的時候，我是獨自生活在林間，離附近鄰居都有一英里。我自己建了一座房子，在麻薩諸塞州康考特鎮的華爾騰湖畔，靠雙手勞動養活自己。我在那裡生活了兩年零兩個月。如今則又成了「文明社會」的寄居客。

我本不會貿然地跟讀者講起這麼多我的私事，只是我們鎮上的居民對我的生活方式總有這樣那樣的問題。有人說我的生活方式有點馬馬虎虎，但考慮到當時的情況，我卻覺得這種方式非常自然，也非常合適。還有人問我以什麼為食，會不會感到孤單和害怕，諸如此類；另一些人則想知道我收入的多少被用於慈善事業；還有一些來自大家族的，則問我幫助了多少個貧困兒童。所以，如果在本書中我試圖回答了一些這樣的問題，就要請對此並沒什麼特別興趣的讀者們包涵了。多數書對第一人稱「我」字都避而不用，本書則會保留：這種「自我主義」，是本書有別於其他書的主要不同。我們常會忘了，無論說些什麼，其實都是第一人稱在發言。我本不該談論這麼多我自己的事，如果我對他人的瞭解甚於我自己。很不幸，因為經歷有限，我也只能侷限於這一主題了。另外，從我的角度看，任何一位作者都應該首先直接、真實地記下自己的生活，而不僅僅是他聽來的別人的生活；有些這樣的記述就好像是從遙遠的異鄉寄給親友們似的；因為只要他認真生活，就必然居於相距遙遙的異域他鄉。或者，這些篇章更是為窮學生們而寫的。至於其他的讀者，則會接受適用於他們的部分。我相信，沒有誰會為了把衣服穿上身，硬生生拉扯衣服的縫線；因為只有合身，才能穿著舒適。

我樂於講到的話題，並非關於遠在中國或桑威奇島[1]的居民，而是關於你們，本書的讀者，據說生活在新英格蘭地區的人們。它們主要是關於你們的狀況，尤其是你們在這個鎮上，在這個世界上的情況或境遇。那是什麼樣的情況或境遇？一定要像現在這般糟糕嗎？難道沒有改進的餘地了嗎?我到過康考特很多地方。無論在哪裡，商店、辦事處抑或是田野，看上去居民們都在用上千種讓人驚異的方式自我懲罰。我曾聽說過婆羅門教徒的苦修之法：坐在四面火焰之中雙目直視太陽；頭朝下將身體倒懸在火焰之上；扭著頭望向蒼天，「直到他們無法恢復原來的姿勢，而扭著的脖子，也使除液體外的任何東西都無法進到胃裡」；鏈鎖縛身，終生捆在一株樹下；毛毛蟲一般地，用他們的身體丈量帝國廣袤的土地；單腳站在柱石頂上——即便是這些有意為之的自我懲罰，也不比我日常所見的情形更令人難以置信和驚愕。與我的鄰居們所承受的相比，赫拉克勒斯[2]的十二件苦差也算不得什麼，因為那終歸不過十二件而已；而我卻從沒看見他們殺死或捕獲了什麼怪獸，或完成了哪件差事。他們也沒有伊俄拉斯[3]一樣的夥伴，用火紅的烙鐵來灼燒海拉德的斷頸。對於他們而言，一顆頭被砍掉了，立刻就會有另外兩顆長出來。

在我看來，繼承農田、房舍、穀倉、牛羊和農具是年輕人和我鎮上同胞的不幸。因為這些東西得來容易，要擺脫它們的束縛卻要艱難得多。他們還不如生在空曠的草場裡，由野狼餵養長大[4]，這樣反倒眼目清明，辨得清是什麼樣的土地在召喚他們勞作躬耕。誰使他們成為土地的奴隸？當人命中註定只需寸土為生計，為何他們卻要種植六十英畝的土地？為何自呱呱墜地他們就開始自掘墳墓？他們不得不過著人的生活，推著眼前之物前行，盡可能讓一切進展順利。我碰見了多少個可憐的、不朽的靈魂，在生活的重負下，飽受碾壓，幾近窒息，只能沿著生活的道路匍匐而行，推動著面前七十五英尺長、四十英尺寬的穀倉，一個從未打掃過的奧吉亞斯的牛圈[5]，以及上百英畝的草場、林地和耕地，在那裡備耕、除草。而那些沒有產業可以繼承的人，自然也就沒有承繼家業所帶來的無端負擔，卻又不得不為了幾立方英尺的血肉之軀，屈身勞作。

然而，人們總是於錯誤中盲目勞作，人之較好的部分也很快被犁進土壤，成為肥料。一種似是而非的命運，通常我們稱為「必然」的東西，支配了人們去積累財富，而正如一本古書中所說，財富或者被飛蛾和鏽斑腐蝕，或者被闖入的盜賊竊取[6]。這是蠢人的生活，即便他們之前不曾明白，在接近生命終點的那刻則必然醒悟。據說丟卡利翁和皮拉在造人的時候，就是把石頭從頭頂往身後扔。[7]詩云：

Inde genus durum sumus, experiensque laborum,
Et documenta damus qua simus origine nati.[8]

或者，如羅利[9]所曾鏗鏘吟詠的那樣：

「從此我們的善良之心堅硬，承受痛苦和憂戚，
證明我們的軀體實源自岩石。」

將石頭越過頭頂拋到身後，根本不留心它們落到哪裡，對如此的神諭，他們竟也能盲目遵從。

即便在這個相對自由的國度，出於純粹的無知或謬誤，多數人滿腦子都是人為的擔憂或生活中無益的粗糙勞累，致使他們無緣摘得鮮美的生命果實。過度的勞作，使他們的手指太過粗笨，而且顫抖得厲害，已不適宜採擷。事實上，勞動者無暇持之以恆地使自己得到真正的完善，也無力維持人與人之間最人性化的關係；他的勞動一到市場就貶值。他沒時間做別的，除了成為一架機器。他如此經常地濫用他的知識，又如何記得清自己的無知呢？——何況他的成長需要無知。在對他做出評判之前，我們先要無償地為他提供食物和衣服，用興奮劑使他恢復精力。我們天性中的最佳品質，就如同水果外皮的粉霜，只有最為精心的呵護才

使其得以留存。然而，不論對自己還是對別人，我們都不曾如此柔情。

我們都知道，你們之中有些人是貧困的，體會著生活的不易，有時可以說連氣都喘不過來。我不懷疑，在本書的讀者之中，有些人是付不起餐費的，也無力償付那即將磨壞或早就磨壞了的衣服和鞋子，可你們還是從債主那裡撬來了一個小時，在這些篇章中度過這借來的甚或偷來的時光。你們中的許多人過著卑微而難言的生活，這顯而易見，憑生活歷練的經驗我一望可知。你們總是生活拮据，設法做點營生，擺脫債務。債務是古老的泥淖，拉丁文裡作 **aes alienum**，意為「他人的銅幣」，因為拉丁錢幣多是銅鑄的。你們在「他人的銅幣」之下生活、彌留、被葬送掉；一味地承諾償還、明天就償還，而今天還在無力償還中拚命掙扎；竭力討好，尋求關照，用盡了各種辦法，只要不犯罪坐牢；你們撒謊、奉承、投票，收縮自己以擠進文明的硬殼，或者膨脹自己至稀薄大氣並冒充慷慨，你們說服鄰居，由你們為他們做鞋、帽、衣服或者馬車，再不然就添些雜貨；你們賺了些錢，擱在舊箱子裡，或者裝進襪子放在石灰牆的後面，或者為了安全起見存進磚瓦結構的銀行，以應對不時之需，結果自己卻累出病了。那錢不論存在哪裡，數目如何之大，或者如何之小，但又怎樣呢！

我時常疑惑，在對待黑人奴隸制這種非正義的、多少有些舶來的奴役形式時，我們竟至——我幾乎可以說——如此輕率；許多機敏而嫻熟的奴隸主，奴役著美國南北。南方奴隸主是嚴苛的，北方奴隸主更有過之；然而，最為糟糕的是你成為自己的奴隸主。談什麼人的神聖！看看大路上的趕馬人，夜以繼日地趕往市場，他的內心激蕩著什麼神聖性嗎？他們的最高職責無外乎給馬飼草餵水！和運輸的獲利相比，命運又算得了什麼呢？難道他不是在為名聲烜赫的士紳趕馬嗎？他有什麼神聖，談什麼不朽啊？請看他匍匐而行，一天裡戰戰兢兢，談不上不朽，也談不上神聖，而是自認為奴隸和囚徒——這些名號恰與他的日常所為相配。相比於我們的自知之明，公眾輿論這位暴戾的君主也顯得力量薄弱。決定或者表明了一個人的命運的，正是他的自我認知。甚至西印度群島各地也在談論心靈和想像力的自我解放——又有哪一個威爾伯福斯[10]來促成此事呢？再想想那片土地上為抵禦世界末日而不停地編織梳粧臺坐墊的婦女，對自己的命運竟無絲毫關心！彷彿消磨度日竟能無損於永恆！

芸芸眾生都過著一分平靜而絕望的生活。所謂順從天命，正是確定無疑的絕望。走出絕望的城市，你來到絕望的鄉村，只能以水貂和麝鼠的勇氣自我慰藉。甚至在所謂的人類遊戲和消遣下，都隱藏著一種模式化的、不易察覺的絕望。兩者之間都無娛樂可言，因為娛樂產生於工作之後。然而，不陷於絕望之事，才是智慧的特徵之一。

當我們用教義問答的語言，回答諸如什麼是人生的主要目的、必備之需或確當手段的時候，看起來就好像人們有意選擇了共同的生活方式，因為他們對這種生活方式更為青睞。其實他們知道，除此別無選擇。然而，人之清醒、健康的本性則記得「太陽升，萬物明」的道理。不論何時拋棄偏見，都不會太遲。任何一種想法或做法，無論多麼古老，未經確證都不可信。今天人人為之附和或以為尚可默認的真理，明天就可能被證有誤，有些意見，曾被視為祥雲，將在他們的土地上揮灑滋養的甘霖，結果也不過是縹緲的氤氳。老人們認為你辦不到的事，你做了，結果成功了。老有老做法，新有新規矩。比如，老人們或許就不太明白添加燃料能使火種長燃不熄的道理；新人們則在陶罐下放上乾柴，繞著地球飛行[11]，速度迅疾如鳥，那架勢，套用一句習語，可是「嚇死老人」了。和年輕人相比，老人不見得就更勝任當指導，甚至未必做得同樣好，因為他們雖然收穫了很多，失去的卻更多。人們幾乎有理由懷疑，最智慧的人是否在生活中學到了具有絕對價值的東西。事實上，老年人對年輕人並沒有非常重要的忠告。他們自身的經驗本來就有限。他們也必然相信，由於個人的原因，他們的生活本就是慘痛的失敗。可能他們心中留下了些與那些經歷不符的信心，只是他們已不那麼年輕了。我活在世上也有三十來年，卻沒有從長輩們那裡聽到哪怕一個字的有價值的甚或真誠的忠告。他們什麼也沒告訴過我，或者他們也無法告訴我怎樣去生活。這就是生活，其中大半我還未曾嘗試；就算他們曾經嘗試，對我也沒什麼助益。假如我有什麼自認為有價值的經驗，也可以肯定我的師友們並不曾就此發表過什麼見解。

一個農夫對我說，「光吃蔬菜你是活不下去的，因為蔬菜提供不了骨骼所需要的養分」；所以他每天虔誠地分出一部分時間，為他的身體提供骨骼所需的原料；他在耕牛的後面邊走邊說。那幾頭牛啊，靠吃蔬菜形成的骨骼，拉著他和他的木犁，不顧障礙地向前走著。在某類人中間，比如對那些最無助的或身染疾病的人而言，某些東西確實是生活的必需品；而對另外一類人來說，則只不過是奢侈品；換到別的人群中，則又成了全然的稀奇事了。

有些人以為，人類生活的全部領域，不論是高山還是低谷，已被前人踏遍，所有的一切都已被關注。據伊夫林[12]的說法：「智慧的所羅門規定了樹與樹之間的那些間距；羅馬執政官也曾規定隔多久你可以進一次鄰家的田地，撿拾掉在地上的橡實，而不被算作亂闖私宅，並且還規定了應分給鄰人的數量。」希波克拉底[13]甚至留下了剪指甲的方法說明：與手指平齊，不長不短。毫無疑問，乏味和倦怠耗盡了生命的豐富與愉悅，並且它們像亞當那般古老。而人的能力卻從來未被量度；我們也不能根據任何先例判斷人能做什麼。他已經嘗試的事情尚少。不論之前你有些怎樣的失敗，「別難過，我的孩子，誰又會將你未完成之事再交託給你呢？」[14]

我們可以用一千種簡單的方式來檢測我們所嘗試的生活；這就好像同是那一輪太陽，既照熟了我的豆莢，也照亮了一組類似於我們地球的行星。如果我早就記住了這一點，就能避免不少錯誤。這陽光並非我為豆地鋤草時所沐浴的陽光。那些星是多麼神奇的三角形尖角！宇宙中各式的宅邸之內，又有多少相距遙遠、迥然相異的物種在同一時刻凝神遙望著同一顆星星啊！誰能說得清生活向別人展示了怎樣的前景？難道還有比兩雙眼睛一瞬間的凝神對視更偉大的奇蹟嗎？我們應該在一瞬之內經歷這個世界所有的時代；是的，甚至所有時代的所有世界。歷史，詩歌，神話！——據我所知，任何一種獲取別人經驗的閱讀方式都不會像閱讀歷史、詩歌、神話一樣令人驚異而又資訊豐富。

我的鄰居們大多稱之為好的東西，在我靈魂深處卻認為是壞的。如果我有什麼可懺悔的，則很有可能正是我善良的品行。究竟什麼魔鬼掌控了我，讓我的行為如此規矩？老人啊，你可以說你所能說過最智慧的話——你活了七十年，也有過某種榮耀。然而我聽見一個不可抗拒的聲音，引領我遠離你的教誨。一代人拋卻了另一代人的事業，就好像它們是些擱淺的船隻。

我認為，我們可以完全信賴的東西比我們現在信賴的要多很多。我們不妨放下些對自己的在乎，誠懇地把它們投入別的地方。大自然適應我們的弱點，正如它適應我們的力量。有些人一味地緊張焦慮，幾乎成了不治之症。我們生來就願意誇大我們工作的重要性；可我們沒做的又有多少啊！否則，如果我們病倒了，會有怎樣的後果？我們多麼謹慎啊！下定決心只要能避免就不依靠「信仰」生活；我們終日保持警惕，晚上則不情願地禱告，把自己交付給無常的命運。我們被迫生活得如此周到、真誠，敬畏我們的生活，拒絕變化的可能。我們說，只能這樣生活呵；可是，從中心一點能畫出多少半徑，就有多少種生活方式。一切變化都是值得思索的奇蹟，但也是每時每刻都在發生的奇蹟。孔子說：「知之為知之，不知為不知，是知也。」當一個人將想像出來的事實降格為他所理解的事實時，我預見到：所有的人最終都將以此為基礎建構他們的生活。

我們不妨稍事思考，我前面所提到的煩惱和焦慮大多是關於什麼的，我們又有多大必要受其困擾，或至少因此而謹慎？雖然置身於表面的文明，一種原生態的、拓荒式的生活對我們仍是有益處的，哪怕只為了發現生活的基本必需品都有哪些，它們又該如何獲得；甚至翻閱一下過去商人們的流水帳，看看人們通常在買些什麼，儲存些什麼貨物，也就是說，最基本的雜貨都有哪些。時代的變遷並未對人類的基本法則產生多大影響，就好比我們的骨骼和我們祖先的骨骼大約是無法分辨得開一樣。

　　我所說的生活必需品，是指在人透過努力所獲得的事物之中，那些從一開始或在長期使用過程中，成為人們生命中重要內容的事物。它們非常重要，幾乎沒人試圖離開它們度日，無論是出於蒙昧、貧窮還是哲學上的原因；即便有，也是極個別的。對許多生物而言，這種意義上的生活必需品只有一種：食物。草原上野牛的所需之物是幾英寸長的美味的青草和可飲用的清水；此外，他還需要尋找森林或山蔭的遮蔽。任何牲畜的所需之物都不過是食物和庇護所。就本地的氣候條件而言，人類生存的必需品可歸入以下幾類：食物、住所、衣服、燃料。這種劃分已經足夠準確。只有這些得到保障，我們才做好了自由地面對真正的人生問題的準備，並有望獲得成功。人類不僅發明房屋，還發明衣服和煮熟的食物；現在，坐在火邊取暖已成為生活中的必需，這可能是來自最初偶然發現的火能生溫，以及後來使用它的效果（起初用火還是很奢侈的呢）。我們可以觀察到，貓和狗也獲得了同樣的第二天性。借助適當的住所和衣物，我們就理所當然地保存了體內的熱量。但如果住得太熱或穿得太暖，或者燃料的溫度過高，也就是說，外部的溫度高於我們體內的溫度，那麼，我們豈不是在烘烤人肉了嗎？自然科學家達爾文談到火地島的居民時說，他們一行人穿得厚厚的坐在火堆旁烤火尚不覺熱，那些赤身露體的野蠻人離火堆遠遠的，卻「在火焰的烘烤下汗流浹背」，這讓他大為吃驚。我們也聽說過，新荷蘭人[15]裸著身體若無其事地走來走去，而歐洲人卻裹在衣服裡瑟瑟發抖。野蠻人的強壯和文明人的智慧是不是就無法結合到一起呢？按照李比希[16]的說法，人的身體好比火爐，食物即是燃料，保持著肺臟內部的燃燒。冷天我們多吃，熱天則少吃。動物的體溫正是緩慢內燃的結果，而疾病和死亡則在燃燒過旺時發生；或者，由於燃料短缺或通風不良，火便熄滅了。當然，「生命的體溫」不宜與「火」混為一談；這樣的類比就到此為止吧。因此，從上面的列舉來看，「動物的生命」和「動物的體溫」幾乎同義，因為既然食物可以被看作保持我們體內火種的燃料——而一般所說的燃料的用途只是煮熟食物，或者從外部增加身體的熱量——住所和衣服也可以只用來保持人體產生或吸收的熱量。

由此，對人體而言，極為必需的就是保暖，保持體內生命的熱量。我們經受了何等的苦辛呀，不但為了獲得食物、衣服、住處，也為了我們的床鋪——那些我們夜晚的衣服。我們從鳥的巢穴和胸脯上掠奪羽毛，營造這住所中的住所，就如同鼴鼠在洞穴盡頭用草和樹葉做成的床鋪。可憐的人總是叫苦，說這是一個寒冷的世界；我們把大部分的病症歸於寒冷：身體上的，或者人際上的。夏天，在某些氣候條件下，人們的生活好似樂園。除做飯之外，是不需要燃料的。太陽就是火焰，它的光線將眾多果實充分「烹製」；除食物更為多樣、易得之外，衣服和房舍也完全多餘，或半多餘了。據我自己的經驗，目前在我們國家，只需要一把刀、一柄斧頭、一把鐵鍬和一輛手推車等少數工具就足夠生活了，對於好學之人，還要再加上燈和文具，以及能讀上幾本書。這些東西僅次於必需品，花一點點錢就能得到。但有些人就不太聰明，跑到了地球的另一邊，那些蠻荒、髒亂的地界，花了十幾二十年的時間做生意，就是為了能最終生活——當然是舒適而溫暖的生活——並且死在新英格蘭。那些奢侈的富人則不只是保持舒適的溫暖，反而是不正常的高溫；就像我在前面說過的，他們是被烘烤的，當然還烤得挺時髦。

大多數奢侈品，以及很多所謂舒適的生活方式，不但沒有必要，而且確實妨礙了人類的進步。談到奢侈與舒適，大智者的生活相比於貧困者往往更為簡單，更為樸素。中國、印度、波斯和希臘的古哲學家們都是同一類人，和他們相比，沒人在物質上更貧窮，也沒人在精神上更富有。我們對他們所知不多，但能知道這麼多，已經夠讓人驚歎了。這些民族晚近的改革家或有卓越貢獻的人也是如此。只有從我們稱之為甘貧樂苦的有利立場出發，才能成為一個公正、睿智的人類生活觀察者。奢侈的生活結出奢侈的果實，不論在農業、經濟、文學還是藝術上皆是如此。當今社會只見哲學教授，卻不見哲學家。然而，當個哲學教授也是很可羨慕的事，因為曾經連活著都讓人羨慕呢。而當個哲學家，則不僅要有精深的思想，或者建立個哲學流派，而且要熱愛智慧，並且遵循智慧的指示，過一種簡單、獨立、寬容而且誠信的生活。不論在理論上還是在實踐上，這都會解決一些生活問題。大學問家和思想家的成功，通常不是帝王或豪傑式的，而是朝臣式的。在實際生活中，他們同父輩一樣，恪守成規地應付著生活，不論從哪個意義上，他們都不能稱為人類一支高貴族群的祖先。然而，是什麼造成了人的退化？又是什麼致使家族沒落？使國家陷於衰亡的奢靡又有著怎樣的本質？我們真能確定在我們的生活中並不存在一絲它的蹤跡嗎？哪怕是在外在的生活方式上，哲學家也是超前於他的時代的。他不像同代人那樣地吃、穿、住以及取暖。一個人既是哲學家，又怎能沒有更好的方式來保持生命的熱量呢？

當一個人用我上文描述過的幾種方式得到溫暖之後，接下來他要做什麼呢？肯定不是再多些同樣的溫暖，就好像無須更多、更豐盛的食物，更寬敞、奢華的住所，更精美、豐富的衣服或者更旺盛、持久的爐火等一樣。在獲得生命的必需後，除了獲取多餘物，人還另有一種選擇，即無須卑微操勞，放個假，開始面對生命本身的歷險。泥土看起來是適宜播種的，因為它使胚根向下生長，然後再自信地向上發出嫩芽來。人也是牢牢地扎根在土壤裡，為什麼卻不能同樣地向天空生長呢？——那些更高貴的植物的價值，在於它們最終在空氣和日光中凝結出的果實。它們遠離地面，受到的待遇不同於低卑的蔬菜。蔬菜雖然可能是兩年生的，但卻待根長成之後方能栽培，而且種植時常被從頂部掐去枝葉，所以即便尚在花期，也難以為人所識。

而對那些生性堅強果敢的人，我不準備定什麼規範。不論在天堂還是地獄，他們都能把自己的事處理妥當。甚至和最富的人相比，他們修建的住處也更宏偉，花費更闊綽，卻不會身陷經濟困窘或生活迷茫——如果這些人們夢中的人物真的存在的話；對於那些已然在目前的情勢中得到激勵與靈感，並以情人的鍾愛與熱情珍惜著它的人而言，我也沒什麼規範可定——某種程度上，我把自己也劃在此類人之列；我的這番話，也並非說給那些不論在什麼情況下都盡職敬業、並清楚自己是否樂於敬業的人——我主要說給那些不滿足於生活、在本有可能改善生活之際卻只是懶散地抱怨境遇與時世的艱難的人。有一些人，抱怨起來慷慨激昂、無法慰藉，因為據他們所稱，他們一直都在盡自己的職責。我所關注的，還包括那些貌似富有卻於所有人中極為貧瘠的人，他們積攢了些無用的財產，卻不知如何使用或擺脫，結果鑄就了加諸己身的金銀鐐銬。

如果我打算把過去歲月裡曾希望如何生活的想法講出來，則多半會使對我的生活經歷有所瞭解的讀者感到驚奇，也必然會使那些對之一無所知的讀者備感訝異。所以我只約略講幾件我認為重要的事。

任何天氣之下，白日或黑夜的任何時辰，我都渴望用好關鍵時刻，並在我的手杖之上留下刻痕[17]；我祈望立身於現在、此時，也即過去與未來這兩個永恆之物的結合點上；我急於站上起跑線。請原諒我表達中的隱晦之處。比起大多行業，我們這一行的祕密更多。不是我故意隱瞞，而是與行業的自身特點有關。我倒是樂意把我所知道的和盤托出，而絕不會在大門上塗上「不得入內」的字眼。

很久以前我丟失了一隻獵犬、一匹棗紅馬和一隻斑鳩，現在還在尋找。我對許多旅客說起過它們，描述過它們的蹤跡，以及它們會回應怎樣的召喚。有一兩個旅客說曾聽到獵犬的叫聲、奔馬的蹄音，或者曾看到斑鳩消失在雲端。他們急於找到它們，就好像遺失它們的是他們自己。

領日出、日落之先，並不足夠；如果可能，要先於大自然本身！無論盛夏嚴冬，有多少個清晨，在所有的鄰居為他們的事務奔忙之前，我就已經開始工作了！毫無疑問，我們鎮上的好多居民都碰到過我勞作做完回來，比如那些黎明時分動身前往波士頓的農民或做工去的伐木工人。當然，我從未從物理上助力於太陽高升，但於彼時在場，卻無疑必不可少。

多少個秋天的，噯，還有冬天的日子，我在城外度過，竭力探聽風聲，聽到了就迅速散播開去！我幾乎為此傾注了全部的資金，而朝著消息的風向追蹤，也使我難以喘息。如果事關兩派政黨之一，看具體什麼內容，則一定已經隨著最新的消息出現在公報上了。其他時候，則從懸崖或樹頂的瞭望臺上觀望，用旗語信號告知每一個新消息；或者傍晚時分，守候在山巔，等待夜幕降臨，期望捕捉到一些什麼，即便我得到的從來就不多，而且這得來的部分，還如同天賜的食物[18]一般，在陽光下會消於無形。

有很長一段時間，我是一家報紙的記者。報紙發行量不大，且編輯認為我寫的大部分稿件不宜刊發。像作家們常碰到的那樣，我付出了辛勞，而得到的卻不過是自己的痛苦。然而，就這件事而言，痛苦也是它自身的報償。

多年以來，我自封為暴風雪、暴風雨的觀察員，且忠於職守；還自任監測員，不能監測公路，就監測林間小路或者便道，確保它們暢通，峽谷間也有橋棧相連，並且四季皆可通行。行人在這些地方的足跡，證明了它們的便利。

我也曾守護城區的野獸，它們常越過籬笆，給忠於職守的牧人帶來諸多麻煩；我曾留意農場那些人跡罕至的角落；雖然今天我可能不知道約拿斯[19]或所羅門具體在哪片土地上耕作，但這不關我什麼事。我澆灌過小葉越橘、沙櫻桃和蕁麻樹、赤松和黑梣樹、白葡萄，以及黃色的紫羅蘭花，否則到了旱季它們就會枯萎凋零。

總而言之，我這樣做了很久，這麼說毫不誇張。我忠於職守，認真處理這些事務，直到情況變得愈來愈清楚：市民們終究是不願意將我列入公職人員名單的，也不允許我掛職拿取適量的薪酬。我的帳簿，我發誓記載可靠，不過的確未經審查，更不用說有誰來兌現、償付或者結清了。不過，我也從未把心思放在這事上。

不久以前，一名走街叫賣的印第安人來到我們附近一名著名律師家兜售籃子。他問：「你們要買籃子嗎？」回答說：「不，我們不買。」「什麼！」印第安人邊往外走邊嚷，「你們是想餓死我們嗎？」眼見他勤勞的白人鄰居那般富有——律師嘛，只需編織好說詞，然後就跟施了魔法似的，財富和地位就都來了——這印第安人便對自己說：我要做買賣；我要編籃子；這事我能做。他認為把籃子編好他就完成了任務，接下來就應該是白人鄰居把籃子買下來。他不明白，他還需要使他的籃子值得購買，至少得讓別人認為值得，如若不然，就做些別的，使那件東西值得買。我也曾編過一種精巧的籃子，不過沒使它們值得購買。但在我而言，一點也不覺得編它們不值得。我從沒研究如何使我的籃子值得購買，相反，我研究的是怎麼避免不得不出售它們。人們讚美且認為成功的生活，只不過是生活的一種。為什麼我們要誇大一種而貶低其他的生活方式呢？

我感覺鎮上的居民不大可能在法院裡給我一個職位，也不會讓我當個助理牧師，或給我個別的什麼生計，我必須自己想辦法。我把目光投向森林，這次比以往都更為專注，因為那裡的一切我都更為熟悉。我決定馬上開工，不再等籌措到通常所謂的資金，就用我已有的微薄積蓄。我去華爾騰湖，並非為了過簡樸或奢華的生活，而是盡可能減少干擾，去從事一些私密事務；如果由於缺乏常識、事業心或者辦事才能，我放棄完成這些事務，則不僅悲哀而且愚蠢極了。

我總是盡力養成嚴格的商業習慣；這對每個人都不可或缺。如果你是和帝國交易，在賽勒姆港海濱的某處設個財務室作為固定機構也就夠了。你可以出口那些本國出品、純粹地產的商品，如大量的冰、松木及少量的花崗岩，運貨就用本地貨輪。這都是些好生意。你需要親自監看所有細節，同時身兼領航員和船長、貨主和承購人等多職；買入、賣出、記帳；閱讀每封收到的信，撰寫或審閱每封要寄出的信；夜以繼日地監督進口商品的卸貨；幾乎同時出現在岸邊的多個地點——裝載有最昂貴貨品的貨輪通常會在澤西的一個口岸卸貨；要自己發旗語，不知疲倦地掃視海面，和近岸通行的所有船隻溝通情況；保持商品穩步派送，供給一個遠方的高價市場；要確保瞭解各地市場的情況、任何一地的戰爭或和平的前景，預測貿易和文明發展的趨勢；要利用所有探險的成果，走新航道，運用航海技術的新進展；要研究航運圖，確定礁石、燈塔、浮標的位置，並對對數表進行一次又一次的修改，因為本該到達友好港口的船隻之所以常撞在岩石上、造成船體分裂，正是由於某個計算員的錯誤——比如拉・貝魯斯[20]那不為人知的命運；要跟上宇宙科學發展的步伐，研究從漢諾[21]和腓尼基人至今的一切偉大的發現者、航海家、探險家、商人的生活；最後，時時登記庫存，瞭解自己的狀況。這是一份苦勞，需要調動一個人的各種官能，涉及盈利或虧損、利息、皮重和備損以及其他各種估量計算問題，所以同樣要求廣博的知識。

我認為華爾騰湖是一個做生意的好地方，不僅僅是因為鐵路線和採冰業；它還有別的不便透露的便利之處。它是一個不錯的港口，地基扎實。儘管你得到處打樁奠基，但不必填充涅瓦河區那般的沼澤。據說西風之下，涅瓦河如果漲水，裹著冰塊的河水足以把聖彼德堡沖出地球表面。

因為要開業之時我並沒有備足通常所謂的資金，所以哪裡能獲得從事這行所不可或缺的那些東西呢？這也許不容易揣測。直接涉及問題的實際部分，比如衣服：我們採購衣服，通常都是考慮款式是否新穎，人們會有何意見，而並非其真正的實用性。讓那些有工作的人回憶一下穿衣的目的：首先，保持生命的熱量；其次，社交場合得體。如此他就可以判斷，如果不去添置新衣，能完成多少必要且重要的工作。國王、王后的衣服都只穿一次，雖然他們有專門的裁縫和服裝師，卻無法體會穿上一套合體衣服的那分舒適。他們比掛著乾淨衣服的木架好不了多少。而我們的衣服，卻一天天地與我們更為相融，帶上了穿衣人性格的烙印，直到我們一再拖延，縫縫補補，最後才面色凝重、猶豫不捨地將它們收起，就彷彿在處理我們的身體。在我看來，沒有人會因為衣服上有塊補丁而顯得卑賤。但我確信，相比於擁有健全的良知，人們通常對時髦的，或者至少是乾淨的、不打補丁的衣服更為在意。但即便破了沒補，所暴露出來的最大缺點也不過是不修邊幅罷了。我有時會這般試探熟人——誰肯穿在膝蓋處打了補丁或者多了兩道縫線的褲子？多數人的反應，就好像他們人生的前景將由此被毀。他們寧可跛著一條腿進城，也不願穿著破褲子四處走。通常，如果一位紳士的腿意外受傷了，是可以療救的；但如果他的褲子經歷了同樣的事故，就無藥可救了；因為他所考慮的，並非真正值得敬重的東西，而是為人們所看重的東西。我們認識的人不多，但認識的衣服、褲子卻不少。給稻草人穿上你貼身的大褂，而你卻一絲不掛地站在旁邊，有誰不會立即向稻草人問好呢？那天，我經過一片玉米地，走近一根穿衣戴帽的木樁，才認出那是農場的主人。跟上一次見面相比，他只是在風吹雨淋中經歷了更多風霜。我聽人說起過一隻狗，它對所有穿了衣服向他主人的宅院走來的陌生人吠叫，卻輕而易舉地被一個赤身露體的竊賊弄得一聲不吭。一個有趣的問題是：如果人們的衣服盡被除去，還能在多大程度上保留他們相應的社會等級呢？如此情況之下，你又能不能在任意一群文明人中間，肯定地指出誰屬於最尊貴的階層？菲佛夫人[22]在她由東到西的環球冒險之旅中，曾到達離她家鄉很近的俄國的亞洲地區。在去謁見當地長官的時候，她感到有必要脫下旅行裝，換身別的衣服了，因為她「此時身處文明國家，那裡……人們以衣帽取人」。即便在我們這些民主的新英格蘭市鎮，誰要是不經意間發了大財，華衣麗服，一身奢華，就能得到廣泛的尊敬。不過，那些表現出尊敬的人，儘管為數甚眾，卻都是些異教徒，真該給他們派去一位傳教士。再說，衣服需要縫紉，那可以說是沒完沒了的事；至少，一個女人的衣服是永遠不會完工的。

一個人終於找到工作了，也並不需要穿著新裝去上班，那件在閣樓裡閒置了不知多久、落滿灰塵的舊衣服就夠用了。舊鞋子效力於英雄的時間，總是比效力於英雄的扈從的時間長——如果這個英雄有扈從的話——而赤腳的歷史就比穿鞋更為悠久了。只有對那些要去參加晚宴和去立法院的人而言，新裝才是必不可少的；而那新裝變化之頻繁，就如同穿著它們的人們那般善變。如果我的外衣和長褲、帽子和鞋子，都適合穿著去參加教堂禮拜的話，那它們就是合適的，難道不是嗎？有誰見過自己舊衣服——那襤褸不堪的破衫爛衣——變成了最初的原料，就算送給窮孩子都算不上善行，而窮孩子還很可能把它們再送給更窮的人，又或者說更富有的人，因為他們生存所依賴的東西要少得多？要我說，所有需要新衣服，而不是穿衣服的新人的事業，我們都得保持警惕。如果沒有新人，新衣服又做給誰穿呢？如果你面前有一份事業，就穿著舊衣服先試試看。人們所需要的，並非用來做事的打扮，而是要做的事，或者說他想要成為的那種人。或許，不論衣服多破、多髒，我們都不該添置新衣，除非我們已經像個新人那般做事、經營、航行，有一種「衣舊人新」的感覺；那時節，留著舊衣服，就好像把新酒裝在舊瓶子裡。我們去舊迎新的時刻，就如同鳥類的褪羽換毛，一定是生命中關鍵的時刻。潛鳥換毛，會躲到無人的湖邊。蛇類蛻皮、蛹蟲出繭，也是如此，所依賴的，不過是身體的孜孜延展。而於我們而言，衣服不過是最外層的材質，或俗世的纏繞。否則，我們將被發現打著虛假的旗號航行，最終必然遭到自己及人類的唾棄。

我們穿上一件又一件的衣服，好像外生植物，要靠在外面加東西來生長。我們體外那些薄而花巧的衣服是我們的表皮，或者說假膚，並非我們生命的一部分，這裡、那裡皆可剝離，而不會帶來致命的傷害；我們常穿的厚衣服，是我們的細胞壁，或者說外皮層；而襯衫，則是內皮層，或真正的皮層，一旦剝除，則不可能不連皮帶肉，傷及身體。我相信不論哪個民族，在某個季節都穿著相當於這種襯衫的衣服。可以想像，如果一個人的衣著非常簡單，即使暗黑無光，一伸手也能摸到自己，且在各個方面均會生活得簡單緊湊，籌備萬全，即便敵人攻城，也能像古代的哲人一樣，徒手空拳，面無驚慌，信步出城。一件厚衣服的用處，大體相當於三件薄衣服，便宜衣服的售價對消費者最為合宜；一件能穿很多年的厚外套五美元就買得到，厚褲子則要兩美元，牛皮靴一美元五十美分，夏季帽二十五美分，冬帽六十二美分半，還可以在家裡做一頂更好的，也花不上幾個錢，如果穿上這樣一套用自己的勞動賺來的衣服，又哪裡會淪落到沒有聰明人向他表示尊敬呢？

我要訂做一件款式特別的衣服，女裁縫神情嚴肅地告訴我說：「他們現在可都不是這麼做的。」語氣中絲毫沒有強調「他們」這兩個字，就好像她引用的是命運女神那樣一位非人間的權威。我發現要做成我要的那種款式並不容易，而原因不過就是在她看來我不是認真的，她不能相信我竟如此輕率。聽到這神諭一般的斷言，一時間我也深思起來，把每個字都單獨吟味了一番，好領會它們的含義，弄明白「他們」和我有多少血緣關係，在這麼一件與我切身相關的事情上，又有著怎樣的權威；最後，我以同樣神祕的措詞回答她：「不錯，最近他們並不這麼做衣服，但現在這麼做了。」「他們」兩個字同樣被我一帶而過。在給我量尺寸的時候，如果她不考量一下我的性格，而只是量我肩膀的寬度，就好像我是那掛衣服的釘子，那這種丈量又有什麼用呢？我們所崇信的，不是美惠三女神[23]，也不是命運女神[24]，而是時尚女神。她紡線、織布、剪裁，十足的權威姿態。巴黎的猴王帶上旅行帽，全美國的猴子都群起仿效。我有時感到絕望，在這個世界上，要借助人們的力量完成一件哪怕十分簡單、樸實的事情也是不可能的。他們必須先經過一次強有力壓榨機的擠壓，好把舊觀念擠壓出去，如此一來，他們一時之間也無法站穩腳跟；在這之後，在一群人中，仍會有某個人腦子裡生了蛆，從一枚不知何時落在那裡的卵中孵化出來；這種東西，縱是烈火也焚燒不盡，你也就必然前功盡棄了。不過，我們也不要忘記，有一種埃及麥子就是透過木乃伊流傳下來的。

總的來說，我認為還不能說服裝已經上升到了藝術的高度，不論在美國還是其他國家都是如此。當前，人們還是能弄到什麼就穿什麼，就好像失事船隻上的水手，就穿他們在沙灘上能找到的東西，然後拉開一段距離——時間上的或空間上的，看著彼此化裝舞會式的裝扮，相視大笑。每一代人都在嘲笑舊風尚，對新風尚則趨之以宗教般的虔誠。看到亨利八世或伊莉莎白女王的衣服，我們不免覺得好笑，好像它們是食人島上的國王和王后的裝束。衣服一旦不穿在身上就顯得可憐兮兮、怪裡怪氣；唯有穿衣人認真凝視的目光及真誠的生活，方能抑制笑聲，讓人們對服裝肅然起敬，不論它是屬於哪個族群。讓喜劇小丑表演腹痛，他的行頭裝扮都得表達同樣的情緒；當士兵被炮彈擊中，他的破衣爛衫也有了華貴紫袍般的莊嚴。

男男女女皆愛新式樣。這種既幼稚又野蠻的品味，使多少人搖著萬花筒、瞇著眼睛，才發現了今天這代人所需要的那種獨特的款式。製造商早就明白，人們的品味完全是反覆無常的。兩種款式，差別就在幾根色調大體相同的線條，其一立時售罄，另一樣則躺在貨架上無人問津。然而，一個季節之後，後者反而成為最時髦的那個了。這種情況經常發生。相比之下，文身還算不上所謂的駭俗陋習。不能僅僅因為它刺進了皮膚，圖案不能改變，就說它野蠻。

我無法認同工廠制度是人們獲得服裝的最佳方式。技工的狀況正日漸相似於他們的英國同行；這也難怪，因為就我所瞭解和觀察，毫無疑問，工廠的首要目標並非讓人們穿得更好、更實在，而是讓公司賺錢。長期看，人類致力於什麼，就會得到什麼。所以，即便眼下有可能失敗，但最好還是確立更高的目標。

至於住所，我不否認，現在它已經成了生活的必需品，儘管很多實例表明，即便在比這裡還要寒冷的國度，也有很多人長期沒有住房卻照樣生存。山繆·萊恩[25]曾說：「拉普蘭人[26]穿個皮衣，弄個皮袋套好頭和肩膀，就夜復一夜地睡在雪地上——那裡的冷氣，足以凍死任何一個身穿毛衣的露宿客。」他曾親眼見他們那樣睡覺。「他們並不比別人壯實。」他補充說。可能還沒在地球上生活多久，人類就發現了住房的便利。「家庭舒適」這個詞，或許本就是指對住房而不是對家庭生活的滿意度。但這種說法極其片面，只是偶爾適用罷了，尤其在某些氣候條件下，說到房子人們主要會想到冬季和雨季，因為一年有三分之二的時間是無須住房的，有把遮陽傘就可以了。就我們這裡的氣候來說，以前在夏天，房子不過是夜晚才用的遮蓋物。在印第安人的記載中，一個棚屋就是一日的行程的標誌，在樹皮上刻下或畫上一排棚屋，就表示他們宿營了那麼多次。人並非生來就四肢高大、體魄強盛，所以只能縮小自己世界的圍牆，以和自身相適應。最初，人類赤身裸體，生活在戶外。白日裡，如果天氣靜美和煦，這樣的生活還算愜意；然而，如果人們沒有趕緊尋求房子的庇護，即便不提當頭的酷日，單是陰雨和嚴冬，可能早就把人類扼殺在搖籃裡了。根據傳說，亞當和夏娃在穿衣服之前就以樹葉遮體。人類需要一個家，一個溫暖、舒適的所在，先要滿足身體上的溫暖，其次還有情感上的溫暖。

我們不妨想像，當人類尚在幼年，有人膽魄過人，爬進了岩洞尋求遮蔽。在某種程度上，每個孩子都重啟著這段歷史：他們喜歡待在戶外，哪怕天氣陰冷、潮濕。他們玩過家家，騎竹馬，完全出於本能。誰沒有年幼時興致盎然地探看傾斜的岩石，或靠近岩洞的記憶呢？這就是我們最古老的原始祖先那分渴望自然的情結在我們身上的遺存。從天然岩洞出發，我們走進了房舍，先後以棕櫚樹葉、樹皮樹枝、編織拉伸的亞麻、青草乾草、木板圓石及石頭磚瓦為頂。最終，我們忘記了曠野之上的生活。我們的生活家居化的程度，超過了我們的設想。從壁爐到曠野，相距委實遙遠。如果在更多的日夜我們與天體之間毫無屏障，如果詩人不是一味地在簷下吟唱，如果聖者也不是如此久地居於室內，也許我們的生活會更美好。畢竟，鳥兒不會在洞穴裡鳴唱，正如鴿子不會珍愛它們在鴿籠內的清純。

不過，如果一個人要設計建造一座宅院，就有必要學些北方佬的精明，以免最終發現自己建了座勞教所，或者毫無線索的迷宮、博物館、救濟院、監獄，甚至豪華的陵墓。先要考慮一下，真正必要的那點棲居面積究竟該有多大？我曾在鎮上見到來自佩諾布斯科特河的印第安人，他們住在薄薄的棉布帳篷裡，帳篷四周的積雪差不多有一英尺那麼厚。我想，如果雪下得再厚點，恰好擋住了寒風，他們肯定高興。以前，對一個問題我比現在還要憂心，那就是怎樣才能既誠實地生活又擁有正當追求的自由？現在，很不幸，我反倒變得有些麻木了。正是在那段時間，我總能在鐵路邊看見一只大箱子，有六英尺長、三英尺寬，到了晚上工人們就把工具鎖在裡面。我因此想到，每一個被生活促逼著的人，都可以買一個這樣的箱子，花費不過一美元，在上面鑽幾個孔，讓空氣流通，在雨天或夜晚鑽進去，放下蓋子，他就獲得了自由，愛他所愛，靈魂無拘。這種方式，看起來並非極糟，也不會遭人鄙視。你想坐到多晚就坐多晚；你不論何時起床、外出，都不會有地主或房主催逼房租。有很多人被房租煩透了，而那其實不過是一個更大、更奢華的箱子罷了。如果他們住進這樣的箱子，也絕不會受凍而死。我可絕不是在開玩笑。簡樸生活是門科學，允許輕慢，卻不能被去除。對於一個慣於戶外生活、粗獷但堅韌的民族而言，從前建造一座舒適的房舍幾乎完全取材於大自然提供的現成材料。麻薩諸塞殖民地的印第安人事務主管古金[27]在一六七四年寫道：「他們最好的房子用樹皮圍蓋，整潔、密實而又溫暖。在樹幹汁液充沛的季節，趁樹皮還綠，他們把樹皮剝下，用厚重的木頭壓成大片……稍微差一些的房屋蓋著葦草席，也還算嚴密、暖和，但不如前一種好……我曾經見過一些蓋毯，有六十或一百英尺長，三十英尺寬……我常在他們的棚屋寄宿，裡面很溫暖，不遜於最好的英式住宅。」他還寫到，這些房子裡面裝飾有地毯和掛毯，繡著精美的花紋，還有各式器具。印第安人已經進化到能調控風向，辦法是將一條毯子懸在房頂上的一個洞裡，再用一根繩子抽拉。這種住處在初建的時候最多花費一到兩天，之後幾個小時內就能拆裝。這種房屋每家都有，或者至少有個隔間。

當文明尚未開化之時，家家都有住宅，且稱得上上好的住宅，完全可以滿足質樸、簡單的需求。空中的飛鳥有巢可依，狐狸有洞可居，野蠻人也有他們的棚屋；然而，在現代文明社會，擁有住房的家庭卻不足半數。我想，我這麼說並非言過其實。在文明尤為發達的大城市，擁有住房的家庭的數量只占總數的一小部分，其餘的人則要為房子這件「外衣」支付年金，且不論冬夏，均不能脫身。這筆租金足可買下整整一個村落的印第安棚屋，卻致使他們貧困終生。我無意強調與擁有住房相比，租房都有哪些劣勢，但很顯然，野蠻人之所以擁有住宅，是因為其價格便宜，而文明人租房而居，一般都是因為無力支付買房的費用，甚至從長期來看，也未必一直租得起。但有人會說，只需支付租金，窮困的文明人就能擁有一處住房，那條件相比於野蠻人的棚屋，也堪稱宮殿了。每年付二十五到一百美元不等（這是鄉下的價格），他就有資格享受幾個世紀住房改善的成果：寬敞的房間，乾淨的油漆、牆紙，拉姆福德式壁爐，灰泥內牆，軟百葉窗，銅質水泵，彈簧鎖，敞亮的地窖，以及許多別的東西。然而，即便享受了這一切，也只是文明社會裡一名普通的貧者，而身為野蠻人，與此無緣，卻堪稱富有，這是怎麼回事呢？如果認為文明是指人類生存條件的真正改善的話——我也認同這種說法，雖然只有聰明人改善了對自己有利的條件——那就要證明在沒有增加成本的前提下，它使人類建造出了更好的住房；一件東西的成本，就是被用以與之交換的那部分被我稱為生命的東西的量，不論即時支付還是長期支付。在這一帶，一座普通房屋的造價約為八百美元，賺夠這筆錢，會耗費一名勞動者十到十五年的生命，還得是在沒有家庭負擔的情況下——這是以每人每天一美元的平均勞動收入來估算的，因為有人多賺，就會有人少賺——所以一般來說，一個人要用去一半的生命，才能賺到一座小房。我們也可以假設他租房去住，那也只是在兩害之間做了一個心下存疑的選擇。此等條件下，倘若野蠻人以棚屋交換了宮殿，會是明智的嗎？

人們可能猜測占有多餘財產以備來日之需的種種好處，但在我看來，這不過是為自己支付喪葬金罷了。但是，人或者是無須埋葬自己的。儘管如此，這仍表明了文明人與野蠻人之間的一個重要差別；誠然，他們把文明人的生活變成制度，在很大程度上將個人的生活吸納於其中，以維護種族的生活並使之臻於完善；如此種種，的確是為了使我們獲益。但我想指出為了獲得當下的好處我們付出了些什麼代價，並且表明，我們或者可以安享所有的好處而不承受其弊端。你說窮人與你同在[28]，或者父親吃了酸葡萄，孩子的牙也酸倒了[29]，這些話是什麼意思呢？

「主耶和華說，我指著我的永生起誓，你們在以色列必不再有用這俗語的因由。」

「看啊，所有的靈魂都是屬於我的，為父的靈魂怎樣屬於我，為子的靈魂也照樣屬於我：犯罪之靈魂，必死亡。」[31]

我想到了我的鄰居，那些康考特的農夫，他們至少和別的階層一樣富有。我發現他們中的大部分人已經辛苦勞作了二十、三十甚至四十年了，為的就是成為他們農場真正的主人。通常，他們的農場是透過抵押才繼承下來，或者是借錢買來的，而欠款多沒有還清。我們可以把他們勞動量的三分之一作為房屋成本。有些時候，抵押所需的款項的確超過了農場本身的價值，所以農場成了一個大累贅，但仍會有人繼承它的，因為正如繼承人自己所說，他和這家農場太親近了。我向估稅員詢問過，驚訝地發現他們不能立即就說出鎮上十二個無須付費且產權清楚的農場主。要瞭解這些農場的底細，你問它們所抵押的銀行就清楚了。真正靠在農場做工便付清了農場債務的人少之又少；如果有，任何一個鄰居都能把他指出來。我懷疑在康考特，這樣的人還不到三個。提到商人，人們會說，絕大多數商人，甚至是高達百分之九十七的商人，註定要失敗；農民也是如此。不過，就商人來說，他們中有一位的話很中肯：商人的失敗大都不是真正金錢上的，而只是因為沒能履行承諾，因為有諸多難處；也就是說，垮掉的，其實是道德信譽。這麼一來，事情看起來就糟糕多了，讓人想到即便另外那三個人也挽救不了自己的靈魂，說不定和那些失敗但還算老實的人相比，他們在一個更嚴重的意義上破產了。破產、拒絕履行承諾，都是跳板，我們的大部分文明就是從那裡縱躍上升、翻轉騰挪的，而野蠻人則站在饑饉這塊毫無彈性的板子上。但是，這裡舉辦的每年一度的米德爾塞克斯耕牛博覽會[32]卻依舊熱鬧非凡，好像農業這臺機器的所有部件都運轉正常。

農夫們一直努力解決生計問題，用的辦法卻比問題本身還複雜。為了獲得小額資本，他從事畜牧投機。他技術純熟，用細彈簧設下陷阱，想捕捉「舒適」和「獨立」，結果轉身離開的當口，卻把自己的腳陷了進去。這就是他日子窮困的原因；由於類似的原因，我們皆窮困，即便周圍都是奢侈品，也不及野蠻人的日子那樣安逸。正如查普曼[33]曾唱：

「這虛偽的人類社會——
——為了俗世的偉業
稀釋天國的全部舒適？遁入空氣」

農夫獲得了房屋，但很可能他並沒有變得富有，反而更貧窮了，因為那座房子占有了他。摩墨斯極力反對密涅瓦[34]造房子，那理由在我看來可謂鑿鑿。她說，密涅瓦「沒把它建成可移動的，要不然就可以避開壞鄰居了」。這種觀點仍然應該常提，因為我們的房子都建得太笨重了，與其說我們是居住在裡面，不如說我們是被「關押」在裡面，而我們所要規避的壞鄰居，正是我們齷齪的自己。據我所知，這鎮上至少有兩戶人家想賣掉他們在近郊的房子，搬到村子裡去，但盼了差不多一輩子，就是賣不出去，看來只有死亡才能恢復他們的自由了。

就算大多數人最終都能夠擁有或者租賃那些經過了種種改善的現代住房吧，但是，文明在改善我們的住房的同時，並沒有同樣地完善居住於其中的人。文明打造出了一座座宮殿，但想打造出貴族或國王就不那麼容易了。如果相比於野蠻人，文明人的追求並非更有價值，如果他的大部分生命不過是用來獲取粗鄙的必需品和舒適的生活，那麼，他為什麼要比前者擁有更好的住所呢？

但是，那些貧窮的少數人又是如何過日子的呢？也許我們可以看到，雖然有些人的外在境遇好於野蠻人，可與此成正比的，正是另外一些在外在生存境遇上很差的人。一個階級的奢華，需要另一個階級的貧窮來形成消長。一面是皇宮，另一面是救濟院及「沉默的窮人」。建造了法老金字塔陵墓的百萬勞工，吃的不過是大蒜，死後也得不到體面的安葬；修完皇宮的飛簷，晚上回家的石匠，住的可能是連印第安人的棚屋都不如的小草房。有觀點認為，在一個具備了常見的文明跡象的國家，多數居民的生活境況肯定不會退化到像野蠻人的那般窘迫。這種觀點並不正確。我這裡所指的，尚不是生活得「惡劣」的富人呢，而只是身處惡劣之境的窮人。要明白這點，只消看看分布在鐵路沿線，到處可見的棚屋，它們可算文明中進化得最慢的了。每天散步，我都能看見那些居住在骯髒棚屋裡的人。為了亮光，冬日裡他們也敞著門，門內見不到用來取暖的木堆，那通常只存在於他們的想像中吧。那些人，不論年輕還是年老，都在寒冷或痛苦中養成了蜷縮的習慣，時間一久，身體也總是蜷著的了，四肢和身體官能的發展也都因此停滯了。確實應當考慮一下這個階級的狀況，因為我們這代人所取得的堪稱卓越的成績，都得歸功於他們的勞動。而在英國這個世界大工廠裡，各類技工的情形也大抵如此。或者我跟你講講愛爾蘭的情況吧，那個在地圖上被標為白種人地區或開明地區的國度。不妨把愛爾蘭人的身體狀況與北美印第安人、南太平洋上的島民，以及其他尚未因接觸文明人而體質下降的野蠻人的身體狀況進行一番比較。我毫不懷疑，那些民族的統治者在智力上並不遜色於文明的統治者。他們的狀況只能證明窮困與文明彼此相容。現在我應該不需要再提到南方諸州的勞動者了吧，他們生產了我們國家主要的出口商品，而本身也成了南方的主要產品。還是把我的討論只限定在那些據說生活水準居中的人身上吧。

貌似大多數人都不曾考慮過房子是做什麼用的，他們原本不必受窮，實際上卻窮困了一生，因為他們認為鄰居家那樣的房子，他們必須也得有一座。這就好像一個人必須得穿裁縫給他縫製的衣服，款式還得悉聽尊便；或者漸漸扔掉了用棕櫚葉或土撥鼠皮製成的帽子，卻轉而抱怨起了生活的艱難，因為他尚且買不起一頂王冠！我們大可發明一種房子，比現有的住房更便捷、舒適，但所有人都得承認他們買不起。我們一定要老是琢磨如何獲得更多的諸如此類的東西，而不是時而滿足於那些略微遜色的東西嗎？那些可敬的公民總是拿些箴言和實例一本正經地教導年輕人，告訴他們在有生之年必須要多置辦些富餘的亮鞋子、雨傘、空蕩蕩的供不存在的客人居住的客房，應該如此嗎？我們的家具為什麼不能像印第安人或阿拉伯人的家具那般簡單呢？那些民族的傑出人士被我們奉為天國的使者，給人類帶來了神聖的禮物。一想到他們，我腦海裡可不曾浮現什麼親隨，跟著他們的腳踝亦步亦趨；也不曾見什麼車載馬拉的時髦家具。有人認為，在道德和智力上我們是優於阿拉伯人的，與此相應，我們的家具也理應比他們的更複雜。就算我認同這種觀點——這種認同難道不怪得出奇嗎？——那又怎麼樣呢？眼下，我們的房子裡滿是家具，弄得房間又髒又亂。一位賢慧的主婦寧願把大部分家具掃進垃圾堆，也不願意讓早晨的工作放著不做。晨工呵！在奧羅拉[35]緋紅的晨曦和門農[36]美妙的琴聲中，這個世界上什麼才應該成為人類的晨工呢？我的書桌上放著三塊石灰石，發現它們需要每天擦拭，我驚懼了：我心靈的灰塵還未來得及拂拭呢，於是厭惡地把它們扔到了窗外。既然如此，我怎麼能要一個帶家具的房子呢？我寧願坐在曠野，因為除非人類已經破壞了植被，否則草葉之上是不會積攢灰塵的。

那些奢侈無度者引領著時尚，而芸芸眾生趨之若鶩。這一點，入住所謂最佳酒店的觀光客很快便會有所覺察，因為酒店老闆們都把他當作再世的薩達那培拉斯[37]，如果他聽任店主們盛情款待，無須多久就會發現男子氣概蕩然無存，再不硬朗了。就列車車廂來說，我也看到我們更願意在奢華上投資，而對安全和便捷重視不夠，結果安全和便捷固然談不上，車廂也變成了一個摩登客廳，有沙發臥榻、土耳其軟凳、遮陽窗簾，以及其他上百種來自東方的舶來品。這些東西本來是為天朝帝國的閨閣貴婦和粉黛佳麗設計的，被我們帶到了西方，若是約拿單[38]聽了它們的名字，也會覺得羞赧。我寧願坐在一顆南瓜上，將它完全據為己有，也不願和眾人擁擠著坐在天鵝絨軟墊上。我寧願坐著牛車在塵世自由暢行，也不願乘坐花稍的觀光火車馳往天國，一路呼吸著瘴癘之氣。

在原始時期，人們的生活簡簡單單、衣不蔽體，但至少有一個好處，即他們仍在大自然中淹留。待他吃飽睡足精神倍增，便又可以籌劃他的旅程了。他住在帳篷裡，整天不是在穿越峽谷就是在爬山、過草原。但是看呵！人已經成了工具的工具。那個飢餓時獨自採摘果實的人成了農民；那個站在樹下尋求蔽蔭的人成了管家。現在我們不再支起帳篷過夜，但已經安居於塵世而忘記了天堂。我們信仰基督教，只是將之作為被改良過的農業文明的手段。我們已經為這一世的生活建好了家宅，為下一世建好了族墳。最好的藝術作品書寫著人類擺脫這種狀態、尋求解放的奮鬥歷程，而我們的藝術只能使這種低迷的狀態更為舒適安逸，從而將更高的存在狀態遺忘。在這個村子，美術作品毫無立足之地，就算有些作品流傳下來，我們的生活中、我們的房子裡、我們的街道上，也沒什麼東西可以作它合適的底座。沒有一個釘子可以用來掛幅畫作，沒有一個架子可以用來放置英雄或聖徒的半身雕塑。一想到我們的房子是怎樣修建的，款項是怎樣結清或虧欠的，它們內部的經濟是怎樣計畫和維持的，我就暗自納悶，當客人在欣賞壁爐上方那些華而不實的小擺件時，我們的地板竟沒有坍塌下去，好讓他掉進地下室，掉在那雖然是土質但卻堅固結實的地基上。我不能不看到，這種所謂的富足而高雅的生活是需要跳著才搆得到的，於是我的注意力完全集中在跳躍本身，根本無從欣賞作為這種生活點綴的美術作品；因為我記得，據記載，一些流浪的阿拉伯人完成了人類最偉大的、真正的一跳，他們完全依靠肌肉的力量，在平地之上跳起了二十五英尺高。沒有人為的支撐，在那樣的高度，人是必然要跌落下來的。因此，我要向那些擁有不當產業的業主提的第一個問題是：是誰在支撐著你？你是在那失敗的九十七人之中呢，還是那三個成功者之一？先回答我這些問題，隨後，或許我會看看你的那些個小擺件，發現它們的裝飾性。車子套在馬的前面，既不美觀，也沒用處。在把房子用些漂亮物什裝飾之前，我們的牆壁必須刮去一層，還得刮去一層我們的生命；此外，還必須有出色的家務管理和美好的生活作為基礎。要知道，在今天，對美的趣味的培育主要是在戶外進行的，那裡可既沒有房子，也沒什麼房主。

在《神奇的造化》一書中，老詹森[39]講到與他同時代的本鎮首批移民：「他們在山坡下挖洞作為最初的庇護所，那泥土都被扔到高高的木材上，再在高的一邊點燃，用濃煙滾滾的火焰來烘烤。」他們不「建房造屋」，他說，「直到上帝保佑，讓大地給他們帶來了麵包，養活了他們，」而第一年的收成非常不好，「他們不得不把麵包切得薄薄的，以減少口糧，度過漫長的冬季。」一六五〇年，為了向那些想在那裡弄塊地的人提供資訊，新尼德蘭省的祕書用荷蘭文更為具體地寫道：「那些生活在新尼德蘭的人，尤其在新英格蘭地區，起初是不能按照自己的意願建農舍的。他們在地下挖個方形的坑，地窖似的，六七英尺深，取自己認為合適的長度和寬度，用木頭圍在四周做牆，用樹皮或別的什麼將木頭連綴起來，以防止向泥土裡塌陷；把木板鋪在底部做地板，頂上用護壁板做天花板，再架起一個用圓木做成的屋頂，上面蓋上樹皮或綠草皮，這樣一來，他們一家人就能在這又乾燥又暖和的房子裡住上兩年、三年甚至四年了，而且不難理解，他們還能沿著天花板分割出一些隔間，具體視家裡的人口而定。新英格蘭那些富有、顯貴之人在殖民草創期也先將住所建成這樣，原因有二：

其一，不想在建房造屋上浪費時間，也不想下一季糧食緊缺；其二，不想讓他們從本國帶來的大批窮苦勞工灰心洩氣。過了三四年，這裡鄉間已經適宜耕種了，他們便花上了幾千元，建起了漂亮的住宅。」

我們先民所選擇的道路至少顯示出一種審慎的態度，似乎他們的原則就是首先滿足那些更為迫切的需求。那麼，那些更為迫切的需求是否現今已被滿足了呢？一想到為自己建置什麼豪華宅邸，我就遲疑了，因為可以說，這片國土尚適應不了人類的文化，我們仍不得不把精神的麵包切得薄薄的，薄過我們的祖先所切的全麥麵包。這並不是說要忽略所有的建築裝飾，哪怕是在最蒙昧的時期；但還是先將我們房子的內壁美飾一番吧，那裡與我們的生命直接接觸，就好像扇貝的居所，但不要過度裝飾。但是，哎呀！我曾經進過一兩棟這樣的房屋，知道它們的內壁綴滿了什麼。

如今我們固然並沒有退化得只有住窯洞、棚屋，或者穿獸皮才能存活，但接受人類工業和技術發明帶來的便利自然更好，儘管它們價格不菲。在我們這片宅區，木板、木瓦、石灰、磚塊都比較便宜，而且都比適宜的窯洞、整根的原木、足量的樹皮，甚至燒好的陶土、平整的石板更容易得到。我之所以對這個問題說得比較明白，是因為我對這些都很熟悉，既有理論，也有實踐。只要多動點腦筋，我們就能很好地使用這些材料，簡直比如今的首富們還要富有，並且使我們的文明成為一種福祉。文明人其實就是更有經驗和智慧的野蠻人。不過，還是讓我趕緊講講我的實驗吧。

一八四五年，近三月末，我借了一把斧頭，進入華爾騰湖畔的林間，在緊挨著我要建房的地點附近砍倒了一些正在盛年、高挺筆直的白松，用作建房的木材。要開工就很難不借這借那，不過，這或者也算最慷慨的善舉吧，因為如此一來，你的夥伴就能從你的事業中獲利。斧子主人在把斧子交給我的時候說，那是他眼裡的寶貝；不過，當我還他的時候，那斧頭可鋒利多了。我做工的那個山坡景色宜人，松林布滿山崗，透過松林望得見華爾騰湖，還有一小塊林間空地，那裡，松樹與核桃樹正雨後春筍般地發出新芽。湖裡的冰雖然化開了幾處，但尚未完全消融，冰面暗黑，浸在融開的湖水裡。我在那裡工作的那幾天，天空時而飄過輕薄的雪花；但當我走出湖畔，沿著鐵軌回家，多數時候都能看見黃色的沙堆泛著金光，在迷霧中延伸向遠方，春日暖陽下，鐵軌也熠熠閃光，還有雲雀、小鷯以及別的鳥的啾鳴，和我們一起開啟又一年的光景。這是美好的春日，人們對冬季的厭倦隨著泥土一起消融，處於蟄伏狀態的生命開始舒身展體。一天，我的斧柄掉了，於是我砍下了一段青綠色的核桃木做楔子，用石頭把它敲進去，然後把整個斧子浸到湖裡，好讓木頭膨脹。就在這時，我看見一隻帶條紋的蛇鑽進水裡，沿著底部躺下。我待在那裡的那會兒，約有一刻多鐘吧，他就這麼躺著，明顯沒有任何不適，或許因為他還沒有完全從冬眠的狀態中清醒過來吧。依我看，人類正是因為類似的原因才仍舊處於這種低級、原始的狀態；但如果他們感受到萬物勃發的春天的召喚，則必然進入更高級、更超凡脫俗的生活。在此之前，我就曾在寒冷的清晨多次見過半個身子仍然僵硬的蛇，在那裡等著太陽將他暖和過來。四月一日這天下了雨，冰融化了。

一早，霧濛濛的，池塘上有一隻離群的孤雁四處徘徊，發出咯咯的叫聲，好像迷失了方向，或者宛如霧裡的精靈。

隨後幾天我繼續伐木，削成立柱和椽子，用的都是這把窄窄的斧頭。沒什麼可向讀者諸君交流或學者式的沉思，我只是獨自吟唱：

人們自稱博聞強識
但是看啊！他們長有羽翼——
藝術與科學，
以及上千種裝置；
那吹拂的風，
才是人們的全部所知。

把主木劈成六英寸見方，大多數柱子只砍兩邊，椽子和地板只砍一邊，剩餘部分帶著樹皮，這樣就和那些鋸過的木料同樣筆直，而且更為結實。這時我又另借了一些工具，在每塊木料上都細心地鑿出了榫眼，或者在頭部削出榫頭。我在林間度過的白日並不長，但常帶上麵包和黃油做午餐，中午時分，坐在砍下的綠色松枝間，一邊吃著午餐，一邊讀著包著午餐的報紙，由於我的手上覆蓋了厚厚的樹脂，麵包上也帶上了松枝的香味。雖然砍過幾株松樹，但在我完工前，松樹已經成了我的夥伴，而不是敵人，因為我對它更為熟稔了。時而會有林中漫遊者被斧頭的聲音吸引，於是我們便會踩在砍下的碎木屑上愉快地閒聊幾句。

我沒有急於趕工，只是盡力去做，到了四月中旬，終於做好了房子的框架，就等著立起來了。為了弄到板材，我早就買下了一間小木屋，房主是詹姆斯·柯林斯，一位在菲茨堡鐵路上工作的愛爾蘭人。在大家看來，詹姆斯·柯林斯的小木屋可是難得的好房子。我去看房子時他不在家。我繞著房子轉了轉，起先也沒被屋裡的人發現，因為窗子修得又深又高。房子不大，尖頂，此外沒別的可看了，周邊的泥土被堆了五英尺高，肥料堆似的。屋頂是房子最完好的部分，不過也被陽光晒得又翹又脆。屋子沒裝門檻，門板下面有一個供雞進出的通道。柯林斯夫人走出屋，招呼我進去，看看房子裡面。我一走近，也順便把母雞們趕了進去。屋裡很黑，大部分地面都是泥土的，濕冷、黏滑，讓人感覺冷颼颼的，屋裡東一塊、西一塊地放著木板，都禁不起搬動。她點了一盞燈，讓我看看棚頂和內牆，還有床下鋪著的地板，提醒我別踩進地窖裡，而那地窖不過就是兩英尺深的土坑而已。照她自己說，這可都是好木板：「頂上是好木板，四周是好木板，還有一個好窗戶。」——原本是兩扇方形窗戶，最近只有貓從那裡進出了。屋裡有一個火爐、一張床、一個坐的地方，一個就出生在這間房裡的小孩，一把絲綢陽傘、一面鑲著鍍金邊框的鏡子，還有一臺釘在橡木上的嶄新的咖啡研磨機，就這些了。就在這時，詹姆斯回來了，我們很快談妥了價格。我當晚需付四美元二十五美分，他則在明天早晨五點前騰空房子，在此期間房子不再另售。早晨六點房子就歸我了。他還建議我最好早到，以搶在前頭，免得有人在地租和燃料上提出節外生枝又完全不合理的要求。他向我保證說，這是唯一的麻煩。六點鐘，我在路上碰到他們一家人。一個大包裹裝著他們的全部家當——床、咖啡研磨機、鏡子、母雞——都在這裡，唯獨沒有貓。那隻貓鑽進了樹林，成了一隻野貓，我後來聽說她掉進了一個抓土撥鼠的陷阱，終於成了一隻死貓。

當天早上我就拆掉了木屋，拔下釘子，用小車把它運到湖邊，把木板鋪到草地上，好讓陽光把它們漂白，還原那些翹了的地方。我推車穿行在林間小路上，一隻早起的畫眉時而送來了一兩支小曲。一個叫派翠克的年輕人詭祕地告訴我，那個叫西利的愛爾蘭鄰居趁我搬運的空檔，把能湊合的、比較直的、能敲進去的釘子、U形釘、長釘都裝進了口袋。等我再回來和他打招呼的時候，他看了看滿地的狼藉，一副很新奇、漠然的樣子，好像滿腦子都是春天的思緒。他說：可沒多少活可做了。站在那裡，他就代表觀眾，讓這件看起來微不足道的小事，簡直堪比特洛伊城的眾神大撤離。

在一個向南傾斜的小山坡上，一處土撥鼠曾經挖洞的位置，我挖了一個地窖。我先刨掉了漆樹和黑莓的根莖，挖去了植物最深的殘留，在沙土細密的地方，修了一個六英尺見方、七英尺深的地窖，不論多冷的冬天，馬鈴薯放那裡都不會凍傷。地窖四面要做架子，所以沒有砌石頭；但太陽總照不進地窖，沙子也會待在原地不動。這工作只不過花了我兩個鐘頭。對挖洞的工作我特別喜歡，因為不論在什麼緯度，人們都能透過挖洞得到大致不變的溫度。在城裡，哪怕最豪華的房子下面都有地窖，和過去一樣，人們在裡面儲藏些塊根類植物。即便上面的建築後來消失了，很久之後，後人仍能發現地下的世界。所謂房子，不過是地道入口處的一個門廊罷了。

終於，進入五月不久，一些熟人幫忙，我把房屋的框架立了起來。當時請他們來，其實並非出於必要，而是想把這個場合變成鄰里相聚的好機會。前來幫忙的這些人物，讓我感到無比榮耀[40]。而我相信，他們註定會在某一天襄助建立更崇高的大廈。七月四日，房子剛釘好木板、鋪好屋頂，我就搬了進去。那些木板都經過仔細刨邊，疊合著擺放，以便完全防雨。釘木板前，我已經在房子的一邊砌了個煙囪的底座，用了兩小車的石材，全靠我的兩條胳膊從河邊運到了山上。入秋鋤過地後我才把煙囪建好，因為很快就必須生火取暖了，而此前我清早起來都是在露天的地上生火做飯的。我仍然以為，和尋常的方式相比，露天起灶做飯在很多方面都更便捷，也更愜意。如果我的麵包還沒烤好就下起雨來，我便在火上架起幾塊木板，然後坐在下面，看著我的烤麵包，就這樣度過一段開心的時光。那段時間，我手上的工作太多，所以沒讀多少東西。然而，散落地上的零星紙片、襯墊或者桌布，都帶給了我同樣的樂趣，事實上產生了和《伊里亞德》一般無二的效果。

大家遠可以比我更深思熟慮，比如，考慮一下門、窗、地窖、閣樓在人性中有些什麼基礎，要不然就先放下暫時的需求，等找到更好的理由再造屋建房。這些做法很是值得。人類建房造屋，就好比鳥築巢，兩者的合理性大體相同。有誰會知道，如果人們用自己的雙手建房，用儉樸和誠實為自己和家人贏得一日三餐，那麼他們詩歌的才華必然會普遍提升，就像鳥兒每每築巢的時候，必把歡歌滿世界傳唱。但是，天啊！我們倒像八哥和杜鵑，總到別的鳥築好的巢裡產卵，它們那毫無樂感的啁啾，任何旅人聽了都不會感到愉悅。難道我們要將建築的樂趣永遠地讓與木匠師傅嗎？在民眾的經驗中，建築算得了什麼？在我那麼多次的散步中，從沒見到過一個人，在從事為自己建房這類如此簡單又如此自然的事情。我們都屬於社會。不只裁縫構成了一個人的九分之一[41]。還有牧師、商人、農民。這種勞動分工到哪裡才能終結？分工最終服務於何種目的？毫無疑問，別人大約都可以替我思考了；他還可以用他的思想排除我的思想，那可不是我所希望的。

誠然，這個國家也有所謂的建築師。我至少聽其中一個講過這樣的想法，即在建築裝飾品中注入真理的精髓，注入一種必然性，從而注入美。對他而言，這想法宛如神啟。如果從他的角度來看，這通盤的設想也著實不錯，但實則比那些普通的業餘愛好者高明不了多少。作為一位感性的建築改革者，他不是從地基，而竟是從飛簷入手。他關注的問題無非是怎樣把真理的精髓注入裝飾品的內部，就像那糖餞的梅子，可事實上，每顆糖梅裡面都有可能是杏仁或者葛縷子——儘管我認為不加糖的杏仁才最有益於健康——他並不考慮居住者，那些住在房子裡面的人，應該怎樣真正地把房子裡裡外外地建起來，至於裝飾品，則採取聽其自然的態度。理性的人都認為，裝飾不過是外在的，純屬皮毛罷了——烏龜殼上有了斑點，或者貝類動物有了母珠的色澤，難道也是因為一張類似於百老匯居民和他們的三一教堂間的那種契約嗎？但是，一個人和他房子的建築風格之間沒多大關係，就好像烏龜和龜殼的風格之間沒多大關係一樣：一位士兵也不至於非要在戰旗上畫上代表他美德的確切顏色，那樣準會被敵人找到，關鍵時刻，他可能嚇得臉色煞白。在我看來，這位建築師就好像從房檐上俯下身來，面對那些粗人，那些其實比他更在行的住戶，怯生生地咕噥著他那似是而非的真理。我現在所看到的建築學上的美，我知道，是由內而外逐漸孕育的，居住者作為唯一的建築者，美正是來自於他們的需求和性格——來自於一種不自覺的真實和高貴，根本不曾考慮外在；而如果這種外在附加的美必然產生，那麼一種類似的不自覺的生命之美則必然先於它而產生。畫家們都知道，這個國家最耐看的住宅，往往是窮人們那些最樸實、簡陋的木屋、農舍；它們是居住者的貝殼，所以如詩似畫，並非單憑外在的風姿，實在是因為居民們的生活；此外，市民們建在郊外的箱式小屋也同樣別有情趣，只要他們的生活如想像中的那般簡單、愜意，且不竭力追求住房的風格效果。大多數建築裝飾品都是中空的，九月的狂風會把它們吹落，就好像吹落借來的羽毛，根本不會損壞建築的實體。地窖裡既沒有橄欖也沒有美酒的人，不懂建築學也毫無關係。如果在文學上也追求風格的裝飾，如果《聖經》的撰寫者也像教堂的建築師那樣，把大量的時間花在屋簷上，又會怎麼樣呢？純文學、藝術學以及講授它們的教授，都是這麼培養出來的。的確，對一個人而言，那幾根木棍該怎樣傾斜地放在他的上邊或者下邊，那箱子該塗上什麼顏色，還真是事關重大。如果真的是他自己頗為認真地安了木棍、塗了顏色，那還真是有些意義；但是，如果靈魂已經離開了住戶的軀體，建房造屋就與打造棺材無異了——這便是墳墓建築學——「木匠」也便成了「棺材匠」的別稱。一個對生活絕望、冷漠的人說，在你的腳下抓起一把塵土吧，把房子塗成那個顏色。他是在指他最後的那個狹窄的房間嗎？那就拋一個銅幣來決定命運吧。他該多麼閒暇呀！為什麼你要抓一把塵土？就按你的膚色噴塗你的房子吧；讓它因為你的膚色而變成白的或紅的。這是一項改善村屋建築風格的創舉！等你把我的裝飾品備好，我就把它們穿戴起來。

入冬前我建好了煙囪，之前就防雨的屋子，這時也在四周釘上木瓦片。木瓦不太齊整，含著不少汁液，是用從原木上砍下來的第一層薄片做的，我不得不用鉋子將邊緣刨平。

就這樣，我擁有了一座密不透風、鋪著木瓦、抹著石灰的房子，十英尺寬，十五英尺長，還有八英尺高的木柱，附帶了一個閣樓和一個小隔間，兩側各有一個大窗戶，兩扇活動天窗，房子一端是門，正對著大門是個磚砌的火爐。房子確切的造價如下面所列。這是按所用材料的一般價格計算的，不包括人工，因為建房的工作均由我一人完成。我之所以列得這麼詳盡，是因為沒幾個人能準確說出他們房屋的造價，能分項說出各種材料的開支，即便是有，也少之又少。

木板	$8.03\frac{1}{2}$美元（多用棚屋木板）
屋頂及四壁所用的廢舊木瓦	4.00美元
板條	1.25美元
兩扇舊玻璃窗	2.43美元
舊磚1000塊	4.00美元
石灰2桶	2.40美元（價格偏高）
毛髮織物	0.31美元（超出所需）
壁爐架用鐵	0.15美元
釘子	3.90美元
鉸鏈及螺絲釘	0.14美元
門閂	0.10美元
粉筆	0.01美元
搬運費	1.40美元（大部分自己背）
總計	$28.12\frac{1}{2}$美元

這就是我用到的全部材料，其中不包括作為公地上的合法居住者我以所有權所使用的那些木料、石材和沙子。我另外還搭了一個小木棚，用的就是建房剩下的廢料。

我也想再建一座房子，既氣派，又奢華，康考特主街上的任何一棟都比不上，但它得能帶給我同樣的愉悅，並且造價也不超過現在這座才行。

我因此發現，那些想找住處的學生也可以蓋一座這樣的房子，不僅終生受用，而且花費也不會超過他現在每年付的租金。如果我這麼說有點言過其實，我的理由在於：我如此誇口，並非為自己，而是為人類；我身上的缺點和矛盾，並不影響我的陳述的真理性。儘管我也有很多浮誇和虛偽的時候——我感覺它們就像麥麩，很難從我這麥子上分離，對此，我和大家一樣感到遺憾——但在這件事上，我會自由地呼吸，伸展身軀，這會使我更加釋然，不論對於肉體還是精神；我下定決心，決不低聲下氣地做魔鬼的辯護人。我要努力為真理說話。在劍橋學院[42]，學生宿舍一年的租金是三十美元，面積卻只比我的房子大那麼一點。雖然那家公司能在同一個屋簷下建三十二個彼此相連的公寓，並因此獲得不少好處，但是那麼多鄰居喧囂嘈雜，卻是居住者必須忍受的不便，而且還有可能住四樓[43]。我不由得認為，如果這方面我們再多些真知灼見，就不需要那麼多的教育了，因為人們其實早就獲得了夠多的教育，而且，受教育就要花錢的現象，也會大幅度降低。不論在劍橋還是別的地方，學生所要求的那些便利，會讓他或別的什麼人付出巨大的代價，而如果雙方均安排得當，則只需十分之一就夠了。花錢最多的事，從來不是學生最迫切的需要。比如，在學期帳單上，學費是重要的一項，但和當代學養最為深厚的人往來交遊，卻是更寶貴的教育，卻無須分文。大學的建立，通常先募集資金，美元啊，美分啊，然後盲目地以最大限度的勞動分工為原則——遵循此等原則，必須足夠審慎——招來一個承包商，承包商再把它作為一場投機的買賣，根據情況雇來愛爾蘭人，或者別的什麼技工，真正開始奠基建校；而那些即將入學的學生，據說則要使自己適應這所學校了；對於這種疏忽，一代又一代人不得不付出代價。我認為，如果學生們，以及想受益於大學教育的人，親手為學校奠基可能更好。如果學生總是有組織地避開了人類所必需的各種勞動，即便他獲得了人所豔羨的安逸和閒適，也是很不光彩且毫無益處的，這就好像自我詐騙，而被騙走的恰好就是那種僅憑自身便能讓您閒結出碩果的經歷。「但是，」有人會說，「你不是說學生應該用雙手而不是用頭腦工作吧？」確切說，我並不是這個意思，但我認為他們不妨多這麼想一想；我是說，他們的人生不能「玩著」過，也不能只是「學著」過，而與此同時卻讓社會承擔他們昂貴遊戲的費用；相反，他們應該認真地面對生活，從生命的開始，到生命的終結。讓年輕人更好地學習如何生活，還有比讓他們馬上開始生活的試驗更好的辦法嗎？我認為，這會鍛鍊他們的頭腦，以及計算的能力。例如，如果我想讓一個男孩學習藝術或者科學，我一定不會走尋常的路徑。通常的做法不過是把他送到某個教授生活的街區，那裡什麼東西都講，什麼都實踐，唯獨不包括生活的藝術——觀察世界，用的是望遠鏡和顯微鏡，而不是他的肉眼；學習化學，卻不講他的麵包是怎麼做成的；學習力學，則不涉及他的麵包是怎麼賺得的；能發現海王星的新衛星，卻察覺不到自己眼裡的塵埃，也意識不到自己竟成了哪位流浪漢的衛星；或者正為泡在醋裡的怪獸冥思苦想呢，卻被一群怪獸圍在中間吞掉了。有兩個男孩，一個採了塊鐵礦石，將它熔化，製成了自己的折疊刀，在這個過程中，他閱讀了必要的資料；而同時，另一個男孩則上著學院裡的冶金課，從爸爸的手裡接過了一把羅傑斯牌折疊刀。一個月過去了，哪個男孩會取得更大的進步呢？誰更有可能切到手指頭呢？……畢業離校的時候，我被告知曾學過航海，我好驚訝啊！——呵，如果我能駕船繞著海港轉個彎，知道的恐怕會多過於此吧。即便窮學生也得學政治經濟學，而且只給他們講這個，至於等同於哲學的生活經濟學，在我們的大學裡甚至就沒被認真地講授過。其後果便是他一面讀著亞當・史密斯[44]、李嘉圖[45]、薩伊[46]等的經濟學著作，一面使自己的父親陷於不可挽回的債務。

我們的大學如此，上百種的「現代革新」也是如此。對於它們，人們抱有一種幻想；但正向、積極的進步並不總是存在的。魔鬼早就參了股，其後還多次追加投資，所以一直索要紅利，直至最後一筆。我們的發明往往不過是漂亮的玩具，影響了我們對嚴肅事情的專注。它們僅僅是被改進的手段，卻服務於未經改善的目的，一個早已達成且非常容易達成的目的，就好像那通往波士頓或紐約的鐵路。我們急於在緬因和德克薩斯之間修建一條電磁式電報線；但有可能緬因和德克薩斯之間並沒有什麼重要的資訊交流。就好像一個男人，真誠地想和一位失聰的名媛淑女相識，但當他被拉過來，助聽器的一端也塞在了他的手裡，卻又無話可說了，弄得雙方都很尷尬。我們的目標似乎不是講得明白，而是要講得快。我們熱切地期望在大西洋下面挖出一條隧道，好把新、舊世界的距離縮短幾週；但或許率先傳入美國人張大的焦急耳朵裡的，不過是阿德萊德公主得了百日咳。畢竟，一個人的馬如果一分鐘跑一英里，他是攜帶不了什麼重要訊息的；他不可能是位福音傳教士，也不可能來吃蝗蟲和野蜜[47]。我看飛徹斯特[48]就未必馱過一配克[49]玉米去磨坊。

有人對我說：「我奇怪你為麼不賺錢。你喜歡旅遊，今天就可以乘著汽車去費茨伯格，看看鄉村風景。」但我卻更聰明。我發現，最快的旅行者都是徒步旅行的。我對朋友說，我們不妨試試，看誰會先到那裡。距離為三十英里，車費是九十美分。這差不多相當於一天的工資了。我記得那個時候在這條路上工作的工人一天賺六十美分。好吧，我現在就開始步行，天黑前到達。同時呢，你也會賺好路費，明天某個時間達到；如果你足夠幸運，找了份當令的工作，也可能今晚到。但你這不是前往費茨伯格，而是大部分時間都在道上工作。所以就算鐵路通遍了全世界，我仍認為我會走在你前面；至於說到觀賞鄉村風景、得些類似的體驗之類，那我就和你無話可說了。

這是普遍的法則，沒有人能夠靠智謀勝其一籌，至於鐵路，我們甚至可以說它沒什麼差別，橫豎都一樣。讓鐵軌繞地球一周，讓所有的人都有機會使用它，就相當於把地球鏟平。人們有種模糊的觀念，認為如果他們堅持集資入股、挖土修路，只要時間夠長，最終一定可以乘著火車，轉瞬間就抵達某地，且不費什麼力氣；然而，人群湧進火車站，列車員高喊：「全體上車！」這時，黑煙被吹散，蒸汽密集了起來，人們將會發現，乘車的只是少數人，多數人則碾壓了過去——這將被稱作而且也將成為「一次可悲的意外事故」。當然，賺夠了路費的人最終仍然是可以乘車的，只要他們仍然倖存，但到那個時候，他們可能已經失去了旅遊的興致和願望。耗費人生最美好的時光去賺錢，只為在人生最沒有價值的時光享受可疑的自由，這種做法讓我想到了一個英國人，他去印度賺錢，為的就是將來能回到英國能過上詩人般的生活。他本應該馬上到閣樓上去。「什麼？」這片土地上數以百萬計的愛爾蘭人從棚屋冒出來，大聲疾呼道，「我們修建的鐵路難道不是好東西嗎？」是的，我回答說，不錯啊，也就是說，本來你們可以建的更糟糕；但是，你們是我的兄弟，我希望，你們的日子能過得更好，而不只是在這裡挖土。

在房子建好之前，我希望透過誠實而愉快的方式賺上十幾美元，以應付額外的開支。我在房子附近的輕質沙土地種了大約兩英畝半的作物，主要是菜豆，以及少部分馬鈴薯、玉米、豌豆和蘿蔔。這一整片地共有十一英畝，大都長著松樹和核桃樹，上個季度每英畝賣了八美元八美分。一個農民說，這片地「除了養些吱吱叫的松鼠，什麼用都沒有」。因為我只是暫時占用，本身並不是這塊地的主人，也不指望日後再種這麼多作物，所以也就沒在這塊土地上用什麼肥料，也沒有一次就把它全部鋤好。犁地的時候我挖了幾考得[50]樹根，給我提供了燃料，用了很長時間，也留下了幾小圈未開墾過的鬆軟沃土，夏天，那裡的菜豆長勢茂盛，這幾塊地也格外容易辨認。我房後那些枯木，大都不適合出售，加上湖上的浮木，補充了餘下的燃料。為了犁地，我不得不租了一匹馬，還雇了個人幫忙，不過掌犁的還是我自己。第一季度我農場的支出，包括工具、種子和人工等，一共十四美元七十二美分半。玉米種子是人家送給我的。不過種子的花費本就不值一提，除非你種的過多。我的收穫包括：菜豆十二蒲式耳[51]、馬鈴薯十八蒲式耳，此外還有一些豌豆和甜玉米。黃玉米和蘿蔔種得太晚了，沒什麼收成。這樣，我農場的全部收入為：

	23.44美元
扣除支出……	$14.72\frac{1}{2}$美元
結餘………	$8.71\frac{1}{2}$美元

除了已經用掉的，以及此刻手頭剩的，估計價值為四美元五十美分——這筆錢用來抵消我沒種的那點蔬菜的費用，還是綽綽有餘的。通盤來考慮，也就是說，考慮到人類靈魂的重要性、把握當下的重要性，儘管我的實驗用時很短，不，甚至部分原因正在於它用時很短，

我相信，在當年，這種情形已經好過康考特的任何一個農民了。

第二年，我做得更好了。我鏟平了我所需要的全部土地，大約三分之一英畝。從這兩年的經驗中我學到了很多，對那些農學名著，包括亞瑟．楊[52]的著作，則完全沒那麼敬畏。我認識到，如果一個人想簡單地生活，以自己種的糧食為食，那麼吃多少種多少便好，也不必拿這些糧食去交換數量永遠不足的奢侈品、昂貴貨。他只需要耕種幾平方桿[53]的土地，而且可以用鏟鏟平，比用牛犁地更為划算，再不時地選塊新地，以免去在之前那塊用地上追加肥料的麻煩。如此一來，到了夏天，他利用零散時間就能輕鬆地做完必要的農事，也不會像今天這樣被一頭公牛，或一匹馬、一頭母牛、一頭豬之類的拴住。我對目前的經濟、社會舉措的成敗毫無興趣，所以在這方面我想不偏不倚地發表意見。和康考特的任何農民相比，我都更為獨立，因為我不是把生命的錨固定在哪一棟房子或哪一家農場上，而是遵循自身天性的趨向生活，而這趨向又是不斷變化的。除了生活好過他們之外，即使我的房子失火了，或者糧食歉收了，和之前相比，我也會過得幾乎一樣好。

我常想，與其說人在看管著牛群，不如說是牛群在看管著人，因為牛群要自在得多。人與牛在交換勞動；但如果我們只考慮必要的那部分勞動，就能看出牛占據很大的優勢，他們的農場也要大得多。人得用六週的時間割草晒乾，作為他用來交換的勞動的一部分，這並不輕鬆。誠然，任何一個生活簡樸的國家，換言之，任何一個哲學家的國度，都不會犯役使動物勞動這樣的大錯。的確，過去並沒有哲學家的國度，近期也不太可能出現，而我也不能確定我們需要一個這樣的國家。但是，我絕不會馴服一匹馬或者一隻公牛，讓他為我做任何他能做的工作，因為我生怕自己僅僅成了馬夫或者牛仔；如果社會借助於此才顯得有所獲得，那麼我們能確定一個人的所得不是另一個人的所失嗎？能確定馬廄裡的小馬倌和他的主人一樣有理由感到滿足嗎？假設不借助於此一些公共設施就無法建成，那就讓人與牛、馬同享榮耀；然而在這種情形之下，是否可以推知人的能力是不足以完成那些更能體現自身價值的工作的？如果人們開始借助於牛馬的幫助，去完成那些不僅是可有可無的抑或藝術性的工作，也去完成那些奢侈的、無聊的工作的話，那麼不可避免的，只有少數人在從事著用來和牛做交換勞動的所有工作，或者換言之，他們成了最強者的奴隸。由此，人不僅為體內的獸性工作，而且作為一種象徵，也要為體外的獸性工作。儘管我們已經有了許多磚頭石塊砌成的堅固房子，但農民殷實與否，看的仍是他的糧倉在多大程度上超過了他的房子。據說鎮上把這一帶最大的房子闢作了馬廄和牛棚，在公共建築方面也毫不落後；但鎮裡卻沒幾間可供舉行自由的宗教禮拜或演講等活動的大廳。諸民族如果不能以建築為自己樹碑立傳，那為什麼不靠抽象的思維力呢？一部《薄伽梵歌》[54]，比東方所有的廢墟更加令人驚歎！高塔和聖殿，象徵王子的奢靡。而一個純粹而獨立的頭腦，不會因任何王子的命令拚命苦勞。天才不是任何國王的使役，物質的金、銀或大理石也不會使他流芳百世，它們的作用是微不足道的。請問，鑿刻了這麼多石頭，目的何在？我在阿卡迪亞[55]的時候就不曾見誰雕刻岩石。很多民族都被瘋狂的野心驅遣，想透過留下來的雕鑿過的石塊的數量，使關於他們的記憶成為永恆。

如果這些民族花費同樣的氣力打磨自己的風度，情況會怎樣呢？一分明智的理性，要比高入雲天的紀念碑更讓人難忘。我寧願看見岩石待在自己的地方。底比斯[56]的百城門，是庸俗的宏偉。遠離了生活真正的目的。相比之下，老實人的田地四周的一平方桿石牆，倒顯得更為合情合理。那些非基督教的、野蠻的宗教和文明，建立起了恢宏的廟宇；而被你們稱為基督教的文明卻什麼也沒建。一個國家所開鑿的石材，大多建了墳墓，將自己活著埋葬。至於金字塔，本身沒什麼可驚奇的，除了這樣一個事實：竟有這麼多人墮落到如此地步，傾盡一生，不過是為了給某個野心勃勃的蠢人修墳建墓，就該把這樣的蠢人溺死在尼羅河，然後再把他的屍體餵狗，這樣倒更智慧和英武得多。我原本也可以給他們，也給他，找些藉口，可我沒這分閒心。至於建築者對宗教和藝術的熱愛，在世界各地大都一樣，不論是建埃及的廟宇，還是美國的銀行。代價總是大於最終的成果。虛榮是主因，加之對大蒜、麵包和黃油的喜愛。年輕有為的設計師巴爾科姆先生，在他的《維特魯威》的封底上，用硬鉛筆和尺設計了一個圖樣，後來這個工作被交到了多布森父子採石公司手上。當三十個世紀的歲月「俯視」著它的時候，人們便開始仰望它了。至於說到你們那高聳的塔樓和紀念碑，這個小鎮就曾出現過一個瘋傢伙，說要挖穿地球，挖到中國去。據他說，他挖得夠深了，都能聽見中國人的水壺、茶壺咕咕作響；但我想我可不會費那個力氣，跑去欣賞他挖的那個洞。很多人都關心東西方的這些紀念碑似的建築，要知道它們是誰建的。而我呢，更想知道當時誰沒參與建它——是誰會超脫於這些瑣碎庸常。不過，還是回到我的統計數字上來吧。

我在村裡還同時做些測量、木工以及其他各種各樣的事，因為我會的手藝有手指頭那麼多。就這樣，我賺了十三美元三十四美分。八個月的伙食開銷，即從七月四日到次年的三月一日，也就是做這筆估算的那天（儘管我住在那裡的時間超過兩年）——但不包括我種那些馬鈴薯、少量綠玉米和一些豌豆，也不包括到統計截止那天我手頭所剩的東西的價值——合計如下：

大米…………1.73 $\frac{1}{2}$ 美元

糖蜜…………1.73 美元（一種最便宜的糖精）

黑麥粉………1.04 $\frac{3}{4}$ 美元

印第安玉米粉 0.99 $\frac{3}{4}$ 美元（比黑麥便宜）

豬肉…………0.22 美元

皆試驗，全部失敗

麵粉…………0.88 美元（價錢比印第安米粉貴，而且處理麻煩）

糖……………0.80 美元

豬油…………0.65 美元

蘋果……………0.25 美元

蘋果乾…………0.22 美元

甘薯……………0.10 美元

南瓜 1 個………0.06 美元

西瓜 1 個………0.02 美元

鹽………………0.03 美元

不錯，我吃掉了八美元七十四美分，全部包括在內；不過，我知道我的大部分讀者和我一樣有罪，他們的行為如果公之於眾也比我好不了多少，否則，我就不會如此不知羞恥地公開自己的罪行了。第二年，我時而會捕很多魚來吃，而且有一次，一隻土撥鼠糟蹋了我的菜豆地，我竟然宰了他——用韃靼人的話，促成他的輪迴——還吞了他，部分原因是想試試味道；他味道有點像麝香，儘管如此，仍給了我暫時的享受。不過，若想長期食用，就算能讓村裡的屠戶幫著收拾妥當，我也不認為是個好習慣。

下面這條帳目提供不了多少資訊，但同一段時間內衣服和其他臨時性支出的費用達到：

$8.40\frac{3}{4}$ 美元

油及一些家庭用具 …… 2.00 美元

衣服的漿洗和縫補多是拿到外面做的，帳單還沒收到，此外全部的金錢支出如下所列——這就是在世界上這個地方所有必要的支出，或許還多了點：

房子	28.12$\frac{1}{2}$ 美元
農場一年的費用	14.72$\frac{1}{2}$ 美元
八個月的食物的費用	8.74 美元
八個月的衣服等	8.40$\frac{3}{4}$ 美元
八個月的油等	2.00 美元
總計	61.99$\frac{3}{4}$ 美元

我現在要說的話，主要針對我那些有謀生壓力的讀者。為了支付這筆開支，我賣掉了一些農場的產品，合計：

	23.44美元
日工勞動所得	13.34美元
總計	36.78美元

把這個數從開支總額上減去，剩下的差額是二十五美元及二十一又四分之三美分——這個數目很接近我起步時的資金，以及預料中會花費的金額。這是一個方面。另一方面，除了保障了清閒、獨立和健康，我還擁有了一處舒適的住房，可以想住多久就住多久。

這些資料，雖然看起來有偶然性，所以啟發意義不大，但它們具備一定的完整性，也因此有一定的價值。而且，凡得到的東西，我都入了帳。從上文的統計可以看出，僅食物一項每週就花掉了我大約二十七美分。在之後將近兩年的時間裡，我的食物無外乎就是這些東西：黑麥、不發酵的印第安玉米粉、馬鈴薯、大米、少量醃製豬肉、糖蜜和鹽，喝的是水。像我這種鍾愛印度哲學的人，以玉米為主食是再合適不過的了。為了照顧那些慣於吹毛求疵者的反對意見，我也不妨聲明一下，我時而會在外面用餐——像過去我常做的那樣，而且我相信將來仍有機會這麼做——這常會有損於我家用的安排。但我已經說過，在外用餐是個恆定的因素，對這樣一份比較性的陳述絲毫不會產生影響。

我從長達兩年的經驗中認識到，要獲得一個人所必需的食物，所費的力氣之小讓你難以置信，即便在我們這樣一個緯度上；一個人可以用類似於動物的簡單餐食，維持好健康和體力。我曾把從玉米地採來的馬齒莧（**Portulaca oleracea**）煮熟、加鹽，以此為菜，滿意地吃了一頓，而且是各方面都很滿意。我之所以附上拉丁文學名，正是因為這種非常不起眼的蔬菜，其實味道極佳。請問，在和平年代那些尋常的午間，除了將足量的甜玉米煮熟、加鹽，一個通情達理之人還能再渴望什麼呢？就連我弄出的花樣，也不過是對胃口的妥協，而不是出於健康的需要。然而，人們已經到了這樣一個關口：他們總是挨餓，不是因為缺少必需品，而是因為缺少奢侈品；我認識一位善良的女人，她認為她的兒子之所以丟了性命，是因為養成了不喝其他飲品、只喝水的習慣。

讀者能夠感受到，我並不是從飲食的角度探討這個問題的，而是從經濟學的角度；讀者也不會冒險嘗試我這種關於節制的觀點，除非他的食品櫃儲藏豐富。

起初我用純印第安玉米粉和鹽做麵包——正宗的玉米餅啊。烤麵包的地方在室外，先把麵包放在木瓦板或者建房子時鋸下來的一段原木的橫切面上，然後放到火前烘烤。不過，這樣容易把麵包熏黑，還帶上一股松脂味。我也試過麵粉，但最終發現把黑麥和印第安玉米粉摻到一起最方便，也最適合。寒冷的季節，連續烤上幾條這樣的麵包，小心地關照、翻轉著它們，就好像埃及人孵蛋時那樣，就是非常愜意的事了。這些麵包才是我所收穫的麥子的真正果實，我能感受到它們那類似於其他名貴果實的香味。我把它們包到布裡，盡可能長時間保存。我研讀了一番古老且不可或缺的麵包製作工藝，查閱了書中提到的權威意見，將麵包的製作工藝回溯至原始時期，不發酵的麵包在那時的發明，使人類從以堅果和肉為食的野蠻狀態過渡到以麵包這種溫和精細的食品為食。我的研究進程在繼續，據稱，一次偶然的麵團發酸事件教會了人們發酵的過程，此後，發酵工藝幾經變化，直至出現「優質、香甜、又有益健康的麵包」，也即生存的主食。有些人把酵母視作麵包的靈魂，填充了麵包細胞組織的精靈，人們保管起它來，就好像保管火種一般虔誠，——我猜想，最初由五月花號帶來的那幾瓶珍貴的酵母可為美國立了大功啊，其影響仍像翻騰的麥浪一般在這片大地上上升、膨脹、蔓延——我很虔誠地定期從村裡拿些酵母，直到一天早晨我忘了規則，把酵母燙過了頭；這次意外使我發現酵母也不是非用不可——因為我不是透過綜合，而是透過分析發現這點的——從此我便欣然地去掉了酵母，儘管大多數主婦都認真地跟我保證，說沒有酵母做不出又安全又有益於健康的麵包，上了年紀的人還預言說生命力也會因此而迅速衰退。但我發現酵母並非基本成分，一年沒用了，我仍在這個世界上好好地活著；而且，令我高興的是，口袋裡不用老是帶個瓶子了，那瓶子還時不時地會撲出一些酵母粉來，弄得我狼狽不堪。免掉酵母，反而更簡單，也更讓人尊敬。人比起別的動物更能適應一切氣候和環境。我也沒在麵包裡放蘇打或別的酸或者鹼。看上去我是根據西元前兩世紀左右馬爾庫斯・波爾基烏斯・加圖[57]的方法做的麵包：「Panem depsticium sic facito. Manus mortariumque bene lavato. Farinam in mortarium indito, aquae paulatim addito, subigitoque pulchre. Ubi bene subegeris, defingito, coquitoque sub testu.」我認為這段話的意思是：「要這樣來揉麵做麵包。洗好手和揉麵槽。把麵粉放到揉麵槽裡，逐漸加水，把麵揉透。揉勻後塑形，然後蓋上蓋子烘烤。」也就是說，放到烤罐裡烘烤。這裡對酵母隻字未提。但我不是總吃這種主食。有段時間，因為囊中羞澀，我有一個多月沒見過麵包。

在這片生長著黑麥和印第安玉米的土地上，每一個新英格蘭人都可以毫不費力地生產出自己所需的全部麵包原料，不必依賴遙遠而又時時波動的市場。但是，我們離簡單而獨立的生活依然很遠。康考特的商店就很少賣新鮮的甜玉米粉，玉米片和更粗一點的玉米幾乎沒人吃。農民多半都會把自己生產出來的穀物餵牛餵豬，然後以更高的價格去商店購買並不更有益於健康的精麵粉。即使在最貧瘠的土地上黑麥也能生長，而玉米也並不要求最好的土質，所以我發現很容易就能種出二蒲式耳的黑麥和玉米，用手工磨把它們磨碎，這樣就算沒有大米和豬肉，日子照樣過；如果必須使用濃縮的甜味素，我在實驗中發現，南瓜和甜菜都能做出相當不錯的糖漿；我也知道，只需栽種幾棵槭樹，就能更輕而易舉地得到糖漿；倘若這幾種植物都在生長期，我也能找到它們之外多種替代品。「因為，」我們祖先曾這樣歌詠：

「我們可以用南瓜、歐防風、胡桃葉片
釀成美酒，使我們的雙唇甜潤。」[58]

最後說到鹽，那可是雜貨店裡最基本的商品。不過，可以去海邊弄鹽，恰好當作海邊觀光的好機會；或者，如果我一點鹽都不用，或許還能少喝點水呢。我就沒聽說過印第安人曾經為弄到鹽而費什麼周折。

這樣一來，在食物方面我就能避免所有的買賣和物物交換，房子也已經有了，剩下的就只是衣服和燃料了。我現在穿的褲子是在一個農民家裡織成的——謝天謝地，人身上依然還保有那麼多美德呢；因為我覺得，從農民降為技工的過程，和從人降為農民的過程，都是同等巨大的落差，同樣令人難忘——在新的地方，燃料則是件麻煩事。至於居住地，如果不允許我占用公地暫住，我就以我耕種過的那片土地的價格——八美元八美分再買一英畝。不過照實際情況看，我住在那裡，反倒讓那塊土地增值了呢。

有一群懷疑論者時不時會問我，我是否以為單靠蔬菜就能生存；為了一言道破問題的根源——根源在於信念——我習慣性地這樣回答：我靠吃木板釘也能生活。如果他們連這都理解不了，那也理解不了我許多別的話了。就我來說，總很高興聽說有人在做這類試驗；比如，有個青年試著在兩週內只吃又硬、又生還帶著穗的玉米棒，他的牙齒就是研磨玉米粒的石臼。松鼠一族就曾經做過同樣的試驗，並且成功了。人類對這類試驗也有興趣，儘管有些老婦人已經無力為此了，又或者在磨坊占了三分之一的股權了，所以會感到驚恐。

我的一部分家具是自製的，剩下的也沒花什麼錢，所以沒有記帳。這些家具包括：一張床、一張桌子、一個書桌、三把椅子、一面直徑三英寸的鏡子，一對鉗子，一對壁爐柴架、一只水壺、一把長柄鍋、一把煎鍋、一個長柄勺、一個水洗槽、兩副刀叉、三個盤子、一只杯子、一個勺子、一個油罐、一個糖罐，還有一盞塗漆的燈。沒有窮到只能坐南瓜，就這樣過來了。村裡閣樓上還有很多我最喜歡的椅子，想要的盡可拿去。家具！謝天謝地，沒家具店幫忙我也能坐能站。看著自己的家具裝車、打包，然後光天化日在眾目睽睽下走在鄉間，而上面裝的都是些窮酸的空箱子，除了哲學家之外，什麼人才會不覺得慚愧呢？這是斯波爾丁[59]的家具。我從不能透過觀察這麼一車家具就判斷出它的主人是窮是富；那主人看起來總是窮困潦倒的。確實，這類東西你擁有的愈多，就愈貧窮。每一車似乎都載著十二個棚屋的家具；如果一個棚屋等於貧窮，這就是十二倍的貧窮。試問，我們四處遷徙，難道不是為了蛻皮脫殼式的擺脫我們的家具，並最終從一個世界搬到另一個裝了新家具的世界，然後把舊家具付之一炬嗎？這就好比把所有的老鼠夾都扣在一個人的腰帶上，只要他在凹凸不平的鄉間走動，我們的投出去的線頭就必然拖著那些老鼠夾——拖著他的陷阱。如果他留下尾巴逃跑了，他就是一隻幸運的狐狸。麝鼠為了逃命也會咬斷自己的第三條腿。如此也就難怪人失去靈活性了。人啊，總是陷入困局！「先生，恕我冒昧，你所說的困局是什麼意思？」如果你是一個先知，不論你什麼時候遇到一個人，總能看出他所擁有的一切，當然，還有很多他佯裝沒有的以及他藏諸身後的東西，包括他的廚房家具以及所有他保存的、不願燒掉的無用雜物，他就好像拉車的馬一樣被套在那些東西前頭，竭力拖著它們向前走。我認為，當一個人透過了一個網結的漏洞或者什麼出口，而他的那一車家具卻過不去，他就陷入了困局。有的人衣著光鮮、身體結實，看起來瀟灑自由，把一切都安排得妥帖有序，但當我聽見他說起他的家具是否上了保險之類的事，就不免同情起他來。「可我的家具怎麼辦呢？」——這時，他這隻快活的蝴蝶就被捲進了蜘蛛網。甚至有些人貌似很久以來一樣家具都沒有，可你仔細一問，就會發現有那麼幾樣在某家穀倉裡扔著呢。要我看，如今的英國就是一位帶著一大堆行李旅行的老紳士，在長期的居家過日子中攢下來一大堆華而不實的東西，卻沒勇氣燒掉：大箱子、小箱子、紙板盒、包裹。至少把前三個都扔掉吧。在今天，即使一個身體健康的人如果想拎起他的鋪蓋就走，也是力不從心，所以我必當奉勸這些病人，放下鋪蓋，趕緊跑吧。當我碰見一個移民背著裝了他全部財產的大包裹舉步蹣跚——那大包裹看著就像他後頸上生出來的一個大肉瘤——我就心生憐憫，不是因為他的全部財產不過如此，而是因為所有的財產他都得隨身攜帶。假使我非得帶上我的陷阱機關，便一定要帶個輕便的上路，免得它夾住我的要害部位，但也許最明智的就是從不把手放進去。

順便說一下，我也不會在窗簾上花什麼錢，因為除了太陽和月亮，我無須將別的窺視者擋在外面，而我倒是希望太陽、月亮照進來。月亮不會使我的牛奶發酸，或讓肉變質；太陽也不會損壞我的家具，或使地毯褪色；如果太陽這位朋友時而過於熱情，那就退到大自然提供的天然簾幕之後吧，而不必為家裡再添一件物什，這樣更經濟划算。有一位女士曾給過我一塊踏墊，但被我婉言謝絕了，因為屋裡實在騰不出地方，我也騰不出時間屋裡屋外地清掃它，所以我寧願在門前的草皮上蹭蹭鞋底。最好從一開始就避免壞習慣。

不久前我參加了一位教會執事的動產拍賣，因為他的一生也並非一無所成：

「人做的惡，死後依然流傳。」[60]

照例，大部分都是從他父親那輩就開始積攢的華而不實的東西，其中還有一隻乾條蟲。現在，在閣樓裡或別的雜物堆上躺了半個世紀之後，這些東西竟也沒有被燒掉。非但沒被付之一炬，或者說得到破壞性地淨化，相反，竟還舉辦了一場拍賣會，或者說讓它們得以益壽延年了。鄰居們急切地聚集，想要一睹它們的風采，然後全部買下，小心地運往他們自己的閣樓，抑或是雜物堆，讓它們躺在那裡，直到他們的家產再被清理，這些家具便開始再一次的循環。人死就是兩腿一蹬，揚起一點塵埃。

野蠻民族的風俗我們大可以仿效一番，或許會大有裨益，因為他們至少每年都經歷了類似蛻皮的過程；他們有著這樣的觀念，不管事實上做到了與否。如果我們也像巴特蘭[61]所描述的摩克拉斯印第安人一樣，慶祝巴思客節[62]或者「新果節」，豈不很好？「一個小鎮在舉行節慶活動時，」他說，「先要預先準備好新衣服、新水壺、新鍋，以及別的家用器皿和家具，把所有穿舊了的衣服和其他烏七八糟的東西統統收集起來，將房子、廣場和整個小鎮打掃清理乾淨，剩餘的穀物和其他陳年的糧食都被扔到一個公共的大堆上焚燒乾淨。之後要服藥、齋戒，三天之後，鎮裡再無明火。齋戒期間，他們禁絕口腹和情感上的一切欲求，並宣布大赦，犯人得以返回城鎮。」

「第四天早晨，大祭司站在公共廣場上，摩擦著乾燥的木頭，生起新的火種，所有鎮上的居民都領到了純潔的新火。」

隨後，他們以新產的玉米和水果為食，連續三天大排宴筵、載歌載舞。「其後的四天時間裡，他們接待相鄰城鎮的朋友，和他們一起歡慶，而鄰鎮也剛剛完成類似的儀式，那裡的居民也得到了淨化，為來日做好了準備。」

墨西哥人每五十二年也舉行一次類似的淨化儀典，因為他們相信五十二年是世界輪迴的週期。

我幾乎從沒聽說過比這更真實的聖儀，它恰如字典中的定義，是「內在精神風姿可見的外在顯象」。雖然沒有《聖經》式的記載，但我毫不懷疑，最初他們是直接受自天啟，才開始了這樣的儀典。

有超過五年的時間，我僅憑雙手的勞動維持生活。我發現，每年大約工作六週，就足夠我應付生活中的全部開銷。我把整個的冬天和大部分夏天都空出來，用於讀書學習。我也曾悉心地嘗試過辦所學校，可發現只能做到收支相抵，甚至入不敷出，因為我必須據此著裝和訓練，更別說還得有相應的思考和觀點，結果在這件生計上空耗了時間。我從教並非是為了讓同胞受益，而純粹是為了謀生，所以失敗了。我也試過經商，但發現要把它做得順手得花上十年，那時說不定我已經見魔鬼去了。我其實是擔心十年之後我做著人們所謂的成功的生意。之前，當我四處打探看能做些什麼謀生的事宜的時候，因遵循朋友的意願而致的不愉快經歷在我的腦海中記憶猶新，使我費盡心機，想要另謀出路，所以我常認真地考慮以採越橘莓為生；這個我肯定做得了，它微薄的利潤也恰好夠用——因為我最大的本事就是需求甚少——我愚蠢地認為，這事不需要多少本錢，也不會太干擾我慣常的思緒。當熟人朋友們紛紛毫不猶豫地投入商海或從事各種職業時，我則思忖著這件事，把它當作與他們的職業的最相類似的事情；整個夏天我漫遊在山間，摘下迎面碰到的越橘莓，然後漫不經心地把它們處理掉；這種做法，有點像放牧阿德墨特斯的羊群[63]。我甚至夢想著採集些野生的牧草，或者長青的綠植，送給那些願意常常想起林間的村民，甚至用乾草車拉到城裡。自此我明白，商業詛咒它所經辦的一切；即便你經營的是來自天國的福音，也難逃商業的詛咒。

由於我對某些事物有所偏愛，而且尤其珍視自由，也由於我肯於吃苦又能獲得成功，所以我尚不希望耗費時間去賺豪華的地毯、其他精美的家具、精細的烹調，希臘或歌德風格的住房。如果確實有人並不把求取這些視作干擾，或者得到之後知道如何使用，那我就把這種追求留給他們吧。有些人是「勤奮的」，貌似熱愛勞動本身，或者因為勞動使他們免於更嚴重的損害；對於這些人，目前我沒什麼可說的。有些人則不知道該如何應對那些多出來的閒暇，對於他們，我則建議在工作上再加一倍勁頭——一直工作到他們贖回了自己，獲得一紙自由證書。至於我自己，我發現最自主的工作就是做日工，尤其這種工作一年只需要做三四十天，就能養活自己。太陽西沉，日工一天的工作便結束了，這時他便獲得了自由，可以從事任何他鍾情的追求，與他的勞動毫不相干；而他的雇主呢，則要月復一月地做著投機的營生，一年到頭緩口氣都不行。

總之，信仰和經驗使我確信，只要生活得簡單而智慧，維持一個人在世間的生命並不是一件苦差，而是一種消遣；就好像那些生活簡樸的民族所追求的，在注重矯飾的民族看來不過是些體育運動。一個人要維持生計，其實無須汗流浹背，除非他比我還容易出汗。

我認識一位年輕人，他繼承了幾英畝地，說也想像我那樣生活，就是不知道該怎麼做。可我並不希望別人按我的方式生活，不論出於什麼樣的原因；因為，且不說或許還沒等他弄明白我的生活方式，我就又另為自己尋了條路徑，而且，我希望這個世界上各不相同的人愈多愈好；我寧願每個人都認真找尋並追求他自己的——而不是他父親的，抑或他媽媽的，再不然就是他鄰居的——生活道路。年輕人可以從事建築、種植或航海，只要能做他跟我提過的他喜歡做的事情，不妨礙他就好了。我們的智慧，就體現在透過計算而得到的那個精確的點，就好比水手或者逃跑的奴隸的眼睛總要盯著北極星；這種方法足以指導我們一生。或許我們不能在可預測的時間內到達預定的港口，但仍會保持正確的航向。

毋庸置疑，就此種情形來說，對一個人而言是對的事情，對一千個人來說更是如此，這就好比一座大房子，如果按比例計算，也並不比小房子來得更貴，因為都是上蓋一個屋頂、下挖一個地窖，再由一堵堵牆分割出幾個房間。但在我嘛，還是更喜歡單獨的居所。而且，一般來說，自己建整棟房子，要比勸服另一個人相信共建牆的好處來得便宜；即便你少花了錢建成了共建牆，那牆也一定很薄，而且事實還有可能證明那人是個壞鄰居，不會好好維護他那面牆壁。通常唯一可能的合作都是極有限也極表面的；而真正的合作則少之又少，看起來完全不像那麼回事，屬於一種人類無緣耳聞的和諧樂音。一個人如果擁有信念，就會和普天之下所有持同樣信念的人合作；而一個人如果沒有信念，不論他加入怎樣的團體，也只能隨波逐流。合作，在其最高與最低的意義上，都意味著「共同生活」。我最近聽聞有人提議兩類人應該共同環球旅行，一類囊空如洗，桅桿前、犁鏵後，一路邊走邊賺；另一類則在兜裡揣著匯票。容易看出，他們無法長期結伴或者合作，因為其中一個根本無所作為。在充滿奇遇的旅行中，第一個危機一旦出現（那必是有趣的），他們就會分道揚鑣。總之，就像我前面指出的，一個人孤身上路，馬上即可出發；而若要他人同行，就得等對方準備妥當，由此出發則可能被延滯很久。

但是，我曾聽鎮上人說，我所有的這些想法都非常自私。我承認，到目前為止我很少參與慈善事業。出於責任感，我做出了一些犧牲，參與慈善事業的快樂就是其中之一。曾有人使出渾身解數勸我資助鎮裡的貧困戶；假如我無所事事——因為魔鬼總是替閒人找事做——也會以這種消遣試試身手。我也曾想過投身慈善事業，將一些窮人的福祉作為我的義務，使他們在各個方面都生活得和我一樣舒適，甚至已然向他們提出了這種想法，但他們全都毫不猶豫地說寧願繼續貧窮下去。當我們鎮上的男男女女以諸多方式致力於他們同胞的福祉，我堅信至少可以將其中一個騰出來，去從事其他不那麼慈善的事情。做慈善，和做其他任何事情一樣，需要天賦。至於「做好事」，則是一個人滿為患的行當。而且，我已經認真地嘗試過了，發現那與我的個性並不相符。雖然可能聽來奇怪，但我對此竟覺得滿意。或許我不該自覺地故意拋下要我做好事的特殊召喚，那可是社會的要求，是要拯救宇宙於毀滅之中；而且我相信，某處自有一個類似卻又無限強大的堅定意志，那就是保全著宇宙的全部力量。但是，我無意在任何人和他的天性之間橫插一腳；對於那位全身心地從事了我所拒絕的那份差事的人，我也會說「堅持下去」，就算全世界都稱之為做壞事——他們極有可能這麼說。

我絕不認為我的情況是個特例；很多讀者無疑都會做出類似的申辯。在做某件事的時候——我不擔保我的鄰居們也會說是個好差事——我會毫不遲疑地說，我可是個一流的雇員呢；但那是什麼事兒，就有待於我的雇主來弄個究竟了。我所謂的「好」事，按通常的意義來說，一定偏離了我人生的主路，且大都是我無意間做的。人們很實際地說，要以你所在之處、你當下的狀態為起點，不要以成為更有價值的人為主要目標，帶著預先就有的善意，開始著手做好事。如果我也以這種腔調說教，我倒要說：開始做個好人吧。就好像太陽，當他燃燒著內部的火焰達到月亮般的輝煌，或者擁有了相當於一顆六等星的亮度，他就該停下，然後像好人羅賓[64]一般地四處遊蕩，跑到每個農舍的窗子前窺視，令人發瘋，使肉變質，讓黑暗處變得可見；而不是逐步增強他柔和的熱度和恩惠，直至亮得凡人不敢正眼直視，與此同時，以及在此之後，一直沿著自身的軌道環繞世界，向世界施以恩惠，或者，誠如更正確的哲學所發現的那樣，環繞著他旋轉的世界變得美好。法厄同[65]想施恩世人，以證明自己天國的出身。但他只駕了一天太陽金車，就弄得他駛出了軌道，燒毀了天堂低處街邊的幾排房子，燒焦了地球的表面，烤乾了每一條清泉，製造出了撒哈拉大沙漠，直到朱庇特[66]劈下一道閃電，使他一頭栽落到地，而太陽，因為他的死亡而悲傷，竟有一年黯淡無光。

沒什麼氣味比變了質的善行還要難聞，那味道有如人或神的腐屍。如果我真的知道有人有意設計了什麼造福於我的計畫，正帶著它朝我的住處來，我一定拚了命地跑，就好像逃離非洲沙漠上那乾燥、灼熱、被非洲人稱為西蒙風的大風。那風灌得你口鼻眼耳滿是灰塵，直至最終窒息而死。因為我擔心他的某些善行會施行在我身上——其中的一些病毒也會混入我的血液。不——要是那樣，我寧願聽其自然地忍受困厄。如果一個人，在我本該挨餓時給了我食物，在我本該受凍時給了我溫暖，或者當我本該掉進壕溝卻拉我上來，我並不因此就認為他是個好人。我完全可以給你找到一隻紐芬蘭犬，這些事他都能做。慈善並不是最廣泛意義上的同胞之愛。就其本人的方式而言，霍華德無疑是位善良、值得尊敬的人士，也獲得了他應有的報酬。但是，比較來說，如果在我們處於最佳狀態、最值得說明的時候，他們的慈善幫不到我們，縱有上百個霍華德又有何益？我從來沒有聽說過哪次慈善會議真正地提出了對我，或者對和我同類的人有益的建議。

有些印第安人被綁在了火刑柱上，卻向折磨他們的人提議換點招數，弄得那些耶穌會的教士不知所措。他們已然超脫於肉體的苦難了，很可能某些時候他們也超脫於傳教士所能給予的任何安慰之上；「對人如對己」的法則在某些人聽來並不那麼有說服力，因為他們並不在乎自己被如何對待，他們以新的方式愛他們的敵人，幾近於寬宥他們所做的一切。

要確定給予窮人最需要的說明，儘管是因為你的例子在前，他們才落在了後面。如果你給錢，就陪他們把錢花掉，別只是拋給他們了事。有時我們會犯些奇怪的錯誤。通常，窮人並不那麼飢寒交迫，他們只是穿得破爛、邋遢，舉止粗魯。這一部分是因為品味，而不完全是他命運不濟。如果你把錢給他，他說不定會買回來更多的破衣爛衫。以前我也常常同情那些粗笨的愛爾蘭工人，他們穿著廉價、破爛的衣衫在湖上切冰，而我則穿著整潔、也多少更時髦些的衣服瑟瑟發抖。直到有一天，有一個人掉進了水裡，來我的房子烤火，我看見他直脫下來了三條褲子和兩層護腿，才最終露出了皮膚。沒錯，那些衣服又髒又破，但是他有這麼多穿在裡面的衣服，就完全可以拒絕我給他的額外的衣服了。落水才正是他所需要的。隨後，我開始可憐起自己來，發現把整個成衣店送給他，不如給自己買件法蘭絨襯衫，那或者是更大的慈善。有一千人在砍伐罪惡的枝杈，卻只有一人在擊打罪惡之根。很有可能那個在窮苦人身上投入了最多時間和金錢的人，也以自己的方式製造了最多的苦難，他雖努力消除，但終徒勞無功。正是那些道貌岸然的蓄奴主，獻出了十分之一的奴隸收益，為其餘的奴隸購得了星期日的自由。還有人雇窮人到他們的廚房工作，以表示對窮人的善意，但如果他們雇自己去廚房工作，豈不是更大的仁慈？你吹噓說將收入的十分之一用於慈善；或許你該用上十分之九，然後就由此終結吧。因為，社會回收的財產其實不過十分之一。而這，應該歸功於資產占有人的慷慨大方呢，還是主持正義的官員們的疏忽大意呢？

慈善幾乎是唯一受到人類充分讚譽的美德。非但如此，它其實是被評價過高了；正是我們的自私，使它得到了過高的評價。一日康考特鎮陽光朗照，一位身材健碩的窮人向我誇讚某一位鎮上的鄉民，因為，據他講，此人對窮人很是善待；窮人，即指他自己。人類善良的叔叔、嬸嬸們，比之真正的精神父母往往更受尊敬。一次，我聽了一位宗教演講家講英國。此人學問與智識兼備，在列舉了英國科學、文學、政治上的傑出人士，如莎士比亞、培根、克倫威爾、彌爾頓、牛頓等人之後，他接著講到這個國家的基督教英雄，而且將這些人提升到遠高於其他人的地位，成為偉人中的偉人，就好像這是他職業的要求。他們是潘恩、霍華德和弗萊夫人。每個人都覺察出其中的謬誤和虛假。最後這三人並非英國最偉大的男人或女人；而或者只能算作她最好的慈善家而已。

我並非要貶低那些理應歸於慈善的讚譽，而只是要求公正對待所有以自己的生命和工作造福於人類的人。我主要看重的，並非一個人的正直和仁慈，事實上，它們只是莖葉。那些莖葉一枯萎就被我們製成藥湯供給病人服用的植物，用途其實是很卑微的，而且使用它們的多是江湖郎中。我要的是一個人的花朵和果實；一些來自於他的香氣會隨風吹送到我這裡，果實成熟的風味則滲透於我們的交往之中。他的善良一定不是片面而短暫的行為，而是一種持續不斷的溢出，這種溢出於他無損，他也不曾察覺。這是一種掩蓋了大量罪惡的慈善。慈善家總是拋出些悲傷的情緒，再以對悲傷的記憶形成一種氛圍環繞著人類，他們把這稱為同情。我們要傳播的是勇氣，而不是絕望，是健康和自在，而不是疾病，且要提防疾病因傳染而蔓延。從南方的哪片平原上，傳來了哀號之聲？在什麼緯度上，住著那些我們要送去光明的異教徒？誰是那個我們要去挽救的放縱而野蠻的人？如果一個人不知怎麼生了病，因此完不成任務，甚至如果他痛在肚腸——因為那是同情心的所在——他就會立刻改革這個世界。因為他本身就是一個微觀世界，他發現——這是一個真正的發現，而他就是那個發現者——這個世界一直都在吃青蘋果；事實上，在他看來，地球本身就是一個巨大的青蘋果，一想到在它成熟之前人類的子女就會咬食它，便覺得是個可怕的危險；風風火火的慈善家立刻找出了愛斯基摩人和巴塔哥尼亞人，還包括印度和中國人口稠密的鄉村；幾年的慈善活動之後，各種勢力利用他達成了各自的目的，而他也無疑治好了自身的消化不良症，地球單側或雙側的面頰現出了淡淡的紅暈，彷彿它終於開始成熟了，生活則褪去了它的粗糲，又一次變得甜蜜而健康。我從沒夢見過比我所犯之罪更大的罪惡；我從不認識，也將永遠不會認識比我更糟糕的人。

我相信，改革者所以黯然神傷，並非出於對困厄中的同胞的同情，而是他個人的處境，儘管他理當是上帝最神聖之子。假設這種情形得到了矯正，春天來到了他的身旁，晨曦俯照著他的臥榻，他就會拋下他慷慨的夥伴，絲毫不覺得愧疚。我之所以不聲稱反對菸草，是因為我從不吸菸，那是戒絕吸食菸草的人必受的懲罰；不過我品食過的東西也足夠多，倒可以聲言反對它們。如果你被這些慈善中的任何一種欺騙，請別讓你的左手知道右手在做什麼，因為這並不值得知道。救出溺水者，然後繫好鞋帶。從從容容地，開始從事一些自由自在的勞動吧。

我們的舉止，因為同聖徒交往而變得敗壞。我們的讚美詩，悅耳悠揚，卻迴響著對上帝的詛咒，和對他永遠的忍受。可以說，即便是先知和救世主也只能寬慰人們的恐懼，而不能證實人們的希望。任何地方都不曾記載人們對生活的饋贈單純地表示由衷的滿意，以及對上帝抒發難忘的讚美。所有的健康和成功都使我受益，雖然他們顯得遙遠和不可企及；所有的疾病和失望都使我悲傷、遭殃，無論它們予我或者我予它們多少同情。那麼，如果我們真的要用印第安的、植物的、磁力的或自然的方式恢復人性的話，就讓我們先像大自然一般樸素和健康，驅散眉間的陰翳，在我們的毛孔裡吸收一些生機。請不要杵在哪裡做窮人的監工，而是要努力成為一個值得存活於世的人。

我在設拉子的詩人謝赫·薩迪[67]的《古利斯坦》或《薔薇園》中讀到：「他們求教於智者，說：至尊之神創造了眾多名樹，樹高參天，濃蔭蔽日；可除了不結果實的柏樹外卻沒有被稱為阿扎德[68]或自由之樹的，這之中有何奧祕？智者答道：每種樹自有它適宜的產品和特定的季節，倘若正當時，它便鮮豔而茂盛；若不在其時，則乾枯而凋零；松柏四季常青，不屬於任何一種情況；自由之樹，或宗教上的獨立派，必須具備這種本性。——不要把心思放在轉瞬即逝的事物上，因為在哈里發一族滅絕之後，底格里斯河仍然永無止息地流經巴格達；如果你手頭寬裕，就像棗樹那樣慷慨自由；但倘若拿不出可給的東西，就像柏樹那樣，做一個阿扎德吧，或自由的人。」

補充的詩篇

貧窮的偽裝

你設想的太多，可憐窘迫的窮鬼，
想要在蒼穹占有一席之地，
你因為落魄的茅舍，或木桶做成的棚窩，
養成了慵懶或迂腐的德行，
在廉價的陽光下，或蔭蔽的泉水旁
啃食著塊莖和葉菜；在那裡你用右手

扯下心靈枝椏上的人類激情
和那上面綻放的美麗的道德花卉，
你使自然墮落，致感官麻木，
又戈爾貢[69]般地，變活人成石頭。
我們對你沉悶的社會無所需求，
那裡到處是強加的節制，
不需要那非自然的愚蠢，
它不知歡愉，不懂愁傷；也不需要
你強迫被動的堅毅得到虛假提升，
凌駕於活躍的生命之上。這些低下的焦慮
將他們釘死在平庸之位，
成就了你奴性的心靈；但我們只推崇
這樣的美德：超出常規，
勇敢大度，慷慨而行，
秉持靈視，恢宏而無
邊界，以及歷史也不曾命名
而只留下一些典範的
英雄美德，如赫拉克勒斯，

如阿基里斯[70]和忒修斯[71]。
回到你那破窩，
當你看到新的開明天地，
去學習瞭解什麼才是真正值得的。

T. 卡魯

02

我生活的地方，我為何生活

Where I Lived, and What I Lived For

到了生命的某個階段，我們習慣於認為任何地方都可以用來建房。我考察過住處周圍十二英里內的全部鄉野。想像中，我接連買下那裡所有的農場，因為它們都要出售，而我對價格也很清楚。我漫步在每家每戶的田產上，嘗過他家的野蘋果，和他聊過農事，在心裡，我按要價買下了他的農場，價錢多少無所謂，因為要再抵押給他；我甚至付了更高的價錢，買下了所有的東西，但是沒立契約——我喜歡交談，那就把他的話當作契約吧。如此，我便相信我培育過這片農場了，在某種意義上也培育了他；當我享受了足夠的耕耘之樂，便起身作別，留他繼續耕耘。這種經歷使我在朋友眼中成了某種意義上的房產經紀人。我坐在哪裡，便生活在哪裡，周圍的風景以我為中心輻射散開。所謂的住宅難道不就是一個位置嗎？——如果是一個鄉間的位置，自然更好。我發現很多建房的地點無法在短期內得到改善，有些人可能認為它們離村子太遠，但在我看來是村子離它們太遠。我說：好吧，我可以在那裡生活；於是我真的在那裡生活了，度過了一小時、一個夏季，又一個冬季；我目睹著自己是如何讓時光流逝，打發了冬天，再迎來春天。這個地方未來的居民，不論在哪裡安家立業，都可以確定已有人捷足先登了。只消一個下午，便足以把這片土地變成果園、林場或者牧場，定好門前該留下哪幾棵上好的橡樹或者松樹，每棵被砍的松樹在哪裡才最有用；隨後，我就任它去了，或者休耕了。因為一個人能放得下的東西愈多，他就愈富有。

我被想像帶著走了太遠，甚至想到被幾個農場所拒斥——那可正是我想要的——但是，我從未真正占有這些農場，免得燒了手。我買霍洛維爾那片地的時候，是我最接近真正占有田產的一次。我已經開始選種，收集好材料準備做一個用來運貨的手推車；但眼看農場主就要把契約給我了，他的妻子——每個男人都得有個這樣的妻子——卻改變了主意，想繼續保留這份田產，於是他提出賠付我十美元，讓我和他解約。說實話，我當時全部的家當也就十美分，但我究竟是只有十美分呢，還是擁有一個農場或十美元，或兼而有之？我的數學能力卻不足以計算得出。我讓他留下了農場，還有那十美元，因為這次我已經走得夠遠了；或者說，我夠慷慨，按他給我的價格把農場又賣給了他，並且，看他也不算富裕，還把十美元作為禮物送給了他，我呢，則依然擁有我的十美分、種子以及做手推車的材料。如此，我覺得已經算是一個出手闊綽的富人，而這樣做絲毫無損於我的貧窮。我保留著那裡的風景，每年帶走它的收穫，卻無須獨輪車。關於風景——

「我是一切我所測量過的君主，
我在這裡的權利不容置疑。」[1]

我經常看見一位詩人，在欣賞了田園風光最寶貴的部分後離開；農人粗糙，以為他所得到的不過是幾顆野蘋果。許多年過去了，農人仍然不知道，詩人已把他的農場放入了詩歌——放入了那最可讚賞、肉眼不見的藩籬，把它圈定、擠出牛奶、掠去奶油、拿走全部的油脂，農民所剩下的，不過是脫過脂的東西。

霍洛維爾農場真正吸引我的地方，在於它完全遠離市井喧囂。村子在兩英里之外，最近的鄰居也有半英里之遙，一片寬闊的農田更是將它與公路分隔開來。它緊依著河流。農場主告訴我，河水的霧氣使這裡的春季免受霜降侵襲，不過對此我倒並不在意。屋子和倉房都灰突突的，一副頹敗的景象，還有那殘破的籬笆，彷彿在我和上一位居住者間隔了不少時光。蘋果樹的樹身已空，遍布著苔蘚，曾經遭到兔子啃噬，如此可見我將與什麼為鄰。然而，最為關鍵的還是我對早年沿河溯流而上的回憶。那時，房子掩映在濃密的楓樹林後面，依稀可見；透過樹林，傳來家犬的叫聲。我急於將它買下，等不及房主搬走那幾塊大石，砍掉那株中空的蘋果樹，或者挖掉草地上新生的樺樹幼苗，總之，等不及他實施任何改善措施。為了享受上述那些好處，我做好了奮力一搏的準備；就像阿特拉斯，把整個世界放在我肩上好了——我可沒聽說他還為此得到了什麼報酬——我會完成所有這些，沒有任何別的動機或理由，只想能付了款，好入住這片田園，再無麻煩和枝節；因為我始終知道，哪怕把這園地擱在那裡不管，它也能最大量地長出我想要的那種莊稼。而結果卻如上文提到的那般了。

關於大規模農耕——我一直培育著一座花園——我所能說的不過是我已經備好了種子。很多人認為，年代愈久種子便愈優良。時間可以辨別好壞，對此我毫不懷疑；等到終於能種了，我便不可能失望。但我想對同胞們說，而且只說一次：盡可能長久地自由生活，了無罣礙。被縛於農場，和被囚於鎮監獄[2]，其實並無區別。

老加圖曾說過一番話——他的《鄉村篇》是我的「導師」——但我見過的唯一譯本竟把這番話譯得一塌糊塗。他說：「當你想置辦個農場的時候，就在腦子裡多想想它，不要貪婪地把它買下；也別嫌麻煩，多去看看它，不要以為轉上一圈便夠了；如果那農場還不賴，你去得愈勤，就會愈感到愉快。」我想，我也不要貪婪地購買，而要在有生之年，一遍又一遍地踏訪，死後首先便要葬在那裡，如此，它或許最終能帶給我更多的愉悅。

現在要說到我下一個類似的試驗。這次我打算說得更為詳細，並且為了敘述的方便，將兩年的經歷濃縮成一年。我曾說過，我不打算寫些頌揚消沉態度的文字，而要像晨起的雄雞一般，只要能將鄰居們喚醒，那就站在雞舍上精力飽滿地高談闊論。

我開始正式住在林間，即不論白天還是晚上都在那裡生活的日子，恰巧是一八四五年七月四日，美國獨立紀念日。那時，我的房子尚未完工，沒抹石灰漿，也沒安裝煙囪，牆壁也還是久經風霜剝蝕的糙木板，裂著寬寬的縫隙，到了晚上頗有些寒冷。這樣的房子根本無法過冬，只能擋擋雨水罷了。削得直直的白色立柱和新刨好的門窗使房子顯得潔淨、通透，尤其是早晨，露水浸濕了木板，讓我以為到了中午它們便會滲出些甜膩的樹膠來。在我的想像中，它曙光初現時的特色得以終日留存，時而多些，時而少些，使我想起一年前曾經探訪過的一處山頂住宅。這是一棟四處漏風的、未經粉刷的木屋，適於款待雲遊的神仙，女神們也可以到此曳動翩翩衣裾。那漫過山脊的風，同樣吹過我的木屋，產生出斷斷續續的旋律，彷彿天籟之音飄入了人間。晨風不住地吹拂，創世的詩篇永不間斷，然而卻沒有幾雙耳朵聽得見。地球的表面，無處不是奧林匹斯仙山。

我之前擁有的房子，如果不算那艘船的話，便是一頂帳篷了，夏季出行的時候，我偶爾用來住宿，現在還被捲著收在了我的閣樓裡；而那艘船，早已輾轉多人，在時間的溪流裡不知所蹤了。如今有了更堅固的住所，我也向在這人間定居的生活邁進了一步。這房子的框架，沒塗多少東西，就好像在我周身結出的晶體，對建造者本人產生了影響。從外在結構看，它像一幅畫。我無須到室外去呼吸新鮮空氣，因為室內的空氣同樣清新。我坐在室內，就好像只是坐在一扇門的後面，哪怕大雨滂沱。《訶利世系》[3]中說，「住處無鳥，就好像食無調料」。我的住處可並非如此，因為我發覺我突然成了鳥的鄰居，不是透過抓隻鳥關起來，而是把我關在靠近他們的籠子裡。我離他們很近，不只是那些常常光顧花園、果園的鳥，還包括那些村鎮的人難得一見的體型更為輕盈、唱得更為悅人的林中鳥——畫眉、夜鶇、猩紅比藍雀、野麻雀、北美夜鶯，還有很多其他鳥類。

我的房子位於一座面積不大的湖的湖畔，在康考特鎮以南一英里半的地方，地勢比康考特略高，處於康考特鎮和林肯鎮之間的那片廣袤森林中間地帶，從我們這一帶唯一有些名氣的「康考特戰場」向南約兩英里的位置。但我所在的位置屬於林中低處，只能看到半英里外的湖對岸，那裡和別處一樣，盡被樹林覆蓋。在那住的第一週，每當我看向湖面，都感覺那湖位於高高的山坡上，縱是湖底也遠遠高過其他湖的表面。我看見，在太陽漸升的晨曦中，華爾騰湖褪去了霧的夜裝，這裡或那裡漸漸地顯露出身姿，或者漣漪輕泛，或者波平如鏡，而霧靄，則鬼魅般地從各個方向悄然退向樹林，就好像夜間非法的宗教集會被遣散了一般。而露水則和山腰那裡的一樣，比尋常消散得晚些，到白天仍掛在樹梢。

八月，暴雨也輕柔，暴雨間歇時刻，作為鄰居的小湖最顯珍貴。天空和湖水都極為沉靜，空中的烏雲，使下午才過半就如同傍晚般靜謐，畫眉的歌聲四處響著，此岸與彼岸都聽得見。像這樣的小湖，再沒有比這一時刻更為平靜的了；湖面上飄著一層薄薄的澄淨空氣，也被烏雲映得發黑，湖水裡滿是光線和倒影，彷佛化身低處的天空，身分更顯尊貴。近處一座山上的樹剛被砍去，從那裡向南遠眺，湖水對面，景色宜人，山與山之間形成面積較大的凹陷，恰好構築起湖的堤岸，而兩邊的山坡相對傾斜而下，看起來彷佛有一條小溪從布滿樹林的山谷間流過，而事實上小溪卻是不存在的。我於是從近處蒼翠的群山之間，或越過群山之上，望向更高更遠的天際，望向那青黛色的山巒。的確，只要踮起腳尖，我就看得見西北方更藍、更遠的山脈上的幾座山峰，那天空從自己的模子裡鑄出來的一抹真正的純藍，也看得見星星點點的村莊。但從同樣的地點，如果換個方向，我就無法透過周遭的樹木，看到更遠的地方。如果住處附近有水源，是相當不錯的了，就好像大地被水賦予了浮力，漂浮了起來。哪怕只是口徑最小的水井，當你向裡看時，也會發現地球不是陸地，而是海島。這一點非常重要，不亞於井水能使黃油保持涼爽。當我從這面的山頂望向湖那邊的薩德伯里草原，我發現在漲水的季節，薩德伯里彷彿升高了，好像被分隔開的薄薄的地殼，被這一片淺淺的水域承載著漂浮了起來，就好像一枚硬幣漂在水盆裡，這也許是水汽蒸騰的山谷所形成的幻景吧，使我記起我居住的地方不過是乾燥的陸地。

從我門前望去，雖然視野更趨狹窄，但絲毫沒有擁擠或緊迫之感。廣袤的草原足供遐思徜徉。矮櫟叢生的高地在河對岸升起，一直向西部的大草原和韃靼式的乾草原延伸開去，為所有的遊牧人家提供了足夠的空間。「世界上最快活的，就是能夠自由地享受廣闊視野的生靈了」——當達摩達拉[4]的牧群需要新的、更廣闊的牧場時，他如是說。

時間和地點均已變更，我的住所更接近宇宙中那最令我神往的地方，以及歷史上那最讓我嚮往的時代。那裡和天文學家夜間觀測的眾多區域一樣遙遠。我們習慣於想像在宇宙的某個更遙遠、神聖的角落，在仙后座那張椅子的後面，存在著一些罕見的歡愉之地，遠離喧囂和擾攘。我發覺我的房子真正處在宇宙中如此一個既僻靜悠遠，又永日常新、未受汙染的所在。如果昂素星團或畢星團、畢宿五或者牽牛星的附近是值得定居的，那我正生活在那裡，或者和它們一樣遠離我所拋卻的生活，在我鄰人看來，我幻化成同樣渺小的星辰，閃爍著同樣纖弱的光暈，只有無月的夜晚才看得見。我居住的，就是萬千造物中這樣的一方天地：

「曾有一位牧羊人，他的思想
有如山之高昂，
山巔之上是他的牧群，每個時辰
向他提供滋養。」[5]

如果牧羊人的羊群總是漫步在更高的草場，那個他的思想難以企及的高度，我們又要怎樣評價牧羊人的生活呢？

每日的晨曦都是一份愉快的請柬，讓我的生活和大自然一樣簡單，或者也可以說，一樣的純淨。我成為像希臘人那樣虔誠的奧羅拉的崇拜者。我早早起床，在湖裡洗澡；這是一種宗教意義上的鍛鍊，是我所做過的最棒的事之一。據說，成湯王的浴缸上刻著這樣的文字：「苟日新，日日新，又日新。」我能明白其中的道理。晨曦帶回了那個英雄的時代。天剛破曉，我敞著門窗坐著，一隻蚊子從房間裡飛過，進行了一番我們不見蹤跡也無法想像的旅行，它微弱的嚶鳴給予我的觸動，與傳頌美名的號角沒什麼兩樣。那就是荷馬的安魂曲，是空中的《伊里亞德》和《奧德賽》，吟唱著它的憤怒與流浪[6]。這之中是有某種宇宙心懷的；只要不被禁止，它就一直在宣揚著世界的活力長存和生生不息。清晨是一天中最難忘的時刻，是覺醒的時刻。那時，我們最不覺得昏沉欲睡；我們日夜蟄伏著的那部分身體，也至少會有一個小時的清醒。如果我們不是被天生的才情，而是被僕從機械的輕推喚醒，不是伴隨著天籟之音的起落——而非工廠的鈴聲——和盈滿空氣的芳香，而是被新近獲得的力量和渴望自內而外地喚醒，如果這樣的一天也能稱之為一天的話，那麼，我們就無法期待它能帶給我們一種相比於入睡之前更加崇高的生活；如此，黑暗也結了果實，證明它的美好無遜於日光。如果一個人不肯相信在一日的光陰之中包含了比他已經褻瀆的時間更早、更神聖的晨曦時刻，他一定已經對生活絕望，走上了一條日漸向下的、晦暗的道路。每天，當感官生活部分中止，人的靈魂或器官將重新振作，人的天性也再次展開嘗試，看它能夠創造怎樣高貴的生活。可以說，所有難忘的事都發生在清晨，發生在清晨的氛圍中。《吠陀經》[7]中說：「一切智慧，皆在晨曦中甦醒。」詩歌和藝術，以及最美好、最難忘的人類行為，都始於這個時刻。所有的詩人和英雄，都和門農一樣，是奧羅拉的子孫，在日出時分奏響自己的樂音。有些人那靈活而富有激情的思想還和上了太陽的步伐，他們的日子永遠都在黎明時分。時鐘指向幾點，人們是何態度，做著些什麼事，這些並不重要。我在清晨醒來，內心充滿著晨光。道德上的自新就是擺脫昏睡的努力。如果人們不曾昏昏欲睡，又為何對日子的記錄如此單薄？他們並非愚笨的記錄者。如果不是被困倦攫住，他們一定已經有所作為。數以百萬的人清醒得足以從事體力勞動；而能勝任有效的智力勞動的，則不過百萬分之一；再要說到詩意而神聖的生活，則只有億分之一了。保證清醒才是活著。我還沒有遇到一個足夠清醒的人，又怎能直視他呢？

我們必須學會再次清醒，並且保持清醒，不是借助機械手段，而是憑藉對黎明無盡的期待。黎明從不曾將我們放棄，哪怕在我們睡得最熟的時刻。透過自覺的努力，人無疑具備改善生活的能力，在我看來沒什麼比這更鼓舞人心。可以畫一幅畫，刻個雕塑，讓一些事物因之而美化，也算有所成就；但若能勾畫或者雕刻出那種氛圍或媒介，讓我們透過它們來觀察，則是更為輝煌的成就。在精神上，這是我們可以做到的。影響生活的品質吧，這才是藝術的最高境界。每一個人都有責任讓自己的生活，哪怕在細枝末節上，當得起他在最崇高、最關鍵時刻的冥思。如果我們拒絕，或者耗盡了我們所取得的微不足道的訊息，神諭自然會清楚地告訴我們如何才能做到這一點。

我住到林間，是想過設想中的生活，只面對生活中的基本事實，看能否學到生活所要教給我的，而不希望到臨死之際才意識到我尚未真正生活過。生活彌足珍貴，我不願過並不純粹的生活；我同樣無意於隱遁，除非真正必要。我希望生活得深刻，吸出生活全部的骨髓，像斯巴達人那樣強韌，擊潰所有非生活的東西，大刀闊斧又細密砍削，將生活逼到角落，將它降至最低的條件，如果它被證明是卑微的，那就將真正的卑微之處全部找出，將之公之於眾；如果它被證明是高尚的，那就透過切身的經歷加以瞭解，並在接下來的遠足中做出真實的描述。生命是屬於魔鬼還是上帝，要我看，多數人都有分奇怪的疑惑，只好頗為匆忙地結論道：人生在世，主要的目的在於「顯示神的榮耀，永沐神的恩澤」。

我們仍然生活得卑瑣，就像螞蟻，儘管寓言裡說很久以前我們就已經進化為人了[8]；我們就像矮人族和仙鶴作戰[9]；這是錯上加錯，補丁上綴補丁，如此一來，我們最好的品德也帶上了一副並不必要、本可避免的可憐相。我們的生命在細節中耗盡。真誠生活之人，要做的事十指可數，哪怕再極端的情況，不過算上腳趾，其他則不妨籠而統之。簡單，簡單，簡單！要我說，讓你要做的事就那麼兩三件，而不是成百上千件；不要計之以百萬，半打就夠，將帳目記在你拇指的指甲上。文明生活的海面波濤洶湧，會出現烏雲、風暴、流沙以及千餘種不測風雲，一個人如果不想沉沒、埋骨海底、永不靠岸，就必須依靠航位推算法求得生機，而成功者都必須是計算高手。簡化，簡化。無須一日三餐，一餐就夠；無須百道佳餚，五道足矣；其他的事情應也相應減少。我們的生活就好像德意志聯邦，由許多小的邦國組成，疆界永遠變動不居，就連德國人也無法說清在某個時段它邊界何在。我們的國家本身，連同其所有所謂的內部改善——順便說一句，這些改善其實是表面的、膚淺的——只不過是一個發展過度的龐大機構，就像生活在其中的千家萬戶一樣，房裡雜亂地堆著家具，自設的陷阱總能絆人一個踉蹌，終致毀於因缺乏規劃和崇高目標而造成的奢靡和花費無度；唯一的藥方，不論對於國家還是對於萬千家庭，都是進行嚴格的經濟管控，實行一種嚴苛的、甚於斯巴達人的簡單生活，並提出更高的生活目標。這個國家的生活節奏太快。人們認為，發展經濟、採冰出口、借助電報交流資訊、每小時的行程達到三十英里無疑是國家的基本所需；但我們個人究竟應該像狒狒一樣生活，還是像人一樣生活，則有些不能確定了。如果我們不做枕木，不鑄鐵軌，不夜以繼日地工作，而是調整、改善我們的生活，誰來建造鐵路呢？如果不建鐵路，我們又如何得以及時地升入天國呢？然而，如果我們都待在家裡，處理自己的事務，又有誰需要鐵路呢？並非我們行駛於鐵路之上，而是它行駛於我們之上。你是否想過鐵軌之下的每條枕木[10]都是什麼？是人，是愛爾蘭人，是美國北方佬。軌道就鋪在他們身上，沙土將他們掩埋，車輛從他們身上奔馳而過。我向你保證，他們睡得正酣。每隔幾年就有新的鐵路建成通車；由此可見，只要有人享有乘坐火車的幸福，便要有人承受遭到碾壓的不幸。如果他們恰巧碰上了一個夢遊者，一條放錯了位置的多餘的枕木，把他驚醒過來，他們連忙刹車，大聲喊叫，就好像這很不尋常。我聽說每隔五英里就會有一批養路工，以確保枕木平躺在它們的「床」上，這讓我很是高興，因為預示著說不定什麼時候他們還會再站起來。

我們為什麼要生活得如此匆忙，如此空耗生命呢？還不曾忍受飢餓，我們卻下了要被餓死的決心。人們說，及時縫一針能免去將來縫九針，為此，他們如今縫了一千針，不過是為了省下將來的那九針。至於工作，我們所做的那些都無關緊要。我們患了聖維特斯舞蹈症[11]，無法讓頭部保持不動。我只要像火災警報那樣拉幾下教堂鐘樓的繩子，也就是說，根本無須讓鐘聲響個不停，康考特郊外農場裡的每一個男人，不論這一上午拿忙碌當藉口推了多少事，都會放下手頭的一切，循著鐘聲趕過來；我幾乎還可以斷定，所有的女人和小孩也會來。但如果實話實說，他們來的主要的目的可不是搶救財產，而是見見這場面，畢竟火災已經不可避免了嘛，再說，眾所周知，這火又不是我們放的——再或者，他們是為了看著大火被撲滅，而如果情形不壞，他們也會幫上一手；是的，就是這樣，哪怕失火的是教堂。如果一個人飯後小睡了半個小時，他一醒來準會抬頭問道：「有什麼新聞？」就好像其餘的人全是他的哨兵。有些人甚至給出指令，半個小時叫醒他一次，毫無疑問，再沒有任何別的目的；隨後，作為報償，他們就講講自己的夢。而如果睡了一夜，新聞就像早餐一樣必不可少了。「請您告訴我發生在世界上任何地方、任何人身上的新鮮事。」——他一邊喝著咖啡，吃著麵包捲，一邊讀著一則沃希托河沿岸有人今晨被挖了眼睛的新聞；可與此同時，他做夢也不曾想到自己就生活在一個暗無天日、深不見底的巨大岩洞之中，連眼睛也只是徒有其形而已。

對我來說，沒有郵局也能過得很好。透過郵局傳達的資訊，在我看來沒幾件是重要的。說得苛刻一點，我收到的值那點郵資的信件——我幾年前這樣寫道——不超過那麼一兩封。便士郵政[12]通常不過是這樣一種制度：你很認真地花上一便士，想得到通信人的思想，而他的思想卻多半是個玩笑。我敢肯定，我從沒在報紙上讀到過什麼有價值的新聞。如果我們讀到一個人被搶劫了，被謀殺了，或者意外喪生了，又或者一棟房子失火了，一艘船沉了，一艘汽艇爆炸了，一頭牛在西部鐵路上被輾死了，一隻瘋狗被殺了，或者冬天大批蝗蟲出沒了——我們再不需要讀別的新聞了。一則就夠了。如果你已經熟知原理，又何必在乎眾多的例子或者應用呢？在哲學家看來，所有被稱為新聞的消息與流言無異，不過是些上了年紀的婦人在喝茶的時候編輯一番，或者賞讀一下罷了。然而，對流言感興趣的人卻不在少數。我聽說就在前幾天，為了瞭解最新的國外新聞，人們一窩蜂似的湧進一個政府部門，竟把那個部門的幾塊大方玻璃擠碎了——我真的認為那是一則聰明人在十二個月前，甚至十二年前，就能準確寫出的新聞。以西班牙為例，如果你知道時不時地扯上唐・卡洛斯和公主、唐・佩德羅、塞維爾、格拉納達等，只要比例適當——從我上次看報以來，他們可能換了換名字——沒別的娛樂的話，就講講鬥牛，那新聞就會非常真實，能讓我們準確瞭解西班牙國內的局勢或者糟糕的事態，跟報紙上最清楚明白的同題報導不相上下；至於英國，來自那片地區的上一則重要的新聞或許就是一六四九年革命了；如果你已經知道了她史上的平均年農業收成，對這類事情就無須再多加關注了，除非你的推測純粹是金錢性質的。在那些很少看報的人看來，國外就沒什麼新鮮事，法國大革命也不例外。

都是些什麼新聞呀！知道那些永遠不會過時的智慧不是重要得多嗎？蘧伯玉（衛國大夫）曾派人去看望孔子，孔子讓使者在身邊坐下，問他：「你的主人在忙些什麼？」使者帶著敬佩的神情答道：「我家主人想減少自己的罪過，但卻不能達成所願啊。」使者走後，孔子感歎道：「多好的使者呀！多好的使者呀！」[13]在作為一週最後一日的休息日，牧師們不會用拖長音調的佈道去困擾無精打采的農民，因為週日正是疲憊一週的結束，而非新鮮而有魄力的新的一週的開始。相反，他會用雷霆般的聲音喊道：「停！停下！為什麼看起來這麼快，實際慢得要死！」

假象和幻覺被當作恆定的真理，而真實則成為傳說。如果人們始終只觀察真實，不被假象迷惑，那麼，用我們所知道的東西來打個比方，生活就像童話故事，像阿拉伯的那本《一千零一夜》。如果我們所看重的只是無可避免和理應存在的事物，那麼音樂和詩歌便會沿著大街小巷迴響。當我們不疾不徐、充滿敏慧，就會發現只有偉大、崇高的事物才能持存，而那些瑣碎的恐懼和喜悅，不過是現實的投影。這種認識永遠讓人振奮、倍感崇高。正是由於閉目塞聽、昏昏欲睡、妄自滿足於假象的蒙蔽，人們才在方方面面順從於生活的習俗和常規，但是，這些習俗和常規是建立在純粹虛幻的基礎之上的。孩子們嬉戲著生活，卻比大人更清楚地辨識出生活中真正的關係和規律；而成人，無法見證生活真正的價值，卻自以為很智慧，因為他們擁有經驗，充其量，不過是些失敗的經驗。我在一本印度書中讀到：「有一位王子，在還是嬰兒的時候就被逐出了母國，在另一個國家由守林人養大成人，他以為自己就屬於那個他生活於其中的野蠻民族。後來，他父親手下的一位官員發現了他，講出了他的身世，關於他性格的錯誤觀念就被消除了，他知道了自己是個王子。所以，」那位印度哲學家繼續說道，「因為所處的環境，靈魂會誤解自己的性格，直至某位神教士揭開了真相，它才知道自己是梵天[14]。」我發覺，我們新英格蘭居民所以生活得卑瑣，正是因為我們的洞察力不足以穿透事物的表面。我們以為顯露於外的即是真實。如果一個人走過我們的小城而只看到真實，那麼你認為那個磨坊水壩[15]通向哪裡呢？如果他將他所見到的真實向我們做了一番描述，我們將會發現他描述的地方是那麼陌生。如果對某個會堂、法庭、監獄、商店或住宅瞧上一瞧，還不等仔細觀察就說出它們的實際情況，那麼你的敘述僅為浮光掠影。人們尊崇遙遠的真理，那在星系的周邊，在那顆最遠的星辰後面，比亞當還早，又晚於最後一個人類的真理。永恆之中，確實存在著真實而崇高的事物。但所有的這些時間、地點和境況都屬於此時、此地。上帝的榮光於此刻臻於頂點，任何世代都不會更為神聖。只有透過周遭現實永不停歇地灌注和浸染，我們才能真正理解所有的神聖和崇高。對我們的構想，宇宙總是順從地給予回應；無論我們行進得是快是慢，軌道已經為我們鋪設完成。讓我們畢生致力於勾畫設計吧。雖然目前詩人和藝術家們還沒有提出一個非常美好、崇高的設計，但至少他的某些後代能夠完成此願。

讓我們像大自然那樣從容不迫地度過每一天，不要一有堅果殼或蚊子翅膀落到軌道上，我們就先脫了軌。讓我們早早起床、用餐（或者齋戒），內心平和，不受紛擾；任客人來去、鈴聲鳴響、孩子哭鬧——下決心過好這一天。我們為什麼要曲意屈服、隨波逐流呢？讓我們不被正午陰影中那可怕的、被稱為正餐的激流和漩渦傾覆、淹沒。經受住這次危險，你就安全了，因為剩下的都是下山的路。神經並未放鬆，晨起的活力猶在，駛過它，像尤利西斯那樣把自己綁在桅桿上[16]，看著別的方向。如果發動機的汽笛響了，就讓它響著吧，直到它響得聲音嘶啞。為什麼鈴聲一響我們就得跑？我們應想想它們像什麼音樂。我們應該安定下來，腳踏實地，穿過意見、偏見、傳統、幻覺、假象的汙淖和軟泥，那些覆蓋了整個地球的淤土，穿過巴黎和倫敦，紐約、波士頓、康考特，穿過教堂和國家、詩歌和宗教，直到我們踏在堅實的底部岩石之上，那我們可以稱之為現實的地方，然後說，就是這裡了，沒錯；有了這個立足點，我們就可以在洪水、霜寒和火焰之下，開始建上一堵牆，或者一個國家，要不就穩穩地豎個燈桿或測量儀，不是水位測量儀，而是現實測量儀，好讓將來的世紀知道，歲月沉積，虛偽和表象已經積聚成多深的洪水。如果你毫不退縮、直面事實，就會發現它的兩面都反射著陽光，宛如一把阿拉伯人的半月彎刀，你感受到那玲瓏的利刃將你沿著心臟和骨髓一分為二，於是你愉快地結束了自己在塵世間的歷程。不論活著還是死去，我們只渴求真實。如果我們真的即將離世，就讓我們聽到喉嚨的咕噥聲，感受到四肢的冰冷吧；如果我們活著，就讓我們著手做自己的事吧。

時間是供我垂釣的河。我從中汲水，卻同時發現了河底的淤沙，意識到它是如何清淺。它涓細的脈流漫過，但留下了永恆。我願意啜飲更深的溪水；那就在天空中垂釣吧，天空的河底都是星辰做成的卵石。我一個也數不過來。我不認識字母表的第一個字母，我一直為自己不如出生時聰明而深感遺憾。智慧是把砍刀；它洞悉隱祕，切開覆肉，直達祕密的內核。我希望我的雙手只忙必要的事。我的大腦就是我的手足。直覺告訴我，我的頭腦就是挖掘的工具，如同某些動物的口鼻和前爪，我憑藉頭腦開採、挖掘，穿過這些山脈。我認為最豐富的礦脈就在附近某處；我判斷的依據是探測棒和上升的稀薄空氣；我將在這裡開始開採。

03

閱讀

Reading

或許從根本上說所有人都更願意做學習者或觀察家，因為不論對誰來說，本性和命運都是饒有趣味的事，在選擇追求的時候也應深思熟慮些。在為自己或後代積攢財富時，在建立家庭、國家甚至獲取功名時，我們終將必有一死；但在探究真理時，我們卻不朽了，無須害怕變故或意外。埃及或印度最古老的哲人已經掀起神像面紗的一角；那搖曳的罩紗依舊撩起，凝入我眼簾的榮光一如他當年所見一樣光鮮；當年我在他體內，那般大膽無畏，此時此刻他則在我的體內，重溫著當初的景象。罩袍之上纖塵未落；神像顯露至今，歲月還不曾流逝。我們真正改善的或者能夠改善的那部分時間，既不是過去或者現在，也不是未來。

和大學相比，我的住處更宜於思考，而且也更宜於嚴肅的閱讀；雖然我閱讀的內容不屬於一般圖書館流通的範疇，但更多地將自己放在了行銷世界的圖書的影響之下。這些書都是先寫在樹皮上，如今才陸陸續續地被印在了亞麻紙上。詩人米爾．卡瑪律．烏丁．馬斯特[1]說：「人雖坐著，卻得以在精神世界裡馳騁，這是書本給予我的好處。杯酒使人沉醉；而啜飲隱祕的奧義之酒則使我感受到了同樣的樂趣。」整個夏天，我把荷馬的《伊里亞德》放在桌上，雖然只是偶爾才能讀上一讀。最初，房子還沒完工，同時還得給菜豆地鋤草，我不停地做工，根本不可能讀書。但將來總是能讀的，這便是我支撐自己的信念。勞作的間隙，我也讀過一兩本關於旅遊的淺易讀物，直到自己都覺得慚愧。我責問自己，那時那刻，我究竟是生活在何處！

學生閱讀荷馬或埃斯庫羅斯的希臘文原著，並不存在放任或奢靡的危險，因為閱讀這些著作就意味著他會在某種程度上模仿書中的英雄，會將清晨的時光獻給這些詩頁。在道德淪喪的時代，就算是用我們本族語印行，這些英雄詩章依然死寂；我們必須調動智慧、勇氣、氣度，去推想那大於通常含義的詞義，努力追尋每個字詞以及每行詩句的含義。當代的出版業廉價而又多產，它全部的翻譯，對拉近我們和古代英雄詩章作者的距離沒發揮多大作用，他們看起來仍然像以往一樣孤獨，印刷他們作品的那些文字也同樣生僻怪異。如果能將年輕而寶貴的時光，用以學習哪怕一門古老語言的幾個單詞，也是值得的，那是一種從平凡的街頭俚語中提煉出來的語言，蘊含著永久的啟示和激發的力量。農民們記住並重複聽到的幾個拉丁單詞，並非徒勞無益。人們有時說起來，就好像對經典的研究終將讓位於更為現代和實用的研究，但勇於冒險的學習者總是要學習經典的，無論它們是用什麼語言寫成，或者如何的古老。因為所謂的經典，如果不是記載下來的人類最高貴的思想，還能是什麼呢？他們是僅有的不會朽腐的奇蹟，為大多數當代疑難提供了答案，就是德爾斐和多多納的神廟[2]也無從做到。我們也可以捨棄其他，而只研究自然，因為她足夠古老。良好的閱讀，即以真正的精神閱讀真正的書籍，是一種高貴的磨礪，比時代風氣所崇尚的其他磨礪更考驗我們的讀者。它要求像運動員那樣去訓練，並對這個目標傾注持續不變的關注，近乎終生。和寫書一樣，讀書也要求細緻周密，沉思默想。能說另一國的語言並不足以讀懂用那種語言撰寫的書籍，因為在口語與書面語之間，在聽到的語言與看到的語言之間，存在著不容忽略的裂隙。其一通常是轉瞬的，是我們母親的聲音、吐字、方言，是近乎未開化的，是我們像動物一般在無意中習得的。其二則是前者的成熟化和經驗化；如果前者是母親的語言，後者則是父親的語言，是一種含蓄和精選的語言，它十分重要，肉耳無法聽聞，為了使用它，我們須經歷重生。中世紀時期那些生來就能講希臘、拉丁語的人，未見得能閱讀大作家們用那種語言寫成的著作，因為這些著作所用的語言並非他們所熟知的那種希臘、拉丁文，而是精選的文學語言。他們不曾學習希臘羅馬那些更高貴的地方語言，所以將用那些語言寫就的著作視同廢紙，反而對當時的廉價文學大加讚賞。後來，歐洲的幾個國家擁有了自己的書寫文字，這些文字雖然粗糙，但專屬自己的民族，足以滿足正在興起的本族文學的需要，此時，透過遙遠的歷史時空，學者們得以辨識出來自於古代的寶藏。那些希臘羅馬時代民眾無從聽聞的作品，數世紀後終於有少數學者進行了研讀，而如今，研究它們的學者卻仍然寥寥無幾。

不論我們多麼崇拜演說家時而爆發出的口才，最高貴的書面語言往往是隱藏在稍縱即逝的口語背後，或者是超乎其上的，宛如雲層背後那綴滿繁星的蒼穹。星星就在那兒，有能力的人自可辨識。天文學家一直在評價和觀察著它們。它們並非我們日常的談吐和滿是水汽的呼吸那般的蒸發物。講壇之上為人稱道的雄辯，進了書房則不過是修辭。演說家在轉瞬的靈感的激發下，向面前的群眾講話，向那些聽得見的人講話；而作家則是在向人類的智慧和健康講話，向任何時代能夠理解他的人講話，他的生活需要寧靜，激發了演說家的那些事件和人群，對他反而是一種干擾。

毫不奇怪，亞歷山大會在遠征途中隨身攜帶《伊里亞德》，還把它裝在一個貴重的匣子裡。書寫下來的文字是歷史遺跡的菁華。比之於其他藝術形式，它與我們更為親近，也更加具有普適性。它是離生活本身最為貼近的藝術形式，可以被翻譯成任何一種語言，不只經由人們的嘴唇讀出，更在人們的唇齒之間呼吸而出——不只透過帆布或者大理石表現，更透過生命的呼吸本身鐫刻。古人思想的象徵轉化為現代人的語言。兩千個盛夏為古希臘文學的不朽之作，正如為她的大理石雕像那般，注入了一抹更為成熟的金子和秋天的色澤，因為，它們把自身寧靜、超凡的氣韻帶到了所有國土，從而得以免受時間侵蝕。書籍是世界之珍寶，是民族和世系恰當的承繼者。最古老、最精粹的書籍，自然理所應當地放在了每家每戶的書架上。書籍本身並沒有什麼訴求，但當它們給讀者以啟發和幫助，出於常識讀者也不會拒絕。在任何社會，書籍的作者都天生是讓人無以抗拒的貴族，遠勝於國王和君主，其影響惠及全體人類。那些目不識丁，甚至還不可一世的商人，憑藉進取和勤奮贏得了垂涎已久的安逸和獨立，躋身於時尚界和財富圈，最終還是免不了要轉向那些更為高級的智者和天才的圈子，但卻不得其門而入，只是明白了自身文化的欠缺及一切財富的虛榮和空匱，於是不遺餘力地確保子女獲得那些他痛感缺乏的知識和文化；由此，他開創了一個家族。

那些沒學會以原文閱讀古代經典的人，對人類歷史的認知一定很不完備；因為很顯然，這些經典文本還沒有被翻譯成任何一種現代語言，除非我們的文明本身可以被看作一部這樣的譯本。荷馬的詩作還不曾以英文刊行，埃斯庫羅斯也是一樣，甚至連維吉爾也是如此——他們的作品都像晨曦一般雅致、厚重而優美；而後代作家，不論我們怎樣評價其才華，即便是有的話，也很少能在精美、典雅、終生從事的英雄般的文學勞作上與古人相提並論。那些不曾瞭解經典的人，只談論著要忘記經典。等我們獲得了學識和才華，能夠研讀和欣賞經典的時候，再忘記它們也不遲。當我們能夠繼續搜集那些我們稱之為經典的歷史遺存，那些雖鮮為人知卻更為古老、傑出的各民族經卷，當梵蒂岡教廷的圖書館裝滿了《吠陀經》、《阿維斯陀經》、《聖經》，以及荷馬、但丁和莎士比亞的巨著，當未來的世紀相繼將它們的成果呈現在世界論壇之上的時候，那個時代才真正富有了。憑藉這些書籍的累積，我們終於有望登上天堂了。

人類還不曾讀過偉大詩人的著作，因為唯有偉大的詩人方能閱讀它們。它們曾被翻閱，但就好像大眾瞻仰繁星那般，用的是一種占星術的方式，而不是天文學家的方式。多數人學習閱讀，是為了服務於瑣碎的便利，就如同他們學習計算是為了記帳，以免在交易中被騙；

但對於將閱讀作為一種高貴的智力活動，他們就所知甚少了，或者竟一無所知；然而，在更高的意義上，真正的閱讀並非作為奢侈品引誘我們，或者讓我們的高級感官昏然欲睡，我們必須細心而又專注地，將大部分敏銳、清醒的時間用於閱讀。

我認為，識字後我們就該讀最好的文學作品，而不是到四五年級了，還坐在最矮、最靠前的凳子上，一直重複著a、b、ab或者單音節單詞。有很多人讀過書或者聽人讀過書便覺得滿足了，或者認為那本被譽為「好書」的《聖經》[3]已經蘊含了足夠的智慧，所以在剩餘的生命裡，他們在所謂的輕鬆閱讀中無所事事，耗盡了才能。我們圖書館裡有一部叫做《小讀物》的多卷本著作[4]，我曾以為那書名是一個我從未到過的小鎮的名字。有種人就像鸕鷀和鴕鳥，一頓飽餐之後，還能把這些統統消化，因為他們無法忍受浪費。如果別人是提供了這種食物的機器，他們就是閱讀的機器。有關西布倫和塞弗隆妮亞[5]的故事，他們竟讀到了第九千個：他們如何相愛，如何愛得前無古人，那愛情的道路又如何充滿了波折——總之，他們確實相愛了，栽了跟頭，再爬起來，繼續相愛！某個可憐的倒楣鬼爬上了鐘塔，要是他沒爬到放鐘的那層就好了；然而，他爬上去了，儘管毫無必要，此時小說家倍感愉快，撞響了大鐘，告訴全世界都聆聽他的發言。哦，天啊，他怎麼又下來了！依我看，最好將小說世界裡這些野心勃勃的英雄變成人形風向標，就像曾把他們放到星座中那樣，讓他們不停地旋轉，到生鏽了為止，省得他們下來用惡作劇騷擾老實人。下次小說家再撞起大鐘，就算集會的場地燒成了平地，我也巍然不動。「著名作家『嘰嘰喳喳』先生創作的中世紀騎士傳奇《『踮腳跳』先生的跳躍》將按月連載；必將引發搶購熱潮，請欲購從速。」所有這些他們都瞪大了眼睛讀著，帶著一分初級的卻也堅定的好奇，他們的胃並不覺得疲倦，甚至胃裡的褶皺也無須打磨，就好像那四歲的孩子，坐在板凳上，讀著價值兩美分、封面燙金的《灰姑娘》——我看不到他們的任何進步，不論是在發音、重音、語氣上，還是在提煉或加注寓意上。其結果無非是目光遲鈍，活力淤滯，精神渙散，全部的智力感官蛻化。幾乎每家每戶日常都會烤些這類的薑餅，比全麥麵包或印第安玉米餅烤得還勤，而且銷路也更好。

那些最傑出的著作，即便為人稱道的好讀者也未曾讀過。什麼才是康考特文化呢？除了個別的少數人，小鎮居民並不具備欣賞英國文學裡最傑出或者相當不錯的作品的趣味，儘管裡面的字句他們都認得。那些大學學子，以及所謂的接受了自由教育的人們，不論在康考特還是別處，對英語經典名著都知之甚少，或者竟一無所知；而至於文字記載的人類智慧、古籍和《聖經》，只要人們想知道，盡可以拿來閱讀，然而，不論何地，很少有人會為熟知它們而做出哪怕最微薄的努力。我認識一位中年的伐木工，總是帶著一份法語報紙，據他說，那不是為了讀新聞，他本就是加拿大人，他想以此「堅持練習法語」；我問他，在他看來人生在世他最該做些什麼，他說，除了學好法語之外，堅持學習並增進英語。大學學子通常做的或者想去做的也不過如此，他們為此總拿著英文報紙。如果一個人剛讀了一部最優秀的英文書，又能發現多少可以與之談論這本書的人呢？又或者他讀的是一部古希臘、拉丁文原典，即便目不識丁的人都熟知其價值，但他仍找不到可以交談的對象，只好緘口不言。的確，在我們的大學裡很少有教授能在攻克語言的所有難關之後，同樣精通於某位古希臘詩人的智慧和詩作，並以同情的心懷，將之授予那些機敏而勇於進取的讀者；至於「神聖經典」，人類之《聖經》，在這個小鎮，誰又能對其中的篇什如數家珍呢？大多數人都不知道，在希伯來人之外，多數民族都有自己的宗教典籍。為了撿個銀元，任何人都願意再繞個道；而這裡，全是金子般的文字，是古代最睿智者的發言，其價值經後世時代的智慧一一驗證；然而，我們只學會讀些簡易讀物、啟蒙書刊、學校教材，離開學校之後也不過讀些為孩子和初學者準備的《小讀物》和故事書——我們的閱讀、交談、思考都停留在一個非常低的水準，只匹配於侏儒的水準。

我渴望結交那些比康考特本地人更智慧的人，但在康考特，他們的名字幾乎無人知曉。或者，我只要聽過柏拉圖的名字就行了，根本無須閱讀他的著作，就好像柏拉圖就是我同鎮的居民，只不過我從沒見過——我和隔壁鄰居都沒聽過他的發言，或者關注到他言語之間的智慧？然而實際情況怎樣呢？他的《對話錄》就放在身邊的書架上，那裡面蘊含著使他不朽的智慧，然而我從未讀過。我們缺少文化，生活鄙俗，見識短淺；從這個意義上，我並不認為識字但唯讀童書或淺易讀物的人和康考特那些目不識丁的居民有什麼區別。我們理當同古代先賢一樣優秀，但部分地取決於我們首先認識到他們如何優秀。我們是一群侏儒，在智識上僅達到了日報專欄的高度。

並非所有書籍都像它的讀者一般乏味。書中所講可能正契合我們的境遇，如果我們認真聆聽、真正領會，它們給予我們生命的益處，將勝過晨曦或春日，並賦予萬物新的容光。有多少人因為閱讀一本書而開始了人生新的階段。書籍為我們而存在，或許，它可以解釋我們的奇蹟，並揭示新的奇蹟。我們將發現那些目前無法說清的事物，在另外的地方已經得到了清楚的表達。那些擾亂了我們，讓我們深覺疑惑和不解的問題，也曾經發生在所有智者身上；無人曾得以倖免；每個人也依自己的能力，以自己語言和生活做出了回答。非但如此，智慧可以使我們習得慷慨大氣。但康考特郊外農場裡的一位雇工可能對此不以為然。他獨自生活，經歷過重生[6]和特殊的宗教體驗，認為是信仰將他帶入了緘默嚴肅、不問世事的狀態。然而，在幾千年前，瑣羅亞斯德[7]就曾走過同樣的歷程、有過同樣的經歷。只不過他很睿智，認識到了信仰的普適性，並據此對待鄉鄰，據說他甚至創立了宗教，在人們中間建立了信仰。讓那雇工謙卑地和瑣羅亞斯德交流一番吧，並且，透過所有偉人的自由影響，和基督本人交流吧，讓「我們的教會」派不上用場。

我們誇口說，我們屬於十九世紀，相比於其他國家，我們正邁著最快的步伐前進。但是，想一想這個小鎮，它對自己文化的貢獻是多麼微不足道。我不打算恭維我的鄉鄰，也無意得到他們的奉承，因為不論對我還是對他們，這都毫無裨益。我們需要得到的是激勵，像牛群那樣，在鞭策之下開始疾跑。我們擁有一套相對體面的公立學校體系，但那是為孩子們而設；此外，除了冬季有個半飢半飽的學堂，以及最近才在州政府的提議下建成的簡易圖書館，我們並沒有自己的學校。我們在任何身體病症或者滋補食品上的支出都超過在精神食糧上的花費。是時候設立專門學校了，是時候在我們成為成年男女之後仍繼續接受教育了；是時候將村莊變成大學了，就讓年長者做大學的研究員，如果他們生活無憂，就可以利用餘生從容地追求自由的知識。難道這個世界上只能有一個巴黎大學或牛津大學嗎？難道學生們不能就住在康考特，在它的天空之下接受自由的教育嗎？難道我們就不能聘請一位阿伯拉[8]式的人物來給我們講學嗎？哎！我們忙著餵牛、照顧店面，長期遠離學校，可悲地忽視了自身的教育。在我國，村莊在很多方面都應產生類似歐洲貴族的作用。它應當資助繪畫藝術的發展。我們的村莊都很富裕，所缺的不過是文雅和氣度。它們不吝於在農民和商人重視的事情上花錢，但如果提議在有識之士認為更有價值的事情上投資，他們反倒認為是烏托邦。由於財富或政治因素，康考特花一萬七千美元建了一座市政廳，但在那些為這個軀殼注入血肉的鮮活的智慧方面，它很有可能一百年也花不到同樣的數目。鎮裡每年付給講堂的一百二十五美元就比花到其他地方的等額資金更有意義。如果我們生活在十九世紀，為什麼不能享受十九世紀帶給我們的便利呢？為什麼我們的生活要受地域局限呢？我們讀報，為什麼不越過波士頓的蜚短流長，讀一讀世界上最優秀的報紙呢？——不要從那些「秉持中立」的報紙那裡吸吮乳汁，或者翻閱《橄欖枝》等新英格蘭本地報。讓所有飽學之士的報告來到我們身邊吧，讓我們看看他們是不是無所不知。為什麼要讓「哈潑兄弟」或「雷丁」等出版公司為我們選擇讀物呢？一位品味高雅的貴族放在身邊的，必然都是有益於提高他的文化素養的東西——天賦、學問、智識、書籍、繪畫、雕塑、音樂、科學器材等；讓我們的村莊也這樣做吧，不要設置一名教師、一名牧師和一位教堂執事，建了一個教區圖書館，遴選了三位行政委員就止步不前，我們那些朝聖的先民就是憑藉這些東西在荒涼的岩石上度過了嚴冬。共同的行動是基於我們的制度之精神；我相信，由於我們的時代更為繁榮，我們的辦法也多於那些貴族。新英格蘭可以聘請世界上一切有識之士前來執教，為他們提供食宿，以此突破地域的拘囿。這就是我們所需要的特殊學校。我們無須貴族，但讓我們建起高貴的村莊吧。如果必要，就在河上少建座橋，稍微繞些遠路，無知的深淵環伺著我們，它更加昏黑，讓我們至少在其上建起一座拱橋吧。

04

聲音

Sounds

但如果拘囿於書籍，哪怕是精選出來的最傑出的書籍，而且讀的也全是用方言土語寫成的某種特定的書面語，我們就仍然存在危險，忘記那種被一切事物和事件所使用的語言，那是一種不借助於隱喻的語言，只有那種語言堪稱豐饒，可為標準。被公之於眾的東西很多，但付梓刊行的不過寥寥。經百葉窗流入的光線，一旦百葉窗被撤，就不再被人們記起了。永遠都要保持警覺，這是非常必要的，任何方法和原則都不能替代。無論怎樣精選出來的歷史、哲學或者詩歌課程，或者最佳的社會形態，最讓人欽佩的生活常規，相比於永遠關注著即將出現的一切，又算得了什麼呢？你願意只做個讀者，做個學生，還是做個觀察者呢？洞察你的命運，瞭望你的前方，然後邁步走向未來吧。

第一個夏季我沒讀書，忙著給豆地鋤草。不，我通常所做的比這個還要高級。有時，做任何工作我都不會犧牲掉當下的芳菲，不論是腦力工作還是體力工作。我喜歡為生活保有大塊留白。夏日清晨，習慣性地沖過澡，我有時會在灑滿陽光的門口坐下，從早晨坐到中午，沉浸在遐思之中，四周環繞著松樹、漆樹和胡桃樹，靜寂清幽，不受打擾，只有鳥在身邊鳴囀，或者從房內無聲地劃過，直到太陽西斜，照上了西邊的窗戶，或者遠處公路上傳來了某位旅者馬車的響聲，我才意識到時間的流逝。在那些季節，我像夜裡的玉米一樣成長，它們給予我的益處，遠遠強過雙手的任何勞作。它們並非從我的生命中減去的時光，反而是我平日所得之外的津貼。我意識到何為東方人所講的冥思和無為。大多時候，我並不介意時間如何流逝。時光向前推移，彷彿只是為了照亮我的某份工作；現在是早晨，哦，不，看啊，又是日暮時分了，有價值的事情還是一件沒做。我沒有像鳥似的叫個不停，反而微笑地注視著自己一如既往的好運氣。我門前胡桃樹上的那隻麻雀有自己的曲調，和他一樣，我也有自己的輕笑或壓抑的啁鳴，這些或者他在我的「巢」外也聽得見。日子於我並非是那些帶有異教神祇印記的週一到週日[1]，也並非被切分出來的若干個小時，也不曾在時鐘的滴答聲中備受研磨；我就像普里印第安人[2]那樣生活，據說他們「用來表示昨天、今天、明天的是同一個詞，在表達不同意思的時候，若手向後指就是昨天，向前則是明天，指向頭頂便是今天了」。[3]毫無疑問，在我的鄉鄰們看來，這種表達完全無效；但如果讓我以此為標準稱呼花鳥，我一定不會感到絲毫不便。誠然，一個人必須以自身區分時間。自然的光陰平靜而從容，很少會指責某個人的怠惰。

為了尋找生活的樂趣，有些人只能外出，或者參加社交，或者去劇院。至少和他們相比，我的生活方式自有優勢，生活本身成為我的樂趣，在它之中從來不缺少新奇的體驗。它是一齣多幕劇，從不落幕。的確，如果我們總是根據我們最後學的，但同時也是最好的方式謀生並規劃我們的生活，就永遠不會受到無聊的困擾。緊緊追隨自己的天性吧，每個小時它都會向你展示嶄新的前景。家務是愉快的消遣。如果地板髒了，我就早早起來，把所有的家具搬到門外的草坪上，床鋪和床架都堆在一起，然後將地板潑上水，撒上從湖裡取來的白沙，用笤帚將它刷得潔白；等到村民們吃過了早飯，我的房子已經在晨光中晒得足夠乾爽，可以把家具搬回去了，而我的冥思卻幾乎從不曾被打斷。看著所有的家當都擺在草坪上，堆得就像吉普賽人的行李堆，那張三條腿的桌子在松樹和胡桃樹中間立著，上面的筆墨書籍還沒有挪走，這樣的場景真是令人愉快。它們看起來很高興待在外面，被搬回屋去反倒不樂意了。有時我禁不住在它們上面支起一張傘棚，自己也坐在下面。花上些時間，看著陽光灑在它們身上，聽著風繞著它們隨意吹拂，感覺很值得；這些我們最為熟悉的物件，在戶外的陽光下比在屋內要更為生動有趣。一隻鳥落在鄰近的樹枝上，長生草在桌下生長著，黑莓的藤蔓繞著桌腿攀爬，松果、栗子的芒刺和草莓的葉子散布在四周。看起來這些事物正是以這樣的方式轉變成我們的家具的，成為桌子、椅子和床架——因為這些家具曾經就放在它們中間。

我的房子位於一面山坡上，緊挨著那片高大的林地，四周是年頭不久的油松林和胡桃林，離湖有六桿的距離，沿著山坡有一條窄路通向湖邊。在我前面的院子裡生長著草莓、黑莓、長生草、金絲桃、一枝黃花、矮橡樹、沙櫻桃、藍莓和落花生。五月底，沙櫻桃（Cerasus pumila）開出精緻的小花，在矮莖的周圍形成傘狀的花簇，裝點在小路的兩側，到了秋天，花朵敗落，矮莖上墜滿了櫻桃，顆粒飽滿，色澤誘人，像光線一般向四面垂落下來。出於對大自然的感激，我品嘗過它們，那味道實在不怎樣。房子四周的漆樹（Rhus glabra）長得分外茂盛，沿著我修的路堤向上，第一季就長了五六英尺高。它那熱帶的鰭狀闊葉雖然看起來奇怪，但也是好看。晚春，貌似枯死的乾樹枝上突然生出巨大的苞芽，魔術般地長成優美的綠色嫩枝，直徑就有一英寸；這些樹枝長勢迅猛，脆弱的關節不堪其負，有時我正坐在窗前，突然聽見新嫩的樹椏折斷的聲音，空氣中沒有一絲風，它卻在自己的重負之下斷裂了，像扇子般跌落到地面上。那些開花時吸引了大批蜜蜂的漿果，在八月也逐漸染上了天鵝絨般的殷紅，它們也被自身的重量壓彎，折斷了柔嫩的枝條。

這個夏日的午後，我臨窗而坐，鷹隼在我房前的空地上盤旋；野鴿有的三三兩兩地從眼前疾飛而過，有的則棲在屋後白松的枝椏上，不時跳來跳去，向天空發出一陣啼鳴；魚鷹掠過波平如鏡的湖面，向下啄出一彎漣漪，銜出一尾魚來；一隻水貂從我門前的沼澤偷偷溜出，在湖邊捕獲了一隻青蛙；蘆葦鳥飛來蕩去，它們的體重壓得莎草也彎了腰；最後的半個小時，火車隆隆駛過，載著乘客從波士頓來到這片鄉間的地方，那聲音一會兒消失，一會兒又再響起，好像松雞在拍打著翅膀。我還沒那般的避世遠居，不像那個小男孩，我聽說他被送到了鎮東頭的一戶農民家裡，但很快就又逃了回去，他想家想得不行，鞋跟都磨爛了。他從沒見過那麼沉悶、偏僻的地方，那裡的人都走光了，你甚至連哨聲都聽不見！我懷疑如今的麻薩諸塞還有沒有那樣的地方——

「事實上，我們的村莊成了靶
被疾馳的鐵路之矛射中，我們靜謐
的平原上，迴旋著它的慰藉聲——康考特。」[4]

從我的住地往南大約一百桿左右，就是費茨伯格鐵路與華爾騰湖相接的地方。我常沿著鐵路的底基進村，可以說，我以此作為紐帶和社會相連。貨運列車上的人們總要貫穿整條鐵路線，他們常會碰到我，顯然把我也當成了鐵路線上的雇工，見了我像見了老熟人似的鞠躬致意。我也的確是名雇工，非常願意在地球軌道的某段當一名養護軌道的工人。

不論冬夏，火車的汽笛都會穿透我的那片樹林，那聲音宛如雄鷹嘶鳴著掠過某戶農莊的上空，提示著我很多不安分的城市商賈正進駐小鎮周邊，或者富於冒險精神的鄉下商販正從另外的方向趕來。他們來到同一片天地，向對方大喊著讓出鐵軌的警告，那聲音有時能傳遍兩個城鎮。鄉村，你的雜貨到了；鄉民，你的糧食來了！沒人單憑農場就能實現自給自足，從而對它們說不。但為此你需要付出代價！鄉民的汽笛尖叫著，攻城槌那麼長的木材以每小時二十英里的速度湧向城牆，住在城裡的疲憊負重之軀終於有足夠的椅子可坐了。鄉村以如此繁複而笨拙的禮節，向城市遞上了一把椅子。所有長著蔓越莓的印第安人的山坡都被剝了層皮，滿是越橘莓的草坪也都被耙光運進了城。棉花運來了，織好的棉布運走了；蠶絲運來了，羊毛製品運走了；書運來了，寫書的智者卻被運走了。

當我碰見火車頭引領著一組車廂行星般地駛離——或者更像彗星，因為它的軌道看不出是條迴轉的曲線，以速度和方向判斷，觀者也無法推測它是否會再次光臨這個星系——它的蒸汽雲像一面旗幟，形成金色或銀色的煙圈飄浮在身後，就像我見過的許多羽絨般的白雲，懸在高空，在陽光的映照下四散開來——好像這位行遊的半神，這位逐雲而行之人，用不了多久就會將夕陽染紅的天際作為車廂的制服；當我聽見這鐵馬雷鳴般的鼻息在群山之中產生了迴響，大地在它的步履之下震顫，火焰和煙塵從它的鼻孔噴吐而出（在這新的神話之中，人們會注入何種飛馬或火龍的形象，我無從得知），就感覺彷彿此時此刻地球終於獲得了一個配得上定居於此的種族。如果一切就如同看起來那樣，人類馴服了惡劣的氣候，使之服務於高貴的目標，那該多好！如果懸在火車上方的蒸汽是開創英雄業績時灑下的汗水，或者和浮蕩在農田上的烏雲一樣有益，那氣候和大自然本身必將興高采烈地與人類同行，為人類服務，並化身為人類的護衛了。

我帶著眺望旭日東升時同樣的感受，注視著早班火車疾馳而過，和它相比，日出也不見得更加準時。火車開往波士頓，成串的煙塵在它身後拉伸，愈升愈高，直達天際，一時之間遮住了陽光，遮蔽了我遠處的田地。這是一輛空中列車，相形之下，那旁邊擁抱著大地的微小的火車車廂不過是長矛槍的倒鉤。這個冬季，這匹鐵馬的馬夫清晨早早地起了床，在群山之間映著星光為他的馬餵草、套鞍。火也早早生起，好在他體內注入生命的熱量，以便動身啟程。這事做得這麼早，如果同時還能無害，那該多好！如果積雪很深，他們便給他綁上雪鞋，用他那巨大的犁鏵，從山脊到海邊犁出一道犁溝，將不安分的人們和流動的貨物像種子一般在田野上播撒。整整一天，這匹火馬飛過田園，只在他的主人想要休息的時候停歇，如果他在遠處的峽谷裡遭遇了冰封雪覆的惡劣天氣，夜半時分，他那踩踏聲和挑釁般的嘶鳴，將我從睡夢中驚醒；只有映著清晨的星光，他才能回到馬廄，還不曾休息或打盹，就要踏上又一段旅程。或者我也能在傍晚時分聽見他從馬廄裡發出嘯聲，釋放一天多餘的能量，鬆弛他的神經，讓肝臟和大腦得以冷靜，然後享受幾個小時「鋼鐵般」的睡眠。這個物件耐力持久，且不知疲倦，如果他能同樣英勇無畏、威風凜凜，那該多好！

那些遠在城鎮邊緣的樹林人跡罕至，從前只有獵人才會在白天進入，而如今，當夜色進入漆黑濃重，這些燈火通明的車廂在鎮裡居民毫無察覺的情況下從林中疾行而過；這一刻它們還停在某市或某鎮燈火輝煌的月臺，站內聚集著大批的社會人士，下一刻它們已經駛入淒清的沼澤，讓貓頭鷹和狐狸大驚失色。如今，火車離站進站儼然成了村裡一天的大事。它們來來去去，秩序井然，時間精確，汽笛聲老遠就聽得見，村民們便依據它們來校準時間，一個運行良好的設施就這樣調控著整個國家。自從鐵路發明以來，難道人們沒有變得更加守時嗎？相比於在馬車驛站，人們在火車站講起話、想起事來難道沒有更加敏捷嗎？火車站的氛圍裡有種使人興奮的東西。我驚訝於它所創造的奇蹟；我曾經預言，我的某些鄰居永遠都不會乘坐這種快捷的交通工具去波士頓，可如今，鈴聲一響他們就在那裡等候著了。以「鐵路風格」行事現今成了流行語；不論什麼機構，都得頻繁而鄭重地警告民眾遠離鐵軌。這種情況下自然不能停下來宣讀《取締暴動法》[5]，或者在亂民的頭頂上開槍。我們鑄就了一種命運，那即是永不調轉方向的阿特洛波斯[6]。（以此命名你的機車吧。）公告上說，這些弩箭將在某時某刻射向羅盤上的某些特定刻度；但它不會干擾人們辦事，孩子們上學走的也是另一條路。我們的生活因為它而變得更加穩定。我們也由此被教育成了泰爾[7]的兒子。空中滿是不可見的弩箭。除了你自己那條，每條路都屬於命運。那麼，就沿著你的路走下去吧。

在我看來，商業的可取之處在於它的勇氣和進取精神。它不拱手向朱庇特祈禱。我發現，這些人每天都是在以或多或少的勇氣和滿足感忙著自己的生意，他們甚至比預想的做得更多，比有意計畫的做得更好。有人在布埃納維斯塔[8]前線上堅持了半個小時，但這種英雄氣概，並不比那些把鏟雪機當作冬屋的人所表現出的持久而樂觀的勇氣更讓我動容；他們不僅具有被拿破崙稱為極其罕見的「凌晨三點鐘的勇氣」[9]，而且他們的勇氣也不會極早歇息，只有當暴風雪沉睡了，或者他們鐵馬的筋脈都凍僵了，他們才會睡去。暴雪之日，早上，風雪多半仍在肆虐，寒氣透入了人們的血液，火車寒瑟的呼吸形成厚重的霧障，車頭發出被抑制的嘶鳴，宣告著列車的到來。新英格蘭東北的暴雪已然使出了否決權，但火車並沒有長時間延遲。我看見那些鏟雪的人，身上蒙著雪花和冰霜，頭部在鏟雪板上方凝視著，被鏟雪板推掉的，不僅有雛菊和田鼠洞，還有內華達山上那樣的礫石，那種在宇宙表面占據一席之地的石塊。

商業出乎意料地自信、沉靜、機警、富於冒險精神，且又不知疲倦。它的一切手段都非常自然，遠在許多異想天開的事業和感情用事的實驗之上，所以能夠獲得非凡的成功。火車隆隆地從身旁駛過，讓我感到振奮而舒闊；聞著那些被從長碼頭運到尚普蘭湖的貨物一路散發的氣味，我想到了國外、珊瑚礁、印度洋、熱帶氣候和遼闊的地球。那些棕櫚葉，將在來年夏天戴在很多新英格蘭人亞麻色的頭髮上，看到它們，還有馬尼拉麻、椰子殼、舊帆船、黃麻袋、廢鐵和生鏽的釘子，我愈發感覺自己像個世界公民。這一車廂的舊帆船在現在看起來，比把它們造成紙、印成書更好懂，也更有趣。試問比起這上面的裂縫，還有誰能那麼活靈活現地描繪出它們所經歷的風暴的來龍去脈？它們本就是無須修正的校樣。這一車從緬因州森林運過來的木料，都是上次山洪爆發的時候沒被沖走的，現在每千棵漲了四美元，因為有些已經被沖走或者開裂了；它們中包含松木、雲杉、雪松，分成一、二、三、四等，但就在不久前它們還毫無等級差別，同樣在狗熊、麋鹿、馴鹿的頭上搖曳。下一列滾滾而來的列車，裝著上等的湯瑪斯頓石灰，在被加工成熟石灰之前，它們還要經過重重山巒。這一車大包小包的碎布，顏色不一，材質各異，是棉、麻布料最卑下的境遇，是服裝最終的下場——人們再也不會誇炫它們的圖案了，除非是在密爾沃基[10]；這些明豔奪目的服飾，這些來自英、法、美的印染、格子或平紋布料，彷彿被從各地聚集在一起，不論是來自時尚之都還是貧寒之地，都將變成單色或者深淺不同的紙張，那上面會依據事實，寫或高貴或卑賤的真實的人生故事。這節密閉的車廂散發出鹹鱈魚的味道，一股強烈的新英格蘭味和商業味，讓我想到了紐芬蘭的大淺灘和捕魚業。誰能沒見過鹹鱈魚呢？為了這個世界，它被醃得透透的，再沒什麼能使它變質了，堅韌不拔的聖人在它面前也只能自慚形穢。你可以用它來掃大街、鋪馬路、劈柴禾，司機也可以把它放在他和貨物上方，好遮烈日、擋風雨，商人生意開張的時候則可以把它掛在門口——康考特就有商人這麼做過——直到最後，就連他最老的顧客都說不清它究竟是動物，還是蔬菜或者礦物質。如果把它放在鍋裡煮，就成了一條美味的乾鱈魚，正好做星期六的正餐。接下來是一車西班牙牛皮，牛尾還卷著翹在後面，那角度和牛頂著這身皮在西屬南美大草原上奔跑時的角度一般無二——這是典型的固執，表明秉性上的劣癖幾乎是無藥可救的。我承認，實事求是地說，一旦瞭解了別人真正的脾性，我就不曾奢望在目前的生存狀態下使它變得更壞或者更好。正如東方人所說，「我們可以把一條野狗的尾巴加熱、擠壓，然後再用繩子綁上，但就這樣保持了十二年，它還是會回到原來的形狀。」對待這些尾巴所表現出來的那類痼疾，唯一有效的辦法就是把它們製成膠，這樣它們就黏在那裡了不動了，我相信人們通常也是這麼對付它們的。那件是一大桶糖漿，要不就是白蘭地，是運給佛蒙特州卡廷斯維爾鎮的約翰·史密斯先生的，他是格林山區的一個商人，進些貨物賣給他駐地附近的農民。這當下，他說不定正站在隔離牆上，惦念著這批剛到岸的貨，想著它們會怎麼影響他的價格，同時還告訴顧客們說，他料想下一列火車會給他運來些上等貨，這話他在這天早上之前就已經說了有二十遍了，廣告都上了《卡廷斯維爾時報》。

就在這些貨物被運進鄉村的時候，另一些東西被運往城市。一陣嗖嗖的聲音傳來，我從書上抬起頭，看見從遙遠的北部山區砍伐下來的高大的松樹，像長了翅膀似的經格林山地和康乃狄克州一路飛馳而來，在不到十分鐘的時間內，箭一般地穿過小鎮，幾乎沒再被別的什麼人看到；它們即將

「成為桅杆，矗立
在某艘大型軍艦之上。」

聽！運牲畜的火車來了，在空中拉載著上千個山嶺、羊圈、馬廄、牛棚裡的牲畜，還有拿著棍子的牧民，以及混在羊群中的牧童，除了山上的草場，火車上什麼都不缺，它打著旋似的飛馳而過，像被九月的大風從山上滌蕩而下的落葉。空中到處是牛犢的哞哞聲和綿羊的咩咩聲，還有牛群的推擠聲，就彷彿一個放牧的山谷正疾馳而過。當走在前面的老頭羊叮叮噹噹地晃響了鈴鐺，群山都跟著他跳躍，高的就像山羊，矮的則像羔羊。其中還有一車廂牧民，和他們的牧群處於同一高度，此刻已經沒了職業，仍然須臾不離那已然無用的手杖，把它視作職業的標誌。但是他們的狗在哪裡？對他們來說，這是場大潰退；他們被甩下了，找不到那氣味了。我似乎聽見他們在彼得伯勒山脈[11]的後面吠叫，或者在綠山山脈西面的山坡上氣喘吁吁。他們不會出現在宰殺牲畜的現場。他們也失業了。此時他們的忠誠和機警也失

去了價值。他們將灰溜溜地偷跑回狗窩，或者變成野狗，跟狼和狐狸混在一起。你的放牧生涯也就這般飛逝不返了。可是鈴聲響了，我必須離開鐵軌好讓火車通過了；——

鐵路對我有何意義？
我從來不曾跑去看
它到哪裡結束。
它填充幾處窪地，
為燕子修岸築堤，
它使沙塵揚起，
也使黑莓生長。

但我就像穿過林間小路一樣穿過鐵路。我不會讓它的黑煙、蒸汽和嘶鳴遮蔽了我的雙眼，或者傷了我的耳朵。

此時火車已經走遠，整個不安的世界都隨之遠去，湖裡的魚群也不再感受到那隆隆的轟響。比之於平時，我更是孑然一身。在剩下這漫長的午後時光，除了遠處公路上經過的車輛或馬隊那微弱的嚓嚓聲，再也沒有什麼能夠打斷我的冥思。

在星期天，如果風向適宜，我有時會聽見來自林肯、阿克頓、貝德福或康考特教堂的鐘聲，那聲音微弱、甜美，有如天籟，很值得在這曠野上傳揚。在森林上空足夠遠的地方，這些聲音轉變成嚶嚶的顫動，彷彿天地接合處的松針正是它所拂動的那張豎琴的琴弦。一切的聲音，在距離的極限處聽來都是同樣的效果，即宇宙琴弦的顫動；這正如同介於中間的空氣，將遠處的山巒塗上了一抹蔚藍，從而看上去更加悅目。此時傳入我耳鼓的旋律，經過了空氣的淨化，曾和林中每一片葉子、每一枚松針交談，屬於那部分曾被萬物吸收、調節，又繼而迴蕩在山谷間的旋律。在某種程度上，這回聲也是原創的，自有其魔力和迷人之處。它不僅重複著鐘聲中值得重複的部分，還加入了些許樹林的聲音，與林中仙女日常的唱詞和旋律一樣。

傍晚時分，林地盡頭視野極處牛的低鳴，聽起來悅耳動聽，起初我還以為是那些遊蕩在山谷、不時為我唱響小夜曲的行遊詩人的歌聲；但很快，那聲音被拖長，成了牛群廉價的天然樂音，我有些失望，但並不覺得有絲毫的不快。當我說我明顯感覺有些年輕人的歌聲近似於牛的鳴叫，我其實毫無嘲諷之意，而是在表達我對他們歌聲的欣賞，畢竟牛的叫聲也是自然中的聲音。

夏季裡有段時間，當夜間火車駛過之後，三聲夜鷹便會在七點半左右準時落在我門前的樹樁上，或者飛上房子的屋脊，唱半個小時的晚禱曲。每天晚上，他們都根據具體的日落時間，在五分鐘內開唱，準得跟鐘錶似的。我就這樣得到了難得的熟悉他們習性的機會。有時我聽見四五隻夜鷹同時在林子的不同地方歌唱，偶爾一隻會比另一隻落後一小節。他們離我那麼近，我不僅聽得見每段旋律後面的嘰喳聲，也常會聽到像蒼蠅落到蜘蛛網似的那種嗡嗡聲，只不過聲音相應的大些罷了。有時在林子裡，某隻夜鷹會在距離我幾英尺的地方一圈圈地盤旋，好像被一根繩子拴住了，這時多半是我離他的蛋太近了。整個夜裡他們的歌聲都斷斷續續，只有在黎明之前或者黎明時分才重又婉轉起來。

等其他的鳥都安靜下來了，鳴角鴞便接上了旋律，「嗚—嚕—嚕」地發出了古老的叫聲，像是女人的哀號。那叫聲的確如班．強生所描述的那般淒切。[12]他們就是睿智的午夜女巫啊！他們的叫聲不同於詩人們樸質率真的「嘟耶—嘟呼」，反而屬於最嚴肅的墓園哀歌，就好像一對自殺的戀人，在地獄的墓穴中憶起神聖的愛情所帶來的打擊和愉悅，彼此安慰；這並非玩笑。但我喜歡聽他們的哀鳴，聽他們以哀聲唱和，沿著樹林的邊緣發出顫抖的音符；有時，他們的叫聲會讓我想起音樂和鳥的啁啾；他們的叫聲彷彿是使人憂傷流淚的那部分音樂，那種希望被唱出的悔恨和歎息。他們是精靈，是卑下的精靈和憂傷的預兆，是曾以人形行走於大地、做過齷齪勾當的墮落的靈魂，如今，他們在犯罪現場，以哀號和挽歌贖罪。他們讓我對我們共同棲居的自然是如何的豐富和包容有了新的認識。「噢—噢—噢—噢—噢—！我從未降生—生—生—生！」一隻鳴角鴞在湖的這邊歎息，他因絕望而深感不安，盤旋著飛向灰突突的橡樹，尋找著新的棲處。這時，在遙遠的另一邊，另一隻鳴角鴞以顫抖的真誠回應，「我從未降生—生—生—生！」接著，從遙遠的林肯森林裡又隱約傳來「降生—生—生—生」的呼應聲！

貓頭鷹也為我唱過夜曲。在近處聽，你可以把那當作自然中最哀戚的聲音，彷彿她想以這種方式將人類彌留時的哀吟定型，並永遠保存在她的歌聲中——那哀吟是人類脆弱的可憐遺跡，人們把希望留在身後，發出動物一般的號叫，但在人們啜泣著進入死亡之谷的剎那，某種悅耳汩汩之聲[13]使這號叫更形可怕——我發現，在試圖模擬這種聲音時，我首先想到了含有字母「gl」的單詞[14]——這哀號表現了在一切健康、勇敢的思想壞死的過程中，人的頭腦已經到達了膠著、霉變的狀態。它讓我想到食屍鬼、白痴、瘋子的號叫。但現在，一隻貓頭鷹從遠處的樹林裡做出回應，那聲音因為距離而變得著實好聽——呼，呼，呼，呼兒，呼；確實，不論白天還是晚上，夏天還是冬天，多數時候那聲音只是讓人產生了愉快的聯想。

貓頭鷹的存在讓我欣喜。就讓他們來代替人類發出愚傻、癲狂的號叫吧。這種聲音極適於沼澤和沒有日照、光線昏暗的森林，使我們想起了那片廣袤的尚未被人類認識的原始自然。他們象徵著我們每個人都有的荒涼晦暗、未被滿足的想法。整個白天，陽光照著某處荒蕪的沼澤，雲松披掛著松蘿兀自挺立，幼鷹在空中盤旋，山雀在常春藤間呢喃，松雞和山兔則藏來躲去；但現在一個更陰沉、適宜的晨曦已經開啟，另一種不同的生物已經醒來，表達著自然的意義。

夜色更濃了，我聽見馬車從遠處橋上駛過的轆轆聲——在夜裡，這聲音幾乎比其他一切聲音都傳得更遠——還有狗的叫聲，時而還傳來遠處牛欄裡牛悻悻的哞叫。與此同時，牛蛙的號角也響徹了湖岸，這些頑固的古老酗酒者的精靈啊，仍然不知悔改，竭力在他們的冥湖上傳唱——把它稱為冥湖，是因為華爾騰湖裡幾乎沒什麼水草，卻有不少青蛙，但願幽居於此的水澤仙女們[15]能夠原諒我這個比喻——儘管他們的聲音嚴肅刻板，沙啞得像封了蠟般，卻仍一心要將古代宴席上歡鬧的規矩保留，嘲弄著「歡樂」，葡萄酒也失了味道，變成了單純讓他們腹部鼓脹的飲品，甜蜜的醉意從未湧來，好淹沒他們對過去的回憶，他們只是被浸透、充水，大腹便便。其中最具領導派頭的那隻青蛙，把下巴放在一枚心形的葉子上，就好像在滴著涎水的頷下墊了張餐巾；他在湖的北岸痛飲了一大口那曾遭蔑視的酒水，突然發出「特－爾－爾－龍－克」「特－爾－爾－爾－龍－克」「特－爾－爾－龍－克」的叫聲，然後將酒杯傳了下去；立刻，水面上傳來了對口令的重複，遠處某個水灣裡一隻地位和腹圍都僅次於他的青蛙已把他的那份酒水吞飲而下；儀式繞著湖濱進行了一周，典禮官隨後滿意地發出「特－爾－爾－龍－克」的叫聲，每隻青蛙又依次重複，直到肚子最癟、漏酒最多、肚皮最鬆的那隻青蛙，中間沒出一點差錯；隨後，杯子又一圈一圈地傳遞下去了，直至朝陽驅散了晨霧，最後只剩青蛙的族長還沒醉得溜進湖裡，仍在一遍又一遍地喊著「特爾龍克」，然後停下來，徒勞地等待著回應。

我不確定是否在林間的空地上聽見過公雞啼鳴，但要我看，哪怕只把他們作為歌唱的鳥，專門為了那音樂而養上一養，也很值得。這種印第安雞原為野雞，叫聲在所有鳥類中最為出挑，如果無須圈養他們就能適應本地的氣候，那他們的叫聲一定會超過大雁的嘎嘎聲和貓頭鷹的號叫，成為林中最有名的音樂；還可以想像，「夫君」的號角一停，母雞們咕咕的叫聲也能填補這停頓的間歇！難怪人們要把他們馴養了——更何況還有雞蛋和雞腿呢。冬天的早晨走在林裡，小鳥四處都是，這可是他們生於斯、長於斯的樹林；野雞在樹上啼鳴，聲音清脆而尖利，數里之內都有迴響，淹沒了其他鳥微弱的鳴唱——想像一下這樣的情景吧！他會使各個民族保持警覺。誰還會不願意早起呢？起得再早些，在他剩餘的生命裡每天都更早一些，直到他變得無以言說的健康、富有和智慧？這種來自異域的鳥的鳴唱，和他們本族的鳥一道，受到了所有國家詩人的頌揚。一切氣候均與勇敢的雄雞相宜。他甚至比地產的鳥更本土化。他永遠健康，肺力旺盛，精神從不萎靡。即使遠在大西洋或太平洋上的水手，也被他的叫聲喚醒；但他尖銳的叫聲卻從不曾把我從沉睡中喚醒。我沒養狗啊、貓啊，或者牛啊、豬啊什麼的，也沒養母雞，所以你可以說我這裡沒多少家庭生活的聲音；也沒有攪乳器或紡車的聲音，甚至也沒有水壺的嗚嗚聲、茶壺的嘶嘶聲或者孩子們的哭聲能給人以慰藉。在這種生活面前，一個老派的人要麼會瘋掉，要麼就會死於無聊。甚至我的牆裡連隻老鼠都沒有，都被餓跑了，再不就是從沒被吸引過來——只有松鼠爬上了房頂或者鑽到了地板下，夜鷺則落上了房脊，藍松鴉在窗下尖聲地鳴唱，兔子或者土撥鼠待在房下，鳴角鴞或者貓頭鷹則待在屋後，一群野雁或者一隻笑叫著的潛鳥遊弋在湖面上，還有狐狸在夜裡發出吠叫聲。甚至種植園裡常見的溫和雲雀和黃鸝，也不曾光顧過我林中的空地。院子裡聽不見公雞的啼鳴或母雞咯咯的叫聲。根本就沒有院子！只有沒有牆籬的大自然，一直延伸到你的窗臺邊。一片幼林在你的草甸下生長，野漆樹和黑莓的藤蔓探進了地窖，結實的油松因為缺少空間擠擦著木瓦板發出嘎吱嘎吱的響聲，它們的根則一直伸到房子下面。一陣狂風吹來，被吹落的不是煤斗或者窗簾，而是你屋後的一株松樹被啪地折斷，或者被連根拔起，成了燃料。在暴雪天氣，並非沒路通向前院的大門——根本就沒有大門——也沒什麼前院——而是無路通往那個文明的世界。

05

獨處

Solitude

這是一個美好的夜晚，全身只有一個感覺，每個毛孔都浸透著喜悅。帶著一分奇異的自由，我在大自然中徘徊，成為她的一部分。天氣陰涼，烏雲時現，微風輕拂，我只穿著襯衫，沿著滿是石礫的湖岸散步，在我看來，沒有什麼能特別吸引我的注意，所有事物都沒有什麼分別。夜晚在牛蛙的鳴叫中降臨，蕩漾的微風送來了湖對岸夜鶯的歌聲。赤楊和白楊的樹葉在風中搖曳，牽動了我的心神，讓我屏息；我內心的寧靜有如這湖水，漣漪輕泛而不起波瀾。晚風中輕拍的水波，如同那平靜的湖面，絲毫不見風暴的跡象。雖然天色陰沉，林中的風依舊吹著，發出呼嘯聲，湖面上浪花飛濺，一些動物嘶吼著以讓其他動物平靜。然而不可能完全沉寂，最凶猛的野獸尚未甘休，他們仍在尋找著獵物；狐狸、臭鼬、兔子，此刻在田野、林間自在地走著，毫無畏懼。他們是自然的守望者——是連接著活生生的白日的鏈環。

回到住處，我發現有客人來過，留下了他們的名片，或是花束，或是用常綠灌木編成的花環，不然就是用鉛筆寫在胡桃樹葉或樹枝上的名字。那些難得來一次林間的人，會採摘些森林中的小玩意兒一路把玩，隨後又有意或無意地把它們留了下來。有人剝開了柳樹細嫩的枝條，把它編成指環，扔在了我的桌上。我總是能看出我不在的時候是否有人來過，要麼小樹枝或者青草彎伏了，要麼他們留下了鞋印；透過那些蛛絲馬跡，比如一朵花，一把摘下又扔掉的青草，哪怕是被扔到了半英里以外的鐵軌附近，或者縈繞不散的雪茄或菸捲味，通常我也會知道他們的性別、年齡和品性。不只如此，根據菸斗的味道，我也總能知道六十桿以外正有一個旅行者沿著公路走過。

我們周圍的空間通常足夠開闊。我們的地平線從不挨在肘邊。茂密的森林或湖泊都不近在咫尺，開門所見的總是一塊我們熟悉並經常踩踏的空地，被我們從大自然那裡侵吞，圍上這樣那樣的牆籬，再開發利用。然而，究竟因為什麼，這麼一大片廣袤的區域，好幾平方英里人跡罕至的森林，被人們留給了我，任我獨自享用？離我最近的鄰居也有一英里遠，如不是登上半英里外的山頂，無論從哪裡眺望，也看不見一棟房子。以樹林為界，之內是我的視線所及；向遠處眺望，一面是鐵路向湖邊延展，一面是林邊公路的護欄。但大體來說，我住處的孤寂，如同處在大草原。這裡是新英格蘭，但也可以是亞洲或者非洲。我彷彿擁有自己的太陽、月亮和星辰，擁有一個完全屬於個人的小世界。晚上，從沒有旅者路過我的房子，或者敲過我的房門，就好像我是第一個或者最後的那一個人；除非到了春天，每隔很長時間，會有人從村子裡過來釣鯰魚——來華爾騰垂釣，他們不過是垂釣自己的天性罷了，而黃昏則成了魚鉤上的誘餌——但很快他們就退去了，那魚簍通常都輕飄飄的，將世界「留給了黑暗和我」[1]，那夜晚的精髓，從未被任何一個鄰人褻瀆。我相信，多數人還是有些怕黑的，哪怕巫師已經被絞死，基督教和蠟燭已經進入了我們的生活。

然而，我時常體會到，任何一件自然物都可以成為那種最美好、動人、純潔而又最鼓舞人心的陪伴，哪怕對那些可憐的厭世者和最憂鬱的人也是如此。一個人如果生活在自然之中，又感受力完備，就不會感受到陰沉的抑鬱。耳朵純潔健康，風暴便會消隱，那只是風神埃俄羅斯[2]的演奏。沒有什麼可以理所當然地迫使一個樸實而勇敢的人陷入庸俗的悲傷。當我享受著四季的厚誼，我便相信沒有什麼會讓生活成為我的負擔。溫柔的雨水灌溉了我的豆地，也使我整天不得出門，但我並不覺沉悶或者憂傷，因為它對我也有諸多益處。雨水使我不能鋤草，但其價值卻大過除草本身。如果雨下個不停，種子都爛在了地裡，低處的馬鈴薯也遭了殃，但它對高處的青草總有好處；有益於青草，也就是有益於我了。時而我會和別人比較，彷彿覺得我得到了神祇更多的恩惠，超過理所應得的分量；就好像眾神手裡有一張我的保單，而我的同胞卻沒有，所以我受到了特別的指導和庇佑。並非我自我誇耀，如果可能，倒是他們抬舉了我。我從來不曾覺得孤單，或者受到了哪怕一丁點孤獨感的壓迫，除了那麼一次。那是來林地幾週之前，有那麼一個小時左右，我心中產生了懷疑：想過一種安靜、健康的生活，一定要附近沒有居民嗎？離群索居並非樂事。同時，我也意識到我的情緒有些失常，又隱約地覺得我能康復。這種思緒在綿柔的雨絲中蔓延，我突然意識到，在大自然之中，在雨滴的輕輕敲擊中，在我住處周圍的每一點聲響和景觀中，存在著多麼愜意、多麼有益的陪伴，一種央央無極、無以計數的友好情愫立刻像空氣一般維繫著我，使人所習慣的毗鄰而居的好處不再重要，此後我再也不曾有過類似的想法。每一枚小小的松針都帶著同感之心延展、壯大，和我成為朋友。我非常清楚地意識到，這裡有些東西是與我血脈相連的，哪怕是那些我們習慣上認為蠻荒或淒清的景物，而血緣上與我最近、最富於人性的也並非一個人或者一個村民，由此，在我看來便沒有陌生之地了。

「不合時宜的哀慟將銷蝕悲傷；
在生者的土地上，他們時日無多，
托斯卡爾的美麗女兒啊。」[3]

春天或秋天，風雨連綿不盡，人出不了門，整個下午都是，甚至連上午也是，風不停地低吼，雨不停地下，那之中有我最愉快的時光。又或者一個早早到來的黃昏，帶來了漫長的日暮時分，此時，我太多的思想有了時間扎根、伸展。當東北風裹挾著雨水，考驗著村中的房子，女僕們拿著拖把和水桶站在門口，時刻準備著把雨水擋在外面；在我四處都是出口的屋裡，我坐在門後，徹底享受它的保護。一次雷雨甚大，一束閃電擊中了湖對岸一株高大的油松，從上到下留下了一大片規則的螺旋形凹痕，有一英寸多深，四五英寸寬，好像手杖上的刻痕。那天我又路過那裡，抬頭看見那刻痕，八年前，曾有一道可怕的、無可抵禦的閃電從並無惡意的天空劈下，而今那刻痕比以往更加清晰，我油然而生一種敬畏之情。人們常對我講：「我想你在那裡一定很孤單，想離人們近點，尤其在雨雪天。」對於這些我會答道，我們所生活的地球不過是宇宙中的一點。想想看，在那邊那顆星球上，即便兩個相距最遠的居民彼此又有多遠呢？我們的儀器都量不出那星球的寬度。為什麼我要覺得孤獨呢？難道我們這顆行星不在銀河系中嗎？你講的在我看來並非最重要的問題。什麼樣的空間才會將一個人和同伴們分隔，而使他倍感孤單呢？我已經認識到，雙腿的跋涉並不會拉近兩顆心靈的距離。我們最想住得靠近什麼呢？一定不是人多的地方，車站呀，郵局呀，以及酒吧、會議室、校舍、商店、燈塔山、五點區等這些人群最密集的地方，而是我們永恆的生命之源。我們在全部經驗中發現，生命就是從那裡流出的。這就好比柳樹要近水而生，向著水源的方向伸展著根鬚。生命之源會隨著個性的不同而有所變化，但這裡才是一個智者挖掘寶藏的地方……有天晚上，在華爾騰的路上，我趕上了一位走在我前面的鄉鄰，據說他已經賺了一筆「可觀的財產」——雖然我從沒正眼瞧過——他正趕著兩頭牛往市場走，問我怎麼會想到放棄那麼多生活中的舒適。我回答說，我非常確定我很喜歡現在的生活；我沒開玩笑。就這樣，我回家睡覺了，剩他在泥濘中摸黑趕路，小心翼翼地前往布萊頓（Brighton）——或者說光明之城（Bright-town）——等他到那裡，估計天都亮了。

對於死者，只要存在甦醒或者復生的希望，地點和時間都無關緊要。能夠使這種事情發生的地方，對我們的所有感官而言，永遠都是不變的、無法言喻的愉悅。大多時候，我們只允許表面的、短暫的情景占據我們的時間。事實上，它們正是我們分心的原因。離萬物最近的，是那創造了萬物的力量。我們身邊一直有最崇高的法則在起作用。離我們近的，不是那受雇於我們、又總讓我們喜歡與之交談的工人，而是一位匠人，我們都是他的作品。

「鬼神之為德，其盛矣乎！」

「視之而弗見，聽之而弗聞，體物而不可遺。」

「使天下之人，齊明盛服，以承祭祀，洋洋乎，如在其上，如在其左右。」[4]

我們是一個實驗的對象，而我對這個實驗非常感興趣。在這些情況下，難道我們就不能把那個家長裡短的社會稍微放一下，用我們自己的思想自我鼓舞？孔子說得不錯，「德不孤，必有鄰」[5]。

透過思考，我們可以頭腦清醒地跳出自己之外。透過心靈自覺的努力，我們也可以超然於行動及其後果之上；所有事物，不論好壞，都像急流一樣從我們身邊經過。我們並非全然深陷於自然之中，我既可以是溪水中的浮木，也可以是從天空中俯視著它的因陀羅[6]。我可以被一次戲劇表演打動，也能對似乎與我更相關的真實事件無動於衷。我知道自己是一個實實在在的人類個體，也可以說，是思想與情感融合而成的景觀；我意識到我可以一分為二，並由此得以站在離我很遠的地方，就好像我距離別人一樣。不論我的經歷多麼強烈，我能覺察到另一部分我的存在，以及他對我的批評。他不是我的一部分，而是一個觀察者，他不分享我的經歷，而是對之進行記錄。他不是我，就如同他不是你。當生活的戲劇謝幕——那可能是個悲劇，這個觀察者也就離場了。在他看來，人生不過是一場虛構，僅僅是想像力的作品而已。有時，這種雙重自我使我們很難成為好鄰居或者好朋友。

我發現，大多時候獨自生活都是有益的。而與人為伴，哪怕是最優秀的人，也很快變得乏味、空耗精力。我喜歡獨自生活。我從沒發現比獨處更好的夥伴。隨眾人一起出遊相比於一個人待在家裡，前者往往更讓我們孤獨。如果一個人在思考、工作時總是孑然一身，那就任他去吧。孤獨並非以一個人和他的同胞之間的空間距離來衡量。劍橋大學擁擠的宿舍裡的勤奮學子和沙漠裡的托缽僧一樣孤獨。農民在田裡、林間除草、伐木，獨自忙了一整天也不覺得孤獨，因為他有事可做；而晚上回到家，他卻必須待在「看得見同伴」的地方消遣一番，他以為這是孤獨了一整天的犒賞；所以他理解不了學生怎麼能獨自在房間裡待了整晚和大半個白天卻絲毫不覺得無聊和鬱悶；他不曾意識到，雖然待在房間裡，但和他一樣，學生也是在自己的土地上耕耘，在自己的森林裡砍伐，所以一樣尋求娛樂和社交，只不過形式上更加濃縮罷了。

社交往往沒多大價值。我們沒隔多久就要聚一下，還來不及獲得什麼新的價值跟對方分享。每天吃飯我們就要碰面三次，也只能讓對方再嘗嘗我們這些發了霉的乳酪有了什麼新味道。我們必須就一系列的規則達成一致，將之稱為禮儀、禮貌，好使這種頻繁的會面容易忍受，或者不致引發戰爭。我們在郵局、社交場所相遇，或者每晚圍坐在壁爐前；我們住得稠密，彼此妨礙，互相絆腳，我想正是因此我們失去了對彼此的尊敬。減少會面的頻率，一定可以滿足所有重要的、知心的交流。想想那些工廠女工吧——她們就不曾孤獨，哪怕是在夢裡。最好一平方英里內只有一個居民，就像在我生活的地方。人的價值並不在於他的皮膚，我們不必非觸得到他才行。

我曾聽說，有個人在森林裡迷了路，又累又餓，奄奄一息。他倒在了一棵樹下，因為體力虛弱而被一種病態的想像環繞，他從中看到了怪異的幻想，竟信以為真，內心的孤獨由此得以緩解。所以，因為具備身體和心靈上的健康和力量，我們也可以持續受到一種相似的、但更健康和自由的陪伴和鼓舞，進而漸漸認識到我們並不孤獨。

我的房子裡有大量的東西可以引以為伴，尤其是在無人拜訪的早晨。讓我稍作一番比較吧，或許能說明我的狀況。我並不比湖裡那隻高聲鳴叫的潛鳥孤單，也不比華爾騰湖更寂寞。請問，那孤獨的華爾騰湖可有夥伴？可是，它那蔚藍的水波裡並沒有藍色的魔鬼，而只有藍色的天使。太陽也是孤單的，除非雲層厚密，它也彷彿現出了重影，但總有一個是虛幻的。上帝是孤單的——而魔鬼卻從不孤單；他總看得見一大群夥伴，那是一個團夥。我也不比草原上那株孑然一身的毛蕊或蒲公英寂寞，不如一片豆葉、一株酢漿草、一隻馬蠅或者一隻黃蜂孤單。我的孤單超不過磨坊溪，或者風向標、北極星、南風、四月的陣雨、一月的融雪，以及我新房子裡的第一隻蜘蛛。

在漫長的冬季夜晚，當雪花飄灑、林風呼嘯，我偶爾會有客人來訪。那是這裡的老住戶，這裡最早的業主，據說他為華爾騰湖挖過淤泥，砌過石岸，在湖邊栽種過松樹。他給我講過去的故事，或者關於「永恆」的新故事。就算沒有蘋果或蘋果酒，我們也能共度一個愉快的夜晚，這其中既有交友之樂，也有愉快的觀點交換——這是一位最睿智、最幽默的朋友，我非常愛戴，他行蹤隱祕，比格夫和威利[7]還有過之；人們認為他已經離世，但卻沒人說得清他葬在何處。我附近還住著一位老婦人，大多數人都難得見到她。有時，我喜歡到她的草場散步，收集些藥草，也聽她講講故事。她天賦的豐富異乎尋常，她的記憶能延伸到比神話還久遠的過去，她能告訴我每個傳說的起源，以及基於什麼史實，因為這些事都發生在她年輕的時候。老婦人面色紅潤，身體硬朗，任何天氣、任何季節都精神抖擻，或許會比她的孩子們還要高壽吧。

如此無以言喻的自然之純真與友愛啊——來自那太陽、那風、那雨，以及夏季和冬季——它們又賦予我們多少健康、多少歡樂！它們對我們人類是那麼富有同情心，如果有人悲傷，而且理由正當，整個自然都會深受觸動，太陽不再明媚，風發出人一樣的歎息，烏雲墜雨如淚，森林落葉蕭蕭，正值仲夏也身著孝服。難道我不該與大地聲息相通嗎？難道樹葉和蔬菜沒有部分地塑造了我的身體嗎？

什麼才是那保障了我們健康、安寧和滿足的藥劑呢？並非你我曾祖父的老藥方，而是我們的曾祖母大自然那萬能的植物方劑，她用以永葆青春，比那些老帕爾[8]還長壽，植物消弭了自己的豐腴之姿，卻滋養了她的健康。我的靈丹妙藥，可不是採點冥河和死海的水混起來，裝在騙人的小瓶子裡，再從那種常見的被用來運送的又長又淺、黑帆船似的貨車裡拿出來。還是讓我大吸一口貨真價實的清晨的空氣吧。清晨的空氣！如果人們尚不肯在一日的源頭處啜飲它，那我們為什麼還要為了世界上這些已經失去了清晨預訂票的人，把它裝在瓶子裡，放到商店出售呢？請記住，就算放在最陰涼的地窖裡，它也保存不到正午，在那之前它就會衝出瓶塞，向西一路追隨曙光女神的腳步了。我並不崇拜海吉亞[9]，她是老草藥神阿斯克勒庇俄斯[10]的女兒，在雕像中，她一手握著蟒蛇，一手拿著蟒蛇喝水的杯子；我崇拜的是青春女神赫柏，那個朱庇特的執杯者，她是朱諾和野萵苣的女兒，具備讓神和人恢復青春活力的神力。她多半是唯一一位曾在地球上行走的健全、健康而又健壯的青春女性，她走到哪裡，哪裡就是春天。

06

訪客

Visitors

我想我和大多數人一樣喜歡交際，一旦有血氣方剛的人出現在我面前，我就像吸血的水蛭，時刻都有可能吸附在他身上。我並非天生的隱士，如果有事要辦，我很可能在酒吧待到最久坐的那位常客都出了門。

我的房間裡有三把椅子。一把用以獨處，兩把用來酬友，三把就是用來社交了。如果客人多得超過了預期，那就只能一起共用那第三把椅子了，但他們通常選擇站著，以節省空間。一間小屋容納了那麼多男男女女重要人物，也頗可稱奇。曾經有二十五個或三十個靈魂連同他們的肉身一同出現在我的屋簷下，但分開的時候，我們常常不覺得彼此曾挨得過於擁擠。我們的很多房子，不論是公家的還是私人的，對裡面的居民而言都大得浪費。裡面的房間幾乎多得數不清，廳堂也超大，還有用來放酒和和平時期其他儲備的地下室。它們那麼寬敞，那麼華麗，相形之下，居民則不過是些寄居於其中的害蟲。特里蒙特、阿斯特、米德賽克斯等大酒店前，當侍者發出通報，我驚訝地發現不是房客，而是一隻滑稽的老鼠從遊廊上小心地竄過，旋即迅速地鑽進人行道上的老鼠洞裡。

我有時也會感到，這麼小的房間的一個不便之處，是當我和客人都開始用些艱深字眼表達宏大思想的時候，彼此之間很難拉開足夠的距離。你希望你思想的航船到達港口之前能有足夠的空間在航道上跑一兩程。而你思想的子彈也必須先克服側斜和回彈，才能落入最終那穩定的軌道，到達聽者的耳朵，否則它就會沿著聽者腦袋的側面劃過。此外，我們的句子也需要空間，在其間鋪展並形成自己的方陣。和國家一樣，個人之間也需要劃定適當的、寬廣而自然的邊界，甚至可以是面積不小的中間地帶。我發現，隔著湖和對面夥伴的交談極為奢侈。但在我的房子裡，我們距離那麼近，卻開始聽不見彼此——我們無法將音調降得足夠低，好讓彼此聽見；這就好像你往水裡扔了兩塊石頭，只是它們距離太近，破壞了彼此的漣漪。如果我們只是些喋喋不休高談闊論的說客，彼此站得這麼近，臉頰貼著下頜，聽得見對方的呼吸，那倒也沒什麼；但如果我們說話含蓄，需要深思熟慮，則希望彼此有些距離，好讓那些動物式的體熱和潮氣得以蒸發。如果我們想享受彼此間那分無須言說或超越於言說之上的親密，則不得不沉默，而且通常還得拉開身體上的距離，好無論怎樣都不可能聽見對方的聲音。根據這個標準，語言是為了方便那些聽力不好的人；但有很多美妙的事物我們反倒無法高聲說出。所以，當談話的語氣變得崇高而宏闊，我們就將椅子逐漸推遠，直到挨上兩個相對的牆角，那時空間就不夠用了。

我「最好」的那間房，也即我的退隱處，是我房後的松林。那裡濃蔭蔽日，陽光從來不曾照上地面。夏季，當貴客來訪，我就帶他們去那裡，一位分文不取的家傭早已為我們清掃了地面，除去了家具上的塵埃，讓一切變得井然有序。

如果來客只有一個，有時就會和我一起吃頓簡餐。聊天的同時拌個速食布丁，或者看著麵包在火上烤熟，也不至於分心。不過，如果坐在我房裡的客人達到了二十個，就算我可能還有些麵包，足夠兩個人吃，也沒人會提吃飯的事，好像那個習慣已經被拋棄了，我們都很自然地開始節食。這並非有悖於待客之道，而是最恰當、最合理的做法。物質生命的耗損和衰退通常是需要補充的，但在這種情況下也奇蹟般地放緩了，生命的活力守住了陣地。我可以以這樣的方式款待二十人，也可以款待一千人。如果有人發現我在家，結果卻餓著失望地離開，他們至少可以這樣想：我起碼分擔了他們的心情。雖然很多管家理事的人未必同意，但建立新的、更好的習俗取代舊習俗，其實非常容易。你不需要將名譽建立在你所提供的餐食上。拿我來說，使我不再常去拜訪某人宅邸的，往往不是「地獄看門狗」，不論它是什麼品種，而是主人為款待我而張羅的盛大宴席，在我看來那就是禮貌而委婉的暗示，讓我永遠不要再麻煩他們。我想我絕不會再次拜訪那些地方。我的一位客人在一枚黃核桃葉上寫下了幾行斯賓塞的詩，作為卡片送給了我，我很驕傲地把它們作為了我居室的箴言：

「他們到達，擠滿了小屋，

不找樂子，那裡本來也沒有；
休息是他們的盛宴，一切都很遂願：
最高貴的心靈最容易滿足。」[1]

後來擔任過樸茨茅斯總督的溫斯洛，當年曾跟一位同伴一起去參加印第安酋長馬薩索伊特的儀式。他們步行穿過樹林，到達酋長駐地的時候又累又餓，酋長很熱情地接待了他們，但對吃飯的事隻字未提。到了晚上，用他們自己的話來說：「他安排我們和他們夫妻同睡一張床，他們在這邊，我們在另一邊。而所謂的床，不過是在距地面一英尺高的地方放了些木板，上面再鋪上一張薄薄的席子。因為沒地方，他們另外兩個頭領只能擠在我們旁邊，甚至壓到我們身上；所以，比起長途跋涉，這住宿更讓我們疲憊不堪。」第二天一點，馬薩索伊特「帶來了他捕殺的兩條魚」，有三太鯛魚那麼大。「魚被煮上了，至少有四十個人等著分上一份；多數人都吃到了。一天兩夜的時間，這是我們唯一的一頓飯。如果不是我們中有人買了隻松雞，就只能空著肚子上路了。」他們不僅沒怎麼吃東西，而且因為「野蠻人」那粗野的歌聲（他們有唱著入睡的習慣），睡眠也不足。他們擔心路上頭重腳輕，希望趁著還有力氣趕快到家，就動身離開了。說到住宿，對他們的招待確實不怎麼樣，但讓他們感到不便的地方，無疑本也是出於尊重；但飲食方面，我就看不出印第安人怎麼做才能更好了。他們自己都沒什麼可吃，也明智地認識到對於客人來說道歉可以代替食物；所以他們勒緊了褲腰帶，絕口不提吃飯的事。溫斯洛再去拜訪他們的時候，正是物資豐富的季節，在這方面就沒有短缺了。

說到人，哪裡都不愁沒人。住在森林裡的這段時間，我接待的客人比我生命中任何其他時期都多；我是說我還真有些客人。我在那裡見到的幾位，碰面的環境好過在其他任何地方。來看我的人很少是為瑣事而來。從這點來看，從這裡到城裡的距離反倒成了一道屏障，幫我過濾了往來的夥伴。目前我所孤獨隱居的大海，社會的河流已注入其中。但從個人需要的角度出發，多數情況下，只有那些最好的沉澱物才落在我的周圍。另外，地球另一邊一些未被開發、尚未開化的大陸的證據也漂蕩了過來。

今早到我小屋來的是一個真正荷馬式的或帕夫拉戈尼亞人一般的人物——他的名字恰當而富有詩意，但很抱歉我不能寫在這裡——一個加拿大人，伐木，做樁子的，一天能挖五十個用來立樁子的坑洞。他上一頓晚餐吃的就是他那隻狗抓到的一隻土撥鼠。儘管他可能好幾個雨季都讀不完一本書，但聽說過荷馬，覺得「要是沒書的話」，還真「不知道下雨天該做點什麼」。在遙遠的他家鄉的教區裡，幾個會講希臘文的牧師曾教他讀過《聖經》中的詩篇。現在，他手拿著書，我則必須為他翻譯：阿基里斯因為派特洛克羅斯面帶愁容而責備他道——「你幹麼哭哭啼啼，派特洛克羅斯，像個小女孩？」——

「還是你獨自從弗提亞那聽到了什麼消息？
他們說阿克托的兒子門諾提烏斯仍然活著
阿爾克斯的兒子佩勒烏斯也活著，在密爾彌多涅人那裡，
不論他倆誰去世，我們都會非常悲傷。」[2]

他說：「好詩。」他腋下抱著一大捆白樺樹皮，這是他星期日早上替一個生病的人採的。「我想今天[3]做這樣的事毫無害處吧。」他說道。儘管他並不清楚這些作品的內容，但在他看來，荷馬是個偉大的作家。很難找到更質樸、更真實的人了。邪惡和疾病給世界投上了嚴肅的道德色彩，可在他看來，這一切都算不了什麼。他大約二十八歲，十二年前就離開了他父親的家，開始在美國工作，想賺錢最後買個農場，也許回他的祖國之後吧。他是在最粗糙的模子裡鍛造出來的；身體健壯而遲緩，氣度卻很優雅，脖子很粗，晒得黝黑，一頭濃密的黑髮，一雙不太有神、睡意朦朧的藍眼睛，偶爾也目光炯炯、表情豐富。他戴著灰色的平頂帽，身上羊毛色的大衣有些髒，腳上是一雙牛皮靴子。他特別能吃肉，常把飯裝在錫桶裡帶著，到離我的房子幾英里遠的地方做工——他砍伐了整個夏天了；他帶的是冷肉，多是土撥鼠肉，還在一個石壺裡裝上咖啡，用繩子掛在腰帶上；有時他也請我喝一口。他總是過來得很早，從我的豆圃上穿過，但並不急著去工作，一副北方佬的做派。他不想累傷了身體。就算賺的錢只夠吃住，他也並不在意。如果他的狗在路上逮到了土撥鼠，他常常會把食物放在

灌木叢，然後跑一英里半路回去，把它收拾乾淨，放進他住處的地窖裡，但這樣做之前他總要先想上半個小時，忖度一番他能否把土撥鼠浸到湖裡，在那裡安全地放到天黑。早晨他路過的時候會說：「鴿子很多呀！如果我的職業不是每天都得做工，光捕捕這些鴿子、土撥鼠、兔子、松雞，就夠我吃肉的了。——天啊！只一天我就能備好一週所需要的肉。」

他是一個熟練的伐木工，熱衷於在這門手藝上弄出些花樣。他伐樹的時候貼著地面平砍，這樣再抽出的新枝就可能更茁壯，雪橇也能從樹樁上過去；他不是在整棵樹上拴根繩子把它拽倒，而是把它砍到只剩最後一層薄片，最後用手就能推倒。

我之所以對他感興趣，是因為他非常安靜、獨來獨往，還總是樂呵呵的，眼神裡透著一副好脾性和滿足感。他的歡樂沒有絲毫雜質。有時我看見他在林子裡工作，把樹放倒，他會用一種無法形容的滿足的笑和加拿大腔的法語和我打招呼，儘管他英語講得也不賴。等我走近了，他就會停下手裡的工作，半壓抑著高興的心情，順著他剛砍下的松樹幹躺下，扒下裡層的樹皮，把它捲成捲，一邊說笑一邊咀嚼。他有著動物般旺盛的精力，聽到了使他思考或惹他發笑的事，就會倒在地上笑得打滾。他會看著周圍的樹林聲感歎：「真的啊！在這裡砍砍樹我就夠高興了；我不需要什麼更好的娛樂。」時而閒下來，他就拿著把手槍，每走出相同的距離就鳴槍向自己致意，就這麼在森林裡待上一整天，自得其樂。冬天，他生起火堆，中午時把咖啡壺放在上面熱熱；他要是坐在木頭上吃飯，有時就會有山雀飛來，落在他的胳膊上，啄食他手上的馬鈴薯；他說他「喜歡這些小傢伙在身邊」。

他身上主要發展的是人的生物性特徵。就身體的耐受力和滿足感來說，他是松樹和岩石的親戚。有次我問他，做了一天的工，到了晚上是不是也有累的時候。他神情認真而又嚴肅地回答：「上帝作證，我這輩子就沒覺得累過。」但所謂的智力、精神層面的人，在他體內就像在嬰兒體內一般沉睡著。他所接受的唯一教育，是以天主教牧師教導土著居民的方式進行的，既不純粹，也沒效果，這種教育除了教給孩子們一定程度的信任和尊重之外，根本無法達到啟智開蒙的作用；接受了這種教育，孩子們沒有成熟為人，反而被束縛停留在童年。大自然在創造他的時候，給了他強壯的身體和對命運的滿足，再以敬畏和信賴構成他各個方面的支撐，使他能孩子似的過完他的七十歲人生。他那麼質樸，毫不世故，以至於你根本不必介紹他，就像你不必把土撥鼠介紹給你的鄰居。他們必須跟你一樣自己去發現他。他從不裝腔作勢。人們為他的勞動付給他報酬，使他能夠有吃有穿；但他從不和人們交換想法。他如此質樸，天生的謙卑——如果無所追求也可以稱作謙卑的話——以至於謙卑已經不是他明顯的特質了，他自己都覺察不到。對他來說，聰明人就是半個神仙了。如果你跟他講有位這樣的人士要來，他表現得就像這麼隆重的事不可能指望他什麼，一切自有進展，還是讓他被遺忘吧。他從沒被表揚過，他尤其敬重作家和牧師，認為他們的所作所為都是奇蹟。我跟他說我也寫了不少東西，但很長時間以來他都以為我指的不過是寫字而已，他的字就寫得非常不錯。有時我會在公路邊的雪地上看到他故鄉教區的名字，字體漂亮，帶著準確的法語重音，便知道他從這裡走過。我問他有沒有想過寫下自己的思想。他說，他曾經替那些不識字的人念過信，也寫過信，但從沒試過把自己的思想寫下來——不，他做不到，他不知道該先寫什麼，這會要了他的命，況且同時還得注意拼寫。

我聽說一位著名的智者、改革家曾經問他是否希望世界有所改變。他並不知道有人已經對此做過考慮，驚訝地笑了笑，用他的加拿大腔回答道：「不，我覺得夠好了。」如果一個哲人跟他交往，一定會得到很多啟示。在陌生人看來，他對一般的事都一無所知，但有時我也在他身上看到一個我所不認識的人，竟不知道他究竟是如莎士比亞一般睿智，還是和孩子一樣無知，是富有極佳的詩性感受力呢，還是冥頑不靈？鎮裡有人說曾見他戴著那頂又小又緊的帽子在村裡閒逛，還信口吹著口哨，那場景讓他想起了便裝出行的王子。

他僅有的書是一本年曆和一本算術，對後者還相當精通。在他看來，年曆類似百科全書，其中包含了人類知識的概要，在相當程度上也確實如此。我樂於試探他對當今各種改革的看法，他無一不以最樸素、實際的眼光看待。而此前他對這些聞所未聞。我問，你可以沒有工廠嗎？他說，他以前就穿自製的佛蒙特灰布衣服，也很好啊。那你離得開茶和咖啡嗎？他說，除了水之外，這個國家難道還供給別的飲品嗎？他曾把鐵杉樹的葉子泡水，覺得天熱的時候比水好喝。當我問他沒錢成不成的時候，他說明了錢帶來的便利，那表述不僅讓人想起而且也契合於有關金錢起源最具哲學性的解釋，以及「pecunia」[4]一詞本身的演變。他認為，假設他的財產是一頭牛，而他希望得到商店裡的針和線，如果每次都相應地抵押牛身體的某個部位將很不方便，也不現實。他為很多機制所做的辯護，和任何一位哲學家相比都更加有效，因為他從它們相關於自身的角度進行描述，指出了這些制度得以流行的真正原因，他就不曾設想過別的原因。有一次，他聽說了柏拉圖對人的定義——沒有羽毛的兩足動物，還聽說有人展示了一隻拔了毛的公雞，叫它「柏拉圖式的人」，他認為這之中的一個重要區別在於膝蓋彎曲的方向不同。有時他會喊道：「我多麼愛講話啊！天啊，我可以講上一整天！」有一次隔好幾個月不見，我見面後便問他那個夏天有沒有什麼新想法。「上帝啊，」他說，「如果一個人必須得像我這樣工作，還沒忘記以前的想法，那就做得很好了。沒準和你一起鋤地的人想要比賽呢；那樣一來，天啊，你的心思必須在那裡；你得想著那些雜草。」這種時候，他時而也會先問我有什麼進展。某個冬季的一天，我問他是不是一直對自己很滿意，想趁機建議他用一種內在的東西代替外在的牧師，並找到某種更崇高的人生目標。「滿足！」他說，「有些人因為這事滿足，有些人因為那事滿足。如果一個人擁有的足夠了，也許會滿足於整天後背對著爐火、肚子衝著桌子，真的！」但是，不管我用什麼辦法，始終不能讓他從精神的角度看待事物；似乎他能想到的最高層面就是純粹的便利，和你期待動物們所能理解的差不多；而實際上，大多數人都是如此。如果我建議他在生活方式上做出任何改變，他只是回答說「太晚了」，但並不表現出任何遺憾。然而，他完全信奉誠實以及其他類似的美德。

在他身上可以發現一種積極的創造力，儘管有些微弱。偶爾我發現他在獨自思考，還發表自己的觀點。這種現象非常罕見，所以不論什麼日子，我都願意走上十英里去觀察，那相當於重新追溯了許多社會制度的源頭。雖然他會猶豫不決，甚至表述不清，但那背後所蘊含的思想值得分享。不過，那些還只是他初步的想法，而且浸潤在他那動物性的生活裡。正因如此，相比於一個除了博學再無所長的人，儘管他的思想更有前途，也極不可能成熟到可以被記載、報導的程度。然而，他表明生活的最底層也可能存在天才，儘管他們永遠身分卑微，沒有學識，但一直都持有自己的觀點，或者不會故作無所不知；儘管他們膚色黝黑，滿是泥漿，但就像人們眼中的華爾騰湖，深不見底。

許多旅行者繞道過來看我和我房間的布置。作為藉口，他們會討杯水喝。我跟他們說我喝的就是湖水，並指著那邊的湖，提出可以借他們一個長柄勺。儘管住得偏遠，但到了每年人們開始走動的時節，我想約從四月一日起吧，我也免不了被拜訪；雖然來訪者中不乏想要獵奇的怪人，但我的運氣還算不錯。有些智力低下的人從濟貧院或別的地方過來看我，我就盡力讓他們調動全部智慧，和我坦誠交流；這時，我們的話題就圍繞智慧展開，我也由此得到了報償。的確，我發現他們中有些人比所謂的「貧民監察官」和鎮行政委員更有智慧，我想是時候讓他們彼此換換位置了。說到智慧，我發現愚笨和聰明之間並沒有太大分別。一天，一個不惹人厭但頭腦簡單的窮人來看我。過去我常見他和別人一起被當作柵欄，在地裡或者站著，或者坐在一個一蒲式耳那麼大的容器上，防止牛群或他自己走失。他說想像我那樣生活。他用極其質樸、真誠，大大超過或者說低於任何可以被稱為謙卑的態度告訴我，他「智力低下」。這是他的原話。上帝把他造成了這樣，但他相信上帝對他和對別人同樣在乎。「我一直這樣，」他說，「從小的時候；我從來都沒什麼頭腦；我和別的孩子不一樣；我的智力弱。我想這是上帝的意志。」他就在那裡，證明著他的話。對我來說他是一個哲學上的謎。在我們這片充滿希望的土地上，我從來沒有碰到一個他這樣的同胞——所有他說的話都如此質樸，如此真誠，而且真實。真的，他愈是表現得謙卑，就愈崇高。起初我還不曾意識到，但這是明智的結果。似乎以這位貧窮而智力低下的人的真誠和坦蕩為基礎，我們的交流會勝過聖人之間的交流。

我還有一些客人，通常並不算鎮上的窮人，但他們應當是窮人；無論如何，他們是世界上的窮人。他們並非要得到你的款待，而是你的救濟；他們熱切地渴望幫助，但一開始就表明，首先，他們決定不再自己取食了。我要求一位客人不能真的餓著肚子，儘管他可能擁有世界上最好的胃口，不管這胃口是怎麼形成的。人們不知道他們的訪問該什麼時候結束，儘管我又開始忙自己的事，對他們的回答也愈來愈心不在焉了。遷徙的季節，各種智力水準的人都來拜訪我。有些人智商不低，卻不知道怎麼用；有些是逃跑的奴隸，帶著種植園的行為習慣，就像寓言故事裡的狐狸，不時要聽一聽，彷彿聽見了遠處的獵狗正沿著他們的足跡追蹤，然後懇求地看著我，好像在說——

「啊基督徒，你會把我送回去嗎？」

其中有一個真正的逃跑的奴隸，我幫他往北極星的方向逃去。一個人如果腦子裡只有一個想法，他就像帶了一隻小雞的母雞[5]，甚至有可能還是隻小鴨；而腦子裡有上千個想法的人，就好像那帶了一百隻小雞的母雞，小雞們追逐著蟲子，每天還會有二十隻在晨霧中走失——結果母雞變得羽毛捲曲，骯髒不堪；人依賴於思想，而不是依賴於腳，不是一種高智商的蜈蚣，追著你到處跑。有人建議我備個簽名冊，來訪的客人都可以寫上他們的名字，就好像在懷特山[6]那樣；但是，天啊！我記性太好了，根本無須這個。

我不能不注意到訪客們的一些特性。通常女孩、男孩以及年輕女士們看起來很喜歡待在樹林裡。他們看看湖水，賞賞花朵，時間過得很愉快。生意人，甚至農民，則只想到了孤獨，想著他們的工作，以及他們的住處離這裡或那裡有多遠；雖然他們也說喜歡偶爾來林子裡散步，但顯然事實並非如此。不停地忙著的人們，其時間都被「獲得某種生活」或「保持某種生活」占據；談論著上帝的牧師，好像很享受把這個話題大包大攬下來，無法容忍五花八門的意見；醫生、律師、那些趁我不在窺探過我的櫃子和床的不安分的管家婆——不然某某夫人怎麼知道我的床單不如她的乾淨？——不再年輕的年輕人，因為他們已經得出結論，在職業上，走別人走過的路才最安全——所有這些人都說，處於我這樣的位置，不可能有這麼多的好處。唉！阻礙就在這裡[7]。那些年紀大的、意志弱的、膽子小的——不論什麼性別和年齡——想得最多的就是疾病、突發事故和死亡；對他們而言生活似乎處處都是危險——如果你根本不想，又談什麼危險呢？——他們認為，謹慎的人會小心地選擇最安全的地方，在那裡，B醫生[8]可以隨請隨到。在他們看來，村子就是一個共同體，一個共同防禦聯盟，你可以設想不帶上醫藥箱他們是不會出門採越橘莓的。總的情況是，只要一個人活著，他就可能會死亡，這個危險一直存在，當然，如果他本來就半死不活，這種危險必然相應地減少。一個人不論坐著還是跑著，面臨的危險同樣多。最後，還有那些自詡為改革家的人，所有人中要數他們乏味，他們認為我一直在唱：

這是我建的房子；
這是那個住在我建的房子裡的人；

但他們不知道第三行是：

這即是那些傢伙，煩擾著
住在我建的房子裡的人。

我不害怕騷擾雞的鷂鷹，因為我不養雞；我害怕的是那些騷擾別人的人。[9]

比之於最後一種，我還有一些令人快慰的訪客。採漿果的孩子、星期天早晨穿著乾淨的襯衫散步的鐵路工人、漁夫和獵人、詩人和哲學家；總之，都是些誠篤的朝聖者，他們來森林裡尋找自由，把村莊真正拋在了身後。我時刻準備好了迎接他們——「歡迎，英國人！歡迎，英國人！」[10]，因為我和這類人打過交道。

07

豆地

The Bean-Field

我種的豆子一壟壟加起來已有七英里長了，此時正急需鋤草鬆土，因為晚種的還沒下土，早種的卻已經長得很高；實在不能再拖了。這樣一樁赫拉克勒斯式的小勞役，有固定的程序，且不容怠慢，有什麼意義呢？我也說不清。但我漸漸愛上了這一壟壟豆田，愛上了我的豆子，雖然它們在數量上遠超過我的需要。它們把我和大地相連，使我可以像安泰烏斯[1]那樣汲取力量。但為什麼我要種豆子呢？只有上帝知道。整個夏天，我滿是好奇地從事著這項勞動，讓這片原本只生長著委陵菜、黑莓、金絲桃這類植物以及甜甜的野果和漂亮的花草的地表，長出了豆苗。我從這些豆子上，或者豆子從我這裡，能學到些什麼呢？我珍惜它們，為它們鋤草，從早到晚地照看著它們；這就是我一天的工作。它們的葉子寬寬的，很好看。露珠和雨水是我的助手，它們滋潤著乾涸的大地，還有泥土本身蘊含的肥料，雖然這是一片貧瘠的土地。而蟲子、寒冷，尤其土撥鼠則是我的敵人。後者曾把我四分之一畝的豆子啃得乾乾淨淨。可是，我又有什麼權利驅逐了金絲桃和其他植物，就這麼毀了它們古老的草料場呢？好在用不了多久，剩下的豆子就茁壯得土撥鼠再也啃不動了，也就開始有了新的敵人。

我記得很清楚，在我四歲大的時候，正是穿過了這片樹林、這片田野，從波士頓被帶回到我的這個故鄉小鎮[2]，帶到了湖邊。這是我記憶中銘記的最早的情景之一。此時，就在今夜，我的笛聲又在這片水域之上喚起了回聲。那些比我還要年長的松樹依然屹立；或者，也有幾株倒下了，留下的殘株成了我煮飯的燃料，而四周都是新生的樹苗，為新一代的眼睛準備著新的景象。草原上那些不變的金絲桃，靠多年老根再次迸發出幾乎完全一樣的新綠，甚至我，也終於幫忙裝點了我童年夢中的那片美好風景，豆葉、玉米葉和馬鈴薯藤，就是來自於我的存在和影響的一個結果。

我在山坡上種了大約兩畝半地。因為這片地上的樹木十五年前才伐光，我自己就挖到了兩三考得樹根，所以就沒再用任何肥料。但夏天鏟地的時候，我竟然挖出了一些箭鏃，看來早在白人來採伐之前，某個已經消失的古老種族就曾經在這裡定居過，還種了玉米、大豆，所以也在某種程度上致使地力枯竭，再也種不了這類作物了。

當土撥鼠或松鼠還沒上路穿行，太陽也不曾照上矮橡樹叢，晨露正濃，儘管農民們曾告誡我不要在露水中做工，我還是開始鏟平豆地裡那一排排高傲的雜草了，還在它們頭上蓋了土——如果可能，我建議你趁著晨露未散就做完所有的事吧。一大清早，我赤著腳做工，濕漉漉地站在浸了露水的散沙中，活像一個雕塑家，但再晚些時候，太陽就會灼烤得腳上都起了水泡。鋤草的時候，太陽為我照明，它沿著黃色鵝卵石的山坡，在長達十五桿的綠色田壟間緩慢地前後移動，田壟的一端是矮橡樹叢，我可以坐在那裡的蔭涼下休息，另一端是塊黑莓田，我每走一個來回，那些青綠的黑莓就又加深了一層顏色。鋤掉雜草，在豆秧的周圍培上新土，促進我種的作物生長，讓這片黃土不以苦艾、胡椒、栗草，而以豆秧的花和葉表達它夏天的情思，讓大地不再吐露雜草，而是菜豆的翠綠——這就是我每日的工作。我很少使用牛馬，也不常雇短工或小孩，更沒有什麼改良的農具，所以進展很慢，但也因此和我的豆子比尋常更親近些。但雙手的勞動，哪怕近於苦役，或許也從來不是虛擲光陰的最糟形式吧。這之中包含一個永恆不滅的道理，對於學者而言，還能孳生富有代表性的成果。對於那些一路向西穿過林肯和韋蘭德，不知道要去向哪裡的旅人而言，我是一個典型的農民；他們悠閒地坐在馬車上，胳膊肘抵著膝蓋，韁繩彩帶似的鬆散垂著；我則是本地足不出戶的勤勞農夫。但很快，我的家宅就越出了他們的視線，被他們拋在腦後了。在路兩旁，有很長一段距離，唯有我這片田地是開闊的、墾殖過的，所以他們當然要善加利用；人在田裡，有時能聽到旅客們的傳言和評價，雖然那本就不是說給他聽的。「菜豆種的真晚！豌豆種的真晚！」——因為別人都開始鋤草了，我還忙著播種——我這位牧師型農夫漢[3]卻從沒想過這一點。「玉米，孩子，作飼料用的；作飼料用的玉米。」「他住在這裡嗎？」那個穿灰上衣、戴黑帽子的人說；神情嚴肅的農夫也勒住他那滿懷感激的老馬，問我在這壟溝間不見糞肥的田裡做什麼，還建議我撒點碎木屑，或者任意什麼廢料，要不就弄點灰燼或石灰。可是，這些壟溝總共有兩英畝半，我只有一把鋤頭來代替馬拉的小車，也只有兩隻手來拉它——我討厭別的馬車和馬——而碎木屑又離得很遠。有些旅行者一邊駕車經過，還一邊大聲地比較著這片豆地和他們之前路過的農田，我由此就知道我在農業界的地位了。科爾曼先生的報告並沒有提到這塊地。而且，順便說一句，那些長在還未經人類改良的自然荒地上作物的價值，由誰來評估呢？英國乾草的重量是經過仔細稱量的，還計算了濕度、矽酸鹽、碳磷鉀的含量；但是，在林間谷地及水池邊，在牧場和沼澤之上，生長著大量種類豐富的植物，只是人類未曾收割。而我的農場，可以作為未墾殖的荒地和墾殖過的農田之間的鏈環；正如一些國家是開化的，另一些國家是半開化的，還有一些國家還處在蠻荒狀態，所以我的菜地屬於半墾殖的，但這並非貶義。我培育的是愉快地回到原始蠻荒狀態的豆子，我的鋤頭為它們演奏著牧歌。

在身邊那棵白樺樹的頂枝上，有一隻棕色的鶇鳥——有人喜歡叫他紅畫眉——整個早上都在婉轉啾鳴，快樂地與你相伴，如果不是你正好在這裡，他也會找到另一處農田。你若播種，他就叫道：「撒下去，撒下去——培上土，培上土——拔起來，拔起來，拔起來。」但這畢竟不是玉米種，不怕他這樣的敵人。你也許會奇怪，他那單調冗長、在一根或二十根弦上彈奏出來的業餘的帕格尼尼式音樂，和你播種又有什麼關係。然而，你可能還是更喜歡聽他演唱，而不是去耙草灰或石灰了。它是我完全信賴卻又物美價廉的頂級肥料。

用鋤頭在田壟周圍挖掘新土的時候，我驚擾到了一個史籍裡沒有記載，但遠古時代就生活在這片天空下的民族留下的灰燼，他們戰鬥和狩獵時使用的小型器具也得見於今日的陽光。它們混跡在天然石塊之間，有些石塊上可以看到印第安人用火或太陽曝晒留下的痕跡，還有近代土地開發者帶來的陶器和玻璃。當我的鋤頭撞擊到石塊，發出叮叮的響聲，當這種音樂在森林和天際之中獲得迴響，它們便成為我勞作時的夥伴，可以立即生產出無以計數的作物。此時我不再是給豆苗鋤草了，那鋤草的也並非我了；如果還記得起來的話，此時我是滿懷著同情和驕傲，憶起了我那些去城裡參加清唱劇的熟人。陽光明媚的下午，夜鷹在頭上盤旋──這會兒我多半已經收工了──就好像一顆黑色斑點，出現在我的或者天空的眼眸中，時不時俯衝下來，發出的聲音宛如撕裂了蒼穹，使它完全成為碎屑或者布條，然而，天空仍然是件完好的斗篷，不見一條接縫；他們精靈般地遍布空中，把蛋直接下在光禿禿的沙灘或岩石上，很少有人能夠找到；他們像湖上泛起的漣漪，優雅、纖細，像隨風揚起的落葉，在空中浮游；大自然中如此的血親啊。鷹是波浪在空中的兄弟，他翱翔於上，俯瞰一切，他那被空氣托起的完美的羽翼，回應著大海那原初的、沒有羽毛的雙臂。或者，我有時也會觀察盤旋於高空的一對鷂鷹，他們一升一降，時遠時近，彷彿就是我思想的化身。或者，我被野鴿子所吸引，他們正從一棵樹飛向另一棵，動作急促，發出輕微的簌簌的響聲；或者，從一棵朽樹根底下，我用鋤頭翻出了一隻懶洋洋的、怪模怪樣的蠑螈，身上長著異域的斑紋，那是埃及和尼羅河的痕跡，但他卻和我們處在同一時代。當我靠在鋤頭上歇息，我在田間各處聽到的聲音、見到的景象，都是鄉野給予的無盡的娛樂的一部分。

節慶日裡，城裡鳴響了禮炮，回聲傳到樹林，就像玩具槍發出的聲音，偶爾也會傳來軍樂的片段。遠在位於小鎮另一頭的豆地裡，對我來說，大炮的聲音就如同馬勃菌爆裂；如果有一場軍事行動我一無所知，我有時就會模糊地感覺地平線好像在瘙癢，或者得了某種疾病，似乎疾病會突然爆發，不是猩紅熱就是潰瘍皮疹，直到最後一陣和風迅疾地刮過田野，沿著韋蘭德公路向上吹去，給我帶來了士兵們操練的消息。那嗡嗡的聲音遠遠聽來，就好像誰養的蜜蜂傾巢湧出，而鄰居們正依照維吉爾的建議，敲響了家裡最響的器皿，發出了微弱的叮噹聲，好竭力把他們喚回蜂巢。當叮噹聲沉寂下來，嗡嗡聲也停止了，最宜人的風也不再講故事了，我便知道那最後的工蜂也安全地回到了米德爾塞克斯郡的蜂房裡，現在，他們的心思都集中在那些塗滿了蜂巢的蜂蜜上了。

瞭解到麻薩諸塞州和我們祖國的自由得到如此安全的保障，我感到驕傲；當我回過身繼續鋤草，內心充滿了無以言喻的自信，帶著對未來冷靜的信心，愉快地從事我的勞動。

幾個樂隊同時演奏的時候，整個村莊聽起來就像一只巨大的風箱，喧囂中，一切建築都時而擴張，時而塌陷。但有時傳入樹林的是真正崇高而鼓舞人心的旋律，是歌頌榮譽的號角，讓我覺得我能欣然地將一個墨西哥人做掉[4]——因為，為什麼小事我們就該容忍呢？——於是我四下尋找土撥鼠或臭鼬，想施展一下我的騎士精神。這些軍樂聽起來和巴勒斯坦一樣遙遠，讓我想起了十字軍在地平線上的行軍，村子上空高懸的榆樹樹梢搖曳著，發出輕微的沙沙聲。這是一個美好的日子；雖然從林間空地望去，天空仍是無異於它日常裝扮的永恆的偉大面容，我看不出任何不同。

我和豆子之間培養起來的長期關係，是種奇特的經歷，播種、鋤草、收割、去皮、挑選、出售——所有之中，後者最難——還可以加上食用，因為我的確嘗過。我決心瞭解豆子。在他們生長的季節，我常常早晨五點就起來鋤草，直到中午，一天中剩下的時光就用來忙別的事了。想想人和各種雜草之間建立起來的親密而奇妙的關係——記述這個要忍受些重複，因為這種勞動本身就包含了大量的重複——殘忍地破壞他們纖弱的組織，用鋤頭進行可惡的分辨，把某個種類的雜草整批拔掉，孜孜不倦地培育另一個品種。那個是羅馬苦艾——那是灰菜——那是酢漿草——那是蘆葦——攻擊他，搗碎他，把他的根翻上來，在陽光下曝晒，別留一根纖維在蔭涼裡，否則他會從另一面長出來，用不了兩天就跟韭菜那般嫩綠了。一場漫長的戰爭啊。不是和仙鶴作戰，而是和雜草，和這些擁有陽光、雨水和露水支持的特洛伊人作戰。每天，豆子看著我以鋤頭為武器，前來解救他們，削弱他們敵人的地盤，在壟溝之間布滿死亡的莠草。許多壯碩的赫克托爾[5]立於矮他一英尺的同伴中間，頭盔上的羽飾飄揚，卻終於倒於我的武器之下，滾入了塵埃。

在那些夏日時光，我的同代人中有的在波士頓或羅馬獻身於藝術，有的在印度致力於冥思，還有的在倫敦或紐約從事著商貿，而我，和其他新英格蘭農民一道，致力於農事。並非因為我想要豆子吃，因為我生就是個畢達哥拉斯[6]派，所以說到豆子，不論曾被用來煮粥還是計票數[7]，我卻只用來換大米；但是，哪怕只是出於隱喻和表達的需要，也必須有人在田裡工作，因為說不定哪一天寓言家們會用得上。總的來說，這是一件難得的樂事，但如果持續的時間過長，也可能反成浪費。雖然我沒用肥料，也沒全部鋤完一遍，但鋤過的地方我通常都鋤得不賴，最終也得到了回報。正如伊夫林所說：「任何堆肥或者糞肥都比不上不停地用鐵鍬挖土、翻土，這是真的。」在別處他還說道：「泥土，尤其新鮮的泥土，本身便具有磁性，能吸引鹽分和力量，或者說美德（兩種說法，任選其一），而它們又賦予泥土以生命，這就構成我們一切勞動的邏輯基礎，並促使我們持續下去，以維持生命；所有糞肥和其他骯髒的東西也只不過是這種土壤改善方式的替代品罷了。」況且，作為一塊「耗盡了地力，正在享受休耕的閒置田地」，或許它正像狄格拜勛爵[8]認為的那樣，從空中吸收了「生命力的精靈」。我共計收穫了十二蒲式耳豆子。

但我還需要更加具體，因為有人抱怨說，科爾曼先生報告中所提及的，大都是鄉紳們做的那些昂貴的實驗。我的支出包括：

斧頭..........	0.54美元
耕、耙、犁....	7.50美元（太貴）
豆籽..........	$3.12\frac{1}{2}$美元
馬鈴薯種子....	1.33美元
豌豆籽........	0.40美元
蘿蔔籽........	0.06美元
烏鴉籬笆上的白線	0.02美元
三小時的小工和馬拉播種	1.00美元
用以拉收成的馬和車	0.75美元
總計..........	$14.72\frac{1}{2}$美元

我的收入包括（家主應習慣於出售，而非購買[9]）：

售出9蒲式耳12夸脫豆子	16.94美元
5蒲式耳大馬鈴薯	2.50美元
9蒲式耳小馬鈴薯	2.25美元
青草	1.00美元
莖蔓	0.75美元
總計	23.44美元

結餘的資金收益，正如我所說，有八美元七十一美分半。

以下為我種豆的經驗總結：六月一日前後將普通的白色矮菜豆種下，壟長三英尺，壟距十八英寸；要精心挑選新鮮、飽滿、沒有摻雜的種子。首先要當心蟲害，缺苗的地方要補種。其次要提防土撥鼠，碰到沒什麼遮擋的地塊，土撥鼠路過的時候會把剛長出的嫩芽齧咬得乾乾淨淨。當藤蔓剛長出來的時候，如果他們看到了，會像松鼠似的坐直，連花苞帶豆莢全部咬斷。但最重要的，還是盡早收割，這樣你就能夠逃過霜凍，收穫上乘、好賣的豆子，可以挽回不少損失。

我還進一步獲得了如下經驗：我對自己說，下個夏天我就不再這麼勤勞地種豆子和玉米了；如果它們的種子並沒有丟失，我就要播下真誠、真實、簡單、信賴、純潔等這樣的種子，我要看看即便沒有投入那麼多力氣或肥料，它們能否在這片土壤裡生長，並維持我的生活，因為對於這些作物而言，地力無疑還沒有耗盡。唉！我是這麼對自己說的，可如今又一個夏季過去了，第二個、第三個夏季也過去了，我不得不告訴你，我的讀者，我種下的這些種子，如果真的是上述美德的種子的話，已經生了蛀蟲，或者失去了生命力了，所以從來不曾破土。通常情況下，父輩勇敢後人方能勇敢，父輩懦弱後人則懦弱。幾個世紀前印第安人就種玉米和豆子，還教給了最初的移民，如今每到新的一年，我們這代人定會同樣種下玉米和豆子，就好像命定如此。我有一天見到一位老人在用鋤頭挖洞，讓我驚訝的是，他至少挖了七十次，而且不是為了讓自己躺在裡面！新英格蘭人為什麼不該嘗試新的冒險呢？不那麼看重他的穀物、馬鈴薯、草料和果園等這類東西——為什麼不培植些別的作物？為什麼對我們的種豆那麼關注，對培養一代新人反而無動於衷？如果我們遇到一個人，確信我提到的某些品質，那些我們都認為比其他產品更有價值，卻大多只是散布、飄揚於空氣中的品質，在他身上生根、成長，那就真該覺得滿足和欣喜了。沿著大路走過來的，正是譬如真理和正義那類的微妙而難以言喻的品質，儘管其量甚微，或者只是一種新的變體。我們的大使應被告知運些這樣的種子回來，由國會協助分發全國。對待真誠，我們永遠不應敷衍應酬。如果存在可貴和友好的種子，就永遠不要出於偏狹而欺騙、侮辱或排斥別人。我們不該如此急於相見。大多數人我都不曾見過，因為看起來他們也沒時間；他們在忙著自己的豆子。有種人我們就不要與之打交道了，他整天都在埋頭苦幹，工作的間歇就把鋤頭、鐵鍬當拐棍靠一會兒，那樣子不像蘑菇，因為只有部分是從土裡長出來的，也不只是直立而已，倒像是燕子落到了地面上，在走來走去：——

「他說話時，翅膀不時地
展開，似要起飛，卻又合攏了——」[10]

這樣一來，我們會疑心是在和天使對話。麵包可能不會一直為我們提供營養，但對我們總有好處，它去除了我們關節的僵硬，使我們靈活而輕快，在我們不知道病痛因何而起的時候，使我們認識到人和自然的慷慨，分享任何純粹而崇高的快樂。

古代詩歌和神話至少表明，農事曾是一項神聖的藝術；但我們以有失虔敬的急躁和粗心經營農事，唯一的目標就是擁有大型農場和大量農作物。我們沒有慶典，沒有遊行，沒有儀式，即便牛市和感恩節也不例外，但這本可以使農民表達這一職業的神聖，或者憶起它神聖的起源。如今吸引他的，只是獎金和美食。他供奉的不是克瑞斯[11]和人間朱庇特，而是財神普路托斯[12]。因為貪婪和自私，以及無人能免的把土地視為財產的卑下習慣，更主要的是因為獲得財富的手段，山水變了形，農事隨著我們墮落了，農民過著最為卑賤的生活。他以掠奪者的身分認識自然。加圖說過，農業的收益是尤為神聖和公正的（maximeque pius quaestus），根據瓦羅[13]的說法，古羅馬人「稱大地為母親和克瑞斯，認為耕種土地的他們過著虔誠而有益的生活，他們是農神薩圖恩[14]留下的唯一後裔」。

我們常常忘記，太陽照在我們開墾過的土地上和照在草原及森林上並無分別。它們同樣吸收和反射著太陽的光線，在太陽一日的運行中，農民只是他所見的景觀中很小的部分。在他眼中，地球就像個花園，各處的墾殖情況並沒什麼不同。所以，我們應該以相應的信任和寬宏接受他的光與熱帶來的好處。即使我看重豆種，也在秋天進行收割，那又怎樣呢？這片我注視過這麼久的廣袤的豆地，並沒有將我看作它主要的栽培者，而是撇開我，朝向那灌溉了它、使它蔥翠的更為合宜的力量。有些豆子果實並非由我收割。難道它們中的一部分不是為土撥鼠而生長的嗎？麥穗（麥子的拉丁文是 spica，古語拼作 speca，詞源為表示「希望」

的spe）也不應該成為種田人唯一的希望；穀粒（拉丁文granum源自gerendo，意為「結出果實」）並非它的全部果實。如此，我們又怎麼可能歉收呢？野草肥美，它們的種子不正好作鳥兒的穀倉嗎，我又怎麼會不高興呢？田產是不是填滿了農民的穀倉，相對而言並不重要。真正務農的人不會焦慮，就如同松鼠，對於今年林子裡產不產毛栗子，他們顯得漠不關心。他只是完成每日的勞作，放棄之於他的田產的任何訴求，他在心裡不僅獻出了自己的第一批果實，而且還獻出了最後的那批果實。

08

村莊

The Village

鋤完了草，或許還讀了書寫了字，下午，我通常會再下一次湖，從其中一個水灣穿游過去，除去勞動後身上的塵垢，撫平讀書後新又留下的皺紋。這樣的下午是完全自由的。每隔一兩天，我就會到村裡逛逛，去聽聽那些永無休止的流言。流言經眾人之口傳播，或者在報上接連報導，如果每次只以順勢療法[1]取微小劑量，它也會像沙沙的樹葉或鳴叫的青蛙，使人精神一振。我在林間漫步，看見的是小鳥和松鼠；當我徘徊於村落，看見的是大人和小孩；松針間的林風是聽不到了，取而代之的是馬車的哢嗒聲。沿我的房子出發向村莊的方向，在河邊的草地上，住著一窩麝鼠；而在另一邊的地平線上，處於榆樹和懸鈴木樹林的蔭蔽下，是一座忙碌的村莊，村民們就像草原犬鼠，或各自坐在洞口，或跑去鄰居家門前閒談，讓我很是好奇。我常去村裡觀察他們的習慣。在我看來，村莊就像一間大型新聞編採室，為了維持它的運轉，在它的一側，像位於政府街的雷丁公司曾做過的那樣，存放著堅果和葡萄乾、鹽和玉米粉等其他雜貨。對於前面那種商品，也即新聞，有些人的胃口超級好，而且消化器官強大，他們可以一動不動地在公路邊一直坐下去，讓那些新聞像季風一般吹過，發出呼嘯或者低語；又或者，他們像吸入了乙醚，雖然不致影響意識，但變得麻木，渾然不覺得疼痛——否則新聞常是要以痛苦來承受的。每次我從村裡走過，都會看見一排這樣的「重要人物」，或者坐在階梯上晒太陽，身體前傾，眼睛不時沿著馬路左顧右盼，一副甚是享受的樣子，或者手插在褲兜裡，靠著穀倉站著，彷彿一根根支撐著它的女像柱[2]。由於老待在室外，但凡風裡有什麼聲音，他們都聽得見。他們是最粗糙的磨坊，所有的流言都要先經過他們的初步消化或碾壓，然後倒進室內更精細的漏斗裡。我觀察發現，商店、酒吧、郵局和銀行是村裡的核心部門；此外，作為一架機器的必要部件，他們還有一只大鐘、一桿槍和一輛救火車，都放在便於使用的地方；房屋的布局也充分利用了人的特點，都分布在巷子裡，在巷子兩側門戶相對，所以每位遊客都得承受夾道襲擊，男人、女人、小孩都可以上來揍他一下。當然，那些被安置在離巷口最近的人看得最清，也最容易被看到，他們可以率先發出襲擊，所以要為他們的地點付出最昂貴的價錢；少數人則散居郊區，隊伍在那裡開始出現大的裂隙，遊客可以翻過圍牆，或者拐進旁邊的羊腸小徑，就這樣逃走，所以這部分人稍微付點土地或窗戶稅[3]就可以了。四面都掛著招牌，引誘著他。有的要挑起他的胃口，比如飯店、食品店；有的要讓他覺得新奇，比如乾貨店、珠寶店；有的靠的則是頭髮、腳、裙子等，比如理髮店、鞋店和裁縫店。此外還有一種更可怕持久的邀請，那就是拜訪每家每戶，而那時總會出現一群人。大多時候我都成功地逃離了這些危險，用的或者是人們推薦給那些面臨夾擊的人的辦法，即刻勇敢而不加遲疑地往前走，直奔目標，或者將思想集中在崇高的事情上，像奧菲斯[4]那樣，「和著豎琴，高聲歌唱，讚美眾神，最終淹沒了塞壬[5]的歌聲，避開了危險」。我有時會突然逃離，誰也說不出我的下落，因為我既不會優雅地駐足觀望，也不會在籬笆的空隙前猶疑。我甚至也習慣於突然造訪某些人家，在那裡受到很好的款待，在瞭解了最重要的新聞和篩選過的最近新聞之後——比如什麼風波已經平息了，戰爭與和平有著怎樣的前景，世界是不是有望更加團結等——我就被從後門送出，又逃回林間。

當我在鎮裡逗留得很晚，出門投身於夜色是非常愉快的，尤其如果天色漆黑、風疾雨驟，從某個明亮的客廳或者講堂出航，肩上扛著一袋麥子或印第安玉米粉，駛向我林中舒適的港灣，將船艙外面每樣東西都繫牢，帶著一些愉快的思想進入船艙，只留我的軀殼掌舵，如果船行平穩，甚至乾脆就停了舵。「行船的時候」，在船艙的爐火邊，我產生過很多愉快的想法。儘管遭遇過幾次嚴重的風暴，但不論天氣如何，我都沒有出過事，也不曾遇到嚴重的風險。在林中，哪怕只是尋常的夜晚，也比很多人想像的還要黑暗。我常常需要利用看路的上方兩棵樹之間的空隙來確定路線，沒有車道的地方，就用腳去試探我之前踩出的不明顯的小路，或者用手摸索著尋找某些特殊的樹，靠它們之間已知的關係來確定方向，比如，即便在最黑的夜裡，在林中也會路過兩棵相距不過十八英寸的松樹。有時，在漆黑悶熱的夜晚，我很晚才回到家裡，一路上用腳試探著眼睛看不見的路，如夢似幻，神於物遊，直到必須伸手打開門閂的剎那才清醒過來，竟也回憶不起我走過的任何一步。我曾想，或許我的身體被主人拋棄了也能找到回家的路，就像手無須任何幫助就能找到嘴巴一樣。有幾次，客人碰巧待到了傍晚，暮色漸濃，我需要把他送上房子後面的車道，指出該走的方向，但保持這個方向他得靠腳的引導，而不能靠眼睛探看。有天晚上，天特別黑，我用這種方法給兩個在湖邊釣魚的年輕人指路。他們就住在從樹林過去一英里遠的地方，對這裡的路很是熟悉。一兩天後，他們中的一個告訴我，他們在外面流浪了大半個晚上，都已經離他們的住處很近了，卻於天將亮時才到家，而那晚又下了幾場大陣雨，樹葉濕漉漉的，他們也都淋透了。當夜色特別濃重，就像諺語中所說，濃得可以用刀片切割，據我聽聞，在村裡的街道上就有很多人迷路。有些人住在郊外，趕著車來鎮裡買東西，後來只好留在城裡過夜；有些紳士、淑女外出訪友，不過偏離原定路線半英里，也只能用腳試探著人行道，不知該什麼時候轉彎。不論什麼時候，在林間走失都是一分新奇難忘而有價值的經歷。常是在暴雪天氣，哪怕是白天，人們踏上一條非常熟悉的路，結果卻發現找不出哪條路通往村莊。儘管他知道這條路他走過上千遍，還是看不出一個它的特徵，這條路對他來說那麼陌生，就好像是一條遠在西伯利亞的路。到了晚上，這分困惑更無限地放大。在最隨意的閒逛中，雖然出於無意，我們總是像領航員那樣，借助某些著名的燈塔和海岬調整方向，如果偏離了慣常的路線，我們腦中仍會記得幾個鄰近的海角。只有當我們完全迷失了方向，或者轉了一圈，——因為人們只需閉上眼睛轉個圈就會迷路——才能徹底地欣賞大自然的廣博和神奇。不論是從睡眠中甦醒，還是從恍惚中緩過神來，人們都必須知道羅盤指標的讀數。只有迷失之後，換言之，只有失去了世界，我們才開始尋找自我，並意識到我們身在何處，以及我們關係範疇之限域。

第一年夏天快結束的時候，有天下午，我到村裡鞋匠那裡取鞋，就在這時我被捕了，被關進了監獄，而原因我在別的地方也曾講過[6]，我拒絕為一個像賣牲口一樣在它的議會門口販賣男人、女人和孩子的州繳稅，我拒絕承認它的權威[7]。我是帶著其他目的來林間生活的。但一個人不論去了什麼地方，人們總會用骯髒的社會機構追蹤他、抓捕他，如果可以，還要迫使他加入他們那絕望的、共濟會式的社會。不錯，我本來可以以強力抵抗，那多少會有些結果，我也可以「瘋狂」地和社會作對；但是，我寧願社會來「瘋狂」地反對我，因為它才是那絕望的一方。不過，第二天我就被釋放了，拿著修好的鞋，及時回到了林中，在費爾黑文山上享受了一頓越橘莓大餐。除了那些代表政府的人之外，我沒有受到任何侵擾。除了放稿件的那張桌子，我就再沒有什麼鎖或栓了，我的門閂或窗戶上一個釘子也沒有釘。不論白天還是夜晚，我從不插門，哪怕要出門好幾天，甚至第二年的秋天在緬因森林待了兩個星期也是如此。但我的房子所受到的尊敬，卻強過被一隊衛兵圍護起來。疲憊的旅客可以坐在我的爐火旁休息、取暖，文人雅士可以借我桌子上的幾本書消遣一番，那些好奇的人，也可以打開櫥櫃的門，看看我在裡面剩了些什麼吃的，或者會拿什麼當晚餐。然而，儘管各個階層的人們都會來到湖邊，但並沒有帶給我什麼嚴重的不便，我也沒有丟過什麼東西，除了一本書，一卷荷馬史詩，或許上面的鍍金太誇張了吧，但現在，我相信我們營裡有個士兵已經把它找到了。我確信，如果所有人都像我一樣簡單地生活，偷竊、搶劫就會銷聲匿跡了。這些行為只發生在有些人得到的過多，而另一些人卻還不夠用的社會。波普[8]的荷馬很快就會適當的流行起來。——

"Nec bella fuerunt,
Faginus astabat dum scyphus ante dapes."

「人們不會以戰爭相擾，
當他們需要的只是山毛櫸木做的飯碗。」[9]

「子為政，焉用殺?子欲善而民善矣。君子之德風，小人之德草。草上之風，必偃。」[10]

09

湖

The Ponds

有時社交和閒談太多了，和村裡的朋友們也走動得過勤，我就會從平常的住所信步向西，來到鎮上更少人去的地方，「那裡有新鮮的樹林和草場」；要不就在太陽落山的時候，到費爾黑文農場享受一頓越橘莓和藍莓的晚餐，還可以儲存些，在隨後的幾天享用。水果真正的香味並非是為買家散發出來的，也不是為了那些種它們，把它們拿到集市上賣的人。要聞到那味道的辦法只有一個，但卻鮮有人那麼做。如果你想知道越橘莓真正的味道，就去問問牧童和松雞吧。如果你從沒動手摘過越橘莓，卻自以為嘗過它的味道，那就犯了一個庸俗的錯誤。越橘莓從沒到過波士頓；它在那裡不為人知，因為它是長在波士頓外的那三座山上的。通往集市的馬車磨掉了它們外皮上的粉霜，同時也就磨掉了這種水果香甜而關鍵的部分，它們不過成了飼料而已。只要永恆的正義依然掌管一切，就沒有一顆純潔的越橘莓能從鄉村的山上運到城裡去。

做完了一天鋤草的工，我偶爾也會到湖邊加入某個捕魚人的行列。他一大早就在那裡了，早就失了耐心，那安然和一動不動的模樣活像隻鴨子和飄落的樹葉；他實踐了各種「哲學」，等我到的時候，已經很自然地得出結論：他屬於古老的修士派[1]，因為根本就沒魚上鉤嘛！還有位年長者，是位捕魚高手，還精通各種木工，總願意認為我之所以把房子建在那裡，就是為了漁夫們方便；看著他坐在我的房門口整理釣線，我也覺得同樣高興。有時候，我們也會一同坐在湖邊，他在船的這頭，我在那頭；我們不太講話，因為他上了年紀後有些失聰，但偶爾他也會哼上一首讚美詩，這一切都和我的哲學那麼相合。我們的交流也因此成為一幅完全不受打擾的和諧畫卷，相比於語言，它留下了更愉快的回憶。很多時候，我沒什麼人可以交流，這時，我便會搖起放在船邊的短槳，它的回聲環旋、擴散，充滿了周邊的樹林，把它們都攪動了起來，就好像動物園的看守攪醒了他的那些野獸，直到從長滿樹林的每一片山坡和低谷都傳出隆隆的低吼。

溫暖的黃昏，我常會坐在船上吹笛子，鱸魚也像被我魅惑，圍著我游來游去，月亮在湖水的波紋中穿行，湖裡還散落著森林中的碎屑。以前，在幽暗的夏夜，我也常會跟個同伴一起來湖邊探險。我們在近水的地方生上篝火，以為這樣可以吸引魚群，再把蚯蚓用線串成串，來釣大頭鯰魚；等這些做完，夜已經深了，我們拿起燃燒的木頭扔向高空，它們看起來就像沖天的煙火，旋即又落到了水裡，發出巨大的嘶嘶聲，接著就熄滅了，我們驟然跌進一片漆黑，暗中摸索。就這樣，我們吹著口哨，又回到人群聚居之地。但現在，我已經靠岸安家了。

有時，造訪過村裡某家的客廳，等主人家休息了，我也回到了林間，會趁著月光花上個把小時坐在船上來個午夜垂釣，貓頭鷹和狐狸為我奏響小夜曲，還有不知名的鳥不時地在身邊鳴唱。這在我是極為難忘和珍貴的經歷——在離岸二十到三十桿、水深四十英尺的地方拋下錨，有時會有上千條小鱸魚和銀魚聚攏過來，在月光下搖著尾巴，使水面生出道道波紋，我就用一根長長的亞麻線，和夜裡這些生活在水面四十英尺以下的神祕魚群交流著。

華爾騰湖的風景是素樸的，儘管很美，也談不上綺麗，如果不常來，或者不曾倚湖而居，就不會與它有多大關係；然而，它又是極為幽深和純淨的，值得好好描繪一番。它是一汪碧綠而清澈的深潭，有半英里長，整個合圍的湖岸達一又四分之三英里，面積約有六十一英畝半；它也是一股清泉，在松林和橡樹的環繞下四時不歇，除了浮雲和蒸汽，再不見任何進水和出水的孔道。四周山崖陡峭，高達四十到八十英尺，在東南和東面離湖四分之一和三分之一英里的地方甚至分別達到了一百和一百五十英尺。山上全都被叢林覆蓋。康考特的水面至少有兩種顏色，離遠了看是一種，走近了看是另一種，而近看的顏色要更純正些。前者更多地取決於光線，顏色隨天空而變幻。夏季裡如果天氣晴朗，稍微離遠些看水面一片蔚藍，特別是有浪的時候，如果距離很遠，看起來就沒什麼分別了；碰上暴雨天氣，水有時就呈深藍灰色了。而據說海水則會一天湛藍一天翠綠，哪怕在天氣上感受不到任何變化。我曾見過冰雪未融時的河流，水和冰幾乎像草一般蔥翠。有人認為藍色「就是淨水的顏色，無論是液態的水還是固態的水」。但如果從船上直接看向水面，就會發現它呈現不同的顏色。哪怕是從同一個方向看去，華爾騰湖也是時而發藍、時而又泛綠了。它處於天地之間，兼有天地之色。從山頂俯瞰，它反射著天空的湛藍；而如果離得近，近岸泥沙可見處它則約略泛黃，隨之是淡淡的綠色，那綠又一路深將下去，愈往裡愈變成清一色的墨綠了。而如果光線合適，即便從山頂看去，它在近岸的地方也呈現鮮活的綠色了。有人說，這是因為它映照了周圍的蒼翠，可鐵軌沙壩附近的水域也同樣鮮綠呀！在春天，當葉子還來不及舒展，這可能只是瀰漫的藍色和沙子的黃色兩相映照才形成的效果。這就是它的虹膜[2]的顏色。也正是在這塊地方，春日暖陽的熱量經湖底反射和大地傳輸而使冰層受熱，冰層開始消融，在封凍的湖心周圍形成窄窄的溝渠。和其他水域一樣，若是晴天泛起大浪，天空就會以垂直的角度倒映在浪花表面，或者因為更多的光線交匯其中，在稍遠處看來水波比天空本身的顏色還要深一些；每逢此時，遊弋於湖水之上，向視野的不同處看去，我看見水中的倒影，分辨出一種無與倫比也難以言傳的淺藍，就是那種泛著水光的絲綢或變化多端的劍鋒的顏色，比天空本身的湛藍更有過之，與波浪另一面現出的原本的深綠色交相閃現，襯得後者反倒黯淡了。在我的記憶中，那是一種玻璃般的綠藍色，就像冬季日落時分透過西天雲層的縫隙所見的片片天空。但如果將一杯湖水舉向日光，它會像一杯空氣一樣毫無顏色。大家都知道，一大片玻璃才會現出綠色，按生產者的說法，這是因為它的「體積」，而同樣的玻璃如果切成小片就是無色的了。那麼得取多少水才能讓華爾騰湖裡的水現出綠色呢？對此我從沒考證過。如果從水面直接向下看，我們河裡的水呈黑色或非常深的褐色，和大多數湖泊一樣，如果有人在裡面游泳，就會被染上一抹黃色；但華爾騰湖的水卻如水晶般澄澈，潛泳其中的人，肌膚都泛著石膏樣的潔白，更不尋常的是，他們的四肢被放大、扭曲，那樣子活像個怪獸，值得米開朗基羅之類的人去好好研究一番。

這裡的湖水是那麼清澈，一眼可見二十五到三十英尺以下的湖底。泛舟湖上，能看到水面下許多英尺處的鱸魚和銀魚，他們成群地游著，長度或許才剛有一寸，但鱸魚身上長著橫紋，所以很好辨認。你一定認為他們是生活在那裡的苦行魚。在許多年前的一個冬天，一次，我在冰上鑿了些抓梭魚的洞，後來上岸的時候我把斧頭往後一扔，可就像有什麼魔鬼引導著似的，它竟滑進了四五桿外的一個洞裡，那裡的水足有二十五英尺深。出於好奇，我趴在冰上向洞裡看，直到在其中的一側發現了斧子，它頭朝下立著，豎著的斧柄隨著水波輕微地左右擺動；要是我不打攪的話，它就會一直立在那裡，不停地搖擺著，直到斧柄在時光的流逝中糜爛。我用冰鑿在它正上方挖了一個洞，用刀砍斷了附近能找到的最長的樺樹枝，又做了個套索繫在一端，然後小心地放下，把它套在斧柄的把手上，再拽著樺樹枝上的線往上拉，就這樣把那柄斧頭拉了上來。

除了一兩段不長的沙灘，鋪路石似的白色圓石砌成了華爾騰湖的整個堤岸。湖岸很陡，在許多地方你只要縱身一躍就能跳進一人多深的湖水。要不是湖水特別澄澈的緣故，除非探到湖底，否則你是不可能看見湖底的。有人甚至覺得它深不見底。它無一處渾濁，隨意看去，人們會說裡面根本不長水草；至於顯眼的植物，除了在那塊最近被淹的本就不屬於它的小草坪，你再仔細查看，也找不到一株香蒲或蘆葦，甚至也看不見黃的或白的睡蓮，只有幾棵不大的魚腥草、眼子菜，或許再加上一兩棵蓴菜；但即便這些，那在湖裡游泳的人可能也視而不見；它們乾淨、透亮，和它們生於其中的湖水一般無二。石堤向水裡伸出約一兩桿那麼遠，再往前便是純淨的沙底，除了最深處通常有些沉積物，多半是歷年秋季漂浮至此的樹葉朽敗而致，還有一種亮綠色的水藻，即便隆冬時節也會被船錨帶出水面。

我們附近還有一個類似的湖，叫白湖，在向西大約兩英里半處的九畝角；但就算我熟悉方圓十幾英里內的大多數湖泊，如此純淨得如井水一般的湖，卻再也找不出第三個。或許有不同民族曾相繼以之為飲，瞻仰其美，並量度其深，又都一個個遁了行跡，而它的湖水依舊碧翠、清澈，一如往昔。它可不是間歇泉呀！或許，早在亞當和夏娃被逐出伊甸園的那個春天的早晨，華爾騰湖就已經存在了；那時，晨霧未散，南風習習，柔和的春雨打皺了湖面，無數隻野鴨和大雁遊弋其上，他們沉醉於湖水的純淨，絲毫沒有聽到過人類的墜落。即使在那時，湖水已經開始有漲有落，並澄淨著自身的水波，帶上了現有的色澤；它獲得了上天的專許，成為大地上獨一無二的華爾騰湖，成為天國雨露的淨化器。誰能數的清，在多少被忘卻的民族的文學中，它就是那卡斯塔利亞泉水[3]？或者在黃金時代[4]，哪些水澤仙女曾執掌於此？它是康考特王冠上的一顆最璀璨的寶石。

然而，這口泉邊最早的來客或者也留下了些他們的足跡。我曾驚訝地發現，在陡峭的山坡上有一條狹窄的小路像架子似的環繞了整個湖面，哪怕是在剛伐過的密林處也如此，它忽而上升，忽而下降，時而近水，時而遠離，它也許跟人類一樣古老，經土著獵人跋涉而成，這片土地上如今的居民也時常不經意地踏了上去。冬季，剛下過一陣薄薄的小雪，這條小路看起來就像一條清晰的白色波浪線，從湖心望去格外明顯，沒了雜草和樹枝的遮蔽，許多在夏天近在咫尺也很難分辨的地方，從四分之一英里外望去也非常清楚。可以說，雪以清晰的白色浮雕將其複印了下來。有朝一日，這裡也會建起別墅，那裝修過的庭院也會保有它的一些痕跡吧。

湖水時漲時落，但漲落是否規律，在什麼樣的週期內完成，這些都沒人知道，儘管照慣例定會有很多人不懂裝懂。一般說來，冬天水位偏低，夏天則又高了，但這和通常所說的乾濕度之間並不存在對應關係。我還記得和我住在湖邊時相比什麼時候水位低了一兩英尺，什麼時候又高出了至少五英尺。有一條狹窄的沙洲伸向湖裡，沙洲的一側水很深，大約在一八二四年，我曾在離主岸差不多六桿遠的地方幫人煮過一鍋雜燴，二十五年來，這再也不可能了；但另一方面，我也曾跟朋友們說起在距他們所知的那條唯一的湖岸十五桿遠的地方，曾有一泓森林掩映中的僻靜的湖灣，在那之後的幾年我常乘船去那裡垂釣，如今則早變成一片草場了，他們聽了都感覺難以置信。但這兩年華爾騰湖的水位持續上漲，到現在，也就是在一八五二年夏天，水位比我住在那時上升了五英尺，可以說這也正是它三十年前的高度，那片草場上又可以釣魚了。從岸上看，這前後的水位差達到了六七英尺，但從周圍山上流下的水量並不大，漲水的原因一定在於那些影響了地下深泉的因素。今年夏天湖水又開始下降了。很顯然，不論水面的漲落是否呈週期性，似乎總是需要許多年才能完成。我曾經觀察過一次漲水和兩次部分的回落，我料想十二或十五年後水面會回到我曾經見過的低位。位於東面一英里處的弗林特湖，儘管進水、出水造成了某種干擾，也和介於中間的小湖一道，和華爾騰保持一致，並在最近和華爾騰湖同時達到了最高水位。據我觀察，白湖也是如此。

華爾騰湖水位的漲落總有很長時間的間隔，這至少產生了一個作用，即如果湖面有一年或者更長的時間處於高位，繞湖行走就會變得很難，那些繼上次水位升高後沿湖邊長出的灌木和樹木，如北美油松、白樺、榿木、山楊等，也都被淹死了，等湖水再次回落，就只剩下了通行無礙的湖濱；因此，不同於很多湖泊和所有那些日有潮汐的水域，華爾騰水位最低的時候湖岸也最乾淨。挨著我房子的那側湖濱上原本長著一排十五英尺高的北美油松，結果像被撬翻了似的，全部淹死了，它們對湖岸的侵占也就此終結；但它們的體積表明，從上次水位線漲到這個高度到現在，中間已經流失了多少歲月。湖水漲漲落落，宣布著它對岸的主權，湖岸也因此被刮得乾乾淨淨，樹木也無法因為占有而將它據為己有。它們是湖的嘴唇，唇上不生一根鬍鬚。湖水不時舔舐著它的面頰。水位升高時，榿木、柳樹和楓樹的水下根莖就會從四周發出大量幾英尺長的紅色纖維狀根鬚，長到離地面三四英尺的高度，以此奮力維持自己的生命；我還發現，那種長在湖岸上的高大的藍莓灌木平常是不結果子的，在這種情況下卻大獲豐收。

很多人都弄不清華爾騰的湖岸怎會鋪砌得如此規整。我們鎮上的人都聽過這樣一個傳說——那些年紀最長的人說，這是他們年輕時聽來的——古時候，印第安人正在此處山上舉行儀式，那山凌於空中的高度，正是華爾騰湖陷於地下的深度；故事中說他們說的很多話褻瀆了神靈——其實印第安人從無這等惡習——所以在儀式正在進行的當下，山體晃動，隨後突然下沉，只有一個名叫華爾騰的印第安婦女倖存了下來，華爾騰湖便是以她的名字命名的。有人推測，當山體晃動的時候，這些石頭沿山坡滾下，就形成了現在的湖岸。不論情況如何，可以肯定的是，華爾騰湖本是不存在的，現在卻存在了。不論從哪個方面看，這則印第安傳說和我之前提過的那位古代移民的故事都不矛盾。那位移民清楚地記得，當初他帶著魔杖第一次來到這裡，發現草皮上有薄薄的蒸汽冉冉上升，魔杖直指地下，他於是就在這裡挖了一口井。至於那些石頭，如果說是波浪衝擊山體所致，很多人會覺得牽強；但據我觀察，周圍的山上滿是同樣的石頭，所以在鐵路離湖最近的地方，他們不得不沿鐵路兩側將石頭堆砌成牆；不僅如此，我還發現湖岸最陡的地方，石頭也最多；所以，很不幸，這件事在我看來也無神祕可言了。我發現了鋪砌石岸的人。如果這湖的名字不是來自某個英國地名——如薩弗倫．華爾騰之類——那麼你可以認為它原本就叫做「圍湖」[5]。

這湖就是我現成的水井。湖水一年裡有四個月分都是沁涼的，就像它永遠都那麼純淨一樣；我想，在那段時間，即便它不是最好的水井，也不比鎮裡的任何水井遜色。冬天，所有露天的水比起有所遮蔽的泉水和井水都要冷些。一八四六年三月六日，溫度計上的溫度時而會達到華氏六十五度甚至七十度，正午時分，在某種程度上得益於屋頂太陽的照射，我前一天下午五點打回來放在屋裡的湖水的溫度是華氏四十二度，比村裡最涼的那口井裡剛打出來的水還要低一度。同一天「沸騰泉」的水溫是華氏四十五度，即便這已經是我所知的夏天裡最低的溫度，卻也是我測過的最高的溫度，因為那層淺淺的、不流動的表層水不和泉水混合。不僅如此，在夏天，因為深度的關係，華爾騰湖的水溫從沒像其他大多數暴露在陽光下的水的溫度那麼高。在最熱的那段時間，我通常就在地窖裡放桶湖水，水在夜裡變涼，第二天全天仍是涼的；不過我也從附近一處泉裡汲水喝。哪怕放了一週，水也和剛打上來一樣好喝，沒有水泵的味道。夏天若有人要在湖畔露營一週，只需在營地蔭涼處幾英尺深的地方埋桶水，就可以不再依賴冰塊帶來的那分奢侈享受了。

人們在華爾騰湖裡曾捕到過梭魚，有一條重達七磅——更別提還有一條梭魚裹著一卷釣線就跑了，那速度極快，漁夫也沒能看清，但他很肯定地說那傢伙足有八磅重；還捕到過鱸魚和大頭魚，有的也有兩磅多重，此外還有銀魚、鯿魚（Leuciscus pulchellus）、少量的鯉魚、兩條重四磅的鰻魚——我所以寫這麼具體，是因為魚的重量就是他唯一的名望，而這兩條鰻魚，也是我在這裡聽到過的僅有的兩條鰻魚——另外我還模糊地記得一種五英寸長的小魚，側面是銀色的，後背有些發綠，具有某些鯪魚的特徵。我在這裡提起他，主要是想把我講到的事實和傳說聯繫起來。但即便如此，華爾騰湖的產魚量並不大。梭魚儘管數量不多，也是它能炫耀的主要漁產了。有一次我躺在冰上，見到了至少三種不同的梭魚：一種生在淺水，身形長長的，呈鋼灰色，最像河裡抓到的那種；一種呈亮金色，反著綠瑩瑩的光，待在很深的水裡，這種在這裡最為常見；還有一種也是金色的，形狀和前一種相似，但側面長滿了深棕色或者黑色的小點，中間還夾雜著一些血紅色的斑點，和鱒魚非常類似。在他身上，那個專屬的學名 **reticulatus** 似乎並不適用，倒該叫做 **guttatus** 才對。[6]這些魚都生得結實，從體積上竟看不出會有那麼重。事實上，因為水質更純，這裡的銀魚、鱈魚、鱸魚，甚至所有的魚類，和河裡以及大多數湖裡的魚相比都要更乾淨、更漂亮，肉質也更密實，很容易就能區別開來。說不定很多魚類學家可以從他們中培育出新的品種來呢。湖裡面還有一種乾淨的青蛙和烏龜，以及一些河蚌；麝鼠和水貂在它的周圍留下了痕跡，偶爾還有一隻過路的鱷龜來訪。有時我早晨推船，就會驚動一隻躲在船下過了個夜的大鱷龜。春秋之際，野鴨和大雁常游於湖上，白肚腹的雙色燕（**Hirundo bicolor**）掠過湖面，整個夏天斑鳩（**Totanus macularius**）沿著石岸跳來跳去，有時，我也會驚起一隻端坐在水上白松上的魚鷹；但我不能確定海鷗的翅膀是否曾經褻瀆過這裡，就像在費爾黑文一樣。它每年最多容納一隻潛鳥。如此常到這湖裡來的重要動物都囊括其中了。

趕上風平浪靜，你從船上能看見一些圓形的石堆，分布在八到十英尺深的東側沙岸附近及湖裡一些別的地方。它們的直徑有三英尺左右，高一英尺，體積比雞蛋稍小，周圍全是光禿禿的沙子。開始你會奇怪，以為一定是印第安人為了什麼目的先搭在冰上的，冰化了，它們也就沉到了水底；但它們建得太齊整了，有的還完全是新搭的，不可能是印第安人所建。它們和河裡發現的石堆很像；但這裡既沒有胭脂魚，也沒有八目鰻，我想不出它們會是什麼魚建的。也許是齊文魚的穴吧。這賦予了湖底某種令人愉快的神祕色彩。

華爾騰的湖岸變化多端，完全不會讓人覺得單調。浮現在我腦海中的，有西側深灣形成的鋸齒狀的湖岸，還有更加陡峭的北岸，以及呈美麗的扇形、有岬角連綿交疊、彷彿間隔著些未經探測的水灣的南岸。湖水的盡處便是群山，從群山環抱中的小湖中心看去，森林再沒有比這更好的背景了，也不可能如此別致俊秀；此時，森林映入湖水，構成畫面最美麗的前景，而蜿蜒的湖岸，便是那最自然、最合宜的邊界。它的邊緣毫無粗糙或不完美之感，不像斧頭砍伐過的或者毗鄰著田地的那片地方。樹木近水的一側有足夠的空間伸展，每棵樹也向那個方向生出最富生機的枝丫。大自然織就了天然的花邊，從湖濱低矮的灌木到最頎長的樹木，這隻「眼」均勻地逐漸升高，幾乎不存在人類之手斧鑿的痕跡。湖水沖滌著湖岸，千年不變。

湖是自然風光中最美麗、最富於表現力的所在。它是大地之眼；觀者凝望著湖水，也是在量度自身秉性的深度。生於湖邊的樹木，是長在它邊緣上的纖長的睫毛，周圍的山丘和崖壁，是懸在它上方的眉毛。

在一個美好的九月午後，站在湖東端平滑的沙灘上，一陣薄霧使對面的湖岸依稀難辨，我由此明白了「波平如鏡」的來歷。當你頭朝下觀望，湖水彷若精美薄紗上的一根絲線，在山谷之間綿延穿過，在遠處松樹的映襯下閃閃發光，將大氣層分隔開來。你會以為可以渾然不著水跡地穿過湖底到達對面的山丘，而那一掠而過的燕子也可以停棲在湖面上。的確，他們時常會潛入水下，看著就像誤打誤撞，結果發現也並沒有上當。當你越過湖面向西看去，會不得不用手蒙起雙眼，遮擋那真正的和映在水中的太陽，因為它們同樣耀眼；在兩側光芒的映照下細看湖面，它的確平滑如鏡，除了均勻分布在整面湖上的水黽跳來跳去，在陽光的映照下生出想像中最美的光華，又或者有一隻野鴨正梳著的羽毛，再不然就像我之前提過的，一隻燕子低空掠過，觸碰了湖面。也可能是遠處的一條魚凌空畫出三四英尺長的弧線，它出水處一道閃光，入水處又是一道閃光；有時整條銀色的弧線都顯現出來了；又許是薊草的冠毛浮在水面，魚群疾衝過去，漾起圈圈漣漪。湖面就像熔化了的玻璃，已經冷卻但還沒有凝結，上面的塵埃也好比玻璃上的微瑕，純淨而美麗。經常地，你也能發現一片更加平靜和暗沉的水域，好像被用無形的蛛網分隔開來，那就是水澤仙女在水面上圍起的水柵。從山頂俯瞰，你會看到幾乎到處都有魚躍起；因為沒有一條梭魚或銀魚從平靜的湖面捉食昆蟲時不會明顯地打破整個湖面的寧靜。這麼簡單的一件事竟可以如此精美地渲染出來，這真是太奇妙了——這樁魚族的謀殺案暴露出來了——當漣漪的直徑達到了六桿，即便我在遠處也辨認得出那圓形的漣漪。你甚至看得見四分之一英里外有隻水蝽（**Gyrinus**）正不停地滑過平靜的湖面，因為它們在水上留下淺淺的溝痕，兩側的邊線交叉形成了明顯的漣漪，而水黽滑過水面卻不會留下明顯波痕。如果水上浪大，水黽和水蝽都不會出現，但很顯然，如果風平浪靜，它們便會離開棲所，從岸邊開始，冒著風險進行短距離的前衝，直至滑過整個湖面。

在一個晴朗的秋日，充分享受著和煦的陽光，坐在這樣一個高處的樹墩上俯瞰湖面，觀察著那不時泛起的圈圈漣漪，湖水倒映著綠樹藍天，如果不是這漣漪，還真的不容易發現——這多麼令人心曠神怡呀！在這寬廣的水面上，任何攪動都會立即被溫柔地撫平並和緩下來，就好像裝了一瓶湖水，水波蕩漾著湧到了岸邊，一切便又重歸於平靜。任何一隻魚躍起，或者一隻昆蟲落下，湖面上都會泛起一圈圈漣漪，彷彿這就是它不斷湧動的泉源，是它溫柔的生命脈動，是它胸膛的一起一伏。那究竟是喜悅的戰慄還是疼痛的戰慄，無以區分。這湖的氣象是多麼的寧靜啊！人類的傑作也和在春天時一樣的光彩熠熠。是啊，在這下午過半的光景裡，每一片樹葉、每一根樹枝、每一塊石頭、每一張蛛網都像是春晨覆著晨露一般爍爍閃光。船槳或昆蟲的每一次移動都會激起一道閃光；而當船槳落下，那回聲又是多麼甜美！

九、十月分，碰上如此天氣，華爾騰湖便像一面完美的林中明鏡，四周鑲嵌著在我看來非常罕見和珍貴的寶石。在地球的表面，或許再沒有別的什麼可以像湖泊似的，如此美麗、純淨，同時還如此遼闊。天空之水呵！它不需要修築牆籬。各民族來來走走，從不曾將之玷汙。它是那樣的一面鏡子，任何石頭都無法將之擊破，那上面的水銀也從不會滾落，它表面的鍍金被大自然不斷地修復；它的表面永遠都是新的，任何風暴和塵埃都不能使它黯淡；——出現在這面鏡子中的所有雜質都將沉沒，太陽會以霧做的刷子——一塊輕盈的除塵布——拂落塵埃、去除汙垢，那上面的呼吸也了無痕跡，而是化成雲浮游在它的上空，同時倒映在它的胸懷裡。

一片水域洩露了天上的精靈。它不斷地從上方承接新的生命和新的律動。它本身即是大地與天空的仲介。大地上，只有草木會隨風搖曳，而水本身卻會在風中泛出漣漪。湖上斑駁的水紋或片片的波光，使我一望可知風從哪裡穿過湖面。能在湖面向下俯瞰，真是非同尋常。也許最終我們也可以從空氣的表面俯瞰，從而標記出那更難把握的精靈從水上掠過的位置。

十月下旬降了嚴霜，水黽和水蝽終於銷聲匿跡了；那段時間，以及在隨後十一月裡，如果天氣晴好，通常不會有任何東西在湖面漾起波紋。十一月的一個下午，幾天的暴雨過後一切歸於靜謐，天空依然烏雲密布，周遭迷濛著霧氣，這時我發現湖面異常平靜，平靜得幾乎看不出它的表面；映入湖水的，也不再是十月明媚的顏色，而是四圍山脈十一月裡蕭條的顏色。我盡可能輕柔地滑過水面，但小船生出的微波幾乎一直漾向我視野的盡頭，水中的倒影也現出粼粼波紋。但當我沿著湖面遠眺，發現遠處不時現出微弱的閃光，彷彿從嚴霜中逃脫出來的水黽又在這裡聚集，要不然可能就是平靜的湖面以此顯示哪裡有泉水從湖底汩汩流出。我輕輕地搖槳過去，驚訝地發現被無數條小鱸魚重重包圍，這些鱸魚身長約五英寸，在碧綠的水波中現出鮮亮的銅色，他們在那裡嬉戲，不斷地浮出水面，激起了漣漪，有時還留下些水泡。湖水是那樣澄澈通透，湖底也好像並不存在，浮雲掩映其中，我就如同乘著熱氣球漂浮在雲端，梭魚的游動也被我看成飛行和遨遊，彷彿他們化身為一群密集的鳥兒，在我身下忽左忽右地飛來飛去，他們的鰭也成了帆，在身體的四周張開。湖裡有很多這樣的魚群，使湖面看起來時而像有微風拂過，或者有雨滴墜落，很顯然，他們是要在寒冬為他們遼闊的天窗拉上冰幕之前，提升一下這個短暫的季節。如果我的靠近不小心驚到了他們，就好像有人拿著長著葉子的樹枝擊打了水面，他們就會用魚尾倏地濺起一陣水花和漣漪，立刻潛入深水躲藏起來。終於，起風了，霧也濃了起來，浪花開始奔騰，鱸魚跳得更高了，半個身子露出了水面，一時之間，上百個三英寸長的黑點同時躍動在水面上。有一年，甚至都已經十一月五日了，我見水面上出現了些水渦，空氣裡也濃霧瀰漫，我估計馬上會有一場大雨，便連忙坐到船槳旁邊往家划去；我不曾覺得有雨打在臉上，但雨好像已經愈下愈大，預計我要澆成落湯雞了。但突然間水渦消失了，原來是梭魚攪起的，他們聽見了我的船槳聲，早就掩了聲息，躲到深水中去了，我還隱約地見到了他們消失的背影；結果，我乾乾爽爽地過了個下午。

有一位老人在大約六十年前就常來湖邊，那時的華爾騰湖因四周叢林密布而光線深幽，他對我講，在那段日子，有時他見了野鴨或者別的水禽，再加上附近盤桓的飛鷹，就覺得整個華爾騰湖鮮活起來了。他是來這裡釣魚的，乘的是一只他在湖邊找到的獨木舟。那獨木舟由兩根白松原木製成，先把中間掏空，再釘起來，兩端被削成了方形。它的做工非常粗糙，但也用了很多年，直到後來開始滲水，後來許是沉了底吧。他不知道這是誰的獨木舟；應該是屬於這湖的吧。他原來總是把一條條的胡桃樹皮繫在一起做錨繩。一次，一位獨立戰爭前就住在湖邊的老陶匠告訴他，湖底有個鐵箱，他見到過。有時，鐵箱也會漂到岸邊，但你一走近，它就又沉到深水裡不見了。聽說有這麼一條獨木舟，我很高興，它代替了印第安人那同等材質的獨木舟，但製作更加美觀，它原本可能就是岸上的一棵樹，後來似乎落了水，在水上漂了二三十年，是湖上最適宜的船隻了。我記得第一次向湖的深處看去的時候，隱約看到湖底躺著許多高大的樹幹，它們不是之前被風刮到了這裡，就是上次砍伐的時候因為賣不上價而扔在冰上的；但現在這些樹幹大都消失了。

我第一次在華爾騰湖上泛舟的時候，茂密而高大的松樹和橡樹林把它完全環繞，某些水灣處，葡萄藤緣近水的樹木攀爬而上形成涼棚，船可以在底下通行。構成它的堤岸的山峰是那麼陡峭，山上的樹木也那麼頎長，當你從西岸向下俯瞰，它看起來就像一個圓形的露天競技場，用以表演森林奇觀。年輕的時候，我會在夏日上午把船划到湖心，然後便任風載著在湖上漂浮，自己則仰躺在其上，似夢似醒，直到在船觸上沙灘的震動中驚醒，才爬起來看命運把我帶到了怎樣的岸邊，我就這樣度過了好多時光；在那段時光，無所事事便是最具吸引力同時也最富有收益的事業。我寧願如此度過一天中最寶貴的光陰，於是就這般偷閒地度過了許多個上午；因為如果在金錢上我並不富有，就明媚的時光和夏季的美景來說我是富有的，可以盡情揮霍；我也不會為沒能將它們花在作坊裡或者老師的講桌旁而感到遺憾。但自從我離開了那片湖岸，伐木工人便使它們成了荒地，到現在已經有許多年不能再在林間小路上漫步了，也不能透過樹林偶爾瞥見那湖光天色了。如果我的繆斯因此而沉默，也情有可原。如果鳥兒們的樹林已經遭到了砍伐，你又怎麼能期待他們啼唱起來呢？

現在，湖底的樹幹、老舊的獨木舟、周遭幽暗的樹林都不見了蹤跡，村民們沒幾個知道華爾騰湖在什麼地方，也不再來湖邊洗澡或者汲水喝，而是想辦法用一根管子把這至少和恆河一樣神聖的湖水引進了村子，用它來沖洗碗碟，他們只需擰下水龍頭或者拔下活塞，就獲得了自己的華爾騰湖啦！那魔鬼般的鐵馬，發出了整個鎮子都聽得見的震耳欲聾的嘶鳴，它用腳汙染了沸騰泉的泉水，也正是它，把華爾騰湖岸邊的樹木咬噬得精光，這匹希臘人引進的、肚子裡裝了上百人的特洛伊木馬啊[7]！這個國家的第一勇士，那位摩爾廳的摩爾人在哪裡？[8]在深谷迎戰它吧，把復仇的長矛刺進這脹鼓鼓的瘟神的肋骨間吧！

即便如此，就我所知道的那些特色來說，或許華爾騰湖仍是最好的體現，同時它也最好地保持了自身的純淨。很多人曾被比作華爾騰湖，但很少有人能受之無愧。儘管伐木工人砍光了一面又一面的湖岸，愛爾蘭人在湖邊搭起了窩棚，鐵路侵入了它的邊界，而採冰人也曾採過湖面的冰塊，但湖本身絲毫未變，它仍是我年輕時所見的那片水域；所有的變化都發生在我的身上。它曾泛起過無數漣漪，但沒有一條成為永久的皺紋。它青春永駐：站在湖邊，我會看見燕子掠過水面，銜起一隻昆蟲，這一切都一如往昔。今晚，它再次將我打動，彷彿二十年來我幾乎日日和它會面——哦，這就是華爾騰，我多年前發現的那面林中之湖；這裡上個冬天剛伐過一片森林，如今湖邊則又發出一片新芽，同樣地茂盛而茁壯；同樣的思緒湧現在和那時毫無分別的湖面；對它自己和對於它的造物，那是同樣流淌著的喜悅和幸福，那或者也是我的喜悅和幸福。它是勇敢者的作品，在他身上沒有一絲狡詐！他以自己的手臂圍起這片水域，在思想中將之拓深、淨化，並在遺囑中將它獻給了康考特。我從它的面容上看到，來此拜訪它的是同樣的倒影；我幾乎可以說，華爾騰，那是你嗎？

我的夢想
並非裝飾詩行；
我不會比棲居於華爾騰湖
更接近於上帝和天堂。
我是它石砌的岸，
是掠過湖面的風；
我的手心裡
是它的水和沙，
它最幽深的境地
高居於我的思想之上。

火車從不曾停下來觀賞過華爾騰湖；但我想，那些司機、司爐、司閘員，以及持有季票、常能看見它的乘客，更懂得欣賞這湖光水色。即使是在夜裡，司機也不會忘記——或者說他的天性不會忘記，他至少曾有一次在白天見到過這靜謐而純潔的景象。雖然僅只一次，也幫他洗去了州府街和火車機身的煙塵。有人建議就把它叫做「上帝的水滴」。

我曾說過，華爾騰湖沒有可見的進水口和出水口，但它的一端經由一連串小湖和遠處海拔更高的弗林特湖蜿蜒相連，另一端則明顯地直接連通著地勢更低的康考特河，中間同樣連綴著一串相似的小湖，說不定在另一個地質期華爾騰湖就曾流經這些小湖，而如果不是上帝禁止，只需稍事挖掘，它還可以再次流經那裡。如果說長期森林隱士般克制而簡樸的生活使華爾騰湖獲得了令人驚異的純潔，那麼誰又會不遺憾於相對渾濁的弗林特湖的湖水竟混入其中了呢？又或者不遺憾於它竟將自身的甜美虛擲給了海浪？

距華爾騰湖以東一英里左右的弗林特湖又被稱為沙湖，它位於林肯鎮境內，是這一帶最大的湖，堪稱內海。它面積達到一百九十七畝，比華爾騰湖要大得多，漁產也更加豐富，但那裡的湖水較淺，也沒有這般純淨。穿過樹林一路步行到達那裡是我常做的消遣，哪怕只是感受著風自由地撫弄著面頰，注視著波浪奔湧向前，再懷想一下水手的生活，便已經覺得很值了。秋天，趕上颳風，掉進湖裡的栗子會被沖到我腳下，這時我便去那裡撿栗子。一天，我正小心地走在它長滿莎草的岸邊，清新的浪花飛濺在臉上，這時，我碰到了一艘船腐爛的殘骸，船幫沒有了，隱約能看見平平的底板躺在一簇燈芯草中間；然而船的模樣依然清晰可辨，就如同一張爛掉的荷葉，筋脈仍在。它曾和我們所能想像的在海邊碰到的船骸一樣讓人印象深刻，也一樣蘊含著有益的寓意。但在那一刻，它只是和湖岸沒什麼分別的腐殖土了，燈芯草和菖蒲穿透了它生長著。我常常觀賞漣漪在北岸沙底上留下的波痕，受水壓作用，涉水者的腳踩上去會覺得它們又硬又堅固；對應著這些波痕，成排生長的燈芯草排成了浪線，一行又一行的，就好像波浪把它們種了下來。我在那裡還發現了大量奇怪的圓球，直徑從一英寸到四英寸不等，非常規則，顯然是由纖細的草或根鬚形成的，說不定就是穀精草吧。淺水中這些球被沖得在沙底上滾來滾去，有時還到了岸上。它們要麼是結結實實的草球，要麼就是中間裹進了些沙子。最初你可能會說，跟卵石一樣，它們是在水波的運動中形成；但那種最小的半英寸長的球，也由同樣粗糙的材料構成，而且一年之中只一個季節才有。再說要我看，對於這種已經定型的物質，波浪的作用更多的是磨損，而不是建設。只有保持乾燥，它們才會在很長時間內保持它們的形狀。

「弗林特湖！」我們的命名體系是多麼貧瘠呀！那位又髒又蠢的農夫，田產緊挨著這方天水，殘忍地把湖岸砍得精光，他有什麼權利用自己的名字給這面湖命名？這個一毛不拔的傢伙，他更喜歡的是美元硬幣反光的表面，還有那晃眼的分幣，在那上面看得見他自己無恥的嘴臉；那些停憩在湖上的野鴨，在他看來也是侵占了他的地盤；他長時間像哈比[9]那樣攫掠，手指也成了嶙峋、彎曲的爪子；——這不是我要的湖名。我去那裡不是為了見他或者聽人說起他；他從未見過這湖，從沒在裡面洗過澡，也沒有愛過它、保護過它或者說過一句讚美的話，他也沒有因為上帝創造了它而表示感恩。還不如用湖裡的魚、常來的飛禽或者野獸、湖濱的花兒，或者把自己的經歷跟湖的歷史融在一起的野人或孩子來為它命名；而不是由他這樣一個除了哪位臭味相投的鄰居或立法機構給的那紙契約之外再也拿不出別的來的人來命名——他想的都是這湖的金錢價值；他的存在可能給所有的湖岸都帶來了厄運；他已經耗盡了湖周圍的地力，還想排空湖裡的水；他唯一遺憾的就是這湖竟不是長滿英國乾草或蔓越莓的草地——的確，在他的眼裡這湖一無是處，他寧願把它抽乾，好把湖底的淤泥拿去賣。這湖水不為他推磨，觀賞湖光水色在他看來也不是什麼榮幸。我不尊重他的勞動，也不尊重他那每件東西都定了價的農場；只要能換回點什麼，他會把風景和他的上帝都拉到市場上賣；他去市場其實就是為了他的上帝；在他的農場，沒什麼能自由生長，他的田裡不長莊稼，草地上不長花，樹上結的也不是果子，而是金錢；他不愛果實的美，對他來說，果實只有變成了錢的時候才真正成熟。給我那種能享受真正的富有的貧窮吧。在我看來，農民有多貧窮，就有多值得尊敬，就會讓我產生多少興趣——貧窮的農民啊。模範農場！那裡的房子得像蘑菇那樣立在廄肥堆上，人、馬、牛、豬的住處，乾淨的，不乾淨的，全都緊挨著！人畜不分！那是一塊大油漬，散發著糞肥和酸酪的味道！全都得處於高級農耕狀態下，以人的心和大腦做肥料！就好像你要在教堂的院子裡種馬鈴薯！如此才是模範農場！

不，不；如果最美的風光真要以人的名字命名，那就只用那些最高尚、最傑出的人物的名字吧。讓我們的湖泊被授以真正的名字吧，至少像伊卡洛斯之海那樣，一次「勇敢的嘗試依舊在它的海岸迴響」[10]。

鵝湖位於去弗林特湖的路上，面積不大；費爾黑文湖在西南方向，距此一英里，是康考特河向外擴展而形成的，水域面積據說有七十畝；從費爾黑文過去再走一英里半便是白湖，占地約四十畝。這就是我的湖區。它們和康考特河一道，構成我享有特惠的水域；日復一日，年復一年，它們將我帶去的穀物細細打磨。

自從華爾騰湖遭到了伐木工、鐵路以及我本人的玷汙，所有湖中堪稱林中瑰寶的就要數白湖了，也許它並不是最美的那個，但多半是最有魅力的；白湖，一個尋常得可憐的名字，也許是來自它極為澄淨的湖水，要不然就是來自湖沙的顏色。就這些來說，以及在其他方面，它都是稍遜一籌的華爾騰湖的雙生同胞。它們非常相似，相似到你認為它們必定在地下相連。它們擁有同樣的石岸，以及同樣顏色的水面。和華爾騰一樣，在悶熱的三伏天氣，透過樹林俯瞰一些不深的湖灣，湖底折射的光線塗抹了湖灣的顏色，那裡的水面現出朦朧的藍綠色或者綠灰色。多年前我常去那裡採沙子，一車車地運回來做砂紙，後來也常去遊玩。那裡有個常客建議把它稱作碧湖，考慮到下面的情況，或者該叫做黃松湖吧。大約十五年前，一棵油松的樹冠從距湖岸很多桿以外的深水中伸出來，雖然不是什麼特別的品種，但這一帶把它稱作黃松。有人甚至認為，以前湖裡水位很低，而這棵黃松就是原來長在這裡的原始森林的遺留。我甚至發現早在一七九二年，有位當地居民就寫了篇題為〈康考特鎮地形志〉的文章，收在《麻薩諸塞歷史學會文集》中。在描述了華爾騰和白湖之後，作者進一步寫道：「如果水位特別低，白湖的湖心會露出一株樹來，它好像是原來就生長在那的，但根扎在了水面五十英尺以下，樹冠已經折斷，折斷處的直徑計有十四英寸。」我一八四九年春天曾和薩德伯里鎮住得離湖最近的那個人聊過天，他告訴我，就在大約十到十五年前，就是他把這棵樹從湖裡拉上來的。據他記憶，這棵樹離岸邊約有十二到十五桿的距離，那裡的水深達到三十到四十英尺。那是在冬天，他一上午都在採冰，決心下午讓鄰居們幫忙把老黃松拽上來。這時他發現冰上有個凹槽通到岸邊，於是就用牛把它拽到了冰上；但沒多久他就發現這樹已經大頭朝下了，樹枝直指著下面，細的那一頭牢牢地扎在沙底上。粗的那一頭的直徑有一英尺，他本想鋸成一塊上好的原木，結果它已經爛透了，只能用來燒火了。那會兒他還剩些擱在棚子裡呢。樹根的地方有斧頭和啄木鳥的痕跡。他想那可能就是岸邊的一棵死樹，後來被刮到了湖裡，等樹尖都泡爛了，樹根仍然是乾爽的，也不重，就順水漂走了，倒立著沉到了水裡，他那八十歲的父親也記不清那棵樹在湖裡有多久了。湖底現在還沉著幾段漂亮的樹幹，在湖面的蕩漾中，它們看起來就像巨大的移動著的水蛇。

白湖少有船來，因為它沒什麼能吸引漁夫的，因此也少了一分玷汙。純淨的湖面看不見白色的睡蓮，因為睡蓮需要淤泥，也沒有尋常開白花的菖蒲，而是開著藍花的菖蒲（Iris Versicolor），從環湖的石底上稀稀落落地鑽出水面，在六月的時節迎接蜂鳥的拜訪；它那藍瑩瑩的葉片和花瓣，尤其是它們的倒影，和藍綠色的湖水格外相宜。

白湖和華爾騰湖是嵌在地球表面的兩顆水晶，是光之湖。如果它們永遠凝成固體，再小到足可盈握，便很有可能像寶石一樣被奴僕們帶走，去裝飾君王的冠冕；但它們是液體的，而且如此廣大，所以被永遠地交託在我們和我們後代的手上，我們卻如此的輕慢，反而汲汲於追求柯伊諾爾鑽石[11]。它們太過純潔，不具備市場價值；它們毫不汙濁。比起我們的生活，它們要美麗多少呵；比起我們的性格，它們要清澈多少呵！我們從沒聽說過它們有何卑劣之處。比起農戶門前鴨子戲游其間的池塘，它們要美麗多少倍啊！因為來這兒的都是野鴨。大自然還沒在它的人類居民中找到欣賞者。鳥兒身披羽毛，歌聲婉轉，這一切和花朵相得益彰，但又有哪些少男少女是和大自然粗獷蒼鬱的美相協調的呢？她多是在遠離人類定居的城鎮獨自繁茂的吧。還侈談什麼天堂！你讓大地蒙羞。

10

貝克農莊

Baker Farm

有時，我信步走入松林，松樹身姿挺拔，亭亭如蓋，宛若廟宇，又像裝備妥當的海上艦隊，枝幹如波浪般彎曲，泛著光的漣漪，那般柔美青翠，便是德魯伊[1]們也要拋下橡樹，轉而向它們頂禮膜拜了；有時我也會漫步在弗林特湖畔的杉木林下，那裡的樹幹頎長聳峙，即便立在瓦爾哈拉[2]大殿前也毫不遜色，樹的枝幹上覆滿了一層灰白的藍色漿果，匍匐的杜松以綴滿果實的環形藤蔓覆蓋著大地；有時，我徜徉在沼澤地帶，那裡的松蘿像花彩一樣從白雲杉上垂落下來，傘菌成了沼澤諸神的圓桌，鋪展在地上，更加漂亮的小蘑菇裝點著樹樁，像蝴蝶，像貝殼，像植物界的濱螺；那裡生長著沼澤石竹和山茱萸，紅紅的杞果像小惡魔的眼睛一樣閃閃發亮，南蛇藤纏繞層疊，木質最硬的樹也被留下刻痕，遭到了磨損，野冬青的果實美得讓見者流連忘返，還有一些叫不出名字的野生「禁果」，漂亮得非凡人可食，讓他目眩，備受引誘。我沒有去拜訪專家學者，而是多次查看了這一代罕見的特別樹種，它們有的在草原的中心，有的在森林或沼澤的深處，有的在山頂；比如黑樺樹，我們就有幾棵直徑達兩英尺的漂亮標本；還有它的表親黃樺，穿著寬鬆的金色馬甲，散發著和黑樺一樣的香味；而山毛櫸的樹幹則分外光潔，青苔在上面畫下漂亮的彩繪，每個細節都堪稱完美，除了散布的一些樣本之外，我只知道鎮裡還有一小片山毛櫸林，樹形相當高大，據說是附近的山毛櫸果吸引了鴿子，鴿子們造就了這片樹林；劈山毛櫸木的時候，裡面銀色閃光的顆粒很值得一看；還有椴樹、鵝耳櫪、樸樹等，樸樹也稱假榆樹，這裡只有一棵長得還不錯；此外，有棵松樹像桅桿一樣挺拔，有棵樹能用來做木瓦，有株鐵杉完美得超乎其他同類，寶塔似地矗立在林中；其他的樹，我還可以說出很多。它們就是我不分冬夏前去拜謁的神蹟。

有一次，我恰巧站在彩虹的拱座上，彩虹貫穿大氣的底層，周圍的草和樹葉都著了色，我彷彿在透過彩色水晶觀看，覺得眼花繚亂。這裡成了一片虹光之湖，有那麼一刻，我就像一隻海豚，生活於其間。如果它持續得再長一點，也會為我的工作和生活染上顏色。當我走在鐵路堤道上，常常驚訝於那環繞著我的影子的光暈，便欣然地將自己想像為一名上帝的選民。我的一位訪客聲稱，他曾看見幾個走在他前面的愛爾蘭人就沒有這種光暈，那是本地人才有的特徵。在他的回憶錄中，本韋努托·切利尼[3]告訴我們，羈押於聖安傑洛城堡[4]期間，他曾有過一個可怕的噩夢或幻象，自那時起，在清晨和黃昏，他影子的上方便會出現燦爛的光暈，當露珠打濕了青草，這光暈便尤其明顯，不論他是在義大利還是在法國。這和我提到的幾乎是同一種現象，早晨尤其容易觀察到，但其他時間也會出現，哪怕是在月光中。雖然這是一個持續的現象，但一般不被覺察，切利尼那富於激情的想像，足以構成迷信的基礎。此外，他說他只向寥寥幾人指出過他頭上的光暈。但是，那些意識到自己頭上頂著光暈的人，難道不是真正的與眾不同嗎？

一天下午，為了彌補蔬菜的短缺，我穿過樹林去費爾黑文釣魚，途經毗鄰貝克農場的「怡樂草場」，那是一位詩人曾經吟詠過的僻靜之處，詩的開頭是這樣的——

入口是一片怡人的田野，
生著青苔的果樹，也為
泛著光澤的小溪讓路，
麝鼠在水面滑行，
銀色的鱒魚
四下裡竄來竄去。

前往華爾騰湖前我曾想過到那裡生活。我「鉤」過蘋果，躍過小溪，嚇唬過那裡的麝鼠和鱒魚。有時，午後的時光似乎無比漫長，什麼都有可能發生，我們在自然中的生活大都發生在此時。那正是在這樣一個下午，但我出發的時候，時間已經過半。途中突降陣雨，我不得不在一棵松樹下站了半個小時，層層疊疊的樹枝遮在頭上，手絹也被拿來擋雨；後來，我站在齊腰深的水中，越過梭魚草拋出釣鉤，突然發現烏雲壓頂，開始傳來隆隆的雷聲，雷聲霹靂，灌滿了耳朵。我想，用交叉的閃電擊敗了赤手空拳的漁夫，眾神一定非常得意。我趕忙跑到最近的茅屋避雨，那裡離任何一條路都有半英里，但離湖就近多了，已經很久沒人住過了——

這是一位詩人
建於往昔歲月，
看這小小木屋，
向著毀滅前行。

這是繆斯女神的寓言。但我發現，當時那裡面住著一個名叫約翰·菲爾德的愛爾蘭人，還有他的妻子和幾個孩子。那個寬臉盤的孩子已經在幫父親工作了，這會兒剛跟父親從沼澤地跑回來避雨。而小嬰兒的臉還皺巴巴的，像個女先知，腦袋呈圓錐形，端坐在父親膝上，就好像是坐在貴族的宮殿裡，透過潮濕和飢餓，用嬰兒的特權從屋裡好奇地打量我這個陌生來客，全然不知自己並非約翰·菲爾德家那個忍飢挨餓的窮孩子，而是某支高貴血脈最後的留存，是世界的焦點和希望。我們一起坐在不漏雨的那塊天棚下面，外面雷雨交加。以前，我就來這裡坐過多次，那會兒那艘載著他們全家漂洋過海來到美國的大船還沒造好呢。約翰・菲爾德誠實、勤勞，可是沒什麼能力；他的妻子很勇敢，在架得高高的爐子上接連做了那麼多頓飯；她的臉圓圓的，閃著油光，前胸裸露著，仍在想像著哪天能過上好日子呢；她手裡總拿著拖把，但其效果在家裡任何地方都看不出。雞也在房子裡避雨，像家庭成員一樣大模大樣地走來走去，我想，它們也太像人了，沒法烤著吃。停下來，它們會盯著我的眼睛看，或者使勁啄我的鞋。這時，主人給我講了他的故事，比如他如何辛苦地在沼澤地裡給附近一個農民打工。他要用鍬或者沼澤裡專用的鋤頭翻草地，每畝得十美元報酬，再加上一年的土地和肥料使用權。他那寬臉龐的兒子興高采烈地跟在父親身邊工作，根本不知道父親達成的交易多麼不划算。我想以我的經驗幫他，就跟他講，他是離我最近的鄰居之一，我來這裡釣魚，看上去閒散，但謀生手段和他類似；我住的房子空間侷促，但明亮、整潔，造價並不比他這種破房子一年的租金貴；我告訴他如果他願意，要怎樣在一兩個月內建起自己的宮殿；我不喝茶，不飲咖啡，也用不著黃油、牛奶、鮮肉，所以也無須為得到它們而工作；再者，我並沒有拚命工作，也就無須拚命地吃，所以我在食物上的花費便很少；而他一開始就需要茶、咖啡、黃油、牛奶、牛肉，所以只能拚命工作來支付這筆開銷，而拚命工作，就得拚命吃，以修復身體上的消耗——如此收益和花費不過半斤八兩、兩相消抵了，但其實還是不一樣，因為他並不滿足，還得把生命耗費在討價還價上；可在他看來，來美國卻是有所得的，因為這裡每天都有茶，有咖啡，有肉。但真正的美國，是在這裡你可以自由地追求一種生活方式從而得以擺脫上述的一切，是那裡的政府不會竭力迫使你支持奴隸制、戰爭，以及其他直接或間接因類似事情而起的額外的花費。和他對話，我有意把他當作一位哲人，或者一位希望成為哲人的人。如果作為人類開始自我救贖的結果，地球上的牧場都荒蕪了，我會很高興。一個人不需要透過學習歷史來弄清楚什麼對他的文化最為有益。但是唉！愛爾蘭人的文化居然是一種需要以道德的沼澤鋤從事的事業。我對他說，他在沼澤地工作這麼賣力，得穿厚靴子和耐磨的衣服，而且用不了多久就得又髒又破，但我穿的鞋子和衣服都很薄，價錢便宜了一半多，儘管他可能認為我穿得像個紳士（但情況並非如此），而如果我願意，只消一兩個小時，不費什麼力氣，權當一種消遣，我就能抓到足夠兩天吃的魚，或者賺夠一個星期花的錢。如果他和家人想過一種簡單的生活，可以在夏天去採越橘莓，怡然自樂。聽了這些，約翰歎了口氣，他的妻子則雙手扠腰，瞪大了眼睛，兩個人好像都在盤算他們資金夠不夠開始這樣的生活。在他們看來，這等同於利用航位計演算法來航行，他們看不清何以抵達港口；我因此認為，他們不具備以鋒利的楔子劈開生活的巨大柱石進而從細微處將之擊潰的能力，但仍會勇敢地面對生活，用自己的方式，畢盡全力——他們想以粗礪應對生活，像人們在處理薊草那樣。但他們是在極端不利的形勢下奮鬥的——唉！約翰．菲爾德，活著而不懂得盤算，終致如此一敗塗地啊！

「你釣過魚嗎？」我問。「啊，釣過，我閒著的時候不時會釣幾條；釣到過很好的鱸魚。」「你用什麼當魚餌？」「我先用魚蟲當魚餌釣小銀魚，再用小銀魚來釣鱸魚。」「你最好現在就去，約翰。」他的妻子說，臉上閃爍著希望的光；但約翰遲疑著。

這時，雨停了，東邊樹林上空的彩虹預示著一個美麗的黃昏；於是我起身告辭。來到屋外，我向他們討了點水喝，希望借此看一眼井底，好完成對這份地產的考察；但是，天啊，井很淺，還有流沙，而且井繩也斷了，桶拉不上來！這時，他們已經選好了合適的餐具，商量磨蹭了好一陣後，把水遞到了口渴的人手上，那水看起來好像煮過——水還沒涼，水裡的雜質也沒沉降。我想，就是這樣的渾水維持了這裡的生命；於是我閉上眼，巧妙引導著底層的水流，把雜質晃到一旁，為他們的真誠好客喝了一大口水。在這種情況下，如果事關禮貌，我是不會苛求的。

陣雨過後，我離開愛爾蘭人的家，又跨步走向湖邊，穿過了僻靜的草地，蹚過泥淖和沼澤，走過荒蕪和淒清之地，有那麼一瞬，我似乎覺得這麼急匆匆地去捉梭魚，對於我這樣一個讀過書上過大學的人來說有些不值；但當我沿著山路下行，走向被餘暉染紅的西方，一抹彩虹從肩頭延展，透過純淨的空氣，不知從何處傳來一陣隱約的叮噹聲，我的守護神好像在說——去垂釣狩獵吧，去到遙遠、寬廣之地，每天如此——走得更加遙遠、更加寬廣吧——無憂無慮地在許多小溪和爐火旁休憩吧。趁你年幼，當記住造你的主。[5]趁黎明未至，自由自在地起床探險吧。讓正午發現你已到達其他的湖畔，讓夜晚追逐著你四處為家。沒有比這更廣闊的田野，沒有比這更有價值的遊戲。按你的天性無拘無束地生長吧，就像這些莎草和鳳尾蕨永遠都變不成英格蘭乾草。讓雷聲轟響吧；即便它使農民的莊稼受到毀滅的威脅那又怎樣？這並非它派給你的差事。讓他們跑向馬車和棚屋，你就躲在雲層之下吧。不要以謀生為職業，而要代之以遊戲。享受這片土地，但無須占有。正是因為缺乏冒險精神和信念，人們才陷入這般境地，買進賣出，過著奴隸般的生活。

啊 貝克農場！
「縷縷澄靜的陽光
是那風光中最豐饒的元素。」……
「沒有人奔跑，作樂狂歡
在那軌道為籬的草原之上」……
「你從不與人爭辯，
不因問題而困惑，
初見時就如此刻般溫順，
穿著素樸的赤褐色華達呢[6]」……

「愛你的人來吧，
恨你的人也來吧，
聖鴿之子，
還有民族的蓋伊．福克斯[7]

在堅硬的樹椽之上
將陰謀高懸！」[8]

晚上，人們從附近的田野或街道，那些迴蕩著自家迴響的地方，溫順地回到家中，他們的生命因為一再呼吸自己吐出的空氣而日漸枯槁；日出日暮時分，他們的影子長過一天所走的路程。我們應當每日都從遠方歸來，從探險、冒險、發現中歸來，帶回新的經驗，新的性格。

我還沒到湖邊，受某種新想法促動，約翰．菲爾德也改主意過來了，天黑前他不打算再去沼澤地工作了。但可憐的人啊，我都抓到了一串魚，他才抓到了幾條，他說運氣如此；我們互換了位置，可運氣也跟著換了位置。可憐的約翰．菲爾德！——我相信他讀不到這些文字，除非他能因此而得到提升——他只想以源自故國的某種生活方式，在這個尚未開化的新國家生存——用銀魚來釣鱸魚[9]。我承認，有時銀魚也是不錯的魚餌。儘管放眼四野盡屬於他，但他卻是一個窮人，生而貧窮，繼承了愛爾蘭人的貧苦，以及那種窘迫的生活，還繼承了亞當的老祖母那泥沼中的生活方式，不論他還是他的後代，都不可能在這個世界飛騰，除非他們那跋涉在泥裡的長蹼的雙腳生出了足翼。

11

更高的法則

Higher Laws

當我提著一串魚，用魚竿探路穿過樹林回家的時候，天色已經相當昏暗了。那時，我突然瞥見路上有一隻土撥鼠悄然橫穿而過。一種野性的快感使我不自覺地戰慄，並使我強烈地想要捉住他，將他生吞活剝；並不是因為我那時餓了，只是為了他表現出來的那種野性。然而當我在湖邊住著的時候，曾經就有那麼一兩次，我發現自己就像一條半餓著肚子的獵犬，漫遊在樹林裡，帶著一種從未有過的放縱，去尋找我能生吞下的某種野味，沒有什麼是我不能吃的。那些最狂野的景象莫名地變得熟悉。我曾發現在我內心裡面，和大多數人一樣有一種追求更高的或者稱之為精神生活的本能，至今也還是如此。但同時，我又有另一種本能朝著原始的佇列和野性走去。我對這兩種本能都心存敬畏，對野性的狂熱也並不亞於善良。釣魚中蘊含的野性和冒險仍然吸引著我。我有時候喜歡粗劣地對待生活，更願意像動物一樣過日子。也許因為在我非常年輕的時候，就已經歷這樣的生活，還打過獵，所以大自然就成了我最親近的朋友。漁獵早早地將我們介紹給大自然，並把我們留在自然風景裡，否則在那個年紀，我們不會有什麼好朋友。漁夫、獵人、伐木工等人，在田野樹林裡窮盡一生。在某個特別的意義上，他們就是大自然自身的一部分。哲學家或是詩人們往往帶著預期去靠近自然。而他們卻能在工作的間隙帶著一種更放鬆的情緒去觀察大自然。大自然並不害怕向他們袒露她自己。旅行者到了草原上自然是個獵人，到了密蘇里和哥倫比亞的上游就成了誘捕手，而在聖瑪麗大瀑布又成了一個漁夫。但如果一個人僅僅是一個旅行家，他就只能遵循半吊子的二手知識，只是一個可憐的權威。當科學報導人們早已在事實上本能地感知到的東西時，我們感到極大的興趣，因為只有那些是真實的人性，或者說承載了人類的經驗。

洋基人[1]沒有那麼多節假日，男人和孩子又不像英國人一樣有那麼多可玩，所以有人錯以為他們少有娛樂。其實在這裡，更原始而孤獨的打魚、捕獵一類的快樂還沒有被那些遊戲給取代呢。幾乎每個與我同輩的新英格蘭男孩都曾在十到十四歲左右扛過鳥槍；他們漁獵的天地並不像英國貴族的圈地那樣被限制，而是廣闊無比，甚至比一個野蠻人所擁有的還要無邊無際。因此，他們不常去公共牧場也就不足為奇了。但現在卻發生了變化。倒不是因為人口成長，而是因為獵物日益稀少。也許除了人道主義協會，獵人才是獵物最好的朋友。

此外，有時候在湖邊，我會想要加條魚來豐富伙食。確實，我也和第一個捕魚的人一樣，曾出於相同的需要而捕魚。所有在我腦海閃過的反對捕魚的仁慈都是不真實的。比起我的情感，這更關乎我的哲學。現在我只說了釣魚，因為長久以來我認為打鳥是不一樣的，在我去樹林之前我就把我的槍賣了。並不是說我比別人殘忍，只是我不認為我的情感被深深觸動了。我並不同情魚或是誘餌。這早就是一個習慣。至於打鳥，在我帶槍的最後幾年，我的藉口是我正在學習鳥類學，而且只找新奇或稀有的鳥類。可是我要坦白，現在我更傾向於相信，有比這更好的學習鳥類學的方式。學習鳥類學需要極為密切地觀察鳥類的習性，光是為了這一點，我也不得不省掉我的獵槍了。儘管是處於人道主義問題的反方，我不得不懷疑是否有同等價值的體育活動能夠代替這些；如果我的一些朋友不安地問我是否該讓他們的男孩去打獵，我會這樣回答，應該——我記得那是我的教育中最好的一部分——讓他們成為獵人，也許一開始只是個運動員，但如果可能，最後會成為一個老練的獵人，這樣他們將來就不會在這裡或是任何野地裡找到大得足以捕殺的動物了——而成為人類的獵人與漁夫[2]。至今我還是同意喬叟[3]筆下的那個修女說的：

「從沒聽老母雞說過，
獵人不是一個聖人。」

在個人與種族的歷史中就有那麼一個時期，獵人們被稱作是「最好的人」，就像阿爾貢金族[4]人稱呼的那樣。我們不得不同情一個從沒開過槍的男孩，他不再高尚了，因為他的教育被可憐地忽視了。這就是我對那些潛心追求於此的年輕人的回答，並相信他們很快就會度過這一蛻變階段。沒有一種仁慈，會在經過了無知的年輕歲月之後，還放肆殘害任何一個和他保有同等生命地位的生物。野兔在危急的時刻哭喊得就像一個孩子。我要提醒你們，母親們，我的同情並不總是有世俗仁慈的區別對待的。

這就是年輕人進入森林最尋常的方式，也是他自身最原初的一部分。他起先是作為一個獵人和漁夫走入那裡。到最後，假如他心裡有追求更美好的生活的種子，他就會看清更適合他的目標，可能是一個詩人或是博物學家，然後將槍和魚竿拋在身後。大多數人在這一方面，尚是年輕的，並且會一直年輕著。在某些國家，一個打獵的牧師並不是什麼罕見的現象。這樣的牧師可能算是一條優秀的牧羊犬，但離成為一個好牧人[5]還差得遠呢。我還驚喜地發現，除了伐木、鑿冰或者類似的事之外，據我所知，顯然只有一件事還曾讓鎮上老老少少的公民同胞們在華爾騰湖待上個半天，就這一件事例外，那就是釣魚。除非他們能釣上一大串魚，通常不會自覺是幸運的，也不覺得花費的時間值得，雖然他們已經擁有了一直欣賞湖面的機會。或許他們得去上千次才能讓釣魚這件事沉澱下來，使他們的目的更為純粹；無疑這種淨化的過程還得一直進行下去。州長和他的議員們對這湖的記憶已經模糊了，因為他們上次來釣魚的時候還是個孩子；但現在他們年高德劭得不適於釣魚，所以他們永遠也不瞭解。但他們甚至還想著最後進入天堂呢。即使立法機構還記得這湖，也主要是為了規定那裡准許多少個釣鉤罷了；但他們不知道，那釣鉤中的一個正是以立法機構作為釣餌，去釣起這個湖本身。因此，即使在文明的社群裡，胚胎期的人也要經歷獵人這一發展階段。

最近幾年，我不斷地意識到每次釣魚都使我對自己的尊敬減少一些。我曾一次又一次地嘗試過。我對釣魚很有技巧，而且就像我的很多同伴一樣，對此都有某種不時復甦的本能，但每次釣完之後我總感覺還不如不釣。我想我並沒有犯錯。這是一個依稀的暗示，就好像黎明的第一道光束一樣。我體內的這種本能無疑屬於更低一級的生物；但每過一年，我的漁人身分就減弱一些，雖然我並沒有變得更加仁慈或是更有智慧；現在我已經完全不是一個漁夫了。但是我知道，假如我要在荒野裡生活，我仍會禁不住做起虔誠的漁夫與獵人的。而且，這魚肉和所有的肉類中都有某些本質上就不乾淨的東西，同時我開始認識到家務是從何而來，力氣又花到哪裡了，每天一身乾淨體面的打扮，把屋子弄得溫馨甜蜜，遠離破敗惡臭，要花費多少心力。我已經作了很久我自己的屠夫、幫手兼廚師，同時還是一位享用這些菜餚的紳士，我能就我那不尋常的全部經歷來說說話。我不吃獸肉的實際理由是它不乾淨；而且，當我捉了魚，洗了，燒了又吃了之後，它們似乎並沒有從本質上餵飽我。它無關緊要也沒有必要，而且得不償失。一小塊麵包或是一些馬鈴薯也能解餓，還少些麻煩和汙穢。就像許多我的同代人一樣，我多年來已經很少食用獸肉了，或是茶、咖啡等。這主要不是因為我把某些壞的影響追究到它們身上，只是因為它們不符合我的設想。對於獸肉的反感並非受到經驗的影響，而是出於一種本能。低微地生活而吃得差些在很多方面顯得更為美好；即使我不曾做到過，我已為我的設想走得夠遠了。我相信每一個曾熱衷於使自己更高尚的或詩意的官能保持在一個最好狀態的人，都曾特別地趨向於避免食用獸肉，並且避免食用過量的任何東西。這是一個重要的事實，一個昆蟲學家陳述道——我從柯比和斯賓塞[6]那裡讀到「某些昆蟲在它們完全狀態的時候，雖然具有攝食的器官，但卻並不使用它們」；而且這被歸為「一條普遍的規律，即幾乎所有昆蟲在這個階段都比幼蟲階段要吃得少得多。當貪吃的毛毛蟲在變成蝴蝶……以及貪食的蠅蛆變成蒼蠅之後」靠一兩滴蜂蜜或是其他甜的液體填飽自己。蝴蝶兩翅之下的腹部仍代表著幼蟲。就是這一小部分引誘著它步入殘食蟲類的命運。粗野的食客是幼蟲階段的人；有些國家，所有的國民都是這個狀態，他們的幻想與理想在大腹便便的背叛中喪失殆盡。

要準備並烹製一份如此簡單而乾淨的飲食很難不冒犯你的理想；但就此我想，當我們的身體被餵飽時，我們的理想也該餵飽；他們應該坐在同一張桌子上。而這或許是可以做到的。有節制地進食水果並不會使我們對我們的胃口慚愧，也不會打斷我們最有價值的追求。但往你的餐裡加一些多餘的佐料卻會毒害你。依靠花樣繁複的烹調的生活並不那麼有價值。大多數人要是被人撞見自己在親手仔細地做一份晚餐，不論是用獸肉還是蔬菜，都會覺得有些羞愧，因為這些通常都是由別人準備的。要是我們仍舊這樣想，我們就算不上什麼文明化，即使你是紳士淑女也不是真正的男人女人。這顯然指明了我們要做出什麼改變。去問我們的理想為什麼在肉與脂肪間不能調和也許是徒勞的。我很滿意它們就是不相協調的。稱人類是肉食動物難道不是一種責備嗎？是的，他可以，在很大程度上也能靠獵殺其他動物生活；但這是一個可悲的方式——因為任何一個要去為兔子設陷阱、屠殺綿羊的人會認識到——要是他教會人類控制自己食用更純淨和健康的飲食，他也會被視作其種族的恩人。無論我自己是怎樣實踐的，我都毫無疑問地相信隨著逐漸的發展，人類必然會放棄食用動物，就像他們碰到更文明的人類時會放棄互相殘食一樣是必然的。

假如一個人聽從其天賦的最模糊但卻最持久的意見，那無疑是對的。他看不清楚這條路將帶他到哪個極限，或者甚至是帶到瘋狂裡去；但當他愈發堅定地對自己的天賦忠實，路就在那裡了。一個健康人感受到的最搖擺的反對意見最終會戰勝人類的理論與世俗。沒有人會追隨他的天賦，直到被天賦誤導。其結果是身體疲累，但也許沒有人能說這個結果是令人遺憾的，因為它是一種合乎更高法則的生活。如果每個日夜，你都能以歡樂向它們問候，而生活就會散發出花草的芬芳，變得更靈動，更璀璨，更不朽——那就是你的成功。整個自然都是你的賀信，而你也暫時有理由去讚美你自己。最偉大的收穫與價值往往最不被人欣賞到。我們輕易地懷疑它們是否存在，然後迅速地忘記它們。它們是最高的現實。也許最令人驚駭而最真切的事實從未被人們口耳相傳。我從日常生活得到的真切的收穫是摸不到也形容不出來的，如同朝霞或是日暮。那是被抓住的一小團星塵，我攥下來的一束彩虹。

但，就我而言，我從沒有輕易地感到噁心；如果必要的話，我有時能津津有味地吃下一隻油炸老鼠。我很高興我喝了這麼久的白開水，出於同樣的原因，我愛自然的天空勝過鴉片製造的天堂。我願永遠快樂地保持清醒；而沉醉有無窮的深度。我相信水是智者唯一的飲品；葡萄酒也並不算是高貴的飲品；而想到用一杯溫咖啡澆滅一個早晨的希望，或是晚上的一杯茶！啊，當我對它們動心時，我跌落得多麼低賤啊！甚至音樂也可能是有毒的。就是這些看起來細微的原因摧毀了希臘和羅馬，同樣也會摧毀英格蘭和美利堅。如果非要上癮，誰不願沉醉在他所呼吸的空氣中呢？我已經找到了拒絕長時間做粗活的最嚴肅的理由，因為這也迫使我粗俗地吃喝。但說實話，我發現我自己現在對這些方面並不那麼在意。我很少把宗教帶上餐桌，也不再做禱告；並不是因為我比從前更聰明，而是，我必須坦誠，無論多麼遺憾，這些年來我已經變得愈來愈粗俗和冷漠了。也許這些問題只在年輕的時候被熱衷，就像大多數人熱愛詩歌那樣。雖然我的實踐是「烏有的」，我的意見卻還在這裡。無論如何，我也遠不認為自己是吠陀所指的那一類特殊的人，「於萬物主宰有真信仰者，可以食一切存在」，這就是說，不必問什麼是他的食物，或誰為他準備的了；即使在他們這種情形下，還有一點是要注意的，就像一個印度的注釋者指出的那樣，吠陀經把這種特權限制在「苦難時間」裡。

誰不曾在沒有食欲的食物中獲得過難以形容的滿足感？一想到曾在粗俗野味中感受到了心靈的洞察，想到我曾受到味覺的啟發，想到在半山腰品嘗的那些漿果曾餵飽了我的靈性，我就激動不已。「心不在焉，」曾子如是說，「視而不見，聽而不聞，食而不知其味。」那些能夠分辨出食物真正滋味的人不可能是一個暴飲暴食之徒，那些不這樣做的人才是。一個清教徒可以津津有味地吃著黑麵包硬皮，就像議員面對甲魚一樣。放進嘴巴裡的事物不會有損人格，而是他吃東西時的欲望。這無關品質或是數量，而在於對感官味覺的迷戀。當我們所食用的不是為了填飽我們獸性的一面，或是激發我們的精神生活，而只是寄生我們體內的蛔蟲的食物。如果一個獵人愛吃淡水龜、麝鼠和其他類似的野味，一個端莊的淑女沉溺於小牛腳做的凍肉，或是舶來的沙丁魚，這是一樣的。他去磨坊池塘，她拿她的肉凍罐頭。奇怪的是，他們怎麼能，你我怎麼能，過著這樣一種虛偽的、吃吃喝喝的獸性生活。

我們的整個人生是如此驚人地關涉道德。善與惡之間從不休戰。而善良是唯一的永不失敗的投資。迴蕩在世界的豎琴聲裡，正是那固守於善的特質令我們驚歎。因為豎琴就是宇宙保險公司的行腳推銷，推行它的法則，我們那小小的善良就是我們付的保險金。雖然青年最後變得冷漠，這個宇宙的法則卻並不冷漠，反而永遠站在那最敏感的一面。去聽一聽每陣西風裡的責備吧，那肯定有，而聽不到的人是不幸的。我們一根弦都碰不到，一個音栓也不能移動，被迷人的道德死死釘住。那許多惱人的噪音，傳播到很遠的地方，聽起來就像音樂，真是對我們生活之卑鄙的最響亮最甜蜜的諷刺。

我們都能覺察到體內的獸性，當我們更高的本能沉睡時它就會相應地醒來。它卑鄙而淫蕩，也許不能全部被袪除；就像是蠕蟲，甚至在生命與健康裡，占據著我們的身體。我們或許能從中抽離，但卻不能改變它的本性。我恐怕它也有它自己的某種健康；我們可以是健康的，但卻並不純潔。前幾天我撿到了一隻野豬的下顎骨，上面還帶有潔白而完整的齒和獠牙，這意味著，除了靈性之外，還有一種獸性的健康和活力。這個生物並不是經由禁欲和淨化繁衍下來的。「人之所以異於禽獸者幾希，」孟子曰，「庶民去之，君子存之。」誰知道我們得到純潔後，會產生哪一種生活呢？假如我認識一位睿智到能教會我純粹的人，我會立刻去找他。「控制我們的激情和肉體知覺，多做善行，吠陀宣稱過，這是使精神接近上帝必不可少的。」但精神能在一時遍布且控制身體的每一個部分與官能，然後將那最粗俗的欲望轉變成純潔與忠貞。當我們放縱我們的生殖力量時，我們變得放蕩而骯髒，而當我們克制之時，我們感到精力充沛而富有靈感。貞潔即人類的花蕾；而我們所說的天才、英雄、神聖等，只不過是它開出的不同的果實。人類只在純潔的河道敞開之時才能漂流到上帝面前。純潔鼓舞我們，而不潔使我們消沉，兩者交替循環。一個人只有被確認他的獸性正一天天消滅之時，他才會被庇佑，然後建立起神性。而當他與低級與粗野的本性為伍之時，帶來的只能是羞恥。恐怕我們是那種神或者只是法翁[7]和薩提爾[8]之類的半神半人的結合，或神性與野獸的結合，作為貪食的生物，這在一定程度上而言，我們這一生就是我們的恥辱。——

「將他的野獸發配到對的地方，
他是多麼快樂，斬除了內心的林莽。
……
讓這馬與羊、狼與每一隻野獸工作
而自己不至於是一頭驢！

人不只是豬的牧人，
他也是那些魔鬼
引他們到莽撞的憤怒與墮落。」

所有的放蕩都是一樣的，雖然有許多形式；所有的純潔也是一樣的。一個人大吃大喝，姘居，或是肉欲地睡，那都是一回事。它們都來自同一欲望，我們只要看到一個人做其中任何一件事，就可以知道他是怎樣一個放縱的人。汙穢決不能與純潔並立或是同坐。一隻爬行動物在他的一個洞口被攻擊後，就會從另一個出口鑽出來。如果你願是貞潔的，你就必須是節制的。什麼是貞潔？一個人怎樣知道他自己是否貞潔呢？他不會知道。我們曾聽過這個品性，但我們並不知道它是什麼。我們根據我們曾聽過的傳言異口同聲地陳述它。努力會帶來智慧與純潔；懶惰則帶來無知與放蕩。對於一個學生，放蕩就是精神的習慣性懶惰。一個不乾淨的人通常也是一個懶惰的人，坐在爐邊，躺著晒太陽，毫無疲憊地安睡著。如果你想遠離不潔和所有這些罪惡，那就真誠地工作，即使是打掃馬廄。本性難移，但也必須克服。假如你不及一個異教徒更純粹，更能克制自身，更虔誠，作為一個基督徒你有什麼優勢？我知道有許多被認為是異教的宗教系統，它們的教義會使讀者充滿羞愧，而迫使他進行新的嘗試，即使不過是履行儀式。

說這些事情，我有些猶豫，但並不是因為這事本身——我並不在意我的語言有多粗俗——只是因為我一旦說出口就會洩露我的不純潔。對於一種形式的放蕩，我們能自由交談，但對另一種卻只是沉默。我們竟退化到不能簡單地討論人類本能的必要行為。在早些年代，在某些國家，每一行為都能被恭敬地談論並以法律規範。對於印度的立法者而言，沒有什麼事是瑣碎的，無論它對於現代人有多麼冒犯。他教人怎麼飲食，同居，大小便等，昇華卑賤的東西，而不是虛偽地以這些事情太瑣碎為藉口。

每一個人都是一座神廟的建築師，那就是他的身體，完全以自己的方式去崇拜他的神，而不只是捶打大理石。我們都是雕塑家和畫家，我們的原材料就是我們自己的肉、血與骨頭。任何高尚的品質一開始就能改善一個人的面容，卑劣和放蕩則只會使人墮落。

一個九月的傍晚，一天的辛勞之後，農夫約翰[9]坐在自家門口。他的心思或多或少還牽繫在勞作一事上。洗完澡，他坐下來去重新創造一個更具智性的自己。那個晚上十分冷涼，他的一些鄰居還擔心會有一場霜降。他還沒來得及趕上自己思緒的列車，就聽到了有人在吹笛子了。這聲音使他心情舒暢。然而他還是想起了自己的工作；雖然思緒還不斷縈繞在他的腦海，他發現自己正不由自主地謀劃著，但這些思維的負擔卻漸漸不再干擾他。就好像是皮屑，經常抖一抖就沒了。然而那笛聲卻是從一個與他的工作完全不同的地方來到他的耳朵裡的，催促他那沉睡了的某些機能活動起來。樂聲輕柔地帶他離開了他居住著的街道，村莊，國家。一個聲音對他說——你為什麼要待在這裡過著如此卑賤辛勞的生活，到什麼時候你才能活得更體面？那些星辰同樣閃耀在另一片田野之上。但怎樣才能從這境遇裡掙脫出來而真正遷徙到另一處去呢？他所能想到的，只是去實踐一種新的修行，讓自己的精神降臨到他的身體去救贖它，並對自己日益尊重。

12

與獸為鄰

Brute Neighbors

有時我釣魚會有一個伴，他從小鎮的那一頭穿過村子來到我的屋裡。我們結伴一起去釣魚，就好比赴宴一樣，也算是一類社交活動。

隱士。我很好奇這世界此刻正發生些什麼。整整三個小時裡，我不曾聽見半聲香蕨木上蝗蟲的鳴叫。鴿子都在棚巢裡睡著——翅膀紋絲不動。或許某個農夫正在林子外吹響中午休息的號聲？人們為何要自尋煩惱？如果他們不吃不喝，沒有口腹之欲，就用不著工作了。我很好奇他們到底得到了多少。誰願意住在那樣一個地方，狺狺狗吠吵得人壓根不能思考。唉，還有家務！——竟然要擦亮那鬼把手，這麼好的天氣還要待在家裡擦浴缸！還不如沒有家得好。還不如棲息在那空心的樹洞裡，那樣就不必忍受大清早的門鈴和無聊的晚宴了！只有啄木鳥的啄擊聲。啊，那裡人頭攢動，太陽毒辣，在我眼裡，他們都是一些庸俗之徒，都入世太深。我從泉中汲水，架子上還放著一塊棕色麵包。聽！那樹葉的沙沙聲。是村裡飢餓的獵狗出於本能在追逐食物，還是迷路的小豬闖入森林中來了？下雨後，我還看見過他的蹄印呢。他的腳步愈來愈近了，逼得我的黃櫨樹和野薔薇都在顫抖了。呃，詩人先生，難道是你？你覺得這個世界如何？

詩人。瞧瞧那些雲彩，看他們在天上是怎樣的飄逸！那是我今天所看見的最偉大的事物了。在古代繪畫中，你看不到這樣的雲，在外國也看不到——除非我們遠處在西班牙海岸。這是真正的地中海式天空。我想，既然我總得活著，而今天恰好又沒有進食，那就只得去釣魚了。這是詩人該做的工作，也是我學會的唯一謀生本領。來吧，我們一起出發。

隱士。我無法拒絕。我的棕色麵包馬上就要吃光了。我很樂意與你前往，可我此刻正專注於一次嚴肅的沉思。我想它很快就會結束。那就請你讓我再靜一會兒。為了不耽誤垂釣，你可以先挖些魚餌。因為地裡從未施過肥，這附近能作魚餌用的蚯蚓很少，作為一個物種它幾乎要滅絕了。如果肚子不餓的話，挖魚餌和釣魚一樣有意思；今天這個遊戲你就一個人做吧。我建議你帶上鏟子，到那邊的花生地裡去試試。你看見那邊搖搖擺擺的金絲桃了吧，我敢保證，只要你看準草根挖去，權當是在除草，那麼你每翻三塊草皮，就一定可以挖到一條蚯蚓。或者，你願意走遠一點，那也未嘗不是個好辦法，因為我發現一個規律：魚餌的多寡，正好與你所走距離的平方成正比。

隱士獨白。讓我看看，我身居何處？我仍深陷於心靈的條條框框之中，我還是拘泥於這樣的視角來觀察這個世界。我是應飛向天國還是去湖邊垂釣？如果我即刻停止沉思，是否還有機會再次體驗到那種美妙？剛才我幾乎與萬物融為一體，這樣奇異的體驗此生還未曾經歷。我想這樣的境界恐怕是難再重臨了。如果吹個口哨就能喚回，那我可就要吹了。當思想朝我們湧來的時候，還不忘記說：我們再考慮考慮，這明智嗎？如今我的思想已乘鶴歸去，我的思路也杳然無蹤。我還在想些什麼呢？今天是個晦暗不明的日子。我想到孔夫子的三句語錄，試圖接上剛才的思路。我不知道那是一團亂麻呢，還是某種神明啟示的狂喜。切記，機會永遠不會有第二次。

詩人。你怎麼啦，隱士，是不是太快了？我已經挖到了十三條蚯蚓，還有一些殘缺不全或者未長成的；不過用他們釣些小魚倒也湊合，不會在釣鉤上過於觸目。這個村裡的蚯蚓真是太肥了，銀魚在水裡飽餐一頓可能還不會碰到釣鉤呢。

隱士。好，我們出發吧。我們要不要到康考特去？如果水位不高的話，我們可以在那裡玩個痛快。

為何唯獨由我們看到的事物構成了這個世界？為什麼人類只有這些動物做他的鄰居，好像除了老鼠就沒有別的動物可填補這個窟窿？我想皮爾貝公司對動物真是瞭解得太透澈了，某種意義上，動物都負載著人類的一些思想。

經常光顧我木屋的並不是人們常見的那種老鼠，這種老鼠據說是從外地被帶到野地來的，且是一些在村裡很少見到的土生野鼠。我寄了一隻給一位傑出的博物學家，使他興奮不已。早在我蓋房的時候，就有一隻野鼠在地板下搭窩了，樓板尚未鋪好，刨花也堆在房中，每到午飯時分，他就竄到我腳下來撿吃麵包屑了。或許他在此之前還從未見過人，可我們很快就熟悉起來，他蹦上我的皮鞋，沿著我的褲線往上爬。他毫不費力地就躥上了屋頂，很像是松鼠，連姿態都全無二致。後來有一天，我趴坐在凳前，雙肘撐立，他攀著我的衣袖，環繞著我盛放食物的紙不斷轉圈，我把紙拖近，躲開他，又突然把紙往他面前推，跟他玩捉迷藏。最後，我用拇指和食指夾起一片乾酪，他過來了，坐在我的手掌裡，一口一口地吃完乾酪，然後像蒼蠅般擦擦前掌，就哧溜一聲跳走了。

很快就有隻霸鶲來我屋簷下築巢，一隻知更鳥在我屋前的松樹上搭窠，尋求我的庇護。六月間，連松雞（Tetrao umbellus）這類膽小怕羞的鳥，都從屋後林子裡帶著幼雛掠過我的窗前，像隻老母雞那樣咯咯咯地不停喚她的孩子們，這些舉動說明她確實是森林中的老母雞了。只要你一走近，她就立即釋放警報，雛鳥迅速一哄而散，像一陣旋風，瞬間便無影無蹤。松雞的羽毛頗像林中的枯葉，往往有些旅行者，一腳踩在幼雛的巢上，只見母鳥迅疾地往外飛，發出淒涼的呼聲，同時還扇動著翅膀，牽住旅行者的視線，好不去注意腳下。有時母鳥會在你門前打滾，故意把羽毛弄得蓬亂不堪，讓你分不清她們到底是什麼鳥。幼雛們則安靜地蹲著，把頭埋進枯葉底下，假裝睡著了，其實在用心分辨著母親自遠處發出的呼喊。即使你走近了，他們也會紋絲不動，因而也就不會暴露。甚至你的腳已經踩到了他們，目光也落在上面了，可你仍然無法弄清楚你到底踩到了什麼。有一次，我隨意地把他們放在我的手掌上，他們一點也不覺得恐懼，也不發抖，只是安靜地蹲著，因為他們只順從自己的母親與本能。這種本能真是太完美了，有一次我把他們放回到樹葉上，其中一隻不慎跌倒在地，可是我發現，十分鐘後，他還是保持著原來的姿勢，還是和其他幼鳥在一起蹲著。比起小雞來，松雞的幼雛長毛更快，也更加早熟。他們睜著亮閃閃的大眼睛，顯得老練而純潔，彷彿洞悉了人世間全部的智慧，真是讓人難以忘懷。他們的眼睛不僅透出嬰孩般的純真，而且也傳遞著一種由人世經驗淬煉出來的智慧。這樣的眼睛不是天生的，而是與它所反映的天空同在。山林之中還從未產生過這樣晶瑩的寶石。一般的旅行者也不容易注意到這樣一口清澈的古井。魯莽無知的獵人往往會射殺了他們的父母，使這群哀哀無告的幼雛或者淪為到處覓食的猛禽的腹中餐，或者與遍地的枯葉一起腐化為泥。據說，一隻老母雞在孵出一窩雞仔後，只要稍有動靜，雞仔就會四散跑開，只因為他們再也無法聽到母親的呼喚。這些鳥就是我的母雞和雞仔。

在茂密的森林中，有多少動物隱蔽地生活著，自由而散漫，有時也到小鎮周邊來覓食，只有獵人才能發現他們的行蹤，這是多麼令人驚訝的事情！水獺又過得何其隱祕！他都長到四英尺高，像個小男孩那樣了，可竟然還未曾有人見過他的真容。以前我還看到過浣熊，就棲息在屋後的森林深處，直到現在我依然能在夜間聽到他們的嚶嚶之聲。通常我都是上午耕地，中午在樹蔭下休息上一兩個小時，吃過午飯，就在泉水邊讀讀書。這座泉水發源於距我的田莊只有半英里遠的勃立斯特山，附近還有一片沼澤和一條小溪。每次去泉水邊，得穿過一連串草木青青的窪地，那裡栽滿了細小的蒼松，然後才到達池沼旁的林子裡。林中有一棵高大的五針松，枝繁葉茂，亭亭如蓋，地上的草皮潔淨而堅實，人們可以坐在上面休憩。我在泉水流出的地方，挖了一口井，井水清冽如銀，即使從中打出一桶水後，它仍然那樣清澈。仲夏時節，我幾乎每天都去井裡挑水，湖裡的水實在太熱了。山鷸也帶著幼雛跑來了，在泥土中翻找著蚯蚓，然後又在泉水上空盤旋，幼鳥則在下面成群地跑動。可是後來他瞧見了我，便趕緊飛離幼雛，圍著我打轉，愈飛愈近，直到只有四五英尺遠的時候，他裝出翅膀或腿腳被折斷了的樣子，吸引我的注意力，好讓我不去傷害他的孩子們。那時幼雛們已經開始發出微弱的尖叫聲了，他們聽了母親的口令，排成一行慢慢地穿過了沼澤。也有的時候，我聽到了幼雛尖細的嗓音，卻不知他們的母親隱身何處。斑鳩也會鳧在泉水上，或者在我頭頂的五針松樹上，不停地在枝丫間跳動。紅松鼠也從最近的樹枝上跳下來，對我親熱又好奇。其實無須在山林中停坐多久，各種奇禽異獸就會相繼躍入你的眼簾，令你應接不暇。

我還是一場林中戰爭的見證人。有一天，我走到那堆木料或者說樹根旁邊的時候，有兩隻大螞蟻，一隻是紅色的，另一隻有半英寸長，是黑色的，正鬥得難解難分。他們誰也不肯示弱，互相撕咬著，在木柴堆上滾來滾去。再往遠處望去，我發現到處都是這樣的惡戰，看來這不是什麼普通的單挑，而是一場螞蟻王國的戰爭。紅螞蟻與黑螞蟻陣線分明，通常是兩紅對一黑。在我堆放木料的庭院中，到處都是這樣的邁密登[1]，到處都是已死和將死的螞蟻士兵。這是我目睹過的唯一一場戰爭，也是我唯一一次親臨正面戰場。它當然屬於兄弟間的自相殘殺，紅色的代表共和派，黑色的代表保皇派。對於紅黑兩方而言，這都是一次生死決戰，但是我卻沒有聽見任何聲音，人類在戰爭中不可能表現得如此堅毅。在陽光直射的由木堆形成的小山谷中，一對螞蟻武士牢牢抱住對方，此刻正是烈日當頭，他們準備血戰到底，或同歸於盡。那個瘦小的紅色勇士，像老虎鉗一樣死咬住敵人的腦門不放。他們在戰場上翻來滾去，紅色勇士始終攫住對方一條觸鬚的根，並且把另一條觸鬚咬斷了；而那更強壯的黑螞蟻呢，正叼著紅螞蟻甩來甩去，我走近一看，原來他把紅螞蟻身體的好些部位都啃去了，他們著實打得比狼狗還凶狠。可雙方仍無絲毫罷戰撤退的意思。顯然他們的戰爭信念是「不得勝，毋寧死」。就在山谷的頂端，同時還佇立著一隻紅螞蟻，他顯得非常激動，要麼是已經消滅了一個敵人，要麼是還沒投入戰鬥；也許是後者罷，因為他還未曾丟過一條腿。他的母親要他拿著盾牌回去，或者躺在盾牌上由戰友抬回去。也許他是阿基里斯式的英雄，獨自在火熱的戰場外生悶氣，現在來營救與自己有生死之交的派特洛克羅斯了，也許是要來為不幸戰死的好友復仇了。他從遠處看見這場實力懸殊的惡戰——黑螞蟻的隊伍比紅螞蟻大一倍——急忙狂奔過來，在離那一對戰鬥者半英寸遠的地方立住，一俟時機成熟，便撲向那黑色武士，一下子就咬住對方的前腿跟，完全不顧防守。三個戰鬥者為了蟻族的生存緊緊地黏在一起，好像形成了一種全新的膠合力，使任何鎖鏈和水泥都相形見絀。此刻，如果看到他們有各自的軍樂隊，分列在凸出的木堆上，吹奏自己的國歌，以激勵那些落於人後者，鼓舞那些奄奄一息者，我也不會感到絲毫驚訝。其實我自己也顯得特別激動，就好像他們原本就是人一樣。你愈往下深究，就愈會發現他們其實跟人類並沒有什麼差別。在美國的歷史上，至少在康考特的歷史上，無論從戰爭投入的兵力來說，還是從它所激發的愛國主義和英雄主義來說，從來沒有任何一場戰爭足以與之媲美。就戰爭的慘烈程度而言，它幾乎就是一場奧斯特里茨大戰[2]，或一場德勒斯登決戰[3]。康考特戰役算什麼！不過是死了兩個愛國者，還有就是路德·布朗夏爾受了重傷。而這裡的每一隻螞蟻都是一個博特林克，狂呼「射擊，為了上帝的榮耀，射擊」！千百個生命都像大衛斯和霍斯默一樣殺身成仁。這裡沒有一個僱傭兵。我敢肯定，他們的戰鬥只是為了原則——正如我們的祖先那樣，而不是為了免去那三便士的茶葉稅。對於參戰的兩方來說，這場戰役都勢必要鐫刻進永恆的記憶之中，就好比我們的邦克山之戰[4]。

在前面我特別描寫了那三個戰士的混戰，為了方便觀察，我把木片移進小屋，置於窗臺，反扣上一只玻璃杯。借助放大鏡，我注意到紅螞蟻死咬住敵人的前腿上部，而且已經咬斷了對方剩下的觸鬚，同時自己的胸部也被黑螞蟻給撕裂了，內臟外露，而黑螞蟻胸部的鎧甲卻十分堅硬，無法輕易刺穿。那隻痛苦的紅螞蟻，兩眼射出戰爭激發起來的凶光。他們在玻璃杯內又鏖戰了半個小時，待我再次臨近觀察時，黑螞蟻已咬斷了兩個敵人的頭顱。但那兩隻尚有生命氣息的腦袋仍然咬著黑螞蟻的兩側，就好像懸在馬鞍兩邊的戰利品。黑螞蟻的觸鬚全無，腿也只剩一小截，我不知道他還受了什麼別的傷，他仍在盡力——儘管很無力——想設法甩掉這兩顆頭顱，又過了半個小時，他終於成功了。我取走玻璃杯，於是他瘸著腿，掙扎著慢慢地爬過了窗檻。經此一役，他是否還能活下來，還能活多久，是否會在巴黎的某個榮軍院安度餘生，這我就不得而知了。但是我想，從此以後，他無論如何也做不成什麼大事了。我也不知道後來到底是紅黑哪一方得勝，更不清楚引起戰爭的根源，只是在目睹過這樣一場激烈的戰鬥之後，心緒久久難平，有時深感刺激，有時又無比痛苦，似乎就在我家門口發生了一場人類大戰。

柯比和斯賓塞說，人類一直很崇拜螞蟻大戰，甚至還記載了大戰的具體時間，但是他們又說，在現代作家中，只有胡爾貝曾經親眼見過螞蟻大戰。他們說：「埃涅阿斯・西爾維烏斯曾經詳細地記述過這場戰爭，而且在後面注釋說，這場戰爭爆發的時間是在教皇尤金四世時期[5]，觀戰者乃著名律師尼古拉・畢斯托里恩西斯，他對整個戰爭過程都有詳盡的記載。」奧拉烏斯・瑪格納斯也曾記載過這樣一場戰爭。在那次螞蟻大戰中，小螞蟻是勝利者，據說他們只埋葬了同伴的屍體，任由大螞蟻的屍體被鳥類啄食。這場戰爭發生在克里斯蒂安二世[6]被逐出瑞典之前。而我自己親眼目擊的這場螞蟻大戰則發生在波爾克總統[7]任期內，此時距離韋伯斯特[8]的逃亡奴隸法案[9]通過尚有五年。

村裡有許多行動遲緩的老牛，原來只適合在儲物窖裡追烏龜的，現在也背著主人，偷偷地跑到林中來嬉戲了。他們時而在狐狸洞口嗅一嗅，時而在土撥鼠洞口聞一聞，可畢竟他們的腿腳不靈活，因而往往一無所獲。帶他們來林中的也許是些雜種狗，這種狗身形瘦小卻靈敏，來往穿梭於森林之中，給其他動物帶來了恐懼。老牛往往走在他的嚮導後面，一隻小松鼠很快就發現了他，爬上樹往下打望，而他呢，也像隻獵狗那樣對著樹上的小松鼠哞哞地叫，邁起步子追起來，由於身體過於笨重，把灌木都要壓彎了，而他還滿心以為自己在追一隻慌亂的跳鼠呢。有一次我還吃驚地發現，在湖邊石畔上，竟然有一隻貓在散步，因為她很少會來離家這麼遠的地方的。我和貓都驚訝地望著對方。然而，就是那隻平常總是賴在地毯上，最最馴順的貓，此刻卻在森林中悠閒地邁著方步。看她那機靈自如的步伐，彷彿比土生的家禽更適應森林的環境。有一次，我在森林拾野果時，碰到一隻攜子出遊的母貓，她的那些孩子全都野性未馴，和她一起弓起背脊，朝我大吐口水。在我遷居林中的前幾年，林肯郡緊挨著湖的吉利安・貝克莊園內，有一隻所謂「生翅膀的貓」。一八四二年六月間，我專程去看望她（由於我無法斷定這隻貓是公還是母，就暫時採用通常把貓比作女性的人稱代詞），她像往日一樣，到林中捕食去了。她的女主人說，她是去年四月來到了這個莊園的，總在宅前屋後徘徊，後來就被收養了。她全身的毛呈棕灰色，喉部有白點，四隻腳也是白色，尾巴上毛很厚，有點像狐狸。到了冬天，她身上的毛長得愈來愈密，披掛下來織成兩條十到十五英寸長，兩英寸半寬的毛帶，嘴巴看起來更是像吊著個暖手筒，上面的毛比較蓬鬆，下面的卻像毯子一樣互相黏在一起。春天一來，這些保護膜就盡數脫落了。女主人送我一雙她的「翅膀」，至今還保留著。這副翅膀上並沒有什麼薄膜。有的人說她是一隻飛貂，或者別的什麼禽獸，倒並不是沒有可能，因為動物學家說，貂和貓雜交，能繁衍出許多新的變種。如果要我養貓的話，我就要養這一種。為什麼不呢？既然詩人的馬可以身披彩翼飛翔，那麼為什麼他的貓就不可以有一雙會飛的翅膀呢？

秋天一到，潛鳥（Colymbus glacialis）又飛來了，在湖裡褪毛、洗澡。我還沒起身，他就在森林裡發出爽朗瀟灑的笑聲了。一聽到潛鳥的動靜，磨坊水閘邊的獵人們就聞風而動了，他們有的套上馬車驅馳，有的步行，三三兩兩地，帶著獵槍和子彈，還有望遠鏡，沙沙地穿過森林。每隻潛鳥至少被十個獵人緊盯著。有的在這邊放哨，有的在那邊站崗，因為這可憐的鳥不可能同時出現在四處，只能從一處潛下去，再從另一處浮水上來。可是，十月的風把樹葉吹得簌簌作響，湖面也被吹皺了，漣漪蕩漾，連帶著把潛鳥也吹走了。儘管他的死對頭還用望遠鏡在湖面搜索，儘管槍聲還在林中迴響，可鳥卻徹底地飛走了。翻湧的水波和浪花都充當了飛禽的天然保護屏，獵人們也只好悻然而返，回到各自的店鋪，接著做完先前放下的工作。不過，他們做那種事務性工作倒是非常順利的。每當黎明時分，我去湖上汲水的時候，常常看見這種頗具大將風範的潛鳥從小灣駛出，相距不過數桿之遠。如果我划船去追，想觀察他如何活動，他就潛入水中，隱身遁跡，直到下半天才重新露面。可是只要他停在水面，我就有辦法可想。他往往在一陣大雨中從湖面飛走。

十月一個靜謐的午後，我沿著北岸划船，因為潛鳥往往會在這個時候出現，像大團的絨毛漂游在湖面上。我正納悶怎麼不見潛鳥，突然有一隻從湖岸飛出來，朝湖心游去，就在離我幾桿遠的位置狂笑不已，引起了我的注意。我立即划槳去追，他也飛快地潛入水下，但是等他冒出頭來，我卻離他更近了。他重又潛入水下，這次我把方向估計錯了，等他再次冒出水面時，距我已有五十桿。這樣的遠距離當然是我自己造成的，他又譏笑了半天——這次他當然更有理由笑了。他行動敏捷，矯若遊龍，使我難以近身到離他五六桿的地方。每次他浮出水面，都要四處瞭望，觀察湖面和兩岸，顯然是在挑選路線，以便下次浮出來正好處在湖面最開闊、離船又最遠的位置。更令人驚奇的是，他決策非常果斷，執行也相當迅速，能一下子把我引到湖心，而我卻不能將他趕進湖灣。當他正在專心思索時，我也在努力揣度他的想法。在靜謐的湖泊上，一個人和一隻鳥在對弈，這樣的遊戲真是妙不可言。他突然會把棋子下到你的棋盤底下來，而問題在於你必須弄清楚他可能會在哪裡出現，好把棋子置於離他最近的地方。有時他會突然映入眼簾，毫無疑問，肯定是從我船底下穿過的。他善於長時間憋氣，而且不用中途休息，即使游得很遠，也可以隨時潛入水下。在幽深的湖裡，潛鳥像魚一般游刃有餘，無論你多麼富有智慧，也無法想像他到底能游多深，因為他有這種能力，而且有的是時間。據說，在紐約湖深達八十英尺的地方，潛鳥曾被釣鮭魚的鉤子鉤住過——不過華爾騰湖可就深得多了。這樣一個來自天空的飛禽，竟然能在水底世界來去自如，我想水中的魚兒們看見了也會驚奇不已吧。他在水底和在湖面幾乎是同樣活躍，而且在水底的游動速度還要更快一些。有那麼一兩次，我看到他在浮出水面時激起朵朵水花，才探出腦袋四處張望了幾秒，立刻又返身水底了。我在心裡揣測他下一次浮出的可能位置，便停下來等待；

因為有多少次當我朝一個方向死盯住不放時，他卻突然在我身後大笑一聲，嚇我一大跳。可是我不明白，他為什麼要在成功地捉弄我之後，還要開懷大笑，暴露自己的行蹤呢？他白色的胸脯已經夠明顯的了。我想，他真是愚蠢至極。我一般都能捕捉到他出水時的聲音，因而也能夠摸準他的方位。可是，這樣對弈了整整一個鐘頭後，他的勁頭仍然不比開始時弱，反而游得更遠了。他在水裡用腳蹼就把羽毛梳匀整了，因而等他浮出水面時，胸口的羽毛還是齊刷刷的。這真是神奇啊！他愛發出魔鬼般的笑聲，一如水禽的鳴叫。但是當他成功地甩掉我，潛水到遠處再浮出水面時，就會發出拖長了的怪叫，不像鳥叫，像狼嚎，像野獸的嘴貼地摩擦發出的怒號。這就是潛鳥的叫聲，如此這般狂野的叫聲，在華爾騰湖還從未響過，整座森林幾乎都為之震顫。我猜，他大概是用笑聲嘲笑我的徒勞無功，也是用笑聲在為自己的機智過人而得意。此刻雖然天色陰沉，湖面倒一派平靜，我只看到他浮出水，沒聽到什麼聲響。他胸毛雪白，空氣沉悶，湖水也波瀾不興，所有這一切對他都極為不利。後來，在離我五十桿遠的地方，他又發出一聲長嘯，彷彿在祈求潛鳥神靈的護佑，很快，又刮起了東風，湖水也開始不安地翻湧，天空中也飄起細細的雨絲來，好像神靈接受了潛鳥的召喚，生了我的氣似的。於是我只好划船離開，任他從波濤間翱翔而去。

在秋天裡，我常常一連幾個小時地欣賞野鴨在湖心中央的表演，他們避開那些獵人，在水裡狡猾地穿來游去。如果換做路易斯安那的湖沼地帶，他們的這套表演術就毫無用武之地了。在不得不起飛時，他們往往會飛到一定的高度，然後盤旋不已，就像天空中的黑點。在那樣的高度，他們是一定能看清其他湖沼與河流的。我原來以為他們已經飛走了，沒想到又疾馳而下，飛行了約四分之一英尺的光景，最終降落在湖面幽靜的一隅。可是，他們飛到華爾騰湖中央來，除了安全起見，還有沒有別的考慮呢？或許，他們也很喜愛這一片山水，理由跟我遷居湖畔沒什麼兩樣吧？

13

溫暖小屋

House-Warming

十月間，我去河灘地摘了滿滿一筐葡萄，它們顏色清新，香味撲鼻，真是難得的美味。河灘上也有蔓越莓，但我沒有摘。它們掛在草地的葉子上，像一顆顆精巧的蠟寶石，又如璀璨豔麗的珍珠；農民們用草耙去摘，結果把平整的草地弄得一片狼藉，因為他們只關心蔓越莓的產量和價錢，完全不顧其他的事情。採摘好以後，他們把這些果實當成額外的戰利品，販賣到波士頓和紐約去，然後製作成果醬，滿足城裡人的口腹之欲。另外，他們也用草耙四處耙野牛舌草，根本不會擔心這樣做是否會傷及到那些植物的生命。伏牛花果看起來也很鮮美，我也只是飽了眼福。我只摘了幾顆野蘋果煮著吃，當地的地主和旅行者恐怕還沒有注意到這些東西吧。栗子也熟了，我儲藏了半蒲式耳，準備過冬吃。在這個季節裡，背一只小布袋，拎一根敲堅果用的木棍，漫步在林肯郡附近遼闊的栗樹林中，該是多麼幸福的事呵。可惜，這些栗樹現在都淪為了鐵軌上的枕木。往往霜降還沒來，我就踏著沙沙的落葉聲，聽著紅松鼠和鳥的聒聒聲，一個人走在森林裡了。有時，我會撿起紅松鼠和鳥吃掉一半的果子接著吃，因為他們挑選刺果的眼光是不會太差的。有時，我也會爬到樹上去搖。其實在我的屋後，也有這類果樹，其中一棵把房屋都遮蓋了，每到花開時節，它自身就是一束鮮花，往院子裡飄來馥鬱的芬芳。不過，樹上的果子卻大部分被松鼠和鳥吃掉了。鳥群甚至很早就結伴而來，趕在刺果熟透落地之前，吃得一顆不剩。我把屋後的這些果樹讓給他們分享，自己卻跑到大老遠的栗樹林去。對我來說，林中的果子足夠代替麵包了，也許還有其他的替代品吧。有一天我到地裡去挖魚餌，結果發現一串野豆（Apios tuberosa），也就是土著們的馬鈴薯，是一種很奇怪的果子。開始的時候我還在想，自己小時候是不是挖過、吃過這種東西，假如真像人們說的那樣，我在小時候挖過、吃過，那麼為什麼沒有夢到它。其實我以前就見過它那有些捲曲的花朵，開在其他植物的梗上，好像一團紅天鵝絨，不過並沒有認出來。每到農耕時節，它們幾乎都要被消滅殆盡。它的味道吃起來甜絲絲的，像經霜的馬鈴薯，如果拿來煮了吃，也許比烘著吃更香。這類根莖是大自然為將來預備的，未來的某一天，她將會用這些樸素的東西，來撫養自己的子嗣。今天，人們崇拜的是牛肉和麥地，這類不起眼的野豆——印第安部落過去的圖騰——早已被人遺忘，只有它開花的藤蔓還在勾起人們的記憶。不過，只要讓狂野的自然重新統治這塊土地，那些奢侈的英國穀物說不定就會在仇敵面前消失，而且用不著人類的幫忙，烏鴉也會把最後一顆種子銜到印第安神的玉米地裡，據說以前就是他把種子從那裡銜過來的。到那時，野豆這種現在瀕臨滅絕的品種，或許又會獲得新生，並且不懼霜凍與貧瘠，向四野播散、蔓延，證明自己土生土長的天性，恢復自己曾經作為狩獵部落主食的尊嚴。一定是印第安的穀物女神或智慧女神最先發現了它，然後把它恩賜予人；當詩歌獲得自己在這塊土地上的統治地位後，它的葉和果就都被我們的藝術作品所模仿。

九月的第一天，我就發現在湖對岸的岬角邊上，在三棵枝幹粗壯的白楊下，有兩三棵楓樹的葉子已經變紅了。呵，真不知道在這些色彩裡孕育著多少故事呢！慢慢地，一個星期又一個星期地，每棵樹都逐漸顯示出了自己的個性，每棵樹都從湖面的波光裡欣賞自己的倒影。每天早晨，自然畫廊的老闆都要從牆上取下昨日的舊畫，換上當日的新作，它們往往顯得更鮮豔、更和諧，也更出色。

十月中旬，有數千隻黃蜂飛到我的木屋來，彷彿打算在這裡過冬。他們有的蹲伏在窗戶上，有的棲息在頭頂的牆上，嚇得客人都不敢輕易進門。每天早晨都要凍僵幾隻，我就把他們掃出門外，可我不想主動趕跑他們，他們願意在我的小屋裡過冬，我自然是再榮幸不過了。他們雖然跟我同睡，但卻從沒螫過我。為了逃離這難耐的寒冬，他們漸漸地在小屋裡消失了，我也不知道他們搬到什麼縫隙裡去了。

到了十一月，我也學黃蜂那樣，趁寒冬降臨之前就搬到華爾騰湖的東北角去了，那裡有油松林和石岸反射的陽光，就好像在湖邊架了座火爐。如果人們能用陽光來取暖，那一定比生火更愉快，也更衛生。夏天像獵人一樣離開了，不過它的餘熱尚在，我就靠這些餘熱來取暖。

我在做煙囪的時候，仔細研究了泥瓦匠的手藝。用的都是舊磚，必須用瓦刀刮乾淨，這樣的勞作使我對磚頭和瓦刀的特性都有了比較充分的認識。磚上的灰漿已有五十多年歷史，據說時間愈長，它的凝聚力就愈強，不過這都是些老生常談，未經檢驗。隨著時間的推移，這些老生常談也會變得愈來愈堅固，你必須握緊泥刀，使勁連續刮，才能粉碎它。美索不達米亞的許多村舍都是用來自巴比倫廢墟的優質舊磚砌成的，那些磚上的灰漿凝固的時間更久，可能也更堅硬。不管怎樣，泥刀的堅韌程度，都出乎我意料，銼了那麼多舊磚，竟然沒有造成一絲缺損。我砌壁爐使用的磚，都是以前煙囪裡的舊磚，雖然它上面並未刻有尼布甲尼撒[1]的名字，但我還是盡量撿，有多少撿多少，好省些工作量。我還在壁爐周邊塞進湖岸邊的圓石，用湖裡的白沙充作灰漿。我把爐灶看成木屋最關鍵的配置，為此花了不少時間。真的，我的工做得特別精細，從清早到傍晚，我只砌了數英寸高，剛夠我睡地板時當枕頭用。不過我發現自己並沒有因此而落枕，相反，以前倒是有過這個毛病。就在那個時候，我還接待了一位來訪的詩人，他在木屋裡小住了半個月。他自帶了一把刀，而我有兩把，我們常常把刀插進地裡，將它們磨得銀光閃閃。他還為我做飯。看到自己的爐灶，一天一天在壘高，齊整而牢固，真是高興極了。我想，雖然工程的進展稍微有些慢，但是據說這樣可以更牢固些。某種意義上說，煙囪是個自成一體的存在，它立在地面，穿過屋頂，升向天空，哪怕房子燒掉了，它也屹立不倒，由此可見它的自主性和重要性。當時還是夏末，眼下卻是十一月了。

北風開始把湖水吹涼了，不過還要再接著刮幾週，湖面才會結冰——華爾騰湖實在是太深了。頭一晚在爐灶裡生火，煙囪就很通暢，這種感覺異常美妙，因為那時我還沒來得及給板壁塗刷灰漿，牆壁還四處透風。不過雖然牆上裂縫不少，但我還是在木屋裡度過了很多幸福的夜晚。木屋四周都是些粗糙的棕木板，上面布滿結疤，天花板上也都是些沒有剝皮的椽木。等刷好灰漿，在木屋裡居住就會變得更加舒適了。人住的房子難道不應盡可能的高，高到讓人生出恍惚之感麼？那樣一來，晚上火光投射的倒影就可以在椽木上跳躍不休了。這種跳躍的影子，可能比壁畫或昂貴的家具，要更容易引起人的幻覺與想像。如今我可以說，我是生平第一次住在自己的房裡，第一次用它來遮風取暖了。我還找了兩個舊木架來置放壁爐的柴堆，當我看到自己親手造的煙囪背後升起的煙縷，心裡是多麼欣慰啊，於是比平日更加自信、更加愜意地撥火。我的木屋很小，不會引起什麼回聲；但由於它遠離鄰居，只是一個單獨的存在，因而對我來說也夠大了。凡是房間裡該有的設置木屋內都有，它集廚房、寢室、客廳和儲藏室於一身，無論父母或孩子，主人或僕人，他們在房間內能體驗到的一切，我都能體驗得到。加圖認為，一家之主（patremfamilias）應該在鄉下別墅裡有「cellam oleariam, vinariam, dolia multa, uti lubeat caritatem expectare, et rei, et virtuti, et gloriae erit,」也就是說，「要有一個儲藏油和酒的地窖，盡可能多些，以備不時之需；這對他是有益的，有價值的，光榮的。」在我的地窖裡，我有一小桶馬鈴薯，兩夸脫豌豆和以之為生的象鼻蟲，在我的架子上還有不多的米，一缸糖漿，還有黑麥和印第安玉米粉各一配克。

有時我夢想著自己能有一座更寬敞更高大能住更多人的房子，它由耐用的材料建築而成，巍然屹立在遠古神話中的黃金時代，沒有精美的裝修，只有一間房——大氣、簡樸、實用而富有原始特徵的廳堂，沒有天花板和灰漿，椽木和桁木托起低垂的天空——也足夠遮風避雨了。如果你走進去，向那位躺臥著的農神致禮，那些椽木和桁木也會對你微笑的。它顯得特別空曠，你要將火把置於柱上才能望見屋頂；它又無比自由，人們可以隨意地待在爐邊，待在窗下，待在廳堂兩邊，也可以待在長椅上，還可以像蜘蛛一樣附著在椽木上。在這樣的房間裡，你可以自由出入，不必考慮什麼塵世的禮節；疲倦的旅客可以在裡面沐浴、進食、談心、休息，不用急忙趕路，在那些風雨大作的夜晚，你需要的正是這樣一座房屋。屋內生活用品齊備，日常家務盡免，所有財產皆一目了然，所有人們所需的東西都懸於木釘之上。它同時也是廚房、餐廳、客廳、臥室、儲物間和閣樓，裡面既有木桶、木梯這類必需品，也有碗櫃這類便利品，你能聽到水壺裡開水冒出的噗噗聲，你可以向煮飯的火或烤麵包的爐子致意，這些家具和用具就是它的全部裝飾。在這間房裡，洗好的衣物無須晾晒，火不會熄滅，女主人也不會耍脾氣，廚師自己會去地窖裡取東西，你不用跺腳也能分辨腳下的虛實。它像鳥窩一樣透明，你從前門進後門出，可以盡覽房內的人和物；客人也可以自由穿梭，並無不得闖入的禁區，也不會把他關在小屋內自得其樂——實際上那是在囚禁他。而如今，主人一般不願意跟客人分享屋內的壁爐，而是喊來泥水匠在走廊裡另建一個爐子，美其名曰「招待」，其實不過是把客人安排在屋外走廊的藝術。做飯也有訣竅，好像要往客人碗裡下毒。我曾經去過很多人的屋裡，最終都被變相地趕了出來，可我卻記不得到底去過哪些人的屋裡了。如果國王和王后住在我所夢想的那種屋裡，我樂意衣衫襤褸地去覲見，如果他們住在時髦的宮廷中，我倒希望自己能學會那退著開溜的本事。

我們高雅的語言似乎生機盡失，蛻變成毫無意義的陳詞濫調；我們的生活也背離了它的象徵符號，隱喻和轉義都來得那麼牽強，客廳距離廚房和工廠也那麼遙遠。吃飯淪為進食的寓言。好像只有野蠻人才最諳熟自然與真理，只有他們才能從其中化用比喻似的。而住在西北地方或馬恩島的專家們，又如何能明白廚房裡的語言在說些什麼呢？

但是在我所有的客人中，只有那麼一兩位有勇氣跟我同食玉米糊；不過，一旦危險將臨，他們就溜之大吉了，彷彿房屋頃刻就要倒塌似的。但是，我在它裡面煮食了那麼多玉米糊，它還是那樣巋然不動地屹立著。

我是直到寒冬時節，才開始著手泥牆的。我划船去到湖對岸，運來潔白的細沙——只要有船，哪怕走更遠些，我也覺得快樂。屋子的四圍都釘滿了木板，這真是生活中的一大樂事，我一錘一個準，每個釘子都被我敲得不偏不倚，這更增添了我的信心，只想趕緊把灰漿粉到牆上去。我又想起了一個愛說大話的傢伙，他總愛衣冠楚楚地在村裡晃蕩，對工人們指手畫腳。有一天，他突然興致大發，想以實做來代替往日的空談，竟然挽起袖子，抓起一塊木板就往上面抹灰漿，然後得意地瞧著頭上的板條，沒想到灰漿全部都脫落下來，掉在他那華貴的胸襟上，真是令他大出洋相。抹灰漿既便宜，又方便，既能禦寒，又頗美觀，這更增加了我對它的喜愛。讓我吃驚的是，磚頭竟然那麼飢渴，表面還沒抹平，灰漿中的水分就被吸乾了，為了蓋一個壁爐，我挑了好多桶水。去年冬天，我就用河裡一種學名叫 Unio fluviatilis

的珠蚌燒製出一堆石灰，所以我已經知道該去何處取材了，只要我樂意，我能在兩英里之內尋到優質的石灰岩，自己動手燒製石灰。

這個時候，背陰而淺層的湖面已經結起了冰，整個湖面結冰還得過幾天，甚至幾週。首次結成的冰很有意思，它堅硬、黝黑而透明，是觀察淺水區湖底的好機會，你甚至可以躺在一英寸厚的冰面上，像一隻滑行在水面的水黽那樣，氣定神閒地打量湖底，而湖底其實距你不過才兩三英寸，彷彿玻璃中的鏡像。此時的水面頗為平靜。動物在水裡游，留下許多溝槽在沙上，而殘骸上則布滿白石英凝成的石蠶殼。也許那些溝槽就是它們壓成的，因為在溝槽裡就發現一些石蠶殼，不過溝槽又太深、太寬，石蠶殼似乎難以做到。冰是最有意思的，你最好盡早去觀察它。如果你在結冰後的早晨就去觀察，你會發現，那些氣泡初看似乎是飄在冰層中，其實卻是頂在冰層下，在不斷地從湖底往上冒。由於冰堅硬和暗黑，你甚至能透過冰層看到湖水。氣泡的大小各異，有的直徑約八分之一英寸，有的只有八十分之一英寸，它們透明而亮麗，你能從上面認出自己的臉龐。每平方英寸湖面分布有三四十個氣泡。冰層裡還有一些橢圓形的小氣泡，半英寸長，也有頂朝湖面的圓錐形氣泡，如果是剛結冰，你還能看見像珠串那樣一個頂一個的圓氣泡。不過在冰層中的氣泡沒有冰下面的氣泡多，也不清晰。我總愛投石試試冰的承受力，那些破冰而入沉到水裡的石子，由於攜帶了空氣下去而激起翻滾的白氣泡來。有一次，我過了兩天再去觀察那個豁口，發現氣泡依舊，儘管窟窿裡早已結成一英寸厚的冰了，這一點我從一塊冰的縫隙裡看得分明。可是隨著氣溫的逐漸升高，在最後兩天，冰層不再晶瑩，透出一片暗綠；雖然冰本身厚了一倍，卻不像以前那麼堅硬了，因為溫度的上升，使得氣泡擴散凝成一體。它們秩序盡失，不是一個挨一個，而是像布袋裡倒出的銀幣那樣堆積一處，或者像薄片那樣塞滿了縫隙。冰的美感喪失殆盡，湖底也無法再觀察了。我感到好奇，想知道大氣泡在這些新冰中的位置，就挖出了一塊有中等氣泡的冰，將它的底朝天。氣泡被夾在兩塊冰層間，形狀扁平，宛如一面透鏡；它的邊緣很圓，有四分之一英寸深，四英寸寬。氣泡下的冰層融得很有規則，像倒置的茶托，中間有八分之五英寸厚，將水面和氣泡隔開，還不到八分之一英寸。很多隔開部位的氣泡都朝下爆裂，但是一英寸大的氣泡下很可能沒有冰。也就是說，我最先在冰層下看見的那些小氣泡，早已凍在裡面，它們這些小氣槍一樣的東西，像凸透鏡聚光那樣，把冰消融了，發出連連的爆裂聲。

我剛把屋泥好，冬天就氣勢洶洶地趕來了，狂風在房屋周圍怒號，彷彿忍了許久，終於可以痛快地呼吸了。許多個晚上，野鵝拍著翅膀，從黑暗中呼嘯過來，有的停在華爾騰湖，有的掠過森林落在美港，準備南遷至墨西哥。有好多回，在我夜裡十點或十一點從村裡回家的路上，聽到他們在我屋後湖邊的林子裡覓食，等他們倉皇離開時，你幾乎能聽到領隊的呼喚聲。一八四五年，華爾騰湖首次結凍的時間點是十二月二十二日深夜，而弗林特湖以及別的淺水湖區早在十幾天以前就全部凍上了；一八四六年是十六日；一八四九年是三十一日；一八五〇年是十二月二十七日；一八五二年是一月五日；一八五三年是十二月三十一日。從十一月二十五日起，大地上就是白茫茫一片不見人影了，我突然陷入了白雪皚皚的冬日景光之中。我一個人躲進小屋，想在屋裡和內心生一盆旺火。現在我去屋外，就是為了到林子裡撿枯枝，然後抱或者背，有時也用兩臂挾著拖回來。那棵夏季用作藩籬的松樹，現在卻拖得我大汗淋漓。我用它來祭火神，因為之前它們已經祭過土地神了。獨自一人從森林中獵取甚至是偷取柴禾來做晚餐，是多麼愜意啊！我的麵包和熟肉都是香噴噴的。大部分村鎮的林子裡都長滿了樹木，如今它們卻不能供人取暖，還有人認為它們阻礙幼苗的生長。湖面上漂滿了木料。我曾在夏天時發現一艘油松做的木筏，是愛爾蘭人修鐵路時釘的，樹皮都沒有剝，我把其中的一部分拖上岸。它們先前在水裡浸了兩年多，後來又在高地上放了六個月，雖然水還未晒乾，卻是上好的木料。有一天，我把木頭一根根地從湖裡拖上來，以此自娛；我拖了一根木頭有半英里遠，它長十五英尺，一頭擱在我肩上，另一頭戳在冰上，像溜冰一樣滑了過來。有時我用白樺樹條將木料捆好，再用一根更長的尾部有鉤子的白樺木或榿木將它們拖上湖。由於它們都吸足了水，自然沉重如鉛，好在耐燒，而且火勢旺。不，我甚至認為，湖水浸過的木料更好燒，恰似經水的松脂在燈裡更耐燃。

吉爾平[2]在他關於英格蘭林中住戶的著作裡這樣寫道，「有人非法占據森林，還在林中蓋房修柵」，「根據古老的森林法，這是一種純粹的違法行為，必須按照侵吞公共財產的罪名加以嚴厲懲罰」，因為這會嚇跑飛禽，毀壞林中生態。但是我比一般的獵人和樵夫更重視保護野生動物和林中植被，好比自己是守林人，如果有森林被燒，哪怕是我自己不慎點燃的，也會感到痛心不已，甚至比森林的主人更難受，更難恢復平靜。哪怕樹木是林子主人自己砍倒的，我也會心生哀痛。古羅馬人為使神聖森林（lucum conlucare）多沐浴些陽光，想砍去一些樹，但是又感到惶恐，因為森林是神靈的祭品，我真希望那些農夫在下斧之前也能有這樣一顆敬畏之心。古羅馬人先懺悔後祈禱：不論你是男神還是女神，都可以享用森林這片祭品，都希望你能賜福於我、我的家庭和子嗣等。

即使在今天這個時代，森林也要比黃金擁有更普遍更永久的價值，意識到這一點就無法不讓人吃驚。儘管我們已有那麼多發現和發明，但還是沒有人能不被一堆木料而打動的。它們之於我們的珍貴，一如我們的撒克遜和諾曼祖先一樣。他們用木料做弓箭，我們則用它來做槍托。早在三十年前，植物學家米修就說過，紐約和費城木料的價格「接近於巴黎最好的木料價，有時甚至更高，可是這個大都市每年要三十萬考得的木料，而附近三百英里的森林都被砍光了」。在我們的鎮上，木料的價格一直在持續地往上漲，差別在於漲幅的多少。機械師和商人們到森林裡去就是為了拍賣，他們甚至不惜出高價，好在樵夫離開後拾些零散的木料。多少年過去了，人們總是要到林中去尋找火爐和藝術靈感，新英格蘭人，新荷蘭人，巴黎人，凱爾特人，農夫，羅賓漢[3]，古迪·布萊克和哈里·吉爾[4]，世上的王子和農民，專家和蠻人，都少不了要到森林去尋些柴禾取暖做飯。即便是我，也離不開它。

看見自己的木材，誰心裡都會歡喜的。我愛把木料堆於窗下，數量愈多，就愈能勾起那些愉快的記憶。我有一把被人廢棄的舊斧頭，冬天裡常用它來劈那些從豆田裡挖出的樹根。正如耕地之馬的主人所說，那些樹根給了我兩次溫暖：劈它時和燒它時，再沒有任何別的燃料可以提供這樣的溫暖。說起斧頭，有人勸我拿到村裡鐵匠那裡去重新淬煉一下，我卻自己動手修理，還替它安上一截核桃木斧柄。儘管還不夠鋒利，但畢竟是修好了。幾塊油質松木真是人間至寶，不知大地腹中還藏有多少這樣的燃料。一想到這些，我就在心裡樂。幾年前，我總愛到那片光禿禿的山坡上走動，那裡過去是一大片油松林，我在坡上挖到一些飽含油脂的松根，它們至少有三四十年的壽命了，但樹心仍完好無損。木料的邊緣早已爛掉，但厚實的樹皮距樹心四五英寸，隔出一層與地面齊平的保護膜。你可以用斧頭或鐵鏟挖這座富礦，沿著黃如牛油、形如骨髓的礦藏前進，或者照金礦礦脈指示的那樣深入到地底下去。不過我一般用枯葉引火，它們都是我在下雪前藏到棚子裡去的。樵夫們在林中露營時，就把青翠的山核桃木劈碎拿來引火。有的時候，我也會預備一些這類木材。每當村民們在地平線處生火，我也會點上火，我屋頂的煙囪也會竄出一股濃煙，這樣一來華爾騰山谷中那些野性的鄰居，自然也就明白我是醒著的了——

翅膀閃亮的青煙啊，伊卡洛斯之鳥，
你向上向上，羽翼消融，
沉靜的雲雀，黎明的天使，
盤旋於村子上空，那是你的家園，
那逝去的夢想，宛若精靈，

摩挲著自己的衣裙；
給夜空中的星披上薄綢，
在白晝遮住太陽，
去吧，我的熏衣香，
從爐火中飛揚，
請諸神寬恕這閃亮的火光。

與其他木料相比，我更偏愛剛劈的硬木。冬日午後，我一個人在林中散步，屋內燃著一堆旺火；過了三四個小時，我回到屋中，火還在嗶剝作響，不過我的房子並非空無一人，它裡面住著一位快樂的主婦，那就是我的火。我的主婦總是誠實可依的。但是，有一天我正在劈柴，突然就想到窗戶看看屋裡是否著火，這是我僅有的一次擔憂。只見一團火苗已經舔到床沿，燒掉巴掌大的一塊了，我立即衝進去撲滅了。不過我的木屋採光好，日照足，屋脊也低，所以冬天裡不論多冷的中午，我都不用生火取暖。

鼴鼠用我粉牆沒用完的麻繩和牛皮紙，在我的地窖裡築窠，還吃掉我三分之一的馬鈴薯。哪怕是最野蠻的動物，也像人類一樣依賴舒適和溫暖，正是這種習性，幫助他們度過了寒冬。我有幾個朋友說我還居林中，就是為了凍自己。動物只要在棲息地有張床就可以靠體溫來取暖，而人類卻發現了火，把空氣封閉在一個房間內以提高溫度，把這房間用作臥室，即使冬天裡也可以像夏天那樣在裡面跑來跑去而不凍壞；又因為窗戶放入亮光，燈火把白晝拉長，這樣人類就超越了他自身的本能，能省出些時間用於藝術創作了。每次我被狂風吹得全身麻木的時候，只要回到暖洋洋的木屋，立刻就能恢復先前的靈敏，生命又獲得延續。從這個意義上說，無論多麼豪華的房子也不值得誇耀，我們也不必憂心忡忡地預測什麼世界末日。只要北風稍微凜冽一些，狂暴一些，就足以結束人類的性命。我們往往愛用寒冷的星期五或大雪來計算日期，可是，只要一個更寒冷的星期五或者一場更大的雪，就足以讓人類徹底消失。

第二年冬天，為了節約，我改用小火爐，因為森林並不歸我所有。可是小火爐不像壁爐那麼熱，煮飯已毫無詩意，只是單純的化學反應。當火爐普及後，人們似乎早已遺忘，自己曾經也像印第安人那樣在火灰裡煨馬鈴薯。火爐占地寬，弄得滿屋黑煙，火焰反而不容易看見，我感到失去了人生的伴侶。你常常能從明火中認出一張臉來。夜裡，辛苦勞作的人盯著撲騰的火苗，白天各種混亂而淺薄的思緒，都能在瞬間得到昇華。可我卻再也不能端坐爐前凝視火焰沉思了，有位詩人寫的句子讓我重獲新生——

明亮的火焰啊，永遠別拒絕我，
你那美麗的生命倩影，親暱之情。
除了希望，還有什麼竟能如此閃耀？

除了命運，還有什麼竟能如此暗黑？
你那麼為人世所愛，
為何被逐出我們的爐臺和大廳？
難道是因你太過耀眼，
不適宜扮演世人的燈？
難道你神祕的光不能與我們的心相通？
難道一切都是神祕的？
好了，我們舒適而強健。
因為我們坐在爐邊，
黑影遁去了，
爐邊沒有憂愁，
只有一堆溫暖我們的火，
我們還需要什麼？
這團實用的烈焰，
使人們可以穩於座，安於枕，
哪怕魔鬼從黑暗中閃過也無須恐懼，
枯葉的火光正和我們熱烈交談。

14

從前的居民和冬日訪客

Former Inhabitants; and Winter Visitors

我經歷了幾場暴風雪，在火爐邊度過了一些愉快的冬夜，屋外落著大雪，貓頭鷹的叫聲也完全被湮沒了。好幾個星期，我出去散步時沒碰上過任何人，除了那些來林中砍樹、用雪橇運回木頭的樵夫。不過，暴風雪教會我在林中積雪最厚的地方辟出一條小路來，因為每回我穿過林中時，暴風便把橡樹葉吹進我的足跡裡，它們躺在那裡吸收陽光，融化積雪，這樣我走過的路就顯得分明，到了晚上，它宛如一條黑帶，蜿蜒著為我引路。至於說社會交際，我不由得想起了過去林中的住戶。在很多居民的記憶中，我的屋子邊有條小徑，上面經常迴蕩著歡聲笑語。森林裡也布滿花園和小屋，不過那時候的森林要更茂密，馬車從中間經過，兩邊的松樹把車身刮得擦擦有聲。那些單獨去林肯郡的女人和小孩，對這段路害怕極了，大多是小跑著穿過其間的。儘管這段通往鄰村的樵夫們走的路再平凡不過，但儘管它彎彎曲曲，給行路者帶來很多快樂，自然也就記憶深刻。村子和林子間是一片空曠的原野，過去是一片槭樹沼澤，地基下鋪滿原木，時至今日，那些原木肯定還伏臥在從斯特拉頓家也就是如今的艾爾姆斯豪斯農莊通往布里斯特山的塵土飛揚的公路下。

加圖．英格拉哈姆就住在我的豆田東邊，也就是在公路對面。他是康考特鄧肯．英格拉哈姆老爺的奴隸，這位老爺給自己的奴隸蓋了一間房子，還允許他住在華爾騰林中。我這裡所說的加圖不是尤蒂卡的加圖，而是康考特的加圖。有人說他是一個幾內亞黑人。有人還記得他曾有過一片胡桃林，預備拿來養老，後來卻被一位年輕的白人投機家買去。他現在也住在一間逼仄的小屋裡。加圖那個快被封死的地窖還在，不過由於周圍密布著松樹，旅行者很難瞥見它，所以知道這個地窖存在的人寥寥無幾。如今這裡長滿了漆樹（**Rhus glabra**）和歷史久遠的一枝黃花（**Solidago stricta**）。還有一位叫做濟爾發的女黑人住在豆田拐角靠近小鎮的地方，她在小屋裡織布，一邊織一邊唱，由於歌聲嘹亮，整個華爾騰森林中都迴蕩著她的聲音。後來，她的小屋連同屋內的貓、狗和母雞，都在一八一二年戰爭中被一群英國士兵即假釋的俘虜燒毀了。她的生活貧苦到幾乎是非人的地步。有一位從前常來這片林子的人還依稀記得，有天中午經過她的小屋時，聽見她正對著水壺低語——「你們都是骨頭，都是骨頭啊！」我在橡樹林中發現還有很多磚塊。

順著公路往下走，在右邊的布里斯特山上，是布里斯特．弗里曼的家，他是一位機敏的黑人，曾經是卡明斯老爺的奴隸。布里斯特種植的蘋果樹還在那裡，高大而茂盛，果實的甜味也不曾減弱。不久前，我在破敗的林肯墓地裡看到了他的墓，歪斜在幾個從康考特撤退時戰死的無名英軍士兵墓旁。墓碑上寫著「西皮奧・布里斯特」，——他有資格被叫做「西比奧・阿非利加努斯」——「一個有色人種」，好像他的黑色曾經褪去了一樣。墓誌銘上還刻有他去世的時間，這似乎是在暗示我，他曾經活過。他的邊上躺著他的妻子，以算命為生，頗惹人喜愛，而且體格高大，黑胖黑胖的，幾乎比黑夜的子嗣還黑，在康考特，這樣一團黑肉球稱得上「前無古人，後無來者」。

順著山再往下，在左手邊的林中古道上，還可以看見斯特拉頓家的廢墟。從前他家的果園占滿了整個布里斯特山，現在那些果樹都被油松取代了，空留下些樹根，有的老根上又滋生出一棵棵小樹。

走到離鎮更近的地方，在公路另一邊的森林邊緣，也就是因魔鬼而出名的布里德，那個魔鬼至今尚未在神話中露面，但在我們新英格蘭的日常生活中，卻是一個非常突出的角色，就像其他傳說人物一樣，早晚會有作者給他寫傳記的。號稱新英格蘭烈酒的魔鬼會先扮成朋友或雇工來到你家，接著趁機洗劫一空，還把家眷殺得片甲不留。不過歷史沒必要把這裡發生的悲劇細節和盤托出，還是交給時間來沖淡，給它們披上柔和的蔚藍色外衣吧。據說這裡曾開過一家酒館，但這個說法其實很無稽。那口井還是老樣子，井水給旅行者解渴，煥發他的活力。男人們在井邊相互致意，談東說西，然後又各自星散。

儘管如今布里德的小屋久不住人了，但是在十二年前，它還是完好無損的，跟我的小屋一般大。如果我沒記錯，那正是在總統選舉之夜，有幾個頑皮的孩子放火燒了小屋。當時我住在村子邊，正饒有興味地讀著戴夫南特[1]的《龔迪伯特》，嗜睡病令我煩惱不堪——順便提一下，我根本不知道這種病是否來自遺傳，我的一位叔叔往往刮著鬍子就睡著了，為了安息日那天頭腦清醒，星期天他就在地窖裡把馬鈴薯拔掉芽——也許是因為我太急於讀完查爾姆斯的詩集了，真是讀得我暈頭轉向。正當我埋頭於書本時，火警響了，接著救火車就往失火現場趕，前面跑著一群大人和小孩，我第一個跨過小溪，跑在最前面。大家都以為起火的是森林南邊，是穀倉，商店或者住房，其中的一個叫道：「是貝克的穀倉。」馬上又響起另一個喊聲：「是柯德曼的房子。」接著森林上空又升起一大團火花，似乎屋頂燒塌了。於是大家都齊聲高喊：「康考特人來救火了！」馬車跑得飛快，上面人頭攢動，也許其中還坐著某個保險公司代理人，不管多遠，他都是非到場不可的。救火車的鈴聲卻愈來愈微弱，響得愈來愈慢。後來有傳言，跑在最後的那些人，一定是先放火再報警的人。我們就這樣一路狂奔，好像是一群真正的理想主義者，絲毫不顧路上的流言，直到來到一個三岔路口，猛聽到火焰的劈啪聲，才切實明白自己已置身於火災現場。但是一走到火邊，我們那高漲的熱情登時就減弱不少。開始時我們還恨不得把一池子水都澆光，等後來意識到它已燒到尾聲，再搶救也意義不大，就任其自然讓它燒了。我們擁擠在救火車旁，通過大喇叭發表自己的意見，或者談論著世上其他的火災，包括瑪律科姆商店的那次。不過我們還是認為，如果救火車能早點趕到現場，再有一池塘水的話，這場火災就會轉變為水災。結果是我們什麼也沒做，就各回各家了——回家睡覺，讀《龔迪伯特》。至於《龔迪伯特》，序言裡有段關於機智是靈魂的粉飾的話——「大部分人不懂得機智，正如印第安人不懂得香粉。」對這個觀點，我自然不敢苟同。

第二天晚上，也是在那個時候，我恰好經過原野，聽到火場上傳來嗚咽聲。我摸黑走近去一看，發現一個我的熟人，他是家裡唯一的倖存者，繼承了家庭的全部優缺點，只有他才真正理解這場火災的意義。他趴在地上，一邊朝地窖的牆望裡面尚在悶燃的灰燼，一邊喃喃自語。他每天都在河邊草地上做工，一有空就朝祖屋這邊跑，這是他從小生活的地方。他從各個角度和方位來回觀察地窖，彷彿那石縫裡藏著多少財寶似的，儘管上面只有一堆碎磚和餘灰。房子燒空了，他痴痴地望著那些斷壁殘垣。我同情的舉動，給他帶去了安慰。他在夜色中指向一口蓋好的井對我說，感謝上帝，沒把井燒掉。他一直在井邊搜尋父親製造的木桶升降裝置，以及那些繫物的鐵鉤或鐵環，他告訴我，這都是些特殊的裝置。我摸了一下，後來每次散步到那裡，都要去摸一摸，因為它承載著一個家族的歷史。

也是在左邊，在可以看見井和牆邊丁香花叢的位置，曾住著納丁和萊格羅斯，現如今那裡已變成開闊的原野，他們早就搬回林肯郡去了。

在比上面提到的地方都更遠的森林中，小路靠近湖畔的地方，曾住著製陶匠魏曼。他專門給鎮上人製作陶器，並把手藝傳給了自己的孩子。他們的手頭並不寬裕，只靠一塊土地過活，治安官很少能從他們那裡收到什麼稅，不過為了應付規定，還是扣留了一件廉價的物品。我看過他們的帳目，真是毫無油水可撈。某個夏日，我正在鋤地，一位運送陶器去市場的人問我小魏曼的情況。很久以前，他曾在小魏曼那裡購置過一個陶器和陶輪，想知道他的近況。我在《聖經》中讀到過陶器和陶輪，但從未料想到，我們今天所使用的陶器並不是古代陶器的模擬，也不像葫蘆結在樹上。聽到我的鄰居中竟然就有人精通製陶這門藝術，我感到很欣慰。

在我來木屋之前，這片森林裡最後一位居民是一位叫休・夸爾的愛爾蘭人（如果我把這個名字拼讀得足夠繞口的話），就住在魏曼的屋裡。據說他參加過滑鐵盧戰役，人們因此稱他為夸爾上校。假如他還活著，我一定要他把戰役重述一遍。他在林中只是挖溝。拿破崙被流放到聖赫勒拿島，夸爾遷居到華爾騰森林。我所瞭解的關於他的事都特別悲慘。他舉止優雅，談吐不凡，似乎見過些世面，而且客氣到令人吃驚的地步。因為患震顫性譫妄症，即使酷暑天，他也得披一件外套，臉色紅如胭脂。我移居華爾騰森林不久，他就死在布里斯特山麓，所以壓根不記得有過這樣一位鄰居。他的同伴把他的房子視為「不吉利的城堡」，都唯恐避之不及；拆掉之前，我去看過一次。在那豎起的木床上架著他的舊衣服，就像他本人吊在上面。壁爐邊放著一根破菸斗，而不是那只泉水邊摔碎的碗。泉水根本不是他死亡的象徵，因為他曾坦白向我承認過，儘管早就聽說過布里斯特泉，但自己從未見過；地上到處都是髒兮兮的紙牌，方塊、黑桃和紅桃 K 之類的鋪了一地。還有一隻沒被收稅官抓走的黑雞，羽毛比黑夜還黑，靜悄悄地趴在隔壁的房裡，似乎在等著寓言中的列那狐來叼。屋後有一座花園，曾下過種子，可由於主人病情發作，無暇鋤地，使苦艾和叫花草長得鬱鬱蔥蔥，果粒都沾到了我的衣上。屋後掛著一張土撥鼠皮，那是他最後一次滑鐵盧戰役的戰利品，可惜他現在再也用不上溫暖的帽子或手套了。

如今，似乎只有地上的凹坑還能證明房子原來存在過。地窖的石塊深深地嵌入泥土，陽光照耀著草莓、樹莓、糙莓、榛樹叢和漆樹。原來煙囪的位置，挺立著北美油松和多節的橡樹，石階那裡則長出一棵芳香馥鬱的黑樺木。偶爾也能看見井坑，那裡過去泉水叮咚，現在雜草叢叢，也許是最後一個人離開時，從草地上搬來石板將井蓋住，方便後人發現。居然把井蓋起來——這是多麼讓人沮喪的事啊！這裡也曾有過熱鬧的人間煙火，他們也會以某種方言和形式來討論「命運，自由意志和絕對感知」，而現在空餘下被遺棄的狐狸洞般的地窖。但是據我所知，他們由此得出的結論只是「加圖和布里斯特拔過羊毛」，這幾乎跟著名的哲學流派史所能給予人的啟示一樣豐贍。

門框、門楣和門檻早在二三十年前就化作塵土不知到哪裡去了，但是丁香花依然綻放如初，春天裡，它生機盎然，芳香撲鼻，引得無數遊人前來採折。它們本來不過是家裡的孩子隨手種植在前院的，如今卻在僻靜的草地大放異彩，成為這個家族的最後一個品種，也是唯一的倖存者。想當初，那些「小黑鬼」在屋後栽下的只有兩棵幼芽的細枝，竟然活了下來，而且比主人還長壽，甚至比遮陰的房子，比大人們的花園和果園還活得長久。他們長大、成熟又死去半個世紀之後，丁香還在向遊人默默述說著他們的生命故事，還像第一個春天那樣美麗芬芳，那樣溫和有禮。

可是這個小村子本來孕育更多的東西，為什麼它衰敗了而康考特卻守住了地盤？難道它沒有自然優勢，難道享受不到綠水嗎？啊！深邃的華爾騰湖水，清涼的布里斯特泉——人們本可以放開喉嚨盡情暢飲，它對身體有無窮的益處，可是人們卻毫不吝惜，只用它來稀釋杯中酒。他們都是口渴之徒。難道這裡就不可以編籃子、做掃把、織席子、烤玉米、剪細麻布、製陶器，讓荒蕪的原野遍地開花，讓子孫萬代繼承先人的土地？貧瘠的土地本來完全可以防止窪地沙化的。這裡的居民竟然未能給自然的風景增添一分光彩，真是遺憾啊！或許大自然又打算讓我來做那第一個居民，那麼我去年春天蓋的木屋將會成為村裡最古老的建築。

我不知道現在居住的地方，過去是否有人蓋過房屋。不，我不願意住在那樣一個城市裡，城市的下面是古城，新建城市的材料取自原來城市的廢墟，原來城市的花園變成陵園。土地遭受了重創，如果不採取措施，大地眼看就要被摧毀。帶著這樣的念想，我又回到木屋，讓自己沉沉地睡去。

這樣的季節很少有客來訪。大雪覆蓋時，往往連續一個星期甚至半個月都沒有人來，但我卻過得很舒服，像田鼠、牛和雞一樣，據說他們能長時間藏身雪堆，不進食也能活很久。本州薩頓鎮的那戶早期移民也是如此，一七一七年那場大雪把他的小屋團團封住了，當時他恰好出門在外，一個印第安人憑藉煙囪裡的氣在雪地上融出的坑才發現小屋，救出他的家眷。然而，此刻卻沒有好心的印第安人來救我了，也無須他來，房子的主人就在家裡。好大的雪啊！呼呼的風雪聲是多麼動聽呀！農民們如果不能架著馬車去森林和沼澤，就只好砍掉屋前的大樹，等地面凍硬後，再去沼澤砍樹，到來年春天一看，發現自己竟然是在離地十英寸的位置砍斷樹木的。

積雪最深時，我常走的那條從公路到木屋的大約半英里的小路，幾乎可以用一條蜿蜒的虛線來標示，在兩點之間有很寬的間隔。如果一週的氣候連續不變，我每天都用同樣的步數和姿勢，像兩腳規那樣踩在自己的腳印裡，它們盛滿了天空的蔚藍色。不過，無論什麼天氣，都不能阻止我外出散步；我經常於最深的雪地上，步行八到十英里，去跟山毛櫸、黃白樺或是松林中的老友會面談天，冰雪壓彎了它們的枝頭，凸出了它們的頂尖，把松樹變成冷杉的模樣。我踏著兩英尺厚的雪，來到山頂，每走一步都要搖落頭頂的雪花；有時手腳並用，一點一點爬向山頂，那時獵人們都窩在家裡。有一天午後，有一隻花斑貓頭鷹棲息在五針松靠近樹幹的枯枝上，我站在離他一桿遠的位置，興致勃勃地觀察起來。他能聽見我在雪地上的動靜，但卻看不清。只要我發出聲響，他就伸長脖頸，聳起羽毛，鼓圓眼睛，然後很快又垂下眼皮，打起盹來。半小時後，我也感到昏昏沉沉了。他安靜地坐在那裡眯著眼，像一隻貓或者說長有翅膀的貓的兄弟。他的眼皮間只剩下一條細縫，透過這條縫跟我保持一種若即若離的關係，從夢裡往外看，努力想認出我這個朦朧的東西，或許是他眼前的塵埃。後來，因為聲響更大了，或者說我離得更近了，他變得有些煩躁，在枝上轉了個身，似乎是對我打攪他好夢的行為深表不滿。他飛向樹林，翅膀張得很寬，卻聽不見一絲聲音。他不是依賴視覺，而是靠自己對環境的敏感來牽引飛翔，或者說他是靠靈敏的羽翼在黃昏中尋路，最後終於覓得新枝，在那裡靜待黎明的曙光。

每次我經過那條貫穿草地的鐵路堤道時，都要遭遇一陣凜冽刺骨的寒風，因為只有在那裡，風才得以狂吹無礙。雪粒抽打到我左臉上，儘管我是異教徒，還是把右臉迎上去。[2]從布里斯特山下來的那條馬車道也好不到哪裡去。我仍然要像友好的印第安人那樣進城去，大風把原野上的積雪都吹到華爾騰湖畔兩側的牆裡，不用半個小時就能把旅行者的足跡覆蓋。我返回時又添了新的積雪，只得在雪堆中艱難地跋涉。性急的西北風把粉狀的積雪堆在小路的拐角處，你看不見野兔的足跡，更別說田鼠的細爪印了。但是，即使在深冬最冷的時節，我也能看到溫軟的沼澤、青草和臭菘在那裡吐綠，耐寒鳥在那裡靜候春光。

有時儘管雪很大，但在我散步回家的路上，還是會遇到一行直通屋門的深腳印，那是樵夫離開時踩出的。我還能在壁爐邊看見他削好的碎木片，也能聞出他的菸斗味。或者在某個週日下午，如果我居家未出，就會聽見一位長臉農民踏雪而來的聲音；他自林中腹地而來，就是想和我聊聊天。他是僅有的幾位以「務農為生」的人，不喜歡教授裝，愛穿一身工作服。他譏諷教會和政府那些虛偽的言論，就像從自己家牛棚裡起出一車糞那樣信手拈來。我們談及淳樸的原始時代，那時雖然天氣寒冷，可人們圍坐火爐，頭腦清醒，精神振奮。沒有點心可吃，人們就用牙去試狡猾的松鼠們遺棄的堅果，因為那些外殼最厚的堅果往往裡面沒有果仁。

冬雪最密集、暴風最烈的時候，有一位詩人訪問了我的木屋。農民，獵人，士兵，記者，甚至哲學家都可能畏懼，只有這位詩人無所顧忌，因為他的事業只是追求純粹的愛。誰能預見到他的行蹤呢？為了創作，他隨時都要外出聽從靈感的召喚，甚至當醫生在睡覺時也是如此。我們在小屋裡時而放聲大笑，時而輕聲細語，充實了華爾騰森林長久以來的寂靜。與之相比，百老匯也顯得荒涼不堪了。談到會心處，或者即將轉入會意時，我們倆都大笑不止。我們一邊喝進稀粥，一邊喝出了閃光的人生哲理；稀粥足以饗客，也能讓人保持哲思所必要的清醒。

在我棲居華爾騰湖的最後一個冬天，還接待了一位客人，我永遠都不會忘記這件事情。有一次，他在深夜冒著雨雪來訪，陪我共度了幾個寒冬長夜。他是最後的哲學家之一——是康乃狄克州將他推向了外界——他最先是幫這個州推銷產品，後來才開始推銷自己的思想，也就是讚美上帝，貶低人類。只有思想才能結出果實，正如只有堅硬的外殼裡才有果肉。我想他大概是世人中信仰最堅定的那一個。他的言語和態度，總是做得比常人習慣的更好。物換星移，只有他依然自信。目前他並沒什麼計畫，儘管他現在看起來有些冷落，但只要等到屬於他的時代到來，常人不能看出的規則就要發揮效力，主人和國君就要來聽取他的意見——

「看不見寧靜的人是多麼盲目！」

他是人類真正的朋友，或許可以說是人類進步的唯一朋友。一位平凡的老人——或者說一位神靈，懷著永不停息的信念，把刻在人類心靈上的偶像逐一澄清。現如今，那些人類之神早已面目全非，淪為了一座座扭曲的紀念碑。他以極大的熱情擁抱孩子、乞丐、瘋子和學者，接受所有人的思想，又把這些思想推向更精湛的境地。我認為他應該在世界公路上開一家旅館，把全世界的哲學家都接到那裡住；旅館的招牌上可以這樣寫：「接待的是人，而非他的獸性。自在安逸、心境恬淡，真誠地追求真理的人，請進。」在我認識的人當中，他是最清醒、最純潔的，昨天和明天對他毫無分別。當時我們一起散步閒談，把世界拋在腦後，世上的任何制度都限制不到他，他生來自由。不論我們拐向哪條岔路，似乎都與天地融為一體，因為他為山水增色。一個穿藍袍的人，最適合的屋頂便是天空，星空映襯出他的澄澈。我認為他將永生；自然永不會將他拋棄。

我們彼此坦露心聲，好比把思想的木片端出來晒，再坐在一起把它們切削，檢驗我們的刀鋒，並讚賞這些松木南瓜色的清澈紋理。我們虔誠地涉過小溪，或者安靜地漫步溪畔，不會把思想的魚兒從溪流中嚇走，也不會畏懼蹲在岸邊的垂釣之人。我們來去自由，好比西天掠過的雲彩，珍珠般時聚時分。我們在那裡構思神話和寓言，建造空中樓閣，因為大地無法提供堅實的基座。偉大的觀察家！偉大的預言家！跟他談天，真是新英格蘭的至樂。呵！我們談論隱士和哲人，還有我已交代過的那個老者——我們三人——這些談話擠爆了我的小屋。我不清楚在大氣壓之上，每一英寸圓弧要承載多少磅的重量，但是它裂開了縫隙，為防止洩露，必得用無量的廢話來填塞——好在我已備足了那種麻絮。

還有一個人，不時來拜訪我，我曾在他村裡的房子度過一段充實的時光，也輕易不能夠忘記。我的社交活動就到此為止。

如同在別處，有時我也期盼那永遠不會到來的客人。《毗濕奴往世書》寫道：「黃昏時分，戶主應站在院子裡，等夠擠完一頭奶牛的時間，如果他樂意，也可以等更久些，看看是否會有客人來。」我謹遵此言，熱情地等待著，可是等了足夠擠完一群奶牛那麼久，也不見有一人從鎮上來。

15

冬天的動物

Winter Animals

當這些湖面封凍以後，它們不僅提供了抵達許多地點的更新、更短的路徑，還提供了觀賞四周風景的新視角，如果不是站在冰封的湖面上，這些風景便早已為我們所熟識。當我橫穿過被積雪覆蓋的弗林特湖時，儘管我常常在那裡划槳、滑冰，但它出人意料的寬闊和怪異，除了巴芬灣，讓我想不出其他的。一片雪原的盡頭，林肯山在我面前升起，我不記得自己曾站在它面前過；距離莫測的遠處，漁夫們牽著狼狗，在冰面上緩慢地移動著，酷似海豹捕獵者、愛斯基摩人，在多霧的天氣裡影影綽綽，像傳說中的生物，我不知道他們究竟是巨人，還是侏儒。夜間去林肯聽演講時，我踏上這段路程，在我的小木屋和演講廳間，沒有現成的道路可走，也不會經過其他房屋。在我路經的鵝湖上，麝鼠殖民者們棲居於此，在冰面上方高高地搭起屋巢，雖然當我橫穿鵝湖時，卻未見過一隻麝鼠在外。華爾騰湖，正如其餘幾座湖一樣，通常並不積雪，要麼只是淺淺一層斷續四散的殘雪，它是我可以自由漫步的園地，而此時，別處的積雪總有將近兩英尺厚，村民們被限制在他們的街道內。而此地，遠離村中街道，遠離雪橇叮咚的鈴聲，我滑著雪，滑著冰，彷彿置身於一座平整的麋鹿之苑，裡面掛滿了橡樹和莊嚴的松樹，它們不是被積雪壓彎，就是垂下聳豎的冰柱。

在冬夜裡，更多在冬日裡，我聽見貓頭鷹的鳴叫從無限遠處傳來淒美的音符；如此的聲音，宛若一把合宜的琴弓撥動著冰封大地的心弦，這是華爾騰森林中的方言[1]，我終於對他熟識起來，儘管當他鳴叫之時，我從未看見過他。我在冬夜裡推開門，很少會聽不見他；「胡，胡，胡，胡拉，胡」，聲音響朗，前三個音節聽起來像「你好」；或者有時只是「胡，胡」的聲音。初冬的一個夜晚，在湖面封凍以前，大約九點鐘，我驚詫於一群鵝的叫聲，移步門邊，當他們低低地飛過我的房屋時，我聽見他們翅膀的響動如同森林中喧囂的暴風雨。他們經過湖面，趕赴菲爾港，彷彿忌憚於我的燈光，他們的指揮官以有規律的節拍一路鳴叫。突然間，一定沒錯，一隻貓頭鷹離我非常近，以規律的間隔回應著這隻鵝，那是我在這森林中所聽過的最粗礪、巨大的叫聲，彷彿下定決心要揭露和侮辱這來自哈德遜灣的入侵者，他展示了本地方言更寬的音域、更大的音量，「噗-胡」的叫聲要把這隻鵝驅逐出康考特的地平線。在這個於我而言如此神聖的夜晚時分，你驚醒整座城堡究竟是什麼意思？你以為我被發現在這個時間入睡，就沒有和你一樣好的肺和喉嚨嗎？「噗-胡」「噗-胡」「噗-胡」！它是我所聽到過的最驚悚的不和諧音之一。然而，如果你有一隻有辨別力的耳朵，就會聽出其中元素性的和諧，在這些平原之上，我們既沒看見過，也沒聽到過。

我還聽見湖中冰塊的咳動，湖是我在康考特此地巨大的床伴，彷彿它在床上動盪不安，為腹脹和多夢所擾，不得不輾轉反側；或者我會被霧中湖面的破裂聲所驚醒，彷彿有人派遣一支隊伍來到了我的門前，第二天清晨，將會發現，湖面上裂出一條四分之一英里長、三分之一英寸寬的裂痕。

有時候，我聽見狐狸逡巡在冷硬雪地上的聲音，在灑滿月光的夜晚，尋找著松雞，或做著其他遊戲，如森林中的野狗一樣，發出粗礪的、魔鬼般的吠叫，彷彿滿載著焦慮，彷彿尋求著表達，又彷彿追求著光亮，或者想完全像野狗一樣在街上自由奔跑；如果我們考慮一下年代，難道野獸不也和人一樣，發展出了一種文明嗎？他們對我來說好似最初的穴居人類，仍舊立足於防禦，並等待著進化。有時候，一隻狐狸走近我的窗邊，被我的燈光所吸引，朝我吠叫一種詭異的詛咒，隨後就撤退了。

通常，紅松鼠（Sciurus Hudsonius）在黎明將我喚醒，在屋頂追逐，並沿著房屋的邊緣上躥下跳，彷彿他們從森林裡出來，就是為了這個目的。在冬天裡，為作消遣，我朝門口的硬雪地上拋下半蒲式耳尚未成熟的甜玉米穗，以觀察各種動物受其引誘而做出的行為。在黃昏和夜晚，兔子如期而至，享用豐盛的一餐。紅松鼠終日來來去去，他們的小伎倆帶給我許多歡樂。一隻松鼠會首先穿過橡樹林，謹慎地靠近，像一片被風吹動的樹葉，斷續地奔跑在雪地上，此刻向這邊跑了幾步，速度驚人，體能也消耗很大，腳爪製造出不可思議的匆忙，彷彿他在趕赴一場賭約，現在又朝這邊跑了許多步，但每次都不超過半桿遠；然後突然停住，露出滑稽的表情，還會無來由地翻個跟頭，彷彿宇宙中所有的目光都聚焦於他——因為一隻松鼠的所有動作，即使在森林中最荒蕪隱祕的地方，也與一名舞女的舞姿擁有同樣多的意義——他把更多時間花費在耽擱和謹慎中，而不是滿足於徑直跑過整個距離——我從未見過一隻松鼠徑直跑過——然後突然間，說時遲，那時快，他會躥上一株小油松的頂端，渾身上緊發條，責罵所有想像中的觀眾，自言自語的同時，又與全宇宙交談——我找不到其原因，我想，或許他自己也並未意識到。最終他到達玉米地那裡，選取合適的一穗，沿著同樣不確定的三角形路徑，歡躍著跳上窗前，我的木垛的頂點，在這裡他與我面對面，坐上幾個小時，不時地取來新的一穗供給自己，一開始小口吞嚥，隨後將啃了一半的玉米棒到處亂扔；直到最後他變得更加挑剔，玩弄著食物，只嘗嘗玉米芯和玉米穗的瓤，玉米穗被一隻爪子平衡地抓著，在他粗心的抓弄中滑落，跌到地面上，他以一種不確定的滑稽表情觀看著它們，彷彿在懷疑它們是否有了生命，還沒有下定決心是否去撿起它，或者拿一個新的，抑或離開；一會兒想想玉米，一會兒聽聽風中的聲音。因此這沒腦子的小傢伙會在午前浪費掉許多玉米穗；直到最後，他抓著更長更飽滿的玉米穗，比他的身體還大，然後技巧嫻熟地平衡住它，他會帶著它一起躥上樹林，就像一隻老虎帶著一頭水牛，以相同的之字形路徑和頻繁的停頓，他抓著玉米，彷彿它太重了，總是要跌落，他讓玉米保持在介乎垂直和水平之間的對角線下垂著，決定無論如何也要帶著它——一個輕浮、怪異的傢伙——因此他會把玉米帶到他住的地方，或許帶它到四十或五十桿之外的一株松樹的樹頂，我隨後會發現玉米穗鬚被散播在森林中的各個方向。

最後松雞到來，他們不和諧的尖叫聲很久以前就被聽聞。他們從八分之一英里外謹慎地靠近，動作鬼鬼祟祟的，從一棵樹飛過另一棵樹，慢慢接近，撿起松鼠們掉下的玉米粒。然後，坐在一棵油松的粗枝上，他們試圖匆忙吞嚥一顆玉米粒，那對他們的喉嚨來說太大了，卡住了他們；在經過巨大的努力後，終於吐出了卡住的玉米，然後花一個小時，用喙反覆啄著，歷盡辛苦終於把玉米粒啄碎了。他們是明顯的小偷，我對他們並無多少敬意；但是松鼠們，儘管最初很羞澀，但拿過以後就很自在，彷彿在拿著自己的東西。

與此同時，成群的山雀也到來了，他們撿起松鼠掉下的碎屑，飛到最近的細枝上，把碎屑壓在爪子下面，用小小的喙啄著，彷彿啄著樹皮中的昆蟲，直到碎屑小得足以嚥下喉嚨。一小群這樣的山雀每天到來，從我的柴垛外撿食美餐，或者我門前的碎屑，他們發出的模糊不清的音符在空氣中飛舞，彷彿草叢裡冰錐的叮噹聲，或者帶有「逮、逮、逮」的其他聲音，或者更罕見的是，春天般的日子裡，他們從樹林邊緣發出「菲－比」這樣頗有夏意的弦音。最後我們都混得非常熟悉了，一隻山雀落在我正搬運的有一抱之粗的木材上，肆無忌憚地啄著木頭。還有一次，當我鋤著一座村中花園時，一隻麻雀在我肩上落了一會兒，這樣的氣氛讓我覺得自己甚為高貴，佩戴任何肩章都無法與之相比。松鼠們最後也變得和我很親近，當我的鞋子占據最近的路線上時，他們總會由上面直接跑過。

當大地未被積雪完全覆蓋，並再次臨近冬季的尾聲，積雪在我的南山坡上和柴垛旁融化時，松雞早晚出入森林前來覓食。無論你走進森林的哪一邊，總有鷓鴣振翅飛走，震落高處的枯葉和細枝上的積雪，從陽光中灑落而下宛如金色的纖塵，這勇敢的鳥不會被冬季嚇壞。他經常被翻湧的雪蓋住，而且，據說，「有時候一頭扎進柔軟的雪中，在裡面隱藏一到兩天」。他們日落時分從森林中出來，啄食野蘋果樹的花蕾，在他們所在的野外開闊地上，我常常去驚嚇他們。他們每晚有規律地來到特定的樹上，狡猾的獵人正在那裡等著他們，而且森林邊的遠處果園也會遭殃不少。然而無論如何，我很高興這些松雞覓得了食物。他是大自然自己擁有的鳥，啄食花蕾，飲水為生。

在冬日黑暗的清晨，或者冬日短暫的下午，我有時會聽見一群獵犬咆哮長林，發出追捕的狂吠，他們無法遏制的追捕本能，間或傳來的獵角之聲，都表明有人在豢養他們。叫聲在森林中再次響徹，沒有狐狸奔跑到湖邊開闊的平地上，也沒有狗群追著他們的阿克特翁[2]。或許在夜裡，我會看見獵人乘著雪橇歸來，帶著一條狐狸尾巴作為戰利品，尋找著過夜的旅店。他們告訴我說，如果狐狸一直藏在凍土中會是安全的，或者如果他們直線奔跑，就沒有獵犬追得上；但是，當追蹤者被遠遠拋在後面，他停下來休息，直到聽見獵犬逼近了，然後繞個圈子回到之前出沒之地時，獵人們便已在那裡恭候了。然而有時候，他會在牆上跑過許多桿遠的距離，然後遠遠地跳到牆的另一邊，他會發現水並不能保留他的臊氣。一位獵人告訴我說，他曾看見一隻被獵犬追捕的狐狸闖進華爾騰湖，當時冰面上還覆蓋著淺淺的水窪，他橫穿過一段湖面，然後跑回到原來的湖濱。很快，獵犬追到了，但是他們在這裡丟失了狐狸的氣味。有時候，一群獵犬就會經過我的門前，圍著我的房子繞圈，吠叫、追逐，並不顧忌我的存在，彷彿被一種怪異的瘋狂折磨著，因此一切都無法將他們從追捕中轉移出來。於是，他們圍著房子繞圈，直到發現狐狸最新的蹤跡，一頭聰明的獵犬可以放棄一切，唯獨追捕狐狸不可以放棄。一天，一位獵人從萊辛頓來到我的小屋，打聽他那頭追蹤狐狸追蹤了很遠的獵犬，他已經找了一個星期。但是我恐怕他聽了我的話後也不會變得更明智，因為每當我試圖回答他的問題時，他總會打斷我，以諸如此類的提問：「你在這裡做什麼呢？」他丟了一條狗，卻發現了一個人。

有一位老獵人，談吐十分無聊，他過去每年在華爾騰湖水最溫暖的時候，來湖裡洗一次澡，並藉此機會來看望我，他告訴我說，許多年前的一個下午，他拿上槍，去華爾騰森林裡巡邏；當他走在維蘭德路上時，他聽見一群獵犬的叫聲迫近，很快，一隻狐狸從牆上跳到路上，隨後又以難以置信的速度跳上另一堵牆，他迅疾的子彈都沒有傷到那隻狐狸。又走過一段路以後，一頭老獵犬帶著她的三頭幼犬，按照自己的想法全力追捕著，並再次消失在森林中。下午晚些時候，當他在華爾騰南部的密林中休息時，他聽見獵犬遠遠的吠叫，他們依舊朝著菲爾港方向追蹤著狐狸。當他們跑近時，他們追捕的咆哮聲在森林中迴蕩著，愈來愈近，一會兒發自威爾草場，一會兒發自貝克農莊。他在那裡靜靜地站了很久，聽著他們的音樂，這對一個獵人的耳朵是多麼甜美啊！突然，狐狸出現了，步態輕盈，穿過莊嚴的林間走廊，他的聲音被樹葉沙沙的迴響所遮蓋，迅疾而安靜，繞著圈，把追捕者們遠遠拋在後面；隨後，他跳上林間的一塊岩石，直身坐著，聽著，背對著獵人。憐憫之心也曾使後者猶豫片刻，但那註定是短暫的，思緒飛快地轉換了回來，他把槍端平，「砰」的一聲！——那隻狐狸，從岩石上滾落，躺在地上死掉了。那獵人仍然待在原處，聽著獵犬的聲音。一會兒他們追來了，此刻，附近的森林裡迴蕩著樹葉的沙沙聲和他們魔鬼般的吠叫聲。最後那頭老獵犬出現在了視野中，她嗅著地面，狂咬著彷彿被捕獲的空氣，然後徑直跑向了岩石；但是，發現了死去的狐狸，她突然停止了吠叫，彷彿被驚愕卡住了喉嚨，然後沉默地繞著狐狸轉了一圈又一圈；一個接一個地，她的幼犬趕來了，也和他們的母親一樣，全都被這神祕澆得警醒，陷入沉默。隨後，那獵人走上前來，站在他們中間，神祕的謎底被揭曉了。當獵人剝著狐狸皮時，他們靜靜地等待著，跟著狐皮走了一會兒以後，最後又回轉進了森林之中。那天夜裡，一位韋斯頓的鄉紳來到獵人的小木屋裡，打聽他獵犬的下落，並講述了一週以來他們如何從韋斯頓森林出發，隨己心意地追蹤狐狸。那康考特的獵人講出了自己所知道的一切，並以狐皮相贈；但是那鄉紳辭謝了，並且離去。那天夜裡，他沒能找到他的獵犬，但第二天他得知，他們已經過了河，並在一所農舍裡過了夜，在此處，他們被豐盛地餵了一頓後，就在一大清早踏上了歸途。

為我講這些故事的老獵人能夠記起一個叫薩姆．納丁的人，過去曾在菲爾港的岩層上獵熊，並在康考特的村莊裡用熊皮換蘭姆酒；這人曾告訴他，他甚至曾在那裡見過一頭麋鹿。納丁有一頭大名鼎鼎的獵狐犬，名叫布林戈因——他發音為布羚——我的談伴從前經常借用。鎮上有一位老商人，也是隊長、鎮公務員和代表，我在他的「帳本」中發現過如下的條目：一七四二到一七四三年一月十八日，「約翰・梅爾文，貸方，一條灰色狐狸，零元兩角三分」；這樣的事情現在看不到了；他的帳冊裡還有：一七四三年二月七日，「赫茨齊亞・斯特拉頓貸款半隻貓皮，零元一角四分半」；這當然是山貓皮，因為斯特拉頓在從前的法國戰爭中曾是一名中士，不會用不夠高檔的東西去貸款。鹿皮也可用來貸款，而且它們每天有售。一個人依舊保存著附近地區被獵殺的最後一頭鹿的鹿角，另一個人還給我講述過他叔叔曾參加的一次捕獵的細節。從前這裡的獵人們有一個龐大而歡樂的團隊。我清楚地記得，一位瘦削的寧錄[3]從路邊抓起一片樹葉就能吹出音樂來，如果我的記憶可靠的話，那聲音比任何獵角都更野性、更富有旋律。

夜半，天上掛著月亮，我有時會遇見獵犬們徘徊在森林裡，在路邊潛伏著，像害怕我似的，在灌木叢中默默佇立，直到我走過。

松鼠和野鼠為我貯藏的堅果吵了起來。我房屋周圍有二十多株油松，半徑一英寸到四英寸，都被他們啃了，在上一個冬天——一個對他們來說是挪威一樣的冬天，雪積得又深又厚，他們不得不將很大比例的松樹皮混合到其他食物中。這些樹在仲夏又復活了，又明顯繁茂起來，它們中的許多都長高了一英尺多，儘管樹皮被爬繞著啃下許多；但是又一冬過後，它們便都毫不意外地死去了。真是讓人吃驚，一隻小小的老鼠竟然能以一整株松樹為餐，環繞著啃食，而不是上上下下；但為了讓森林瘦身，或許這也是必要的，它通常太過密集了。

野兔（學名 Lepus Americanus）也非常習見。整個冬天，一隻置身於我的房屋下面，只有地板把我們隔開來，每天早晨，我開始行動，她都要以匆忙的離去驚嚇我——哐噹、哐噹、哐噹，她用頭快速撞擊著地板的木料。黃昏時分，他們經常環繞在我的房屋周圍，咬食我扔出門外的馬鈴薯皮，他們和土地顏色如此相近，當他們靜止時我幾乎無法分辨。有時在暮色裡，我時而看見，時而看不見，一隻野兔無緣由地坐在我的窗下。當我在夜裡打開門，他們會吱吱叫著、蹦跳著跑出門去。他們近在手邊時，我看了會激起憐惜。一個夜晚，一隻野兔坐在距我兩步遠的門邊，起初害怕得發抖，但又不想挪動；這可憐的小東西，瘦骨嶙峋，有著鋸齒狀的耳朵和尖尖的鼻子，殘破的尾巴和小爪子。看起來彷彿大自然不會再繁衍更高貴的血統了，只會站在她的小腳趾上。她的一雙大眼睛看起來年輕而病態，近乎水腫。我邁出一步，瞧著她，而她甩開飛毛腿，彈跳而起便穿過雪地，身體和腿伸展出優雅的長度，很快就跑到了森林的背面——這自由的野物，維護著大自然的活力與尊嚴。她的苗條並非沒有緣由。這便是她的天性。（有人認為，學名 Lepus，源於 levipes，意為腿腳輕靈。）

一個沒有野兔和松雞的鄉村會是什麼樣子呢？他們是最簡單最本土的物種；古已有之的高貴世界成員，而今依然如故；與大自然分享著色彩和本質，與樹葉和土地最親密地結合——彼此間也親密結合；要麼長著翅膀，要麼長著腿腳。當一隻野兔或鷓鴣疾速跑過時，你看見的幾乎不是一隻野物，而是大自然的一部分，如同沙沙作響的樹葉一般。無論發生什麼樣的變革，松雞和野兔都一定會繁衍下去，就如這片土壤上真正的居民一樣。假使森林被砍伐，嫩芽和灌木也會湧現，供他們藏身，他們會變得比以往更為數量龐大。一座容不下一隻野兔的村莊真是座可憐的村莊。我們的森林裡兩者皆有，在每一片沼澤周圍都能看見漫步的松雞或野兔，他們為多細枝的籬笆和馬鬃做的陷阱所苦，是一些牛仔在打理這些。

16

冬天的湖

The Pond in Winter

一個寂靜的冬夜過後，我醒來，還帶著被某些問題所困擾的印象；在睡夢中，我所有試圖回答的努力都歸於徒勞：那是什麼——如何——何時——何地？但是這黎明時分的大自然，萬物各得其所，她看進我寬闊的窗，面容安詳、滿足，她的唇間沒有疑問。我被一個已解答的疑問所喚醒，被大自然與日光所喚醒。積雪深深地躺仰在大地上，點綴著鮮活的小松林，我的房屋坐落在小山上，它舒緩的斜坡似乎在說：「向前！」我們這些凡夫俗子的疑問，大自然既不會提出，也不會回答。很久以前她就給出了結論。「哦，王子，我們以讚佩之眼深思，目光傳遞著宇宙驚奇而多變的景觀之魂。黑夜無疑遮掩了其中一部分光榮的創造，但是白晝的來臨，則為我們揭開了其偉大勞作的整個面目，這些偉大勞作，從地球的一端，一直延伸到地球以外的蒼穹裡。」

然後我開始了清晨的勞作。首先我拿起一把斧頭和一只提桶去找水，如果這不是在做夢的話。在一個寒冷的雪夜過後，或許需要一支潛水桿才能辦到。平日裡，這湖水和顫抖的湖面，敏感於每一陣呼吸，反射著每一道光影，可是每到冬季，結冰就變得堅固，會達到一英尺或一英尺半的厚度，能支撐起最沉重的車隊，覆蓋其上的雪也可能達到同樣的厚度，人們從任何地平面上都難以辨別出它的所在。就像四周群山中的土撥鼠一樣，它合上眼瞼，休眠三個多月。站在積雪覆蓋的平川上，宛如置身於群山之間的一處牧場，我第一次取徑穿過一英尺厚的積雪，再穿過一英尺厚的冰面，我的腳下打開了一扇窗，並在此處跪下飲水，我的目光向下，看見了魚群幽靜的客廳，它被一團柔和的光線瀰漫，彷彿一扇地面上的玻璃窗一般，沙石閃爍的湖底與夏季相同；這裡由一種經年無波的平靜統治著，就像破曉時分琥珀色的天空，此地居民冷靜、平和的品性與之相得益彰。天堂在我們腳下，也在我們的頭頂。

清早，當一切事物都在霜凍中脆響，人們帶著魚線軸和簡便的午餐到來，穿過雪地，放出魚線，捕捉梭魚和鱸魚；這些化外之人，與城鎮中人相比，本能地追隨另一種風尚，相信其他的權威，然而也正是他們的來來往往，將城鎮部分地縫合在一起，若換了別處，城鎮則是彼此撕離的。他們縮進粗糙的毛呢布料裡吃午餐，盤坐在湖濱乾燥的橡樹葉上，遵從自然造化的智慧與城市居民們遵從人造之法的智慧相同。他們從不求教於書本，沉默寡言但卻敏於所行。他們所實踐過的事情，往往並不為人所知。此處有一人，用大鱸魚作餌來釣梭魚。你向他的提桶中望去，充滿驚奇，恍若望向夏日的湖，彷彿他一直把夏日鎖在家中，或者他知曉她從何處撤退的。天啊，他是怎麼在冬至時節收穫這一切的？哦，自從大地封凍以後，他就從朽木裡獲取蠕蟲，因此漁獲甚多。他的生活本身就居於大自然的洞見裡，比博物學家的鑽研要高明得多，他本人就是博物學家的一個課題。後者用刀子輕輕挑起苔蘚和樹皮，尋找昆蟲，而前者則用斧頭砍開圓木的內核，苔蘚和樹皮四處飛濺。他以剝樹皮為生。這樣的人擁有捕魚的權利，而且我樂於看見大自然在他身上顯現。鱸魚吞食幼蟲，梭魚吞食鱸魚，漁夫再吞食梭魚；如此，造物天平上的縫隙就都被填滿了。

當我在薄霧天氣裡繞著湖閒逛時，有時會愉悅於一些粗魯漁夫所養成的原始方式。他或許已經在冰面上鑿了一些細孔，它們彼此間相隔四五桿的距離，但都與湖邊等距，然後把榿木枝橫放在細孔上，釣魚線的一端緊繫在樹枝上以防被魚拉下水，而鬆弛的一端則繞過一根伸出冰面一尺多長的嫩枝，並將一片乾燥的橡樹葉繫到上面，當魚線被向下拉動時，它就會表示有魚咬鉤了。當你在環湖漫步的中途，這些嫩枝會以相同的間距，在霧中若隱若現。

啊，華爾騰湖的梭魚啊！當我看到他們躺在冰面上，或在漁夫所鑿的、有一個小孔來引入活水的冰井中時，總是會驚奇於他們那罕見的美，彷彿他們是傳說中的魚類，對我們的街道來說如此陌異，甚至對我們的樹林來說也如此陌異，就像阿拉伯對我們的和睦生活一樣陌異。他們擁有一種相當炫目而超驗的美，這將他們與在我們的街市上被吹捧出大名的鱈魚和黑線鱈遠遠區別開來。他們不似松樹的青綠，不似石頭的灰褐，也不似天空的蔚藍；但是，在我眼裡，他們確有罕見的色彩，好似鮮花與名貴寶石，宛若珍珠，宛若華爾騰湖中動物化的原子核或水晶。他們，當然是全然無損的華爾騰；在動物王國中也是小小的華爾騰，華爾騰教派[1]！我驚異於他們在此處被捕獲——這集金黃與祖母綠於一身的偉大魚類，本來在幽深而寬闊的甘泉中，在旅經華爾騰路上歡悅的隊伍、馬車和叮咚作響的雪橇之下暢遊著。我從未有機會在任何市集中得見此類美魚，否則他絕對會在那裡成為眾所矚目的焦點。隨著幾下痙攣般的遊轉，很輕易地，他們就掙脫了自己在水中濡濕的幽靈，彷彿一個凡人在升入天堂那稀薄空氣前的時刻裡，掙脫了自己的肉身。

那是在一八四六年初，由於渴望重新發現華爾騰湖那長久失落的湖底，我曾在湖面破冰以前，攜帶著羅盤、鎖鏈和探測索，仔細地探查過它。關於這個湖底，有許多的傳聞，比如說這個湖根本沒有湖底，這些傳聞本身自然是毫無依據的了。人們不去親身探測，而能多少年來一直相信一個無底之湖的存在，這件事真的讓人吃驚。我有一次在鄰近地區的散步中就曾拜訪過兩個這樣的無底之湖。許多人相信華爾騰湖穿過地心，直抵地球的另一端。一些曾平躺在冰面上很久的人，俯視的目光穿透這迷幻的仲介，或許還以濕潤的眼眸論辯，然後出於對得肺炎的恐懼，就草率得出結論，稱他們曾見過湖中巨大的洞穴，如果有人願意填充的話，「滿載的稻草可以被填充進去」，而這裡確定無疑，正是冥河的源頭和地獄的入口。另一些人從村裡駕著一輛「56號」馬車來，馬車上載滿了以英寸為刻度的繩索，但是仍然未能探到湖底；因為當「56號」還在路邊休憩時，他們就開始放出繩索，要找出奇蹟的不可測度的深度，這樣的嘗試自然是無效的。但是我能跟我的讀者保證，華爾騰湖有一個合理的、緊實的湖底，以一種並非不合理、儘管非同尋常的深度。我用一根釣魚線和一塊重約一磅半的石頭就輕而易舉地測出了它的深度，這樣能精確辨別出石頭離開湖底的時刻，因為當湖水在石頭下面托舉它以前，向上拉動釣魚線要困難得多。湖的最深處，精確來說是一百零二英尺；加上上浮的五英尺，就有一百零七英尺。對於這樣小的一個湖，這樣的深度是驚人的；然而沒有一寸湖水是能夠被想像力所閒置的。即使所有的湖都是很淺的，那又如何呢？難道它就不會映入人們的精神之中了嗎？我很感謝這個湖，作為一個象徵來說，它既幽深又清澈。如若人們信仰無限，那麼一些湖就會被認為是無底的。

有一位工廠主，他聽說了我測出的深度，認為那不可能是真的，因為，從他水壩建築方面的知識來判斷，沙石不可能保持在如此陡峭的角度上。但是就與所在地區的比例來講，最深的湖也並不如大多數人們所想的那麼深，而且，如果湖水被抽乾，也不會留下一道醒目的峽谷。它們不像兩山之間所夾的杯形谷地；對於華爾騰湖來說，它與所在地區相比已經是不尋常的深了，它呈現為一個直角區域，但其最深的中心處也並不比一座淺灘更深。大多數的湖，如果被抽空，將會裸露出一片比我們尋常所見並不更加空曠的草場。威廉・吉爾平，這位關於風景所有方面知識都讓人羨慕、也總是如此正確的人，站在蘇格蘭的洛克費恩峽谷頂端，將其描述為「一座鹹水灣，六十或七十九英尋深，四英里寬，」大約五十英里長，被群山環繞，據觀察，「如果這裡爆發大洪水，或者隨便什麼大自然的災變，能讓我們立即看到它在水流湧入以前的樣子，它會呈現為一個多麼駭人的大裂谷啊！

「多麼高，如托舉的腫脹山巒，多麼低
下沉為一片湖底，寬闊而幽深，
無窮無盡水之床。」

但是，如果選取洛克費恩峽谷中最短的直徑，我們把這些比例應用到華爾騰湖那裡，眾所周知，華爾騰湖底呈直角的部分僅僅像一個淺灘，然而前者卻會比它再淺上四倍。而當河水被抽空，洛克費恩大峽谷給人的驚駭就會放大許多。毫無疑問，許多擁有著延綿的玉米地的微笑山谷，正是占據著這樣的「驚駭峽谷」，河水從峽谷中衰退了，儘管要讓其中堅定不移的居民信服這樣的事實，需要地理學家內外兼修的視野。通常，一隻好奇之眼或許會從低矮的山丘中探測到一片原始湖泊的湖濱，平地並未隨後日漸抬升，隱藏起它們的歷史。但是公路上的工人們知道，在陣雨過後，要在一片泥濕中辨認出何處是低窪的坑洞，是再簡單不過的了。想像力給予人們哪怕最少的能量，也要比大自然本身的運動下潛得更深、咆哮得更高。因此，與其寬度比起來，大洋的深度或許會顯得非常微不足道。

當我穿過冰層進行探測，我能以極大的精度確定湖底的形狀，這比探測沒有封凍的港灣更具可能性，而且我驚訝於它整體的規則程度。在最深處，有幾英畝大小的地方比暴露在陽光、風吹、耕作之下的幾乎任何土地都更平坦。譬如，在一次任意選址的放線測量中，測量三十桿，所得深度之間的差異不會超過一英尺；而且總體來說，我能估測出，以中間為基點，向外四周任意方向，每隔一百英尺，深度會變化三四英寸。有些人習慣於認為像這樣安靜的沙石湖底總會有深邃、危險的洞穴，然而湖水在此間的作用會撫平所有的差異。湖底如此規則，與湖濱以及鄰近錯落山丘的渾融是如此完美，一片遼闊的海灣在貫穿全湖的探測中出賣了自己，只要從對岸觀測，它的方向就可以被確定。海岬變成了海灣，變成了平坦的淺灘，變成了深谷，變成了深入水底的海溝和隧道。

當我以十桿比一英寸的比例繪製華爾騰湖的地圖時，放下總數超過一百根的探測線，我觀測到了這一驚人的巧合。由數字所暗示，注意到華爾騰湖的最深處明顯居於地圖的中心後，我在地圖上橫著拉出一條線，再豎著拉出一條線，然後發現，讓我吃驚的是，最大湖長和最大湖寬所在兩條線的交匯處恰好就是華爾騰湖最深處所在的那個點，儘管湖心如此平坦，但湖的輪廓卻遠不規則，最大的湖長和湖寬都是深入湖的內凹處測得的，而且我對自己說，天知道這樣的線索會不會導向如下的事實呢：大洋最深的部分與湖泊和水窪是一致的？這一規律是否對山脈同樣適用，與山谷相對？我們知道一座山的最狹窄處並不是其最高處。

在五個內凹處，其中三個，甚至所有被探測過的，都被發現有一個沙洲穿過其開口，並有湖水更深地灌入，因此這沙洲就成為湖水向陸地內部的擴張，不僅是水平的，還是垂直的，並形成一個盆地或獨立的湖泊，兩個岬角的方向顯示了沙洲的擴張過程。無獨有偶，海灘上的每一個港口在其入口處都有沙洲。從比例來講，內凹處的開口比其長度更寬，沙洲之上的湖水比盆地內的湖水更深。那麼，加上我們又已經測得了內凹處的長度和寬度，以及沿岸的特徵，由此你就幾乎獲得了足夠的素材來推出一個公式，一個放之四海而皆準的公式。

為了看看依靠這一經驗，僅僅透過觀察湖面的輪廓和湖岸的特點，我能夠多切近地猜到湖的最深點，我繪製了一幅關於白湖的圖紙，它占地四十一英畝，並且與華爾騰湖相似，湖中沒有小島，也沒有任何可見的入口和出口；然而，當最長湖寬所在那條線距離最短湖寬那條線非常近時，此處兩個相對的岬角彼此接近，兩個相對的水灣卻彼此遠離，我嘗試標出一個離後面那條線非常近，但仍然在最長湖寬所在那條線上的點為最深點。但事實證明，湖的最深點距此將近一百英尺遠，而且距離我所傾向於的方位也很遠，只是比我的猜測深了一英尺，即六十英尺。當然了，一條溪流經過，或者湖中再有一座小島的話，就會使得問題更加複雜。

如果我們已知曉大自然的所有法則，我們應該只需要一個事實，或者對於一個實際現象的描述，就能推斷出與此相關的所有特殊結論。現在我們卻只知道一部分法則，所以我們的結論是有缺陷的，當然，這不是因為大自然的任何混亂和不規則，而是因為我們在推斷中對諸多必要因素的失察。我們對法則與和諧的見解通常只限於那些我們已探明的特例；但是我們所未探明的真正的和諧一致，真正的法則，則依舊讓人充滿驚奇。那些特殊的法則就像我們的觀點，就像對於旅人來說，每個腳步都會讓高山改變形狀，而且每座高山都有數量無限的外觀，即使它是絕對內在於一種形式的。甚至劈開或者鑽透，其完整面目也不能被理解。

我從這片湖中所觀察到的，也未嘗不是人倫的真實。它是平均律。兩條直徑的規則不僅能夠引導我們朝向星系中的太陽和人體中的心臟，還劃出直線，穿過一個人個體日常行為和生活波動的聚合，直抵其內凹處和入口，它們的交匯處就是他品性的高度和深度。或許只需要知道他河灘的趨向和毗鄰的地區或氣氛，我們就可以推斷其深度和隱藏的底部。如果他被多山的氛圍所環繞，或者一片堅毅的海灘，山頂被蔭蔽並反映在他的胸懷中，那麼這些都會暗示他也具有相應的深度。但是又低又滑的海灘則會同樣證明他的淺薄。在我們的身體中，一個勇敢、高聳的額頭也意味著一個同樣深邃的思想。同樣的，在我們每個內凹處的入口都有一個沙洲，或者特殊的傾向；每一個都是我們季節的港灣，身在其中，我們被扣留，被部分地幽禁於陸地。這些傾向通常都不是異想天開，它們的形式、尺寸及方向都被海灘的岬角所決定，被古代地質的鬼斧神工所決定。當這沙洲逐漸被風暴、潮汐或者洋流所擴大，或者水位沉降使它升至水面，它首先是海灘中的一個傾向，停泊其中的思想隨之成為一片獨立的湖泊，隔斷了與海洋的關聯，獨處此地，思想保衛著自己的狀況——變更，或許從鹹水變成淡水，變成一片甜海、死海或者一片沼澤。當每一個體來到這世上，我們難道不會認為這正如沙洲在某處浮出水面嗎？真的，我們只是可憐的航海家，我們的思想更多是駛離或者停靠在沒有港口的海灘上，只是偶爾熟悉一些詩意的水灣，駛向公共港口的入口，或者進入科學的乾涸的碼頭，在那裡它們遭到改裝以適應世界，不再有自然的潮流讓它們始終如一、保持獨立。

關於華爾騰湖的入口或出口，除了雨水、降雪和霧氣蒸騰外，我尚未發現，儘管使用溫度計和測線，這樣的地點或許會被找到，因為水流進湖的地方，可能會夏天最冷，冬天最熱。一八四六到一八四七年間，採冰人在這裡勞作，有一天，送到湖濱的冰塊被在那裡堆疊它們的人拒絕，它們不夠厚，不能和其他冰塊整齊排列；切割冰塊的人由此發覺，從一個小地方採來的冰塊比其他地方的冰塊要薄兩到三英寸，這使得他們認為那裡是一個入口。他們還向我展示了另一個他們覺得是過濾孔的地方，經過這裡，湖水過濾出去，流經一座山腳，進入一片鄰近的草地，他們把我推上一塊冰去觀察它。它是一個小洞穴，在水下十英尺處；但是直到他們找到一個更糟糕的過濾孔，我都覺得自己可以認定，這片湖不必與外部聯通。有人曾經暗示，如果這樣的過濾孔能被找到，如果真的存在，那麼它與草地的銜接處，一定會排出一些有顏色的粉末或者木屑，隨著水流，一些小顆粒一定會被帶出來。

當我在做勘測的時候，十六英尺厚的冰層在微風中如水般波動。眾所周知，水準儀不能在冰上使用。把水準儀放在陸地上，朝向冰層上的分度桿，以此方法，可測出離湖濱一桿之距的冰層最大波動值是四分之三英寸，儘管冰層看起來與湖濱堅固地封凍在一起。若在湖心，波動值可能會更大。假如我們的測量工具足夠精密，天知道我們可不可能探測到地殼的波動呢？當水準儀的兩支腳放在陸地上，第三支在冰層上，視線隨著後者而確定時，冰面一次幾乎無窮小的升降波動值，透視到湖對岸的一棵樹上，就是幾英尺的長度。當我開始鑿孔測量，湖水湧出三四英寸高，冰層被積雪覆蓋並也因此下沉了同樣的高度；然而湖水立即從冰孔湧出，深深流淌了兩天，漫過了冰層的各個方位，其即使不是主要的也是巨大的貢獻，便是使湖面變得乾燥；因為湧出的湖水使冰層抬升並漂浮起來。這有些像在船底鑿洞並讓水灌入一樣。當這些冰孔封凍起來，伴隨著成功的降雨，最終，一次新的封凍會形成一片新鮮光滑的冰層，冰中斑駁，美麗地夾雜著深色的形體，彷彿一片蜘蛛網，你或許也會稱之為冰薔薇，湖水從四周湧出，一股股流向湖心，恰好形成了如斯美景。有時候，當冰層上積著清淺的水窪，我可以看見兩個自己的倒影，一個站在另一個頭頂，一個踩在冰上，另一個，踩著樹木和山坡的倒影。

此時仍是寒冷的一月，積雪與冰層深厚而堅硬，然而精明的地主卻已從村中趕來，取走夏日冷飲所需的冰塊；在一月裡就預見了七月的炎熱和口渴，這分智慧令人印象深刻又甚為可悲——穿戴著厚厚的大衣和連指手套！如此多的東西尚未被提供。或許他在此岸世界上還沒有儲存起可供在彼岸消暑的財富。他砍開、鋸開堅固的湖，取走魚兒們的屋頂，奪走它們的必要元素和空氣，像拉著縛緊的木頭一樣，他用繩索快速拉著冰塊，穿過喜愛的冬日空氣，抵達冬日的地窖，夏日就這樣被儲存在下面。當遠遠地在街上拉動時，它看起來就像一小塊固態的藍天。這些採冰人是快樂的一族，酷愛笑話和運動，當我來到他們中間，他們習慣於邀請我一同鋸開這「內凹的時尚」，而我正站在這時尚下面。

在一八四六到一八四七年的冬天，一個清晨，一百個出身極北苦寒地帶的人向我們的湖猛撲而來，帶著許多車笨拙的農具——雪橇、犁鏵、鑽孔架、剪草刀、鐵鍬、鋸子、耙子，並且每人還裝備了一柄雙股叉，此物在《新英格蘭農民》和《耕者》中都未曾描述過。我不知道他們是不是來這裡播種冬天的黑麥的，或者新近從冰島引進的其他作物。由於我沒看見施肥，所以我判斷他們會像我曾做過的一樣，撇去土地的表層，認為土壤足夠深厚，並且已休耕足夠長的時間了。他們說幕後有一位紳士氣的農場主，想讓他的錢翻倍，按我的理解，這筆錢會達到五十萬美元；但是，為了讓每一美元上再多出一個美元來，他脫去了華爾騰湖僅有的外衣，嗚呼！簡直是剝去它自己的皮膚，在一個嚴冬的中段。他們立即開始了工作，犁地、搬運、旋轉、挖溝，以讓人羨慕的秩序，彷彿他們在努力把這裡打造成一片模範農場；但是正當我目光如炬地去看他們要在犁溝裡撒下什麼種子時，身旁的一小夥人突然鉤住那片處女地不放，以痙攣般的手段，深入土地之中，或者深入水中——因為那是一片彈性的沃土——實際上那裡所有的土地都是——然後用犁拉它，我由此猜測，他們一定在從沼澤中挖掘泥炭。就這樣，他們每天來來往往，帶著火車頭般怪異的叫聲，某種意義上，這叫聲來自極地，對我來說，活像一群極地的雪鳥。但有時候，華爾騰這弱小女神也會復仇，有一個雇工，在隊伍後走著，滑進了大地的裂縫，那是直通地獄的所在，此前曾如此勇敢的他，突然間成了被奪走魂魄的人，幾乎散盡了所有的陽氣，他很感激地在我的屋裡避難，並且承認，火爐中的確有些美德；或者有時候，凍土從犁頭上掰下一塊鐵，或者一只犁卡在犁溝裡，不得不被砍斷。

直率地講，這是一百個愛爾蘭人，隨著美國佬監工，每天從劍橋趕來，取走冰塊。他們以無須贅述的方法把冰分割成冰塊，然後，這些被拖到湖濱的冰塊立即被拉上一個放冰的平臺，然後被由馬匹拉動的鐵爪、墩子、鏟子抬升起來，堆疊在一起，宛如無數桶麵粉般整齊，甚至行對準行、列對準列，彷彿它們構成了被設計來刺破雲層的方尖碑的堅固基座。他們告訴我，在一個好天裡，他們可以弄出一千噸，那是大約一英畝的產量。冰面上留下了深深的溝槽和搖晃的坑洞，就像在土地上一樣，在與犁鏵的軌跡重合的通道旁，那些馬匹不免吃光了覆蓋在冰垛上的燕麥，使它們像光禿禿的桶一般。他們在空氣中垛起冰塊，每一堆三十五英尺高，六七桿見方，在最外層鋪上稻草來排除空氣；因為，當風起時，即使空前凜冽，但只要找到一個進入的通道，它就會造成巨大的孔洞，冰垛只剩下輕微的支撐，或者只是幾處相連，最終會傾圮。起初，它看起來像一座巨大的藍色瓦爾哈拉聖殿；然而當他們開始往冰垛的縫隙中填充粗糙的牧草，並且冰垛上也覆蓋了白霜和冰柱時，它看起來像一座長滿苔蘚的古老莊嚴的廢墟，由天青色的大理石建造，這冬神的住所，這位我們在年曆中得見的老人——他的小屋，彷彿他設計了這座冰屋，要和我們一同消暑。他們估算，這些冰塊只有不到百分之二十五能送達目的地，而且在車中也會損耗百分之二三。然而，這一堆中的很大一部分擁有了與原計畫迥異的命運；因為，一方面，這些冰被發現並未保存得如預期那樣好，裡面包含了過多的空氣，另一方面，出於某些原因，它們從未進入市場。這一大垛冰塊，在一八四六到一八四七年的冬天製作出來，估計有一萬噸，最終用稻草和木板覆蓋了起來；儘管在接下來的七月它失去了頂棚，並且一部分還被搬走，剩下的就曝晒在陽光下，但是它依然屹立，越過了夏季和下一個冬季，直到一八四八年九月也並未完全融化。然而華爾騰湖還是收回了其中的絕大部分。

和湖水相似，華爾騰湖的冰，放在手邊看，有淺綠的色澤，但是若隔開一段距離打量，則是美麗的藍色，而且你可以從河中的白冰，或者從四分之一英里外的一些湖裡僅呈綠色的冰中輕易地辨認出它來。有時候，這些巨大冰塊中的一個會從採冰人回村的犁車上滑下來，如巨大的綠寶石一般躺在那裡一個星期，成為讓所有路人都興味盎然的物體。我注意到，華爾騰湖的一部分湖水，在水的形態下通常是綠色，凍結成冰以後，從相同視角看去則變成了藍色。因此在冬季，湖邊的小水窪有些時候充滿了綠色的湖水，就像湖本身一樣，但是隔一天就會凍成藍色。或許湖水和冰的藍色要歸因於其中包含的光和空氣，最透明的顏色也正是最藍的顏色。冰，是引人冥思的有趣物質。他們告訴我說，在弗萊什湖的冰屋中，有貯藏了五年的冰塊，它們完好如初。為什麼一桶水會很快腐敗，但是凍成冰就會永保甘甜呢？通常，這被認為正像感情和智慧之間的區別。

因此，十六天來，我透過窗子看著一百個人像農夫一樣勞碌，結成隊伍，帶著馬匹和齊全的農事工具，這樣的畫面正如我們從年曆的第一頁所見；每當我望向窗外，都會想起雲雀和收割者的寓言，或者播種者的隱喻，諸如此類；然而現在他們都走了，或許已有三十多天了，我從同一扇窗望向華爾騰湖海青色的純淨湖水，倒映著雲朵和樹木，雲蒸霞蔚，飄散到偏僻的遠方，不再有蛛絲馬跡表明有人曾站在那裡。或許當一隻潛鳥潛入水中或搔弄羽毛時，我能聽見他孤寂的啼鳴，或者能看見漁夫獨釣孤舟，如一葉飄零，凝視著自己水波中的綽影，不久前，那裡曾有一百個人安全地勞作著。

由此表明，來自查爾斯頓和新奧爾良，來自馬德拉斯、孟買和加爾各答的悶熱的居民們，都在我的井中飲過水。清晨，我將智慧沐浴在浩大如宇宙般的《薄伽梵歌》的哲學中，自它誕生以來，神的歲月都一一流逝，與之相比，我們的現代世界和文學都顯得弱小而瑣屑；我因而疑惑，這一哲學是否並不適用於先前的存在狀態，它的莊嚴離我們的認知是如此遙遠。我放下書，走到井邊喝水，瞧啊！在這我遇見了婆羅門的僕人，梵天、毗濕奴和因陀羅的祭司，他們仍然坐在恆河的神廟中讀著吠陀經，或者住在一棵樹下，只有麵包屑和水壺。我遇見他的僕人前來為主人汲水，我們的水桶在同一口井中摩擦作響。純淨的華爾騰湖水與恆河裡的聖水混合在了一起。隨著喜人的風，它們飄過傳說中亞特蘭提斯和金蘋果園所在的島嶼，飄過漢諾的航海筆記，飄過特爾納特島和蒂多雷島[2]，飄過波斯灣的入口，融入印度洋上的熱帶狂風，在亞歷山大大帝僅僅聽過名字的港口裡，最終登陸。

17

春天

Spring

採冰人的大面積開掘，會造成湖面破冰時間的普遍提前；因為湖水會被風吹拂，即使在很冷的天氣裡，也會銷蝕掉四周的湖冰。但是今年，這對華爾騰湖沒能產生作用，因為它很快就得到一件新衣服，填補了原來的位置。鑑於華爾騰湖有更大的深度，並且沒有溪流穿過消融湖冰，所以它從不像鄰近其他湖那樣破冰如此之快。我從未聽說它尚在冬天的進程裡就敞開自己，除了一八五二到一八五三年的冬天，曾給過這片湖一次如此嚴峻的考驗。它通常在大約四月一日破冰，比弗林特湖和菲爾港要晚上一週至十天，開始於北部和更淺的地方融化，更淺的地方也是最早結冰的地方。它比這一帶其他的湖都更好地提示著季節的精確進程，最少受到氣溫短暫變化的影響。三月裡幾日持續的嚴寒會嚴重阻礙其他湖的破冰時間，然而華爾騰湖的升溫卻不會因此中斷。一八四七年三月六日，一只溫度計插入華爾騰湖的湖心，溫度是三十二度，或者冰點；湖濱附近則是三十三度；同一天，弗林特湖的湖心是三十二度半；距湖濱六桿遠的淺水，一英尺厚的冰層下，溫度是三十六度。後者深水、淺水之間三度半的溫差，以及相比之下其淺水區域所占的巨大比例，說明了它比華爾騰湖破冰時間早這麼多的原因。這個時節，最淺之處的冰層比湖心要薄幾英寸。而在冬至期間，湖心卻最暖，冰層也就最薄。因此，每一個曾在夏日裡到湖濱涉水的人都一定會記得，靠近湖濱的只有三四英寸深的湖水，要比遠處的深水表層溫暖許多，而深水的表層比湖底處也溫暖很多。在春天，太陽不僅對空氣和土地的溫度升高施加了影響，而且它的熱量也會穿透冰層一英尺多深，並被淺水處的水底所反射，因此也溫暖了湖水，融化了冰層的底部，與此同時，它讓冰層上部融化得更直接，讓它變得不平坦，並使得其中藏著的氣泡上下漫延，直至變成完全的蜂巢狀，最終在一場春雨中突然消失。冰與樹木一樣，都有紋理，當一塊冰開始腐蝕或者「蜂巢化」，這就意味著，請設想蜂巢的外形，無論它處在什麼位置，細胞般的氣泡總是與水面保持著正確的角度。當一塊岩石或者一根圓木上浮到水面附近，那麼它上面的冰層會薄很多，並且經常被這些反射的熱量所融化；有人告訴我說，一個完成於劍橋的、在一片林中淺湖裡封凍湖水的實驗裡，雖然冷空氣在水底循環，因此有路徑抵達兩邊，但是湖底的陽光反射抵消其優勢後，仍有富餘。而冬至的一場暖雨融化了華爾騰湖上的冰雪，並在湖心留下一片深黑或者透明的冰層後，湖濱附近會有一長條腐蝕壞的但卻更厚的白冰，一桿多寬，因這反射的熱量產生。因此，正如我所說的那樣，冰中的氣泡就像取火的凸透鏡一樣工作，融化掉冰的底部。

一年四季的自然現象，每天都以細微的規模在湖中上演。每個清晨，總的來說，淺水都比深水更快地變暖，儘管它或許還沒有足夠溫暖，但到了每個夜晚，它會以更快的速度冷卻，直到天明。一天就是一年的縮影。夜晚是冬天，清晨和黃昏是春天和秋天，正午是夏天。冰的破裂和爆破暗示著氣溫的變化。一八五〇年二月二十四日，寒夜過後，一個愉悅的清晨，我打算去弗林特湖度過一天，在那裡，我吃驚地發現，當我的斧頭卡在冰中，它像一張鑼在周圍幾桿遠的範圍裡迴響著，彷彿卡在了一張緊繃的鼓皮上。日出一小時後，湖面的冰開始爆破，它接收到了從山的那邊斜灑來的太陽射線的影響；伴隨著不斷增加的喧囂聲，它伸展自己，打著哈欠，像正在醒來的人，聲音持續了三四個小時。它在正午短暫地小憩了一會兒，再次爆破，直到夜晚太陽撤走方才結束。在正常的氣候狀況下，一座湖會規律地鳴響其黃昏之槍。但是在正午，湖面布滿裂痕，空氣也變得稀鬆，它就完全失去了共鳴，或許魚和麝鼠都不會被它的波動所震懾。漁夫說，「湖之雷霆」會嚇住湖魚，讓它們無法咬鉤。這座湖不會每晚都放出雷霆，而且我也不能準確說出何時才能等到雷霆；有時我雖未從天氣中感到任何異樣，但它卻突然轟隆作響。誰會料到如此巨大、冰冷、厚膚之物竟會如此敏感呢？它的雷霆應當釋放時自會釋放，它遵守其法則，就像花蕾在春天自會綻放一樣。大地到處供給乳汁，萬物生機勃勃。即使最大的湖對氣候變幻也同樣敏感，彷彿汞柱中滾動的水銀粒。

這片森林的迷人處，是讓前來生活於此的我擁有閒暇和機會去親眼看見春日的到來。湖中長久凝結的冰面逐漸顯露出如蜂巢般的裂紋，行走其上，都可以將鞋跟嵌在這深深的紋路中。重重霧氣、雨水與不斷升溫的陽光日漸融化著積雪；白天的時光明顯變長，我無須添加更多的木料來燃燒過冬，旺盛的火苗已沒有必要。我時刻警覺地去發現春日來臨的最初徵兆，比如聆聽那些已經到來的鳥偶然的鳴叫聲，或聽一聽條紋松鼠間的竊竊私語，因為此刻他們儲藏過冬的食物應該早已被消耗殆盡。再或者，去看看土撥鼠如何冒險逃出他們的冬眠之地。三月十三日這天，在我聽到藍鴝、歌帶鵐和紅翼鶇的鳴叫聲後，冰面依舊有一英尺厚。隨著天氣變暖，冰層並沒有明顯地被水流融化，也沒有像在河水裡一般碎裂後浮動著。儘管距離岸邊半桿寬的冰面已經完全融化，可湖心卻僅僅有些浸滿水的裂紋而已，所以你可以在六英寸厚的地方將腳伸進裡面。但是，到了第二天晚上，或者經歷一場伴隨霧氣而來的溫暖降雨，這些都將全然消失，一切都隨著霧氣消散離去。有一年，當我穿越湖心冰面僅僅五天後，這些冰層便完全消融了。一八四五年，華爾騰湖第一次完全解凍是在四月一日這天，之後，它結束冰封期的時間分別出現在一八四六年三月二十五日、一八四七年四月八日、一八五一年三月二十八日、一八五二年四月十八日、一八五三年三月二十三日和一八五四年四月七日。

與河流、湖泊破冰以及天氣變遷相關的每一件事情，對於我們這些生活在極端氣候中的人來說都顯得極其有趣。當溫暖的日子來臨，河邊的居民們在夜晚聽見冰面破裂的聲音，那讓人吃驚的聲響如炮聲一樣巨大，彷彿這寒冰的束縛終於臨近尾聲，幾日之內它們迅速消逝。短吻鱷從泥沼中鑽出，伴隨著大地的震顫。一位老人，一直是大自然的親近觀察者，對她的所有活動都一直充滿智慧，彷彿自他孩提起，大自然就已被放進他的寶庫，而且他也曾經幫忙放下她的龍骨——如今他已長成，假使再活到瑪土撒拉[1]的年紀，他對大自然的知識也幾乎不能增加更多了，他告訴我，而我吃驚地傾聽他對大自然活動的所有讓人驚歎的描述，彷彿他們之間從沒有祕密——春季的一天裡，他帶上槍，放下小船，想去和鴨子們做些小小的遊戲。草場上仍殘留著冰，但河中的冰已了無蹤跡，於是他順流而下，暢通無阻，從他居住的薩德伯里一路抵達了菲爾港湖，在那裡他意外地發現，大部分湖面上仍覆蓋著一層堅硬的冰蓋。那天很溫暖，所以他對這麼大一片殘留的冰感到吃驚。沒有看見鴨子，他把船藏在湖中一座小島的北面或背面，然後自己藏在南面的矮灌木叢中，等著他們。冰從距湖濱三四桿遠的地方開始融化，那裡有一片光滑、溫暖的水域，湖底泥濘，正是鴨子所喜愛的，所以他認為很快就會有一些鴨子到來。在他安靜地躺在那裡大約一小時後，他聽見一個低沉的又似乎非常遠的聲音，但是異常巨大和讓人難忘，不同於任何他所聽到過的聲音，這聲音逐漸膨脹、變大，似乎它會有一個普遍而讓人銘記的結尾，一聲慍怒的衝刺和咆哮，這聲音讓他立即想到是一隻體型巨大的水禽到來，他抓起槍，匆忙而興奮地跳出來；但是他吃驚地發現，當他躺著的時候，整塊冰蓋移動起來，漂向湖濱，他聽見的聲音正是冰蓋撞上湖濱所發出的——最初輕輕地咬合、碰觸，但是最終衝撞而起，碎冰四濺，沿著小島濺到相當的高度後才落下，終歸於平靜。

終於，光照達到合適的角度。和煦的春風吹散薄霧和降雨，同時也融化了雪堤。太陽驅散迷霧，在那片散發著芳香的紅褐色與白色煙霧交錯而成的格紋景致中露出笑臉，而這也成為指引旅人們在島群間覓得路徑的參照。一千條溪流在為太陽歡呼，潺潺的流水奏響喝采的樂章，而它們的血管中布滿了從冬天積蓄來的血液。

很少有什麼自然現象比這更讓我興奮了：在去村裡的路上，我觀察解凍的沙石和泥土流下鐵路兩旁深溝裡的情形；儘管自鐵路發明以來，新鮮裸露在河岸上的物質材料的數量已成倍增加，但這仍是一個不常大規模發生的自然現象。這物質材料便是囊括了不同細度和多種顏色的沙石，通常還會混合一點泥土。當春霜襲來，甚至在冬天解凍的日子裡，沙石就開始熔岩般流下斜坡，有時還會從積雪中噴薄而出，漫過以前從未見有沙石的地方。數不清的細小沙流相互重疊、交織，展現出一種混合產物，一半遵循著電流的法則，一半遵循著葉片的規律。當它流淌時，與紛亂的葉片或者藤蔓的情狀相同，一堆堆泥漿噴射一英尺多深，然後又再聚攏起來，你低頭，彷彿看見一些地衣的鋸齒狀、裂葉狀和鱗片狀的菌絲；或者你會想起珊瑚蟲，會想起豹子的腳掌或鳥類的細足，會想起腦、肺或腸，還有各種排泄物。它呈現一種古怪之極的葉狀，其形式和色澤酷似青銅，是一種比老鼠簕、菊苣、常春藤、葡萄藤或者各類植物葉片都更古老、更典型的極富建築感的葉狀；在某些環境下，它或許註定會成為未來地質學家們的困擾。整條深溝給我的印象酷似長著鐘乳石的岩洞，橫躺著，開口處朝向光源。單是沙石多變的幽影就豐富而讓人愉悅，擁抱著不同的金屬色澤：棕色，灰色，淡黃，淡紅。當大量流沙到達河岸邊的排水口時，它會散開，散成股股細流，分散的細流會喪失掉半圓柱的形體，逐漸變得扁平、寬闊，它們變得更潮濕的時候就會黏連在一起，直到形成一片平坦的沙層，依舊保有多變而美麗的幽影，但你可以從中追索出葉狀的原始形式；直到最後，它們浸入水中，轉變成河岸的一部分，恰似形成於河口的沙洲，而其葉狀的形式，卻已遺失在水底的粼粼波光中。

整個河岸，高約有二十到四十英尺，在河岸的一側或兩岸大約四分之一英里的地方，有時會被這種葉狀的或乾裂的沙塊厚厚地覆蓋著，這些都造化於春日的時光。是什麼讓這些葉狀沙石如此引人注目？大概是它進入春天如此突然的緣故吧！因為太陽的光線首先照到了河岸的一側，我望向植被遲滯的河岸一側，接著又看到另一側被茂密的枝葉覆蓋著，這一個小時內完成的造物，讓我深深觸動，彷彿自己進入一種奇異的感覺中：我站在那偉大工匠的實驗室裡，他親手製造了世界和我——來到了依舊在工作的地方，在這河岸上遊戲，然後將餘裕的精力散播進新的設計之中。我感覺自己彷彿離地球的命脈更近了，因為這些流沙的葉狀形態，正如動物身體中的要害部位一般。你從大量沙石中找到一種菜葉的感覺。難怪這地球用葉片的形式來進行外在的自我表達，而且它在內裡也正是如此地勞作著。原子已學會了這一法則，並由此孕育。高懸的葉片在這裡看到了它的原型。「內在地」一詞，無論是地球還是動物的體內，它都是一片潮濕厚重的肉葉（lobe），它是一個尤其適用於肝、肺和脂肪葉的詞（源於希臘詞 λειβω，是 labor〔勞動〕的意思，而拉丁詞 lapsus 則是流動或向下滑，一種流逝；希臘詞 λοβοζ，相當於拉丁詞 globus，兼有 globe〔地球〕和 lobe〔葉片〕之意；也衍生出 lap、flap 等許多其他詞）；而「外在地」一詞，則是一片乾燥輕薄的樹葉

（leaf），正如它發出的f音和v音都是壓扁和風乾的肉葉（lobe）中的b音。肉葉的詞根是l b，柔和的b音（小寫的b是單葉，大寫的B是雙葉）被它身後液態的l音推到前面。在「地球」一詞中，詞根是glb，喉音g將喉嚨的容量增加到詞的表意中。鳥類的羽毛和翅膀同樣是更乾燥、更輕薄的樹葉。因此，上天入地，從地底笨拙的蛆蟲到空氣中鼓動雙翅的蝴蝶都同此理。我們的地球也在持續地超越自己、翻譯自己，並在其軌道上展動翅膀。甚至冰也始於精微的水晶之葉，彷彿它是澆注進一種模具而成，一種按照水嫩植物的蕨葉花紋印成的水中寶鏡。一整棵樹自己也不過是一片葉子，而那些河流也依舊是更大的葉子，河中的泥土是其葉肉，而城鎮與城市，則是其葉腋中的蟲卵。

當太陽隱去，沙石也停止了流動，但是到了清晨，沙流會再次開始，一股接著一股，數量無限地混合在一起。在這裡，你或許看見了血管是如何形成的。如果你近距離看，你首先會觀察到從解凍之處流出一道向前的細軟沙流，有一個水滴形的頂端，就像指尖一樣，緩慢地感覺著路向，盲目地向下流淌，直到最終獲得了更大的熱量和濕度，當太陽升得更高，那流動性最強的部分，努力遵循著流動最遲滯部分也在遵循的法則，它從後者中分離，自己形成一條曲折的河道或者動脈，我們從中可見一道狹小的銀流如閃電般爍動，沿著葉脈或枝杈狀的路徑挪移，一路如此，直到最後被吞沒在沙石中。沙石在流動過程中自我組織的完美與迅疾真是讓人驚歎，使用著它能提供的最好材料組成沙流的鋒利尖端。這些都源自河流。河水中存儲的含矽物質或許構成了其骨骼系統，而依舊柔軟的泥土和有機物則是肉纖維和細胞膜。人為何物，還不是一團解凍的泥土？人的指尖也不過是一滴凝結的水滴。手指與腳趾從那一團解凍的身軀中延伸出去。誰知道若是在一個更和悅的天堂裡，人的身體會擴張、流動成什麼樣子呢？手會不會變成一片開闊的棕櫚葉，帶有葉肉和葉脈？耳朵或許會被奇異地視作一朵名為石耳屬（Umbilicaria）[2]的地衣，在頭側，長著肉葉和耳垂。嘴唇——拉丁文為labium，或許詞源是勞動（labor）——重疊（laps）在洞穴似的嘴巴上下，或者從此處喪失（lapses）。鼻子是一滴明顯的水滴或鐘乳石。下頦是一大顆安靜的水滴，是面部流動的匯合。雙頰則從眉毛下滑到臉的谷地上，並被頰骨對立、擴散起來。菜葉中每一塊捲曲的葉肉，也同樣是一顆厚重而閒蕩的水滴，或大或小；葉肉是菜葉的手指；它有這麼多的葉肉，因此就有這麼多方向要去流淌，更多的熱量或者其他適宜的影響因素會使它流淌得更遠。

由此觀之，似乎這座山坡就解釋了大自然所有活動的法則。地球的造物主之專利不是其他，正是一片葉子。商博良[3]會將這象形文字破解成什麼樣子，使得我們最終能翻開一片新葉？比起一片豐饒肥沃的葡萄園，這個自然現象能帶給我更多的樂趣。誠然，它本質上是某種排泄物，成堆的肝臟、肺臟和大腸，沒有止境，彷彿地球錯把內臟翻到了外面；但是這至少暗示了大自然是有內臟的，它一再成為人類之母。這是來自地底的霜；這是春天。這春天領先於蔥綠、含苞的春天，正如神話領先於習慣的詩歌。我知道，再沒什麼更能驅除冬日的蒸氣和消化不良了。它使我相信地球仍處於繈褓之中，朝每一邊伸出四根嬰兒的手指。新生的捲髮湧出光裸的額頭。沒有一物是無機的。這些葉狀沙堆沿著河岸躺仰，像一座熔爐中的熔渣，展現了大自然內部的「充分燃爆」。大地不只是死去歷史的碎片，地層壓著地層像書上的頁，主要等待地質學家和古文物學家的研究，它還是活著的詩，是樹上的葉，先於花朵和果實而生——不是化石的土地，而是一片充滿生機的土地；和它這偉大的生命中心相比，所有動物和植物都只是寄生的生命。它的劇痛將會從墓地中托舉起我們的殘骸。你或許能夠熔化你的金屬並把它們澆鑄進最美的模具；但這從未像融化的泥土從地心流出般使我興奮。不僅如此，地球上一切制度也都是可塑的，彷彿製陶匠手中的黏土。

很久以前，不僅是在這些河岸上，在每一處平原和山谷間，冰霜的降臨就像剛剛從休眠中甦醒的四足動物，它離開洞穴，伴著樂曲去追尋海洋，或藏在雲中遷往下一個地區。它的解凍之力，好似溫柔的勸說，卻比雷神之錘還要威力強大，因為它能融化物體之軀，而雷神之錘僅能碎裂其形。

當一部分大地從皚皚白雪中裸露出來，一些溫暖的日子不覺間風乾了其表面時，讓人愉悅的事情便是將這呱呱墜地的新生之年中第一批柔嫩象徵與挨過冬日的衰瑟植物的荒涼之美相比較——長生草、一枝黃花、北美岩薔薇，以及優雅的野草，它們此時通常都比在夏日裡更顯著，更有趣，彷彿彼時它們還尚不成熟；甚至羊鬍子草、香蒲、毛蕊花、金絲桃、繡線菊，以及其他硬莖植物，那些愉悅著最早的鳥們的永不枯竭的穀倉——至少，是得體的野草，披在寡居的大自然身上。尤其吸引我的是蒯草那拱形束狀的頂部；它將夏日帶回到我們的冬天記憶中，也是藝術熱衷於仿效的對象，而且，在植物王國中，它與人類思維中的天文學所具有的典範有著相同的關係。它是一種古老的風格，早於希臘的和埃及的。冬日裡的諸多自然現象都暗示著某種難言的嬌嫩和易碎的精美。人們習慣於聽見這位國王被描述成一個殘忍、狂躁的暴君，但是懷揣著戀人的柔情，他梳妝著夏日的長髮。

春天臨近了，當我在屋裡靜坐讀書或寫作的時候，竟有兩隻小紅松鼠徑直跑到我的腳旁，一會兒發出奇怪的吱吱聲，一會兒發出短而尖的嘶嘶聲，一會兒又發出如水冒泡般的咕咕聲，這些叫聲我從未聽過。當我跺跺腳，誰料他們卻叫得更加大聲了，像一場沒有絲毫害怕與敬畏的鬧劇，公然向人類挑釁。小松鼠，你們可別再這般叫嚷啦。對於我的小小警告，他們不僅全然不理睬，倒好像覺得我小瞧了他們一般，叫罵得更加起勁了，弄得我手足無措。

春天的第一隻麻雀！這一年始於更年輕的希望中，勝過往昔！穿過部分裸露的潮濕田野，銀鈴般的微弱鳥鳴被聽見，它們來自藍知更鳥、北美歌雀和紅翼鶇，彷彿碩果僅存的冬季碎片般剝落的聲響！在這樣的時刻裡，什麼更稱得上歷史、年表、傳統和所有書寫的啟示錄？小溪為春天唱起頌歌和重唱。沼澤的鷹隼在草場上低低盤旋，已經開始尋找甦醒過來的第一個黏滑的生命。融雪沉默的聲音在所有林間谷地中響起，冰迅速在湖中溶解。青草在山坡上返綠，如一場春焰——「et primitus oritur herba imbribus primoribus evocata」[4]——彷彿地球送出內部的熱量來問候回返的太陽；由黃而青是火焰的顏色；——草葉，這永恆年輕的象徵，像一條碧綠的長綢，從草皮上流淌出來，流進夏季，也曾被寒霜考驗過，但立即繼續流淌，用下面嶄新的生命舉起去年枯草之矛。它穩定地生長，如溪流滲出地表。它們幾乎完全相同，因為在六月漸長的白晝裡，當溪流乾涸，草葉就成了它們的河道，年復一年，牧群在這多年的青色溪流中啜飲，割草人也及時割草，準備過冬的供給。因此，即使死去，我們人類的生命也只是終結於根系之下，仍然會將碧綠的草葉推向永恆。

華爾騰湖在迅速融化。沿著北邊和西邊，有一條運河，兩桿寬，在東邊的盡頭則更寬。一塊巨大如野的冰從其主體中破裂出來。我聽見一隻北美歌雀在河岸的灌木叢中歌唱——謳利，謳利，謳利——叱，叱，叱，掣，吒，——掣，微嘶，微嘶，微嘶。他也在幫助冰塊破裂。裂冰邊沿的巨大曲線是多麼英挺，與河岸幾度應和，但是更加規則！由於近期嚴酷但短暫的寒冷，它不同尋常地堅硬，卻到處閃著水光和波紋，宛如一座宮殿的地板。但是風向東吹動，徒勞地滑過它不透明的表面，直到抵達春水閃亮的遠處。注視這條在陽光下熠熠發光的水質綬帶是種榮耀，華爾騰湖赤裸的面龐充滿歡欣和年輕，好似講述著水中的魚之樂，湖濱的沙之樂——一種銀色的光輝，好像來自一條雅羅魚的鱗片，好像整座湖就是一條活躍的魚。這正是冬季與春季之間的差別。華爾騰湖死而復生。然而這個春天它的破冰更為從容，正如我在前面所言。

冬日的暴風雪過去了，天氣又回歸於靜謐與溫暖，漫漫黑夜變得輕快明朗起來，似乎所有的事物在宣告：變化即是至關重要的轉機。看上去，一切都在一瞬間起了變化。忽然間，陽光灑滿整個屋子，儘管夜幕將要降臨，冬日的雲團還未散去，雨、雪順著屋簷滴滴答答地落下來。從窗外望去，快看！昨日還被灰冷的冰塊覆蓋，今日的湖面卻明澈如鏡，彷若夏夜，寧靜而暗蘊希望。夜空澄澈無物，靜靜地躺在華爾騰湖的懷中，彷彿沉靜睿智且眼界開闊。聽到知更鳥遠遠的鳴叫，我想，那聲音好像有幾千年沒聽到過了，可哪怕再過幾千年，昔日裡這甜美動人的歌聲，我也永不忘懷。黃昏的知更鳥啊，歌唱著一個新英格蘭夏日的尾聲！如果我能找到他所佇立的枝頭，沒錯，我說的是他！我所指的是那個枝頭！至少他不是旅鶇[5]。房屋周圍的油松和那低矮的橡樹，無精打采了許久，現在忽然重獲了生機，變得更加鮮亮、更加翠綠，也更加挺拔和富有生命力了，彷彿經歷了雨水的洗禮和治癒。我知道，雨水已不再降臨。看看森林裡的任何枝蔓，看看那每一段乾柴，你便可以知道冬天是否已經過去。夜色漸深，我被大雁的叫聲驚醒，只見他們低低地飛過森林，像一群疲倦的旅行家，從南邊的湖趕來，卻發現為時已晚，於是陷入相互埋怨與安慰中。站在門前，我能感受到他們翅膀疾速地扇動；在離房屋更近一點的時候，發現了屋裡的光亮，於是，嘈雜的啼鳴戛然而止，他們盤桓而去，停在湖上。我回到屋內，關上門，度過了我在森林中的第一個春夜。

清晨，我透過薄霧，從門口觀望那些大雁，晃動在五十桿外的湖中央，如此龐大、騷亂，使華爾騰湖看似一座供他們嬉戲的人工湖。但當我站在湖濱，他們在頭雁的指引下立時驚起，翅膀劇烈撲扇，然而當他們排成佇列，盤旋在我們頭頂以後，這二十九隻雁，隨後徑直飛向加拿大，頭雁以規律的間隔啼唳，向同伴確認到泥濘的湖中享用早餐。一群肥碩的野鴨也同時驚起，被他們嘈雜的堂兄喚醒，取道向北。

一週以來，我聽見一些失群的孤雁輾轉徘徊、來回求索，在多霧的清晨裡，尋找自己的同伴，並且發出響徹林間的叫聲。四月，鴿子又回來了，小群小群迅速地飛著，而且我還適時地聽見紫崖燕在空地上方的啼囀，雖然此類在鎮上似乎並沒有多到可以賜予我一隻，但我仍幻想他們是棲居在樹洞中特別的古代物種，早於白人到來之前。在幾乎任何氣候下，烏龜和青蛙都是這個季節的先驅和信使，鳥類歌唱著飛，羽毛顧盼生輝，植物瘋長，花朵隨之綻放；春風吹拂，糾正著微微擺蕩的兩極，保持著大自然的平衡。

由於每個季節對我們來說都各有其美，所以春天的到來正如脫胎於混沌，宇宙的創造，黃金時代的到來——

「Eurus ad Auroram Nabathaeaque regna recessit,
Persidaque,et radiis juga subdita matutinis.」

「東風離去，抵達了曙光女神和拿巴沙王國，
抵達了波斯，抵達了黎明朝霞勾勒的山之輪廓。
…………
人類的誕生，是否是萬物的大製造者，
為了更好世界的始源，用神聖種子製作；
抑或是這土地，新近分離於那高高在上的

以太，仍保存了一些種子，從它同源的天國。」[6]

一場細雨過後，草地愈加翠綠欲滴。同樣，不斷注入新的思想，對未來的希冀才能煥發光彩。如果我們能長久地生活在當下，如果我們能抓住每一次突如其來的機遇，如同再輕盈的露珠也能給小草以滋潤一般，我們應該深感幸運。不要為了彌補已經錯過的機遇而浪費光陰，這是我們在履行對自己的職責。我們徘徊於冬日，可春天早已悄悄降臨。在一個愉快的春日清晨，所有人的罪行會得到寬恕，這一天將是邪惡的終結。如果太陽像這樣持續地照射著，最十惡不赦的罪人也會回頭。透過自身良知的覺醒，我們才能看到他人的聖潔。昨日，在你的印象中，你的鄰居或許是一個小偷，一個酒鬼或一個色鬼，你也僅僅只是對他施以憐憫或給予蔑視，那你對這個世界也是絕望的。陽光照亮並溫暖著春日的第一個清晨，也重構著這個世界。你看到他表面平靜地工作，看到他那精疲力竭且墮落不堪的血管中慢慢溢滿快樂與對全新一天的祈望，感受到春天帶來的如嬰孩般的純真，那一刻，他所有的錯誤將被遺忘。他的周圍不僅縈繞著善意的氛圍，聖潔的氣息也在探尋著顯現的突破口，也許這一切是盲目的、徒勞的，但好像啟動了新的本能，頃刻之間，向陽的南坡上便沒有任何低俗的笑聲迴蕩。你看到他那粗糙扭曲的外皮下，一些純潔無瑕的嫩芽等待破土而出去迎接新生，猶如幼苗般鮮嫩與蓬勃。他甚至已經收穫了上帝賜予的歡樂。可為什麼獄卒不敞開牢獄之門？為什麼審判官不撤銷手中的案件？為什麼佈道人不遣散他的會眾？是因為這些人沒有服從上帝的暗示，不願接受上帝自由地賜予所有人的寬恕。

「向善良的回歸，發生在每天清晨安靜、仁慈的氣息中，因為出於對美德的熱愛和對罪惡的憎恨，一個人就會更接近人的原始本性一點，正如已被伐倒的森林又發出新芽一般。同理，一個人每天間或做下的惡孽，也會阻礙美德之菌重新萌芽，直至它歸於毀滅。」

「當美德之菌的萌芽由此被多次阻礙之後，黃昏的仁慈氣息就不足以再保存它了。一旦黃昏的仁慈氣息無法長久保存美德，那麼人的本性就與野蠻相去不遠了。人們親眼看見這個人的本性與那頭野獸相似，就認為他從未擁有過理性的天賦之能。難道那些竟是人類真實、本質的情感嗎？」

「黃金時代首先被創造，這裡沒有復仇
忠誠與公正之珍惜，皆出自然，無須律法。
沒有懲罰與畏懼；恐嚇之詞也不會鐫刻
在高懸的黃銅上；也沒有哀號的群眾懼怕
他們執政官的呵斥；只有安寧，沒有復仇。
松樹尚未從山崗上砍倒，跌落進水流，
隨著水流，它會得見一個異域的世界，
而生民們但知自己的海岸，不知其他。

……

這裡永遠是春天，和煦的西風送出暖浪
撫育無籽之花，皆出自自然的綻放。」[7]

四月二十九日，當我正在靠近九畝角橋的河沿上釣魚，站在飄拂的草地和柳樹根上，那裡麝鼠潛伏，我聽見了一個奇異而活潑的聲響，有些像男孩子們用手指玩弄木棍的聲音，仰起頭時，我看見了一隻小巧優雅的鷹，像一隻夜鷹，一會兒悠閒地飛著，一會兒翻旋一兩桿遠，不停反覆，露出了翅膀的背面，如一匹綢緞在陽光下閃耀，或者如珍珠般閃亮的貝殼內部。這讓我想起馴鷹術，以及與這項運動相關聯的高貴和詩情。他似乎叫做灰背隼，但我並不在意他的名字。他做出了我所目擊過的最輕靈的飛行。他並不像蝴蝶一樣簡單地撲扇翅膀，也不像更大的鷹那樣飛翔，他帶著驕傲的信心在天際遨遊，一次次爬升，帶著怪異的笑聲，重複著自由而美麗的降落，一次次翻轉，像一只風箏，隨後從高傲的翻旋中恢復，彷彿他從未涉足在陸地上過。他看似在茫茫宇宙中沒有伴侶——在那裡獨自飛翔——除了與他齊飛的晨曦和蒼穹外，別無所需。他並不孤獨，但卻讓他身下的所有土地孤獨。天空中，孵化了他的母親在哪裡？他的血親，他的父親呢？天空的過客，他與大地相關，但僅僅依靠有時在峭壁縫隙中孵化的鷹卵；——抑或他的巢穴本就築在雲中一隅，編織著彩虹的斑斕與日落的霞光，連接著從地面聚攏的仲夏的柔軟霧靄？他如今巢居在陡峭的雲中。

除此之外，我還得到了一群罕見的有著金色、銀色和亮銅色的魚，他們看起來像一串珠寶。啊！我曾在許多早春的清晨穿過這些草場，從一座小丘跳到另一座小丘，從一條柳樹根跳到另一條，此刻，野生的河谷和森林都沐浴在如此純淨、明媚的光芒中，這光芒彷彿要把死者喚醒，如果他們真的在墳墓中沉睡，就一定會在這光芒中醒來。對於不朽，已無須更有力量的證明。天地萬物必生活在如此的光芒中。哦死亡，你的刺痛在哪裡？哦墳墓，你的勝利又在何處？

如果不是為了探尋附近圍繞的森林和草場，我們的鄉村生活將會陷入停滯。我們需要野性的滋補——有時去潛伏著麻鴨和草甸母雞的沼澤散步，聽鷸的叫聲；呼吸颯颯沙草的氣味，那裡只有一些索居的野生鳥類築巢，花貂爬行時，腹部緊貼著地面。與此同時，我們熱衷於探索和學習一切事情，我們要求一切都是神祕的、未知的，陸地與海洋有無限的野性，難以考察，難以理解，因為它們深不可測。我們永遠無法獲悉足夠的自然。我們一定會被不可耗盡的活力之眼刷新，被巨大如神靈的形象刷新，海灘攜帶著殘骸，曠野攜帶著活著和腐爛著的樹木，持續三週的雷電雲和暴雨誘發了洪流。我們需要目睹自身疆界的限度，一些生命自由地遊牧到我們從未履足之處。當我們觀察禿鷲吞食腐肉的場景，會感到愉悅，這些食物讓我們噁心和沮喪，卻為他們帶來健康與力量。在通往我家的路旁空穴裡有一匹死馬，尤其是在氣壓低沉的夜晚，他總會迫使我繞道而行，但他也使我確信，大自然食欲旺盛，其健康不可阻擋，這算是對我的補償。我樂於看到大自然中生物豐盈，諸多物種皆可犧牲，皆可互相捕食；嬌嫩的器官會被安靜地擠扁，如漿果一般——蝌蚪被蒼鷺啄食，烏龜與青蛙被壓死在路上；有時，他們的血肉如雨水般模糊！至於這些事故的責任，我們必須明白，不需要對此介懷太多。宇宙在一位智者的印象中，總是清白的。毒藥是無毒的，傷口也不是致命的。憐憫是一種非常站不住腳的立場。它必是轉瞬即逝的。它的懇求是讓人無法忍受的刻板。

五月伊始，橡樹、核桃樹、楓樹和其他樹種，剛剛在環湖的松樹林中抽芽，為風景增添了一抹陽光般的亮色，尤其是在陰雲天裡，彷彿陽光衝破了迷霧，模糊地照射在山坡的各個角落。五月三日或四日，我在湖中看見一隻潛鳥，這個月的第一週裡，我聽見了夜鷹、棕鶇、畫眉、霸鶲、紅眼鳥，以及其他鳥類的啼鳴。我很久以前曾聽過畫眉的叫聲。小雀再次到來，透過門窗望向屋裡，想看看我的房子是否足夠她穴居，她的翅翼嗡鳴，爪子彎曲，彷彿當她調查眼前房屋時，被空氣逮住。脂松的花粉宛如硫黃，迅速瀰漫過沿岸的湖水、石塊和朽木，因此你可以收集一大桶。這便是我們忍受的「硫黃浴」。甚至在迦梨陀娑的戲劇《沙恭達羅》中，我們也會讀到「蓮花的金色粉末把小河染成了黃色」。由此，季節滾滾向前，駛入夏季，當人們在日漸長高的草叢中漫溯時。

至此，我在森林中第一個年頭的生活結束了；第二年與之相似。一八四七年十月六日，我最終離開了華爾騰湖。

18

結束語

Conclusion

如若身體抱恙，醫生就會明智地建議你改換一下空氣和環境。謝天謝地，這裡還並不是整個世界。新英格蘭沒有七葉樹，藍嘲鶇在這裡也鮮有所聞。大雁比我們更像世界公民：他在加拿大用早點，午餐則轉移到了俄亥俄，並在一個南方的海灣裡，為了入夜而修整自己的羽毛。甚至北美野牛，也在一定程度上緊緊追隨著科羅拉多牧場上四季收穫的腳步，直到更綠更甜美的牧草在黃石等候著他。而且我們會想，如果拉倒鐵籬笆，在農場上砌起石牆，那麼從此以後，束縛就會困擾我們的生活，我們的命運也被決定了。如果你當選為城鎮的公職人員，那麼今夏你就無法去火地島旅行了：但你可能因此陷入了地獄之火。宇宙遠比我們看見的要廣闊無涯。

我們應該多多欣賞我們飛船的船尾，就像充滿驚奇的乘客一樣，而不要像個笨水手，把航行變成撿拾麻絮的無聊之事。地球的另一面也依舊是與我們通訊之人的家園。我們的航線只是巨大的環形，醫生開藥方也僅僅能醫治肌膚之疾。一個人加速趕赴南非，為了追逐長頸鹿；但這確實不是他該迷戀的遊戲。即使他能，又得花費多久才能捕獵到長頸鹿呢？獵殺丘鷸也可能算得上是罕見的行動；但我相信，朝自己開槍才更高貴——

「把你的目光引向內心，你會發現
有一千處領地，在你那裡
尚未察覺。旅行其中吧，然後
成為家庭宇宙學的專家。」

非洲代表了什麼——西方又代表了什麼？難道圖紙上的白色不正是我們內心的空白嗎？當它們被發現，就變成深色的了，像海岸一樣。我們將要去發現的，是不是尼羅河、尼日爾河與密西西比河的源頭，以及美洲大陸西北部的走廊？這些是最值得人類關心的問題嗎？佛蘭克林[1]是唯一的迷路之人嗎，還要他妻子如此揪心地去找他？格林奈爾先生知道自己身在何處嗎？與其效法蒙哥．帕克[2]，路易斯[3]，克拉克[4]，弗羅比舍[5]，還不如去追尋你自己的溪流和海洋；探索你自己更高的緯度——如果必要，就帶上一船船滿載的醃肉來供給你；並把空罐子堆積到齊天之高，作為一個標誌。醃肉被發明，僅僅是為了保存肉類嗎？不，做一個哥倫布吧，把所有新大陸和新世界裝在心裡，打開新的海峽，不是為了貿易，而是為了思想。每個人都是一個王國的主人，與之相比，沙皇的帝國也不過是個彈丸小邦，冰雪遺下的小丘。還有些人沒有自尊，卻口談愛國，他們犧牲更大的，為了更小的。他們熱愛築成自己墳墓的泥土，卻對讓他們身體靈動的精神缺乏共鳴。愛國主義在他們腦中都是空想。南海探險遠征隊的意義何在呢？以所有的排場和花費，不過間接地認識到這樣一個事實：對於精神世界中的大陸和海洋來說，每個人都是一個地峽和入口，只是尚未探明；乘政府的大船，用五百名水手和男孩協助，行駛幾千英里，穿越寒冷、風暴和食人族，比起探索私人之海，探索孤身一人的大西洋和太平洋，要容易得多。

「Erret et extremos alter scruetur Iberos.
Plus habet hic vitae, plus habet ille viae.」

「讓他們遠行去考察那些化外的澳洲人。
我從上帝那裡得到更多，他們更多的只是道路。」

不值得所有人環繞地球去數桑吉巴的貓有多少隻。即使不能做更好的事，也不要這樣做，最終你或許會在內心之中找到一些「希姆斯之孔」[6]。英格蘭和法蘭西，西班牙和葡萄牙，黃金海岸和奴隸海岸，都在這私人之海面前；雖然它們都可以直航印度，但卻沒有一個能脫離視線，駛向內心。如果你想學會說所有的語言，遵守所有國家的習俗，如果你想比所有旅人都走得更遠，適應所有氣候，這些智慧讓斯芬克斯的頭也會撞在石頭上，那麼遵從古代先哲的認知吧，去探索你自己。這需要眼光和勇氣。只有失敗者和廢物們才走向戰爭，懦夫才逃亡和參軍。現在出發吧，踏上那條最遠的西行之路，它既不停止於密西西比河與太平洋，也不通向千瘡百孔的中國和日本，而是直接形成地球的一條切線，無論冬夏、日夜、日升、日落，最後地球也會沉降。

據說米拉波[7]曾嘗試攔路搶劫，「為了弄清一個人把自己正式放置在社會神聖律法的對立面，究竟需要多大的決心。」他宣稱「一個士兵在行伍間戰鬥所需的勇氣不及一個攔路賊的一半」——「榮譽和宗教從來都與深思熟慮和堅定決心南轅北轍。」這是男子氣概的，正如世界所趨向；但也是虛擲的，即使不是絕望的話。一個心智健全的人會發現他自己經常與所謂「最神聖社會律法」之間產生足夠多的「正式對立」，其實，透過遵守更多神聖律法，他也能夠考驗自己的決心，而不用脫離自己原來的路。這不需要一個人以敵對的態度面對社會，而是要他無論什麼態度，都發現能夠保持遵守自我行為的律法。對於一個公正的政府來說，這永遠不會構成對立，如果他真碰巧遇到這樣一個政府的話。

我有很好的理由離開這森林，正如我的到來一樣。或許對我來說，還有更多種的人生要去經歷，因此不能在這一種上再花費時間了。值得注意的是，我們會輕易而麻木地陷入一種特定的路線中，並走出一條疲憊的軌跡。雙腳在家門口和湖畔之間踏出一條小徑之前，我未曾在這裡生活過一週的時間；儘管這已過去五六年之久，但小徑的痕跡依然清晰。這是真的，我害怕別人也陷入其中，才使它保持暢通。人們的雙腳，讓地球表面柔軟而敏感；意識的旅途同樣如此。多麼破舊和髒汙啊，這世上的公路，傳統和習俗的車轍又是多麼深！我不願意待在船艙通道裡，更願意走在世界的桅桿和甲板之前，因為在那裡，我能最好地看到群山之間的月光。我現在不想往下走了。

我的親身實驗，至少讓我學到了這一點：如果一個人朝著他夢想的方向自信地前進，並且努力去過他想像中的生活，他會遇到通常時間裡無法預料的成功。他會拋下一些東西，會越過不可見的邊界；新的、普遍的、更自由的法律開始在他周圍和體內完成；或者舊有的法律會擴展，按照他的意願，以更自由的意志給予闡釋，他會生活在一種更高存在秩序的契約中。當他合乎比例地化簡自己的生活，宇宙的律法也會變得不那麼複雜，孤獨不再是孤獨，貧窮不再是貧窮，脆弱也不再是脆弱。如果你在雲中興建了城堡，你的勞作不會付之東流，那是它們該在的地方。此刻，先在它們下面打好地基。

你必須說話，這樣別人才能理解你，這是英格蘭和美利堅提出的荒謬要求。人和傘菌都不是這樣成長的。那好像顯得很重要，似乎沒有它們，你就不能得到足夠多理解似的。好像大自然只能支援一種理解模式似的，不能既支援鳥類又支援四足動物，不能既支援飛禽又支援走獸，小聲輕喚和大聲質詢，這些一般人都懂的事，是最好的英語。好像安全只存在於愚蠢中似的。我唯恐自己的表達不夠堂皇，走得不夠遠，不能超越我日常生活的狹窄界限，由此沒能充分傳達我所信服的真相。堂皇！這取決於你如何圈定自身。遷徙的水牛，在其他緯度尋找著新的牧場，不如在擠奶時間踢翻木桶、越出牛圈、追逐幼崽的奶牛。我渴望在沒有束縛的地方說話；像一個人在清醒的時刻裡，面對同樣清醒的一群人那樣；因為我相信，我根本不夠誇張，甚至是為真正的表達鋪墊基礎時也是如此。誰會聽到一種音樂後，就永遠唯恐自己說話的方式不夠堂皇呢？面對未來和可能，我們首先應該生活得隨意、不固定，我們的輪廓不妨昏暗而模糊；我們的身影應該朝著太陽不知不覺地流出汗水。我們言詞中輕易揮發的真理，會不斷暴露表達的殘缺不全。真理是被不斷翻譯出來的；它自由的豐碑永遠獨存。傳達我們信仰與虔誠的言語都不是絕對的；然而它們仍重要而馥鬱，恰如乳香之於崇高的自然。

為什麼我們的水準總是降低到最愚蠢的認識能力，卻還稱讚其為常識呢？最常見的常識是人們睡著了的意識，它們由鼾聲表達。有時候我們傾向於用半個智慧來指稱那些擁有它的人，因為我們僅僅欣賞他們智慧的三分之一。有些人只要起床夠早，就會去找朝霞的麻煩。「他們偽稱，」我聽說，「卡比爾[8]的詩歌中有四種不同的意識：幻想，精神，智慧，以及《吠陀經》中開放的信條。」然而，在世界的這一邊，如果一個人的寫作允許多一種闡釋方法，就會被視作責難的理由。既然英格蘭致力於治癒馬鈴薯腐爛，為什麼不能致力於治癒大腦腐爛呢？它流毒更廣、更致命。

我不是說自己已經多麼高深了，但是如果這些紙頁間所犯的錯誤不比華爾騰湖的冰更多的話，我會感到驕傲的。南方的客人們反對它的藍色，那是它純淨的證明，他們似乎覺得它很泥濘，因此更偏愛劍橋的冰，那是白色的，並且有青草味。人們所愛的純淨是封鎖了地球的薄霧，而不是那遼遠的湛藍色晴空。

有些人總在我們耳邊喋喋不休，說我們美國人，總的來說是現代美國人，與古代人或者伊莉莎白時代的人相比，只是智慧的侏儒。但這樣比較的目的何在呢？一條活著的狗總好過一頭死了的獅子。一個人應該跑去上吊嗎？因為他屬於侏儒族，但卻不是侏儒中最高的那個？讓每一個頭腦自我管理吧，努力去成為他想成為的樣子。

為什麼我們要如此急迫地衝向成功，如此急迫地工作進取？如果一個人沒有跟隨同伴的步伐，或許是因為他聽見了別樣的鼓點。讓他走向他所聽到的音樂吧，無論切近抑或遙遠。他應該像一棵蘋果樹或橡樹那樣快地成熟嗎？這並不重要。他必須把自己由春天轉入夏天嗎？如果我們傾力以求的境況尚不如意，那麼任何用來替補的現實又有什麼意義？我們不願成為廢棄現實中的船骸。我們應該忍痛去建造一座天堂嗎？藍色玻璃在我們頭頂，即便竣工時，我們仍要凝視那高高在上的幽魅天堂，就彷彿前者從未被建造過？

科洛城中曾有一位藝術家，生性力求完美。一天，他冒出了一個製作一根手杖的想法。考慮到在一件不完美的作品中，時間是原材料之一，而在一件完美的作品中，時間並不會進入，他對自己說，它必須十全十美，即使我窮盡餘生，不再做別的事情。於是他馬上跑到森林中尋找木料，決心找到最適合的那根；他尋找、拒絕了一根又一根，朋友們都漸漸離他而去，因為他們在自己的工作中漸漸衰老和死去，但他卻一刻也沒有變老。他單純的目標和決心，以及崇高的虔誠，不知不覺賦予他永恆的青春。由於他不向時間妥協，時間也就遠離了他，只能遠遠興歎，因為它無法突破他。在他找到那根合適的木料之前，科洛城就已化作古老的廢墟，於是他坐在一座墳堆上削起木料。他削出準確的形狀以前，坎達哈王朝也已走到盡頭，他用手杖的尖端在沙上寫下那民族最後一人的名字，然後又繼續工作了。等到他將手杖打磨光滑了，卡爾帕已不再是北極星；在他給手杖裝上金箍，在杖頭鑲上寶石以前，梵天已經醒來又睡去好幾次了。我為什麼要停下來提這些事情呢？當最後的花紋畫上手杖，它突然在吃驚的藝術家眼前變大，成為梵天所有造物中最美的一個。在製作手杖的過程中，他創造出一個新的系統，一個豐盈而比例完美的世界；在其中，雖然古老的城邦和王朝都已遠去，但更完美、更榮耀的城邦和王朝取代了它們的位置。此刻，他看見腳下成堆的刨花依然新鮮，這意味著，對於他和他的勞作來說，此前消逝的時光都淪為一種幻象，這只是梵天腦中閃出的一道火花，並點燃了一個凡人腦中的絨線，時間從未流逝過。材料如此純淨，所以他的藝術也純淨；除了神奇和完美，它還會有什麼其他結果呢？

我們在事情中給出的假面，沒有一個能如真理那般，讓我們始終如此穩固。它堅若磐石。大多數情況下，我們並不在我們所在的地方，只是處於一個虛假的位置。透過無限多的本質，我們假設了一個情境，並把自己放了進去，此後我們就同時處在真實和假設的兩個情境中，要想擺脫出來，就會有雙倍的困難。在理智的時刻，我們只關注真實，即真實的情境。說你想說的話，而不是你該說的話。任何真理都比虛偽要好。當補鍋匠湯姆．海德站在絞刑架上，被詢問是否還有話說時，「告訴裁縫們，」他說，「縫第一針之前，記得先在線上打個結。」他同伴的祈禱文被遺忘了。

不論你的生命多麼卑微，與之相遇，活在其中；不要逃避它，並且惡言相向。它並不比你更糟糕。你最富有的時候，看起來最貧窮。喜歡挑剔的人，即使在天堂裡也找得到錯誤。熱愛你的生活，安貧樂道。即使在一座貧民窟裡，你也可能獲得一些愉悅、戰慄、榮耀的時刻。救濟院窗上反射的落日餘暉，和反射在富人豪宅上的一樣明媚；門前的積雪，也都在早春同時消融。我堅信一個安靜的頭腦，住在這裡也一樣滿意，一樣會產生振奮人心的思想，恰如在宮殿裡一樣。在我眼裡，城鎮中的窮人經常過著比任何人都獨立的生活。或許他們足夠偉大，接受施捨而無須不安。大多數人認為他們超然物外，沒有被城鎮供養，但通常是，他們並未超越自身，總是靠著不誠實的手段供養自己，這理應更為不堪。視貧窮如待園中香草吧，像個聖人一樣培育。不要在獲取新事物上麻煩自己太多，無論是衣服還是朋友。轉向舊的；返回它們中間。事物並未改變，改變的是我們自己。賣掉你的衣服，留住你的思想。上帝會看到，你不需要社會。假使我被終日拘禁在閣樓的一角，像一隻蜘蛛那樣，只要我還攜帶著思想，那麼世界對我來說就依然足夠廣大。先賢有云：「三軍可奪帥也，匹夫不可奪志也。」不要急功近利地尋求發展，並屈服於因此而施加給你的影響；它們都會對你構成消耗。謙遜像從天堂照進黑暗的光芒。貧窮與卑微的陰影聚攏在我們周圍，「可是看啊，創造拓寬了我們的視野。」我們經常被提醒，即使賜予我們克里薩斯王[9]的財富，我們的目標依然要保持不變，我們的方法也必須依然如故。況且，如果你被限制在貧窮的樊籠裡，如果你甚至沒錢買書籍和報紙，那麼你只是被拘禁在意義最為重大的經驗之中了；你會被迫去處理產生最多糖和澱粉的事物。離骨頭最近的生命是最甜的。你不會變成一個遊手好閒的人。上層人的慷慨不會讓下層人再失去什麼了。過剩的財富只能買過剩的物品。一個人對靈魂的需求，用金錢是買不到的。

我居住在一堵鉛牆的角落裡，砌建它的時候，少量鑄鐘用的合金被澆鑄其中。當我在正午休憩時，經常會有惱人的鈴鐺聲鑽進耳中。它是我同時代人的喧囂。我的鄰居們給我講述他們與士紳名媛的巧遇，告訴我在餐桌上碰見的達官顯貴；然而我對這些事情的興趣，並不比對《每日時報》的目錄更多。趣味與閒聊主要都是關於服飾和禮儀；然而笨鵝始終是笨鵝，無論你如何裝扮它。他們告訴我加利福尼亞和德克薩斯，告訴我英格蘭和印度，告訴我喬治亞和麻薩諸塞的尊貴先生，都不過是過眼雲煙，我幾乎準備好從他們的庭院裡逃走了，就像馬穆魯克省長那樣。我願意走出自己的軌跡——不想走在盛典和遊行的隊伍裡，走在炫耀的地方，而是願與宇宙的大創造者通路而行，如果我能——不想生活在這動盪、喧囂、熙攘、瑣碎的十九世紀，只想充滿思想地站著或坐著，任憑它的流逝。人們在慶祝什麼？他們都參加了一個籌備委員會，時時期待著某些人的演講。上帝才是這裡的總統，韋伯斯特是他的發言人。我喜歡去衡量、確定、投向那些最強烈而正當地吸引著我的東西——絕不拽住天秤的秤桿，以求減少讀數——絕不假設一個情境，而是進入必然的情境；旅行在唯有我能走的路線上，投身其中，沒有任何力量能抵抗我。在打下堅實地基前就販賣給春天一座拱門，不會帶給我任何滿足感。我們不要玩那些小把戲了。任何地方都有著堅實的基礎。我們讀到，一位旅人詢問男孩面前的沼澤是否有堅硬的底部。那男孩回答說有。但是不久，那旅人的馬就陷到肚臍的深度了，他對男孩說，「我以為你說這沼澤有堅硬的底部。」「它確實有，」後者答道，「但是你還沒到它的一半深呢。」社會也同樣充滿泥沼和流沙；但他是一個老練到能知曉這些的男孩。只有當所想、所言、所行明確達成某種罕見的巧合時，情況才最佳。我不想成為一個傻到用手把釘子摁進板條和灰泥中的人，這樣的行為會讓我夜裡失眠。給我一把錘子，讓我摸一摸那板條。不要忽略上面塗的油灰。在家裡釘一枚釘子，並且真誠地將它釘牢，這會讓你在半夜醒來，帶著滿足感回味自己的勞作——你不會因它驚動了繆斯而感到羞愧。若是如此，也只有如此，上帝才會幫你。每一枚被釘下的釘子都是宇宙機器中的一個零件，而你正從事著這項工作。

別給我愛，別給我金錢，別給我名譽，給我真理吧。我坐在擺滿珍饈美饌的餐桌前，諂媚和奉承紛紛出席，但誠摯和真理卻並未現身；我充滿飢餓地離開這冷淡的宴席。這裡的好客便是冷若冰霜。我覺得都不必用冰來形容它們了。他們對我談論酒的年分和葡萄的美名；但我想要一種更古老、更新鮮、更純淨的酒，釀自一種更榮耀的葡萄，他們沒有，也買不到。這裡的風情、屋宇、園地和「娛樂」對我來說毫無意義。我去求見國王，但他讓我在大廳裡等待，表現得像一個待人接物完全無能的人。在我的鄰里中，有一個人住在樹洞裡。他的儀態才是真正的皇家。假如我去求見他，情況會好得多。

我們還要坐在門廊下練習這些怠惰、發霉的德行多久，既然它們與任何工作都扯不上關係？這就好像一個人終日苦修，但還得僱一個人去幫他鋤馬鈴薯地；而且下午還要帶著事先想好的善心出去修行基督徒的馴順和慈愛！想想中國的驕矜和人類停滯的自滿吧。這一代人傾向於自詡為神聖血脈的最後一代；在波士頓、倫敦、巴黎、羅馬，人們想著自己悠久的血統，帶著滿足地談起藝術、科學和文學所取得的進步。有哲學社團的記錄，還有公共場合對偉大人類的歌頌！那是至善的亞當在凝思自己的美德。「是的，我們已創造了偉大的事業，唱出了神聖的歌，它們都永垂不朽」——只要我們能記住它們。亞述[10]的博學社團和偉人們啊——他們在哪裡？我們是多麼年輕的哲學家和實驗家啊！我的讀者中，還沒有一人曾經歷過完整的人生。這些也許只是人類生命中的幾個春季。如果我們只是忍受了七年的疥瘡，那麼我們就還沒遭遇康考特十七年的蝗災。我們只習得了我們所生活的地球的一層薄膜。大多數人從未鑽入地表下面六尺，也沒跳起過同樣的高度。我們並不知道我們身在何處。而且，我們有幾乎一半的時間在睡眠中度過。然而，我們敬畏我們自己的智慧，也在世界的表層建立了秩序。真的，我們是深邃的思想者，我們是雄心勃勃的靈魂！當我站在林中，看見一隻昆蟲爬到林地上紛亂的松針中，還努力將自己隱藏在我的目光之外時，我問自己，它為什麼要保有這麼鄙陋的想法，還把頭避開我，我這個他可能的救主，我這個能為他的族類帶去好消息的人。我想到了那高高在上的大救世主和大智慧者，在他們俯視的目光中，我們人類也不過是一群蟲豸。

新穎之物不停地湧入這個世界，然而我們卻仍忍受著難以置信的愚蠢。對此，我只需暗示在最開化的國度裡，還聽著怎樣的佈道聲。我們有諸如愉悅和悲戚這樣的詞，但它們只是頌歌的負擔，被用鼻音哼唱著，讓我們信仰了平庸和卑微。我們認為我們只能換換衣服。人們說大英帝國龐大而讓人尊敬，美利堅合眾國是一等強國。但沒人相信那能捲起、拋下每一個人的潮汐，會唯獨讓大英帝國像塊木片一樣安然漂浮，只要這念頭還停泊在潮汐的腦海中。誰知道下次還會有怎樣的十七年蝗災噴出地表？我生活於斯的世界的政府，並不是晚宴過後，喝著酒聊著天就建立起來的，就像大不列顛那樣。

我們體內的生命，就像河流中的水。它今年的水位，可能升高得為前人所無法想像，並漫上焦渴的高地；甚至，這一年也可能是多事之秋，沖走了我們所有的麝鼠。我們所棲居的地方並不總是乾燥的大地。我從深居內陸的河岸中看到古代溪流的奔湧，遠在科學開始記錄它的汛期之前。每個人都聽說過這個流傳在新英格蘭的故事：一隻強壯、美麗的小蟲爬出一張蘋果木舊餐桌的疊層，這張餐桌已經在一位農夫的廚房裡待了六十年了，先在康乃狄克，後在麻薩諸塞——其實此前，它的卵在還活著的蘋果樹裡已經生活了許多年，我們數數上面的年輪就可得知這一點；可能是被一隻擺上餐桌的甕的熱力孵化了，聽說它啃噬木頭花了幾週時間，才最終鑽了出來。誰聽了這個故事，不會強烈地感受到它對復活與不朽的信仰呢？又有誰會知道，何等美麗的、長著翅膀的生靈，它的卵已經埋葬在木頭的年輪中，進入生如死灰般的人類社會好多年了，先是封存在蒼翠鮮活的樹木中，後來這樹木漸漸變成了它枯塚的外殼——當一家人圍坐在節日的餐桌旁，它持續多年的啃噬聲，碰巧被這家中的人聽見——會出人意料地從這社會中最不起眼、隨手轉賣的家具中飛出來，終於享受到它完美的盛夏！

我並不是說約翰或者喬納森[11]都能意識到所有這些；但這卻正是那個明天的特性：僅僅時光流轉，也不一定帶來它的黎明。那撲滅我們眼眸的光明，對我們僅僅意味著黑暗。而只有那一天的黎明才能將我們真正喚醒。更多的日子將被黎明照亮。太陽也是一顆晨星，如是而已。

註解：

向梭羅致敬

1. 《愛默森文選》，第四篇〈梭羅〉，張愛玲譯，三聯書店一九八六版，本文所引愛默森的話均出自該篇。
2. 參見杜先菊「簡介」，華東師範大學出版社，二〇一五年版《瓦爾登湖》。

01經濟學

1. Sandwich Islanders，夏威夷島舊稱。夏威夷島發現人詹姆斯·庫克（1728-1779）於一七七八年以其保護人桑威奇伯爵（the Earl of Sandwich）的名字命名這片島嶼。
2. 赫拉克勒斯（Hercules），古希臘神話中的大力神和最偉大的英雄人物之一，曾依神諭完成國王交給他的十二件極為艱難的差事。

3. 伊俄拉斯（Iolaus），赫拉克勒斯的侄子，也是其得力助手。在與九頭蛇海德拉（Hydra）的戰鬥中用烙鐵灼燒海德拉的斷頸，使其無法如傳說一樣在每個斷頸處再生出兩顆頭顱。

4. 指羅馬城創建人羅慕路斯（Romulus）和瑞摩斯（Remus）由母狼餵養長大的典故。

5. **Augean stables**，赫拉克勒斯十二件差事中的第五件是清掃奧吉亞斯牛圈，他用讓河流改道的方式完成了此一任務。

6. 參見《聖經．馬太福音》6：19：「不可為自己積聚財寶在地上，地上有蟲咬，能鏽壞，也有賊挖窟窿來偷。」

7. 據希臘神話，宙斯曾以洪水清洗人間。丟卡利翁和妻子皮拉造方舟倖存，後透過把石頭越過頭頂扔到背後的方式創造新的人類。丟卡利翁扔的石頭成為男人，皮拉扔的石頭成為女人。

8. 拉丁文。意為：「從此人類成為堅硬之物，歷盡苦辛，這證明著我們的起源。」

9. 沃爾特．羅利爵士（Sir Walter Raleigh, 1554-1618），英國詩人、歷史學家，撰有《世界史》（*The History of the world*）。梭羅即是從其《世界史》中引用了這段譯文。

10. 威廉．威爾伯福斯（William Wilberforce, 1759-1833），英國國會下院議員，福音派基督徒，廢奴主義者，是英帝國一八三三年完全廢除奴隸制的關鍵人物。

11. 此處喻指蒸汽引擎。

12. 約翰．伊夫林（John Evelyn, 1620-1706），英國作家，著有《森林志》（*Th Sylva: Or A*

Discourse of Forest-Trees and the Propagation of Timber）一書。

13. 希波克拉底（Hippocrates, C. 460-C. 370BC），古希臘名醫，被譽為「醫學之父」。

14. 引自印度經典《毗濕奴往世書》（*Vishnu Purana*）。

15. 新荷蘭是指澳洲。新荷蘭人是指澳洲土著。

16. 尤斯圖斯・馮・李比希（Justus von Liebig, 1803-1873），德國著名化學家。

17. 典出《魯濱遜漂流記》（*Robinson Crusoe*）。在荒島上，魯濱遜以木棍上的刻痕計時。

18. 傳說以色列人出埃及後，於曠野生活四十年方到達迦南。其間，上帝天天降下嗎哪（Manna）給以色列人，使他們不致餓死。

19. 約拿斯（Jonah），即約拿，《聖經》中的先知。

20. 尚－弗朗索瓦・德・加洛，拉・貝魯斯伯爵（Jean-François de Galaup, comte de Lapérouse, 1741- 約 1788），法國航海家，曾遠航西伯利亞、澳洲等地，其船隻在太平洋上遇難。

21. 漢諾（Hanno），約生活在西元前三世紀後半葉，迦太基航海家。

22. 艾達・蘿拉・菲佛（Ida Laura Pfeiffer, 1797-1858），奧地利旅行家，最早的女性探險者之一，著有《女士環球旅行記》（*A Lady's Voyage Round the World*）一書。梭羅下面的引文即出自該書。

23. 美惠女神（The Graces）是希臘神話中代表壯美（Aglaia）、歡樂（Euphrosyne）和激勵（Thalia）三女神的總稱，她們把諸美帶臨人間。

24. 原文為Parcæ，是羅馬神話中對命運三女神的總稱。

25. 山繆．萊恩（Samuel Laing, 1780-1868），蘇格蘭旅行家，著有《1834，1835，1936：挪威居住日記》（*Journal of a Residence in Norway During the Years 1834, 1835, & 1836*），以下引文即出自該文。

26. 北極附近拉普蘭德地區的土著居民，膚色棕黃，毛髮濃黑，近亞洲人種。

27. 丹尼爾．古金（Daniel Gookin, 1612-1687），曾撰寫《新英格蘭印第安人史料彙編》（*Historical Collections of the Indians in New England*）。

28. 參見《聖經．馬太福音》26：11：「因為有窮人和你同在；只是你們不常有我。」

29. 參見《聖經．以西結書》18：2：「你們在以色列地怎麼用這俗語說：『父親吃了酸葡萄，兒子的牙酸倒了』呢？」

30. 出自《聖經．以西結書》18：3。

31. 出自《聖經．以西結書》18：4。

32. 每年九月或十月定期在康考特舉行的農業活動。

33. 喬治．查普曼（George Chapman，約1559-1634），英國詩人、翻譯家、戲劇家，以翻譯荷馬著稱。選段出自他的劇作《凱撒和龐培的悲劇》（*Caesar and Pompey*, 1604）。

34. 摩墨斯（Momus），希臘神話中的指責與諷刺之神；密涅瓦（Minerva），智慧之神，即希臘神話中的雅典娜，密涅瓦是她在羅馬神系中的名字。

35. 奧羅拉（Aurora），羅馬神話中的黎明女神。

36. 門農（Memnon），奧羅拉與衣索比亞國王提諾托斯之子，特洛伊戰爭中被阿基里斯所殺。他在衣索比亞的紀念雕像在日出時刻會發出豎琴般的悠揚樂聲。

37. 薩達那培拉斯（Sardanapalus），傳說中的亞述國王，約生活在西元前七〇〇年左右，以奢侈驕橫聞名。

38. 約拿單，《聖經‧舊約》中的人物，掃羅長子，大衛的摯友。

39. 愛德華‧詹森（Edward Johnson, 1598-1672），麻薩諸塞殖民地早起領導人之一，歷史學家，著有《新英格蘭史》（*A History of New-England*）。

40. 這些前來幫忙的人都是當時美國的著名作家，如愛默生、阿爾柯特、錢寧等。

41. 十七世紀流行於英國的諺語：「九個裁縫匠，成就一位紳士人」（Nine Tailors Make a Man），戲謔語。

42. 即麻薩諸塞州劍橋市的哈佛學院，後更名為哈佛大學。

43. 梭羅在哈佛讀書時曾住在四樓。

44. 亞當‧斯密（Adam Smith, 1723-1790），蘇格蘭經濟學家，著有《國富論》（*The Wealth of Nations*）。

45. 大衛‧李嘉圖（David Ricardo, 1772-1823），英國經濟學家，著有《政治經濟學及賦稅原理》（*On the Principles of Political Economy and Taxation*）。

46. 尚－巴蒂斯特・薩伊（Jean-Baptiste Say, 1767-1832），法國經濟學家，著有《政治經濟學概論》（*Traité d'économie Politique*）。

47. 《聖經》中的施洗者約翰在曠野傳教，以蝗蟲和野蜜為食。

48. 飛徹斯特（Flying Childer），十八世紀英國一匹著名的賽馬。

49. 配克（peck），西方計量單位，一配克約九升。

50. 考得（cord），用作燃料的木材堆的體積單位。每考得約為一二八立方英尺。

51. 蒲式耳（bushel），西方計量單位。它是一種定量容器，好像我國舊時的斗、升等計量容器。在美國，一蒲式耳相當於三五・二三八升（公制）。

52. 亞瑟・楊格（Arthur Young, 1741-1820），英國農業經濟學家，著有《農業經濟學》（*A Course of Experimental Agriculture*, 1770）。

53. 桿（rod），西方計量單位，大約相當於五分之一英里。一平方桿約為二五・三平方米。

54. 古印度史詩《摩訶婆羅多》中的一卷。

55. 阿卡迪亞（Arcadia），古希臘一山區，傳說那裡的人們生活愉快、無憂無慮。後喻指田園牧歌式的淳樸生活。

56. 底比斯（Thebes），古希臘城邦。

57. 馬爾庫斯・波爾基烏斯・加圖（Marcus Porcius Cato, 234BC-149BC），古羅馬政治家、文學家，第一個重要的拉丁語散文作家，著有《農業志》（*De Agri Cultura*）一書。

58. 引自約翰・華爾納・巴伯（John Warner Barber, 1798-1885）編撰的《歷史詩選》。

59. 斯波爾丁（G. R. Spaulding, 1811-1880），美國著名馬戲班班主，在美國各地巡迴演出。

60. 出自莎士比亞名劇《凱撒大帝》第三場，第二幕。

61. 威廉・巴特蘭（William Bartram, 1739-1823），美國博物學家，著有《南北卡羅萊納州旅行記》（*Travels through North and South Carolina, Georgia, East and West Florida, the Cherokee Country, the Extensive Territories of the Muscogulges, or Creek Confederacy, and the Country of the Chactaws*）。

62. 巴思客節（Busk），北美某印第安部族的節日，歡慶辭舊迎新。

63. 在希臘神話中，當音樂和詩歌之神阿波羅從天上被放逐時，被迫為國王阿德墨特斯放牧，創造一片祥和的氣氛。

64. 英國民間故事中一個淘氣的精靈。

65. 法厄同（Phaeton），希臘神話中太陽神赫利俄斯（Helios）之子。

66. 朱庇特（Jupiter），羅馬主神，第三任神王，相當於希臘神話中的宙斯。

67. 謝赫・薩迪（Sa'di,1184-1291），古波斯詩人。《薔薇園》（*The Gulistan*, 1258），薩迪所作一部箴言故事詩集，原名為《古利斯坦》（*golestan*），波斯語意為「花園」。

68. 阿扎德（Azad，波斯文中為 Ozod），波斯語，表示自由。

69. 戈爾貢（Gorgon），希臘神話傳說中蛇髮三女妖的總稱，包括絲西娜（Stheno）、尤瑞愛莉（Euryale）、梅杜莎（Medusa）。她們臉部猙獰，使見到她們的人都變為石頭。

70. 阿基里斯（Achilles），特洛伊戰爭中希臘聯軍的第一勇士，全身除腳踵之外刀槍不入。

71. 忒修斯（Theseus），希臘神話中的雅典國王，以殺死牛首人身的米諾陶諾斯而聞名。

02 我生活的地方，我為何生活

1. 引自英國十八世紀詩人威廉．考珀（William Cowper, 1731-1800）的《也許是亞歷山大塞爾柯克的詩行》（*The Solitude of Alexander Selkirk*）。
2. 梭羅本人曾因拒絕繳納「人頭稅」，一八四六年七月被關進康考特監獄一晚。
3. 《訶利世系》（*The Harivansa*），古印度史詩。
4. 達摩達拉（Damodara），是印度教主神奎師那（Krishna）的別名。
5. 英國十七世紀無名詩人作品，後經羅伯特．瓊斯（Robert Jones）譜曲發表，並收入湯瑪斯．埃文斯（Thomas Evans）的《老歌謠：歷史的，敘事的》。
6. 《伊里亞德》和《奧德賽》分別以阿基里斯的憤怒和奧德修斯的流浪為開篇和行文主線。
7. 《吠陀經》（*The Vedas*），婆羅門教和印度教最古老的經典。「吠陀」即知識和啟示的意思。
8. 據希臘神話，宙斯曾變螞蟻為人。

9. 《荷馬史詩》（*Odyssey*）將特洛伊人比作與仙鶴作戰的小矮人。

10. 枕木（sleeper），英語中 sleeper 一詞也有睡眠者的意思。

11. 聖維特斯舞蹈症（Saint Vitus' Dance），也稱 Sydenham's chorea 或 Chorea，是一種神經系統疾病，患者臉、腳、手等部位會出現極不協調的劇烈抽搐和抖動。

12. 便士郵政（Penny-post），一種以一便士為基本郵資的郵政制度，曾在英國長期施行。十九世紀美國的郵資通常是三美分。

13. 出自《論語・憲問》。原文為：「蘧伯玉使人於孔子，孔子與之坐而問焉。曰：『夫子何為？』對曰：『夫子欲寡其過而未能也。』使者出，子曰：『使乎！使乎！』」此處為保留梭羅風格，依梭羅英譯譯出。

14. 梵天（Brahma），印度婆羅門教的創造之神，與主掌「維護」的毗濕奴（Vishnu）和主掌「毀滅」的濕婆（Siva）並稱為印度教三主神。

15. 磨坊水壩（the Mill-dam）位於康考特鎮中心，康考特最初就是在磨坊水壩的基礎上發展起來的。

16. 荷馬史詩《奧德賽》中，在駛過海妖居住的小島時，尤利西斯（希臘語中的奧德修斯）命人將自己綁在桅桿上，以抵禦海妖的歌聲，最終安全通過。

03 閱讀

1. 米爾・卡瑪律・烏丁・馬斯特（Mir Camar Uddin Mast），十八世紀印度詩人。
2. 德爾斐（Delphi）和多多納（Dodona）都是著名的古希臘神廟，分別供奉著阿波羅和宙斯。
3. 《聖經》，英語中常被稱作「好書」（the good book）。
4. 據考證為一套介紹歷代作家的五卷本文學普及讀物。
5. 西布倫（Zebulon）、塞弗隆妮亞（Sophronia）均為《聖經・創世紀》中的人物。
6. 指皈依宗教。
7. 瑣羅亞斯德（Zoroaster，又稱查拉圖斯特拉），西元前六世紀瑣羅亞斯德教派創始人。
8. 彼得・阿伯拉（Peter Abelard, 1079-1142），為十二世紀法國著名神學家、經院哲學家。

04 聲音

1. 英語中星期二、三、四、五的名稱源自接受基督文明之前的北歐古老神話中幾位神祇的名字，分別是戰神（Tyr）、主神奧丁（Woden）、雷神（Thor）和愛神（Frigg）。
2. 指位於巴西東部的一個印第安人部族。

3. 引自菲佛夫人的《女士環球旅行記》。

4. 引自錢寧（W. E. Channing）著《華爾騰湖的春天》（*Walden Spring*, 1849）。

5. 《取締暴動法》（*The Riot Act*），英國法律，頒行於一七一五年，規定民眾不得非法集會、擾亂治安，否則將先被宣讀這項法律，繼而治以重罪。

6. 阿特洛波斯（Atropos），希臘神話中三命運女神之一，掌管死亡，負責切斷生命之線。她的名字意為「不調轉方向」。此處和上文的命運、下文的弩箭一樣，喻指火車。

7. 威廉・泰爾（William Tell），瑞士民間英雄，曾被迫射擊兒子頭上的蘋果。

8. 布埃納維斯塔（Buena Vista），美國和墨西哥戰爭期間的一個戰場，美國在這個戰場獲勝。

9. 拿破崙・波拿巴（Napoléon Bonaparte）認為，人們在凌晨兩點表現出來的勇氣是「毫無準備的勇氣」，極為罕見。梭羅的「凌晨三點」應為「凌晨兩點」之誤。

10. 密爾沃基（Milwaukee），位於美國中西部的威斯康辛州。

11. 彼得勒羅山脈位於新罕布什爾州南部，和康考特接壤。

12. 典指英國文藝復興時期著名詩人、劇作家班・強生（Ben Johnson, 1572-1637）的《王后的宮廷舞劇：巫女之歌》（*The Masque of Queens: Witches' Song*）。

13. 據古希臘神話，地獄有冥河流過，此處應指冥河水聲。

14. 指表示「汩汩聲」的「gurgling」一詞。

15. 據希臘神話，湖澤、山林都有仙女（nymph）棲居。

05 獨處

1. 引自英國十八世紀感傷主義詩人湯瑪斯・格雷（Thomas Gray）的《墓園輓歌》：「The ploughman homeward plods his weary way/And leaves the world to darkness and to me.（農夫腳步沉重、疲憊地踏上歸途／將世界留給了黑暗和我）」
2. 埃俄羅斯（Aeolus），古希臘神話中的風神。
3. 引自奧西恩（Ossian）的詩篇《克羅瑪》（*Croma*）。奧西恩為傳說中的古凱爾特英雄，同時也是一位詩人。
4. 引自《中庸》第十六章。
5. 引自《論語・里仁篇》。
6. 因陀羅（Indro），印度教的主神，掌管空氣、雷雨、土地及戰爭。
7. 威廉・格夫（William Goffe）和愛德華・威利（Edward Whalley）均為英國內戰時期克倫威爾手下的將軍，參與審判查理一世並對其行刑，後逃往美國。兩者還是翁婿。
8. 湯瑪斯・帕爾（Thomas Parr），十五、十六世紀英國人，據說活到一五二歲，因此常被稱作「老帕爾」。

9. 海吉亞（Hygeia），古希臘女神，掌管健康、清潔和衛生。
10. 阿斯克勒庇俄斯（Asclepius），古希臘醫神，手執蛇杖。

06 訪客

1. 引自英國文藝復興時期詩人艾德蒙・斯賓塞（Edmund Spenser, 1552-1599）《仙后》第一卷。
2. 引自荷馬史詩《伊里亞德》。阿基里斯和派特洛克羅斯均為書中的人物，二者為好友。
3. 指星期日。在虔誠的宗教文化裡，星期日為禮拜日，亦稱「主日」，《聖經・新約》又稱之為：「我們主耶穌基督的日子」。人們應減少甚至停止其他活動，去教堂紀念耶穌。
4. 拉丁文，本意為「牛」，後用以表示「金錢」。
5. 這裡套用的是一個英語成語「like a hen with one chicken」，表示小題大做，或大驚小怪。只帶了一隻小雞的母雞必然會過分關注。
6. 懷特山（the White Mountains），美國阿帕拉契脈的一部分，位於美國東部，主要山峰均以美國歷屆總統的名字命名。
7. 源自莎士比亞《哈姆雷特》第三幕第一場哈姆雷特的內心獨白：「Ay! That's the rub.」
8. 可能是指曾給梭羅哥哥看過病的醫生巴特利特（Dr. Josiah Bartlett, 1796-1878）。

9. 鷂，一種樣子凶猛的鳥，常捕食小鳥、家禽。英文中，鷂統稱 harrier。梭羅原文為「hen-harrier」，動詞詞根 harry 另有騷擾義。原文後半句用的是「man-harrier」一詞。

10. 殖民地早期，印第安酋長薩摩賽特（Samoset）致英國移民的歡迎詞（Welcome, Englishmen! Welcome, Englishmen!）。

07 豆地

1. 安泰烏斯（Antaeus），古希臘神話中的巨人，力量來自於大地，後被赫拉克勒斯舉在空中掐死。
2. 梭羅出生在康考特鎮，後曾隨家人暫居波士頓。
3. 農夫漢，指亨利·科爾曼的這位牧師於一八三八至一八四九年，曾發表過四次農業調查報告，梭羅後文也有提及。梭羅以此說明自己務農更多的是一種實驗。
4. 梭羅在華爾騰湖居住期間，美國和墨西哥之間爆發了著名的美墨戰爭（1846-1848）。
5. 赫克托爾（Hector），《荷馬史詩》中的特洛伊王子，特洛伊最勇敢的武士，後被阿基里斯所殺。
6. 畢達哥拉斯（Pythagoras, C. 570BC-495BC），古希臘哲學家、數學家，認為豆子不潔淨，曾告誡弟子不吃豆類。

7. 豆子在古代被用來計算票數。

8. 凱內爾姆・狄格拜爵士（Sir Kenelm Digby, 1603-1665），英國外交官、自然哲學家，曾發表《植物生長志》（*Discours sur la vegetation des plantes*, 1667）一書。

9. 引自加圖的《農業志》，原文為拉丁文。

10. 引自英國詩人法蘭西斯・夸爾斯（Francis Quarles, 1592-1644）的《牧羊人的神士》。

11. 克瑞斯（Ceres），羅馬神話司掌農業、穀物、豐饒的女神，為十二主神之一。

12. 普路托斯（Plutus），希臘神話中的神祇，穀神德墨忒爾與英雄伊阿西翁之子，掌管財富，音近羅馬神系中的冥王普魯托（Pluto）。

13. 馬庫斯・特倫提烏斯・瓦羅（Marcus Terentius Varro, 116BC-27BC），羅馬學者，著有三卷本《論農業》（*De Re Rustica*）。

14. 薩圖恩（Saturn），羅馬最古老的神祇，在希臘神話的影響進入羅馬之前便已存在，後被混同為朱庇特的父親。

08 村莊

1. 順勢療法（Homeopathy）是替代醫學的一種，由德國醫生山繆・哈尼曼創立，是一種透過在病人體內使用能夠引起同樣症狀的藥劑，以達到治療某種疾病的療法。在實踐中，為避免損傷機體，只取微量藥劑。

2. 女像柱（Caryatides），建築中用於代替柱子支撐屋頂的女性雕塑，最早見於古希臘、埃及建築。

3. 《解決削邊錢幣不足法案》（*Act of Making Good the Deficiency of the Clipped Money*），一六九六年，英國通過開徵窗戶稅，即根據每戶擁有窗戶的數量徵稅。

4. 奧菲斯（Orpheus），希臘神話人物，國王奧阿格羅斯與繆斯女神之一卡利俄帕之子，詩歌和音樂天才，曾以琴聲和歌聲馴服海妖。

5. 塞王（Siren），希臘神話中人首魚身怪物，住在荒島，以歌聲惑人。

6. 《公民不服從》（Civil Disobedience）一八四八年，就在離開華爾騰湖畔不久，梭羅發表了反對奴隸制的著名演講，又譯為《論公民的不服從義務》、《消極抵抗》、《論公民抗命》、《公民不服從論》，其中對其被捕一事略有提及。

7. 在此約三年前，梭羅開始拒絕繳付人頭稅，作為對正在進行的墨西哥戰爭及相關的蓄奴勢力的抗議。

8. 亞歷山大·波普（Alexander Pope, 1688-1744），十八世紀英國著名詩人，新古典主義文學的重要代表，以英雄雙韻體翻譯了荷馬史詩。梭羅曾翻譯過他的譯本。

9. 出自古羅馬詩人阿比烏斯·提布盧斯（Albius Tibullus, C. 55BC-C. 19BC 五十五 - 約前十九）的《輓歌》（*Elegies*）。

10. 出自《論語・顏淵篇》第十九章。

09 湖

1. 原文作 Coenobites（修士），在讀音上與「see no bites」相近，所以一語雙關，表示沒魚上鉤。
2. 梭羅將湖泊比作地球的眼睛，這在下文有提及。
3. 卡斯塔利亞泉水（The Castalian Fountain），希臘神話中掌管音樂的阿波羅與掌管文藝的繆斯所居住的帕爾那索斯山上的山泉，被譽為靈感的來源。
4. 希臘神話中將人類歷史分為金、銀、銅、鐵四個時代。
5. 英文原文為「Walled-in Pond」，即「以牆圍起來的湖」。
6. 在拉丁文裡，reticulatus 表示網紋，guttatus 表示斑點。
7. 指特洛伊戰爭中有名的「木馬計」，即希臘聯軍將勇士藏在木馬之中，從而實現裡應外合，獲得特洛伊戰爭的勝利的故事。此處指火車。
8. 指英國民謠〈旺特利龍〉中的主人公，透過擊打惡龍身上的唯一致命之處而將之殺死。
9. 哈比（Harpy），希臘神話中的鷹身女妖，長著女性的頭部，鷹的身體。
10. 引自蘇格蘭詩人威廉・德拉蒙德（William Drummond, 1585-1649）的《伊卡洛斯》。傳說中伊卡洛斯因飛得過高翅膀被太陽烤化而墜入愛琴海，所以愛琴海中有一片海域也被稱作伊卡洛斯之海。

11. 柯伊諾爾鑽石（Kohinoor），世界上最古老一顆巨大的鑽石，原產印度，又名「光之山」（mountain of light），後被獻給英國女王。

10 貝克農莊

1. 德魯伊（Druid），古凱爾特祭師的統稱，傳說他們具備與神對話的能力，以橡樹為聖樹。
2. 瓦爾哈拉（Valhalla），北歐神話中主神奧丁的神殿之一，戰場殞命的英雄的亡靈在此安息。
3. 本韋努托・切利尼（Benvenuto Cellini, 1500-1571），義大利文藝復興時期著名的金匠、畫家、雕塑家和音樂家，他的《回憶錄》（*The Autobiography ofBenvenuto Cellini*）享有盛名。
4. 聖安傑洛城堡（the castle of St. Angelo），著名古城堡，位於義大利羅馬，切利尼曾因涉嫌侵占教皇珠寶被囚禁於此。
5. 出自《聖經・傳道書》12：1。
6. 華達呢（gabardine），英國人湯瑪斯・博柏利（Thomas Burberry）於十九世紀晚期研發的一種結實、透氣、防水的斜紋布料。

7. 蓋伊・福克斯（Guy Fawkes, 1570-1606），英國天主教徒，因圖謀炸毀英國上議院而被處絞刑。

8. 引自錢寧的《貝克農場》（*Baker Farm*）。

9. 梭羅意為有更容易尋到的鱸魚魚餌，不必先以蚯蚓釣銀魚，再以銀魚為魚餌釣鱸魚。

11 更高的法則

1. 洋基人（the Yankee），按下文提到的新英格蘭男孩，這裡應指的是新英格蘭和北部一些州的美國人。

2. 參見《聖經・馬可福音》1：17：耶穌對他們說：「來跟從我，我要叫你們得人如得魚一樣。」

3. 傑弗雷・喬叟（Geoffrey Chaucer，1343-1400），英國小說家、詩人。主要作品有小說集《坎特伯雷故事集》（*TheCanterbury Tales*）。下面引文出自其《坎特伯雷故事集》前言，此處修女實為修道士。

4. 阿爾貢金族（Algonquins），加拿大土著部落。

5. 原文為「Good Shepherd」，也指耶穌基督，這裡用了雙關語。

6. 威廉・柯比（William Kirby, 1759-1850）和威廉・斯賓基（William Spence, 1783- 1860）均為英國昆蟲學家，兩人合著的《昆蟲學入門》卷一（*Introduction to EntomologyV.1, 1843*）。
7. 法翁（Fauns），羅馬神話的樹林神，半人半羊。
8. 薩提爾（Satyr），希臘神話中的山谷神，半人半羊，象徵著欲望與狂歡。
9. 農夫約翰，可能只是一個泛名。

12 與獸為鄰

1. 麥密登（Myrmidon），希臘神話中跟著阿基里斯去特洛伊作戰的塞薩利人。
2. 奧斯特里茨戰役（Battle of Austerlitz），一八〇五年十二月，拿破崙在奧斯特里茨戰役中，消滅俄奧聯軍三萬餘人，促使第三次反法聯盟的解散。
3. 德勒斯登戰役（Battle of Dresden），一八一三年拿破崙在德勒斯登戰役中戰勝反法聯盟。
4. 邦克山戰役（Battle of Bunker Hill），一七七五年六月十七日，英軍在波士頓附近的邦克山發動進攻。由美國農民、工人、漁民、白奴等二萬人組織起來的志願民兵隊，在自由之子社領導下英勇反擊，一天之內擊退英軍的三次進攻。
5. 教皇尤金四世時期（Eugene IV, 1431-1447），任羅馬天主教教皇。
6. 克里斯蒂安二世（Christian II, 1513-1523），為丹麥國王。

7. 詹姆斯・波爾克總統（James Knox Polk, 1795-1849），美國第十一任總統。
8. 丹尼爾・韋伯斯特（Daniel Webster, 1782-1852），美國政治家，演說家。
9. 逃亡奴隸法（Slave Bill），該法案於一八五〇年由聯邦通過，進一步激化了南北矛盾，一八六四年廢除。

13 溫暖小屋

1. 尼布甲尼撒（Nebuchadnezzar），古巴比倫國王。
2. 威廉・吉爾平（William Gilpin, 1724-1804），英國威作家、藝術家，下面引文出自其《淺談森林風光和其他林地景觀》（*Remarks on Forest Scenery*、*and Other Woodland Views*）。
3. 羅賓漢（Robin Hood），英國民間傳說中的英雄人物，人稱漢丁頓伯爵。他武藝出眾、機智勇敢，仇視官吏和教士，是一位劫富濟貧、行俠仗義的綠林英雄。傳說他住在諾丁漢舍伍德森林（Sherwood Forest）。
4. 古迪・布萊克（Goody Blake）和哈里・吉爾（Harry Gill）均為英國浪漫主義詩人威廉・華滋華斯（William Wordsworth）的詩作《布萊克老大娘和哈里・吉爾》中的人物。

14 從前的居民和冬日訪客

1. 威廉．戴夫南特（Sir William Davenant, 1606-1668），英國劇作家、戲劇製片人及詩人。曾得到莎士比亞的指導，首開使用彩畫舞臺布景和女歌唱演員紀錄，創作出英國第一部公演歌劇《羅德島之圍》（一六五九），一六三八年被指定為桂冠詩人。
2. 參見《聖經．馬太福音》5：39：「只是我告訴你們，不要與惡人作對。有人打你的右臉，連左臉也轉過來由他打。」

15 冬天的動物

1. 原文為拉丁文 lingua vernacular。
2. 阿克特翁（Actaeon），希臘神話中阿里斯塔俄斯和奧托諾耶的兒子，他是維奧蒂亞的英雄和獵人。據奧維德的《變形記》（*Die Verwandlung*），他在基塞龍山上偶然看到女神阿耳忒彌斯．（掌管野生動物、生長發育和分娩的女神）在沐浴，女神因而把他變成了鹿，這隻鹿被他自己的五十隻獵狗追逐並撕成碎塊。
3. 寧錄（Nimrod）是《聖經》中一位勇敢的獵人，後來此名成了獵人的代稱。

16 冬天的湖

1. Waldenses，原文這一詞本來為一個羅馬天主教內小的改革派別，由里昂商人皮特・華爾騰（Peter Waldo）於十二世紀晚期創立。但是梭羅使用這一詞顯然是想強調華爾騰湖的梭魚與華爾騰的密切關聯，甚至具有信仰的力量。
2. 特爾納特島（Ternate）和蒂多雷島（Tidore）均在印尼境內。

17 春天

1. 瑪土撒拉（Methuselah），《聖經》裡提到的一個非常長壽的人。《聖經・創世紀》5：27：「瑪土撒拉活了九百六十九歲就死了。」他是亞當與夏娃在該隱之後所生的賽特的後裔，是以諾之子。
2. Umbilicaria，拉丁文，意為「單胞鏽菌」，石耳屬地衣，為藻菌共生植物。
3. 尚－弗朗索瓦・商博良（Jean François Champollion, 1790-1832），法國著名埃及學家。
4. 拉丁文，意為：「新雨喚出的新綠正在生長」，出自瓦羅的《論農業》。
5. 旅鶇（Turdus migratorius），又名美洲知更鳥，廣泛分布於北美洲。牠是美國康乃狄克州、密西根州和威斯康辛州的州鳥。牠和知更鳥不同屬，沒有親緣關係。

6. 這幾行詩引自古羅馬詩人奧維德的代表作《變形記》（第一卷）。梭羅在此處給出了前面兩行的拉丁文原文。
7. 這幾行詩同樣出自奧維德《變形記》第一卷。

18 結束語

1. 約翰・佛蘭克林（Sir John Franklin, 1786-1847），英國船長及北極探險家，在搜尋西北航道之旅中失蹤，他和其他隊員的下落在其後十多年間成謎。他失蹤以後，格林奈爾先生曾組織搜救隊。
2. 蒙哥・帕克（Mungo Park, 1771-1806），蘇格蘭探險家。
3. 梅里韋瑟・路易斯（Meriwether Lewis, 1774-1809），美國探險家。
4. 威廉・克拉克（William Clark, 1770-1838），美國探險家。
5. 馬丁・弗羅比舍（Sir Martin Frobisher, 1535-1594），英國航海冒險家。
6. 約翰・克萊夫斯・希姆斯（John Cleves Symmes, 1779-1841），曾提出「地球是空心的」這一學說。
7. 奧諾雷・加百列・里克蒂，米拉波伯爵（Honoré-Gabriel Riqueti, comte de Mirabeau, 1754-1791），法國政治家，曾任法國國民議會議長。

8. 卡比爾（Kabir, 1440-1518），印度詩人。

9. 克里薩斯王（Croesus），呂底亞國最後一位國王，以富有著稱。

10. 亞述（Assyria），古代西亞奴隸制國家，位於底格里斯河中游。西元前十九到前十八世紀發展成為王國，版圖南及阿卡德，西達地中海。西元前六一二年，為新巴比倫和米底聯軍滅亡。

11. 約翰（John）、喬納森（Jonathan）均為常見的名字，這裡泛指平常的人。

譯者簡介

王家新

著名詩人、批評家、翻譯家。現為中國人民大學文學院教授，博士生導師。

先後出版有詩集、詩歌批評、詩論隨筆、譯詩集及其他譯著二三十種，並編選出版有多部中外現當代詩選、詩論及隨筆選集。

作品被譯成多種文字，在德國、英國、美國、克羅地亞出版有多種個人詩選。曾獲包括韓國ＫＣ國際詩文學獎在內等多種國內外文學獎。

譯者簡介

李昕

南開大學外國語學院碩士，中國人民大學文學院在讀博士，長春師範大學外語學院副教授，碩士生導師。至今已發表學術論文十餘篇，翻譯文字約二十餘萬字。代表譯作包括《身分、權力和向「我們的遣返女神」的祈禱——論翻譯和詩歌創作》（載《上海文化》）、《沃羅涅日的烏鴉和刀——曼德爾施塔姆的沃羅涅日流放時期》（合譯，載《上海文化》）等。

湖濱散記 / 亨利 ・ 大衛 ・ 梭羅；王家新、李昕譯 . -- 初版 . -- 臺北市 : 時報文化 , 2020.02 368 面；
14.8×21×2.96 公分 . --（愛經典 ; 33）譯自 : Walden ISBN 978-957-13-8080-3（精裝）

874.6 109000137

作家榜经典文库®

ISBN 978-957-13-8080-3
Printed in Taiwan

愛經典 0 0 3 3

湖濱散記

作者—亨利・大衛・梭羅｜譯者—王家新、李昕｜編輯總監—蘇清霖｜編輯—邱淑鈴｜美術設計—FE 設計｜校對—劉素芬｜董事長—趙政岷｜出版者—時報文化出版企業股份有限公司 108019 臺北市和平西路三段二四〇號四樓 發行專線—（〇二）二三〇六—六八四二 讀者服務專線—〇八〇〇—二三一—七〇五、（〇二）二三〇四—七一〇三 讀者服務傳真—（〇二）二三〇四—六八五八 郵撥—一九三四四七二四時報文化出版公司 信箱—10899 臺北華江橋郵局第九九信箱 時報悅讀網—http://www.readingtimes.com.tw｜法律顧問—理律法律事務所陳長文律師、李念祖律師｜印刷—勁達印刷有限公司｜初版一刷—二〇二〇年二月十四日｜初版七刷—二〇二四年七月三日｜定價—新台幣 380 元｜（缺頁或破損的書，請寄回更換）

時報文化出版公司成立於一九七五年，並於一九九九年股票上櫃公開發行，於二〇〇八年脫離中時集團非屬旺中，以「尊重智慧與創意的文化事業」為信念。